Le Goût
de l'avenir

Jean-Claude Guillebaud

Le Goût
de l'avenir

Éditions du Seuil

ISBN 2-02-092739-X

(ISBN 2-02-054761-9, 1re publication)

© Éditions du Seuil, septembre 2003

Pour Claude Pinganaud, mon ami.

« Il faut changer de vie, il faut changer
tout ; mais tout changer n'est pas tout
détruire ; c'est sauver tout. »

Maurice Bellet[1].

1. Maurice Bellet, *La Longue Veille. 1934-2002*, Desclée de Brouwer, 2002, p. 256.

Message personnel

> « Me voici
> Imbécile, ignorant
> Homme nouveau devant les choses inconnues. »
>
> Paul Claudel [1].

Toute analyse implique une part d'engagement personnel, un « parti pris ». Autant s'en expliquer dès le début, et si possible sans ruse. Le mien est tout entier contenu dans le titre du présent livre, inspiré d'une formule de Max Weber : la politique, c'est le goût de l'avenir. Mais ce « goût », à mes yeux, n'est pas une simple inclination sentimentale vers les promesses du futur ni un abandon heureux à l'imprévisible. Pour dire les choses autrement, il ne se résume pas à l'optimisme du rêveur dévoué à la providence. Avoir le goût de l'avenir, c'est vouloir gouverner celui-ci ; c'est refuser qu'il soit livré aux lois du hasard, abandonné à la fatalité, à la domination, aux logiques mécaniques d'un « processus sans sujet ».

Être habité par cette idée du lendemain à construire, c'est donc *renoncer au renoncement contemporain*. Il se trouve en effet que mille et une raisons viennent aujourd'hui miner, jour après jour, toute détermination agissante. Puissance autonome de la technique et impérialisme intimidant du concept moderne de *RDTS* (recherche et développement technoscientifique), échec des anciennes utopies, désastres idéologiques du XXe siècle, fin de l'histoire, nouvelle complexité d'un monde globalisé, désarroi démocratique : l'air du temps est encombré de signes, de signaux, de murmures, qui invitent chacun de nous à la sagesse hédoniste, au bonheur modeste de l'instant, au fatalisme désenchanté.

1. *Tête d'or*, *Théâtre*, t. 1, p. 171-172, éd. Madaule et Petit, 1967.

Cette injonction se charge parfois de condescendance. On nous adjure de nous défier du volontarisme, c'est-à-dire de nous abstenir. Conseil partout murmuré : ne touchons plus à l'Histoire, elle s'en portera mieux. Songez au siècle qui vient de s'achever, ajoute-t-on... Les grands projets d'hier ; le dessein de changer le monde ; l'orgueil prométhéen et la visée téléologique n'ont-ils pas irrémédiablement conduit au meurtre ? Et aux camps ? Et aux faillites ? En dépit d'une pieuse récitation civique (« Allez voter ! » etc.), la pensée courante juge comme un prurit infantile – ou pire, comme un symptôme populiste – tout volontarisme qui prétend aller au-delà de l'*aménagement* prudent, de la *régulation* technocratique ou de la *gouvernance* sans vision. On connaît l'antienne opposée aux rêveurs qui s'obstinent à croire qu'un autre monde est possible : quelle solution concrète proposez-vous ?

C'est cette inclination capitularde qu'il me paraît urgent de combattre. Quel que soit le visage qu'elle prend. Et il en est de sympathiques... Non ! Garder le goût de l'avenir, c'est accepter vaille que vaille et en dépit de tout la détermination qui va avec. C'est refuser de jeter par-dessus bord l'espérance ou l'idée de « progrès ». Plus concrètement, il s'agit de reconquérir cette *maîtrise minimale de l'histoire* qui, pour de bon, risque de nous être dérobée. Elle seule, pour user de la formulation hébraïque, peut empêcher que le monde soit « abandonné aux méchants » ; qu'il soit livré aux mécanismes anonymes de la puissance, de la technoscience ou de la marchandise. Non, nous ne sommes pas condamnés au choix impossible entre la « naïveté de la résistance et l'abjection du consentement[2] ». Au fond, il est tout simplement urgent de *ne pas consentir*. Aimer l'avenir passe ainsi paradoxalement par un mot de trois lettres qu'il faut réapprendre à articuler : non.

Mais avouer un tel parti pris n'est pas suffisant. Sauf à rester dans l'incantation, le « goût de l'avenir » commande que l'on prenne en compte trois idées majeures. Elles sont finalement assez simples.

---

2. J'emprunte cette expression à Alain Caillé, « Vers une déshumanisation du monde », *Diogènes*, n° 195, mars 2002.

La grande bifurcation

La première, c'est la profondeur vertigineuse de la rupture historique et anthropologique que nous sommes en train de vivre. Le proclamer est facile, le comprendre vraiment l'est un peu moins. Même si le thème du « changement » et celui de « réforme structurelle » alimentent le bavardage quotidien, je ne suis pas sûr qu'on ait pris la vraie mesure de ce que le prix Nobel Illya Prigogine appelle quant à lui « la grande bifurcation ». Combinaison subtile des trois « révolutions » contemporaines (économique, numérique et génétique)[3], elle va bien au-delà d'un séisme comparable à celui des Lumières, d'un basculement analogue à la Renaissance européenne, voire d'un engloutissement du monde ancien comme la fin de l'Empire romain. Elle est plus radicale. Ce sont cette fois nos idées, nos concepts, nos jugements les plus élémentaires qui s'évanouissent peu à peu comme des fumées. On songe à la phrase inquiète de Musset : « Tout ce qui était n'est plus ; tout ce qui sera n'est pas encore[4]. »

Illya Prigogine, retrouvant les formulations d'un Pierre Lévy, d'un Michel Serres et de quelques autres, n'hésite pas à comparer cette grande bifurcation à celle d'il y a douze mille ans, qui nous fit passer du paléolithique au néolithique[5]. Or, c'est au néolithique que la ville fut substituée au nomadisme, l'agriculture à la cueillette, l'élevage à la chasse, l'écriture à l'oralité, l'État à la horde, etc. À ce moment-là, l'homme interrompit son errance pour fonder la civilisation. Rien de moins. On vit émerger l'art et la royauté, les prêtres et les esclaves, les symboles et bien d'autres choses. Or, voilà que dans notre rapport au réel, à la matière, au temps et à l'espace, à la vie elle-même, *nous vivons aujourd'hui un basculement de cette importance*. Tout s'efface et tout mue. C'est dire à quel point sont devenus subalternes les discours des « importants » et les proclamations doctes.

3. J'ai tenté de les analyser en détail dans *Le Principe d'humanité*, Seuil, 2001.
4. Alfred de Musset, *Les Confessions d'un enfant du siècle* (1836), Seuil-L'École des lettres, 1992.
5. Interview publiée par *La Libre Belgique*, 22 novembre 2002.

Soyons clair : pour définir ce changement, nous n'avons
pas encore les mots. Il faudra les forger. Nous pressentons
seulement qu'une telle transmutation n'est plus réductible
aux raisonnements historiques ou anthropologiques habituels. Sa description échappe aux anciennes catégories
mentales de sorte que la pensée elle-même est confrontée à
ce « paradoxe suprême » dont parlait Sören Kierkegaard.
Elle doit « découvrir quelque chose qu'elle-même ne peut
[encore] penser[6] ». Dans la plupart des disciplines, les
paradigmes[7], comme on dit, ont cessé – ou cessent peu à
peu – d'être opératoires.

Avons-nous réellement pris acte de tout cela ? On peut en
douter quand on voit se perpétuer les anciens réflexes, les
affrontements sempiternels, les certitudes impavides, les
sentences et les vulgates. Si l'homme de la modernité pres-
sent l'énormité de la crise, il préfère trop souvent prendre
refuge dans le simulacre. Faire « comme si », ravauder les
concepts, ruser avec le langage, perpétuer pour quelque
temps encore les références usées : nous répugnons décidément à nous pencher carrément sur le vide. Une part de la
frivolité contemporaine tient à ce recyclage querelleur des
pensées mortes, celles qui dérivent dans l'écume et les
tumultes de l'actualité. Frivolité en effet, mais qui n'est pas
surprenante.

Ce qui nous autorise à préférer cette ruse consolatrice du
« faire comme si », c'est le *caractère subreptice de cette
mutation*. Elle ne prend pas la forme d'un cataclysme comparable à ceux des siècles précédents mais plutôt d'une
infusion imperceptible, d'une métamorphose graduelle qui,
peu à peu, désactive nos croyances les mieux assurées et
brouille nos anciennes représentations. C'est vrai sur le terrain de l'économie comme sur celui de la politique, des institutions, de l'éthique ou de la connaissance elle-même.
D'où ces bouffées d'angoisse lorsque l'un ou l'autre de ces

6. Sören Kierkegaard, *Miettes philosophiques*, Gallimard, 1990, p. 74.
7. C'est l'historien américain des sciences Thomas S. Kuhn qui a proposé, en 1962, le concept de paradigme. Le mot désigne à l'origine un
ensemble cohérent d'hypothèses, de lois et d'applications ; par extension, il représente l'ensemble des croyances, des valeurs et des techniques qui sont communes aux membres d'un groupe humain à un
moment donné.

changements *déjà advenu* (et cette fois irrémédiable) nous apparaît en toute clarté[8].

La femme de Lot fascinée par l'ancien

Dans le pire des cas, nous nous laissons alors envahir par le regret et la nostalgie. Or la deuxième idée majeure qui gouverne ce livre, c'est précisément le refus de la « pensée grognon ». Le rejet de la nostalgie durablement peureuse. C'est un rejet sans colère ni mépris. La nostalgie et la peur sont respectables. Sur le terrain de l'art, par exemple, la quête nostalgique du temps perdu produit des œuvres et fonde même l'acte créateur. L'art, comme on le sait, suspend le temps… Dans notre rapport à l'Histoire, en revanche, peur et nostalgie sont de vaines postures. Rebrousser chemin ne mène jamais très loin et toute restauration est vaine. Face au basculement, s'il est légitime d'éprouver mille craintes, il n'est pas moins nécessaire de s'en affranchir. *Il faut désobéir à sa propre nostalgie*, au besoin en serrant les mâchoires. Affaire de parti pris. À ce sujet, comme on dit, mon engagement est à la fois clair et conscient de ses limites. Tout engagement n'est-il pas une décision pour une cause imparfaite ?

Je n'aime rien tant que cette façon de décrire la vanité du regret qu'on trouve chez Philon d'Alexandrie lorsqu'il évoque la femme de Lot, transformée en statue de sel pour s'être coupablement retournée vers Sodome, femme pétrifiée incarnant du même coup « la vie figée par la fascination de l'ancien[9] ». C'est d'ailleurs pour stigmatiser cette fascination immobile qu'un grand mystique du XIIe siècle

8. Je reprends cette idée de « mutation rampante » à un sociologue québécois dont il sera question plus loin : Michel Freitag, *L'Oubli de la société. Pour une théorie critique de la postmodernité*, Presses universitaires de Rennes, 2002, p. 87-88. Michel Freitag est également l'auteur de *Dialectique et Société* (2 vol.), Lausanne, L'Âge d'Homme et Montréal, Éd. Saint-Martin, 1986 ; *Le Monde enchaîné. Perspectives sur l'AMI et le capitalisme globalisé*, collectif, dir. avec Éric Pineault, Québec, Nota Bene, 1999.

9. J'emprunte cette référence à Jean-Louis Chrétien, *L'Inoubliable et l'Inespéré*, Desclée de Brouwer, 2000, p. 156.

natif de Liège, Guillaume de Saint-Thierry, faisait inlassablement l'éloge des hommes « en chemin ». « Ils sont
parfaits, écrit-il, en ce qu'ils oublient ce qui est derrière eux
pour se tourner vers ce qui est en avant ; ils sont voyageurs
en ce qu'ils sont encore en chemin [10]. »

Cette frayeur devant l'inconnu qu'éprouvent mes contemporains, elle m'habite moi aussi et c'est elle que j'essaie de
tenir en respect. Vanité de la nostalgie… Pour sourire un
peu tâchons d'imaginer une hypothèse au demeurant vraisemblable. Durant l'interminable jointure entre paléolithique et néolithique (elle dura des siècles), il se trouva
sans aucun doute des hommes et des femmes travaillés eux
aussi par le regret. Ils pleurèrent probablement la vertu
héroïque de la chasse aux grands fauves, le bonheur désinvolte de la cueillette, l'austère majesté des cavernes peintes,
la simplicité vivante de la culture orale, toutes ces choses
disparues au profit d'un usage prosaïque du labeur agricole,
des animaux domestiques et des maisons construites. Hor-
mis la poésie, quel intérêt direct pouvaient avoir de telles
mélancolies ?

Refuser crainte et nostalgie ne signifie donc pas qu'on
tienne la crainte pour illégitime, bien au contraire. Il est
aveugle et sourd celui que la peur n'habite jamais aujourd'hui.
Toute fêlure de l'Histoire ouvre un temps d'apocalypse. Nous
y sommes. Des choses s'éboulent autour de nous, des volcans
bouillonnent, des équilibres se brisent, d'inimaginables violences menacent… Un philosophe comme Jean-Luc Nancy
exprime magnifiquement ce redoutable point d'indécision, de
suspens énigmatique, de contingence radicale qui nous
contraint à entrer dans l'avenir les yeux bandés. Nous péné-
trons dans l'inconnu, en effet, et cet inconnu peut, à tout
moment, « tourner à l'in-sensé et à l'im-monde ». Nancy
évoque ainsi « l'inquiétude ouverte entre le crépuscule d'un
achèvement et l'imminence d'un surgissement [11] ».

Qui oserait ironiser sur ces frayeurs sporadiques qui
saisissent l'homme d'aujourd'hui ? Comment ignorer les

10. Guillaume de Saint-Thierry, *Énigme de la foi*, Vrin, 1959, § 26.
La plupart des traités de Saint-Thierry sont disponibles aux Éditions du
Cerf.
11. Jean-Luc Nancy, *Hegel. L'Inquiétude du négatif*, Hachette, 1997.

risques, oublier les souffrances ou diffamer l'inquiétude ? Une inquiétude qui jette ses regards bien au-delà de l'horizon strictement politique, géostratégique ou même institutionnel. C'est une crainte d'un tout autre ordre. Elle est une plainte de la créature lentement arrachée à elle-même. C'est en la prenant au sérieux qu'on peut espérer la conjurer, et seulement comme cela. Le goût de l'avenir implique une lucidité sans laquelle il n'est que jobardise.

Conjurer la crainte ? Au sens strict du terme (*apokalupsis* signifie révélation), l'apocalypse annonce du nouveau et même du meilleur. Pour reprendre l'alternative entre « achèvement » et « surgissement », on peut miser sur le second, et ce surgissement, travailler à le hâter. Ce choix nous est d'autant plus accessible que, à bien réfléchir, *notre conscience est déjà partagée au-dedans d'elle-même*. Comme pour ces hommes du XVIIᵉ siècle décrits par les historiens – mais à la puissance dix – plusieurs systèmes de valeurs cohabitent confusément en chacun de nous et « le nouveau système anime déjà les désirs, alors que l'ancien domine encore les consciences[12] ».

Pêcher plus profond

La troisième idée majeure à laquelle on voudrait obéir découle directement des deux précédentes. Puisque le changement est énorme et que meurt décidément l'ancien, alors il faut essayer de penser *autrement*. Mais en donnant à cet adverbe son sens le plus précis. Réfléchir autrement, se tenir dans les marges, tenter posément d'explorer le nouveau pour, à sa lumière, réapprendre à critiquer le présent. Certes le choix est difficile. Tâchons au moins d'en faire une méthode ou, plus modestement encore, une direction.

Pour mieux suivre celle-ci, il faut renoncer aux disputes convenues, aux ratiocinations embrouillées, à toutes ces facilités. Puisque la mutation annoncée est considérable, puisque le vieux monde est mort, alors comment pourrait-il y avoir de pensée et de langage qui ne soient pas *réinventés*.

12. Jean Rohou, *Le XVIIᵉ Siècle, une révolution de la condition humaine*, Seuil, 2002, p. 13.

Celui qui tente obstinément de trouver un « passage » n'a rien à attendre du ressassement, fût-il érudit ou malin. Nous n'avons rien à espérer non plus des agitations de surface, celles-là mêmes qui occupent l'espace public. Idéalement, il faudrait déplacer les lignes, secouer l'échiquier, ignorer les catégories et les frontières, bousculer les disciplines du savoir, explorer les marges, braver les convenances intellectuelles et renoncer aux prudences finaudes.

C'est sans doute Maurice Bellet, invisiblement présent dans bien des pages de ce livre, qui a le mieux définit la *méthode* qu'on voudrait essayer de suivre. « La grande affaire, écrit-il, est d'opérer, dans la modernité, après la modernité, dans son essoufflement ou sa chute ou son bouleversement à fond, d'opérer l'acte décisif, la *rupture instauratrice* maintenant, d'inventer, inventer[13]. » Et le même Bellet d'énoncer le seul défi qui lui paraisse à la hauteur de l'enjeu : « J'annonce un long travail d'enfantement, portant sur des temps et des temps, hors de toute maîtrise et tout programme. Et le point d'appui n'est plus ici, ou en arrière, mais en avant, dans la profondeur de l'Inconnu[14]. »

Retenons le mot profondeur. Il prend valeur de recommandation. Dans l'océan des idées, il faut tenter de pêcher plus profond…

13. Maurice Bellet, *La Longue Veille*, *op. cit.*, p. 120.
14. *Ibid.*, p. 42.

Première partie

UNE CERTAINE STUPEUR

CHAPITRE 1

Le retour du mal

> « C'est une inondation. La guerre a
> ouvert les écluses du Mal. Les étais
> qui soutenaient l'existence humaine
> s'effondrent. »
>
> Franz Kafka [1].

Avec ce crime-là et les guerres qui ont suivi, les mots
sont revenus. Dans la stupeur et le désordre. En septembre
2001, on s'est mis à parler du Bien et du Mal ; on a stigmatisé un « axe du mal » et invoqué, face à lui, la responsabilité planétaire d'un « empire bienveillant » (l'Amérique).
D'un bout à l'autre du monde, mais pas toujours sur le
même registre, commentaires et discours se sont subitement emplis d'adjectifs, de verbes, de métaphores qu'on
n'entendait guère auparavant : nihilisme, diabolique, Satan,
extermination, monstre, croisade, etc. On eût dit que le langage courant, celui des médias et des gouvernants, changeait
de répertoire. Voilà qu'on décrivait le monde multipolaire de
l'après-communisme d'une autre façon. À l'impassible analyse géopolitique, économique ou financière, aux antagonismes des idéologies succédait une effusion de références
morales et même théologiques. Le mal, en somme, était de
retour. Et cette fois il était partout. Son omniprésence n'était
pas seulement le fantasme d'une droite américaine inspiré
par le fondamentalisme protestant. Elle était bien réelle.

Justifiant ce réemploi précipité du mot « mal » et fré-
missant d'intonations prophétiques, le philosophe André
Glucksmann pouvait s'écrier : « Les citoyens lucides et les
démocrates doivent se préparer à affronter non plus un
adversaire supposé absolu, mais une adversité redoutable
et polymorphe, pas moins implacable. Je la nomme avec

---

1. Gustav Janouch, *Conversations avec Kafka*, Maurice Nadeau, 1988.

Dostoïevski "nihilisme"[2]. » Comment ne pas voir dans cet événement, en effet, un rappel à l'ordre que n'eût pas démenti Dostoïevski. Cette fois nous était jeté à la figure la réalité du nihilisme et du meurtre, l'ivresse assassine du « sans limite », l'omniprésence du mal dans l'Histoire et la force d'âme particulière qu'exige de nous la nécessité d'y faire face.

Au-delà du terrorisme *stricto sensu*, que les démocraties entreprenaient de combattre, c'est notre perception de l'Histoire et du monde qui se voyait mise en cause. Une vision nouvelle prévalait soudain : celle d'un univers imprévisible et menaçant ; celle d'une insécurité insaisissable et d'une menace protéiforme. Si les deux tours emblématiques de Manhattan étaient ainsi frappées, au cœur de la seule superpuissance du moment, cela signifiait qu'aucune parcelle de la terre n'était plus à l'abri du mal. À aucun moment. Dans l'une des meilleures analyses rédigées « à chaud » après le 11 septembre 2001, Pierre Hassner faisait remarquer que cet événement « nous avait fait changer de paradigme dominant ». Du monde de Kant et de Locke, où nous pensions être parvenus, nous étions repassés au monde de Hobbes, avec des ouvertures sur le monde de Nietzsche et de Marx. Ce très symbolique retour en arrière entraînait des changements décisifs dans notre perception de l'Histoire. Et pas seulement sur le plan militaire.

Il était donc ruiné l'espoir de voir la modernité cheminer peu à peu vers l'utopie kantienne d'une paix perpétuelle, qui, en dépit des tribulations et ressauts de l'actualité, finirait par naître de la conjonction de la république participative, de l'État de droit et du principe fédéral ! Il redevenait hors de portée, et même de propos, ce règne annoncé du « doux commerce » grâce auquel la « marchandise » finirait par avoir raison de la violence et des passions humaines ! C'est ce qu'avait imprudemment prophétisé Montesquieu, jadis, et surtout Benjamin Constant, qui écrivait en 1814 : « Nous sommes arrivés à l'époque du commerce, époque qui doit nécessairement remplacer celle de la guerre, comme

---

2. André Glucksmann, « Nihilisme ou civilisation ? », entretien avec Galia Ackerman, *Politique internationale*, n° 97, automne 2002, p. 153 à 168.

celle de la guerre a dû nécessairement la précéder[3]. » C'est peu de dire qu'un tel optimisme paraissait irréel.

Notre présent et notre avenir se trouvaient-ils changés ? « L'humanité a [désormais] l'impression de vivre dans un état d'insécurité permanente où domine la peur de la mort violente et celle d'une vie qui – pour reprendre Hobbes – serait *solitary, poor, nasty, brutish and short* (solitaire, pauvre, pénible, brutale et brève)[4]. » Dorénavant la peur de l'autre dominerait les rapports entre les nations et entre les hommes. Comme autrefois, comme de toute éternité… Du même coup, les démocraties engagées dans la lutte contre ce « terrorisme » insaisissable risquaient de rompre à tout moment avec leurs propres principes en se montrant moins regardantes sur la question des libertés civiques. L'Amérique républicaine de Georges W. Bush fut la première à s'engager sur cette voie.

Oui, partout le mal rôdait…

De *ground zero* à **Hiroshima**

On fut donc immédiatement placé sur un tout autre terrain que celui des affaires simplement stratégiques, militaires ou criminelles. Un détail en apporta la preuve. En baptisant *ground zero* le périmètre des deux tours effondrées, les Américains avaient aussitôt convoqué un imaginaire d'une nature bien différente. L'expression *ground zero* désignait jusqu'alors le lieu précis où fut expérimentée le 16 juillet 1945 la première bombe atomique de l'Histoire, près de Alamogorno, au Nouveau-Mexique. Or cette expérimentation, effectuée en toute hâte sous la conduite de Julius Robert Oppenheimer, alors directeur du centre de recherches nucléaires de Los Alamos, avait servi de test avant la destruction, quelques semaines plus tard, de Hiro-

3. Benjamin Constant, *De l'esprit de conquête et de l'usurpation dans leurs rapports avec la civilisation européenne*, in Pierre Manent, *Cours familier de philosophie politique*, Fayard, « L'Esprit de la cité », 2002, p. 125.
4. Pierre Hassner, « La signification du 11 septembre. Divagation politico-philosophique sur l'événement », *Esprit*, novembre 2002, p. 153 à 169.

shima (6 août 1945, cent quarante mille morts) et de Nagasaki (9 août 1945, trente-six mille morts). Dans l'esprit
de l'Américain moyen, l'expression *ground zero* évoque
immédiatement l'idée de menace totale et celle d'une destruction apocalyptique ; menace et destruction qui avaient
contraint le Japon impérial à capituler.

Et d'ailleurs, voilà que dans les médias américains on
se ressouvenait. L'épouvante atomique avait été évoquée
trois ans auparavant par le commanditaire de l'attentat,
Oussama Ben Laden lui-même, et de façon très claire.
Dans un entretien diffusé en 1998 par la chaîne ABC, il
avait menacé l'Amérique d'un massacre comparable, en
tâchant de le légitimer par avance : « Ceux qui ont lancé
des bombes atomiques et eu recours à des armes de destruction massive contre Nagasaki et Hiroshima, ajoutait-il,
c'étaient les Américains. Est-ce que ces bombes pouvaient
faire la différence entre les militaires et les femmes et les
enfants [5] ? » Dès le 12 septembre 2001, le choix instinctif
par les Américains de l'expression *ground zero* ne devait
donc rien au hasard. Dans un premier temps, elle traduisait
une frayeur.

Mais le souci de répondre au discours belliqueux et plutôt
halluciné d'un Ben Laden, tirant argument de la « réciprocité » vengeresse pour justifier son projet terroriste n'em-
pêcha pas la résurgence d'un sentiment plus indécis qui
hante la mémoire américaine : celui d'une mitoyenneté provisoirement consentie, jadis, avec le Mal, celui du massacre
de civils japonais effectivement accepté, par exception,
dans le but proclamé de conjurer d'autres massacres ; celui
du « meurtre innocent » commis démocratiquement au nom
du Bien, et au risque d'une irrémédiable corruption de la
fin par les moyens [6].

Cette extraordinaire réapparition toponymique de Hiroshima au lieu et place des deux tours du World Trade
Center participait ainsi d'un trouble qui ne se ramenait pas
à la peur névrotique ni au patriotisme soudainement

---

5. Cité par Jean-Pierre Dupuy, *Avions-nous oublié le mal ? Penser la
politique après le 11 septembre*, Bayard, 2002, p. 48-49. C'est à ce livre
que j'emprunte le renvoi à Hiroshima.
6. Voir plus loin, chap. 6.

enflammé. À un niveau plus profond, il était aussi question de l'ambiguïté du mal… Bien contre mal, amour contre haine, empire bienveillant contre barbarie terroriste : aucune rhétorique guerrière, notamment celle employée *ad nauseam* par les médias durant les mois suivants pour mobiliser l'opinion contre l'Irak, puis pour couvrir la guerre, ne parviendra par la suite à faire oublier d'autres questions. Ou d'autres tourments.

Sept ans plus tôt justement, durant l'été 1995, l'Amérique avait « célébré », si l'on peut dire, le cinquantième anniversaire des bombardements de Hiroshima et de Nagasaki. Or cette échéance avait été l'occasion d'un débat moral rétrospectif sur la légitimité du massacre atomique. Cinquante ans après l'événement, l'opinion aux États-Unis continue majoritairement de juger légitimes les deux bombardements nucléaires ainsi que celui de Tokyo à l'aide d'engins incendiaires le 10 mars 1945 (cent mille victimes). L'argument invoqué depuis cinquante ans avait été que, en hâtant la fin de la guerre, ces trois bombardements auraient permis d'économiser des vies, notamment américaines. C'est en vertu de cette conviction encore dominante qu'en 1995 fut émis par les postes américaines un timbre anniversaire… commémorant l'événement !

Il n'empêche que cette même année 1995 le discours n'avait pas été aussi monolithique qu'auparavant, au moins parmi les intellectuels. L'une des autorités morales les plus respectées aux États-Unis, le philosophe John Rawls, avait exprimé quant à lui un point de vue plus dérangeant. Dans un long et minutieux article publié dans la revue *Dissent*, et après avoir soupesé tous les arguments invoqués d'ordinaire, Rawls concluait que, réflexion faite, ces bombardements américains devait être considérés comme de « terribles crimes ». Rien de moins. Il mettait directement en cause, sur ce point, le président Harry S. Truman qui avait pris la décision. Mais Rawls était allé plus loin encore. À bien relire son article, on est frappé par les formules à connotations morales, voire religieuses qu'il utilise pour convier l'Amérique à un sévère examen de conscience. « Cinquante ans après, écrit-il, nous devons être capables de faire un retour sur le passé et d'examiner nos fautes. Nous trouvons naturel que les Japonais et les Allemands se livrent à cet exercice, *Vergangenheitsverarbeitung* comme disent les Allemands. Pourquoi pas nous[7] ? »

Cette invite à la « repentance » avait été en elle-même un événement, un fait social, en raison de la personnalité du philosophe. Mais, à l'intérieur du monde anglophone, l'auteur de *Théorie de la justice* n'avait pas été le seul à exprimer cette réprobation. À peu près à la même époque, un théologien irlandais, Desmond Fennel (dans un livre intitulé *Uncertain Dawn – Hiroshima and the Beginning of post-western Civilisation* et publié à Dublin), s'interrogeant lui aussi sur les bombardements alliés contre le Japon et l'Allemagne en 1945, concluait qu'ils avaient peut-être marqué une rupture de l'Occident avec son héritage judéo-chrétien et l'entrée des démocraties du Nord dans une ère « post-occidentale ». Or cette ère risquait d'être marquée par un rejet revendiqué – et non plus seulement résigné – de l'humanisme de Locke ou de Kant. Ce jour-là, ajoutait-il, « les États-Unis [se] sont embarqués dans une civilisation qui risque d'être aussi différente de la civilisation chrétienne classique, moderne ou médiévale, que l'était cette civilisation par rapport aux milliers d'années de paganisme qui ont précédé l'édit de Milan en 313[8] ».

Bien contre mal, conscience coupable contre légitime défense, impérialisme prédateur ou « empire bienveillant », sentiment d'innocence et horreur légitime du terrorisme aveugle : nul doute en tout cas que la question du mal réapparaissait à l'horizon de la modernité américaine et occidentale. Tout devenait plus embrouillé. On fut tenté de penser à cette phrase de Malraux : « Dieu a peut-être disparu mais le diable est resté. »

Mais ce « retour du mal » datait-il vraiment du 11 septembre ?

---

7. Une version française de cet article de John Rawls a été publiée sous le titre « Peut-on justifier Hiroshima ? », *Esprit*, février 1997, p. 127.
8. Extraits cités par Hugues Duchamp, « La Nouvelle Amérique », *Catholica*, n° 57, automne 1997. Précisons ici que l'édit de Milan autorisa officiellement le christianisme dans l'Empire romain dont il allait bientôt devenir la religion officielle. La brièveté élégante de cet édit a fait l'admiration des juristes : « Il convient à la tranquillité dont jouit l'empire que la liberté soit complète pour tous nos sujets d'avoir le Dieu qu'ils ont choisi et qu'aucun culte ne soit privé des honneurs qui lui sont dus. »

Le voisin meurtrier du voisin

Le « choc » du 11 septembre est un fait. Ce fait n'est peut-être pas aussi inaugural qu'on l'a dit. Avait-on, avant cette date, pris l'exacte mesure de ce qui était advenu un peu partout dans le monde depuis le milieu des années 1970 ? Je parle de ce qu'un œil de journaliste a pu voir ces années-là, de Beyrouth à Grosny, de Sarajevo à Kigali ou Groznyï, de Freetown jusqu'aux grandes villes de l'hémisphère Nord, du plus lointain au plus proche. Je parle d'une prolifération de massacres spécifiques, d'une forme nouvelle prise ou reprise par la violence planétaire. J'évoque ce qui peut s'analyser comme une lente montée vers le pire ou une résurgence obscène de ce que Kant, justement, appelait le « Mal radical dans la nature humaine [9] ».

Est-il déraisonnable, en effet, de voir courir comme un fil rouge entre ces tueries particulières clôturant le XXᵉ siècle ou inaugurant le suivant. Ce n'est pas l'intensité de la violence qui paraissait changée, ni la comptabilité de ses victimes, mais quelque chose comme sa *substance*. Cette violence-là et ces massacres multipliés ne semblaient pas tout à fait de même nature que les conflits (innombrables et meurtriers) qui avaient continué d'ensanglanter le Sud du monde depuis la fin de la Seconde Guerre mondiale. On eût dit que le mal cette fois était plus nu, comme ramené à lui-même, dépouillé de ses alibis idéologiques ordinaires et finalement déshistoricisé. Souvenons-nous.

Au Liban, par exemple, on exécuta et on massacra pendant dix-sept ans – de 1975 à 1992 – des hommes et des femmes du seul fait qu'ils étaient musulmans ou chrétiens, palestiniens ou druze, sunnites ou chi'ites. C'est *l'autre en tant que tel*, et non point l'adversaire idéologique ou le concurrent qu'il s'agissait de tuer. On y pratiqua représailles et éliminations croisées dans une surenchère hideuse ; on y montra une folie exterminatrice, une « mort qui danse » dont seule la littérature parvient à dire l'étrangeté. En Algérie, ce fut pire encore. Les groupes islamistes armés (GIA),

---

9. Immanuel Kant, *Sur le mal radical dans la nature humaine*, édition bilingue, Rue d'Ulm-Presses de l'École normale supérieure, 2001.

mois après mois, égorgèrent des villageois anonymes ; des
« combattants » surgis de la nuit fracassèrent des bébés
contre les murs avant d'éventrer leurs mères. Massacres
routiniers, abomination devenant peu à peu familière et
qu'on prit simplement l'habitude de quantifier aux informations du soir…

À Sarajevo, dans l'ancienne Yougoslavie, des *snipers*
serbes, pendant des mois et des mois, avaient transformé en
jeu forain leurs fusillades ciblées et l'on avait vu éclater des
crânes d'enfants, simplement coupables de s'être trouvés
pris dans le croisillon optique des viseurs. On avait creusé
un peu partout – Srebrnica ! – des charniers pour entasser
les corps de ceux qui étaient « de trop » et qu'on avait éli-
miné d'une balle dans la nuque. Par milliers… Plus tard on
réapprit à déterrer ces mêmes cadavres sous l'œil des
caméras. À Groznyï, capitale de la Tchétchénie russe, la
violence avait pris une tournure plus mécanique et même
apocalyptique. Une ville, écrasée par les obus et les « orgues
de Staline », fut lentement, méthodiquement transformée
en nécropole puant la mort et l'ordure.

Et l'escalade continua en changeant d'hémisphère.

À Kigali, au Rwanda, ce qu'on pensait ne plus jamais
revoir depuis la nuit d'Auschwitz ou de Treblinka advint à
nouveau et le pire fut même filmé et exhibé par toutes les
télévisions du monde : l'extermination artisanale, à l'arme
blanche et aux gourdins, d'une population « racialement »
désignée et assimilée à de la vermine ou à une colonie de
« parasites ». Des centaines de milliers de cadavres tailla-
dés, des femmes et des enfants aux visages « coupés », des
pourrissoirs éparpillés dans les collines : les assassins par-
laient du « boulot à faire ». Or, cette fois, le monde étant
devenu transparent, le massacre était télévisé. Par le truchement des antennes satellites, chacun d'entre les vivants,
partout sur la planète, se trouva placé devant un dantesque
spectacle de l'enfer, qui fut aussi un enfer du spectacle ;
et beaucoup ressentirent en leur for intérieur comme un
tressaillement indicible [10]. Un général canadien, Roméo
Dallaire, commandant des casques bleus au Rwanda durant

---

10. Je songe au texte bouleversant qu'écrivit alors le président de
Médecins sans Frontières, Rony Brauman, *Devant le mal*, Arléa, 1994.

le génocide, pourra confier après coup, en balbutiant encore de terreur rétrospective : « Je sais que Dieu existe parce que j'ai rencontré le diable[11]. »

Oui, *cela* était revenu…

La privatisation du mal

Cela ? Qu'avaient donc de différent ces crimes qui laissaient le monde comme interdit ? N'avait-on pas vu mourir autant de civils au Vietnam, au Cambodge ou en Indonésie, au Biafra ou en Érythrée ? Certes, mais quelque chose échappait cette fois aux définitions et aux catégories auxquelles l'époque s'était accoutumée depuis un demi-siècle. Aucune analyse géopolitique, idéologique ou même religieuse ne pouvait suffire à rendre compte véritablement de ces sauvageries. Dans la plupart de ces situations, le voisin d'hier, « l'avoisinant » comme disent les Rwandais, était devenu l'assassin d'aujourd'hui ; l'ami proche avec lequel on blaguait la veille s'était métamorphosé en tortionnaire ; le coreligionnaire s'était changé subitement en bourreau. Tout se passait comme si le ressort principal du meurtre ne procédait plus du projet collectif ou de la croyance (même folle !), mais d'une pulsion beaucoup plus intime. Le crime, en somme, ne renvoyait plus aux délires repérables d'une idéologie ni au cynisme d'une volonté de puissance, mais bien plutôt aux mécanismes énigmatiques du « passage à l'acte ». On n'était plus dans le politique ni même dans le psychologique, mais bien plus profond à l'intérieur de l'homme. Comme le reste, en somme, le mal avait été privatisé…

Cela fut plus spectaculaire encore avec l'émergence progressive d'un type humain aux motivations déroutantes : le kamikaze. En réalité, celui-ci avait refait son apparition dès le début des années quatre-vingt, lors de la guerre entre l'Iran et l'Irak, quand les mollahs iraniens avaient jeté sur les lignes adverses des milliers d'enfants, « martyrs consentants », les fameux « bassidji », célébrés par le régime islamique – bardés d'explosifs ou sommairement armés d'un

---

11. Témoignage devant le tribunal d'Arusha, le 16 septembre 1998, rapporté par Stephen Smith, *Le Monde*, 4 avril 2002.

lance-roquettes monté sur un vélomoteur. Lancés vers les
lignes adverses pour ouvrir une voie dans les champs de
mines, précipités contre les blindés irakiens, ils couraient à
la mort en connaissance de cause. Or les candidats au mar-
tyr avaient été si nombreux que, parfois, il avait fallu organiser entre eux des compétitions sportives pour désigner les
élus promis au sacrifice. Mais, à l'époque, le monde n'avait
guère prêté attention à cette macabre stratégie, simplement
rangée – comme l'emploi de l'arme chimique par l'armée
irakienne –, au catalogue des horreurs proche-orientales.

Or le personnage du kamikaze allait bientôt se rapprocher
du périmètre symbolique de l'Occident. Lorsqu'il remodela
tragiquement le visage de l'Intifada palestinienne et sema
pendant des mois la peur et la mort sur les trottoirs de Haïfa
ou de Tel-Aviv ; puis lorsqu'il permit d'abattre, sans armes
perfectionnées (de simples cutters !), les plus hautes tours
de Manhattan, on commença alors à comprendre ce que
signifiait ce retour inattendu de la « bombe humaine » sur
la scène de l'Histoire.

Au-delà des considérations stratégiques et du changement ainsi créé dans le rapport de forces international, cette
figure affolante du « terroriste suicidaire » avait ceci de
particulier qu'elle dissolvait dramatiquement les paramètres traditionnels de la politique et du conflit en dépla-
çant la réflexion vers un autre terrain : celui de la vie et de
la mort, certes, mais surtout celui d'une psychologie – ou
pathologie – des profondeurs. Aux clivages habituels (ami-
ennemi, noir-blanc, etc.), le kamikaze substitue la pure
étrangeté du choix personnel entre mort consentie et survie
préférée. Il change la donne. La distinction entre celui qui
accepte de mourir pour tuer et ceux qui « économisent la
vie » (la fameuse règle américaine du « zéro mort »)
devient déterminante. Une fois encore, on n'est plus dans
l'analyse plus ou moins rationnelle mais dans l'abîme du
« passage à l'acte », de la trouble croyance, c'est-à-dire de
l'intériorité.

Retenons cette expression « passage à l'acte ». En vérité,
et sans nous en rendre compte, c'est bien ce « déclic » mystérieux que nous commençons à intégrer peu à peu à notre
lecture ou relecture de l'Histoire. Nous le faisons pour
le moment encore de manière confuse, comme tâtonnante.

Avec la sortie des temps idéologiques, après l'effondrement des messianismes politiques, l'interprétation de la violence historique se trouve rabattue sur l'individu lui-même. Les questions posées ne concernent plus vraiment la cohérence d'un projet, la légitimité d'une guerre ou la barbarie d'une *doctrine*, mais l'alchimie intérieure permettant à tel ou tel individu ordinaire de se métamorphoser en bourreau dépourvu d'états d'âme. Ainsi est-ce notre lecture de l'Histoire qui s'est modifiée presque à notre insu. Notre réflexion sur la guerre, le crime de masse, le massacre, s'est modifiée. Notre regard a changé d'angle pour s'attacher davantage au « dedans » de chaque homme et un peu moins au discours collectif des nations en guerre ou des partis affrontés.

La « conversion intérieure »

Au cours des années 1990, on a vu se multiplier les analyses de ce type. Certaines d'entre elles s'efforçaient à une réinterprétation du passé à partir de cette prémisse. C'est le cas du livre très discuté et très discutable de l'essayiste américain Daniel Jonah Goldhagen, qui fit scandale en tentant rétrospectivement d'expliquer la participation volontaire de dizaines de milliers d'Allemands, civils et militaires, à l'élimination des juifs et à la « solution finale »[12]. À ses yeux, l'interprétation classique de la Shoah, focalisée sur le rôle criminel d'une poignée de hauts responsables nazis, avait le tort de pas prendre en compte les motivations des innombrables exécutants anonymes qui se révélèrent dépourvus de toute compassion pour les victimes. Pour lui, ces consentements individuels à l'horreur étaient inséparables d'un antisémitisme allemand « des profondeurs », sans lequel l'application effective de la « solution finale » n'eût sans doute pas été possible. Condamnée par une majorité d'historiens – exaspérés, il est vrai, par la personnalité provocatrice et les à-peu-près de l'auteur –, la démarche n'en était pas moins révélatrice d'un changement de perspective.

12. Daniel Jonah Goldhagen, *Les Bourreaux volontaires de Hitler : les Allemands ordinaires et l'Holocauste*, Seuil, 1997.

On pourrait faire la même remarque au sujet du travail plus extensif de l'essayiste allemand Wolfgang Sofsky, professeur de sociologie à Göttingen et à Erfurt. Analysant plusieurs conflits meurtriers, massacres mais aussi crimes privés, l'auteur met en avant ce qu'il appelle la « conversion intérieure » ou l'« incubation de l'imaginaire » qui, l'espace d'un moment, peut transformer de fond en comble un homme ordinaire et le précipiter vers le passage à l'acte. « À la faveur de cette métamorphose intérieure, explique-t-il, le sujet ne devient pas seulement autre, il devient quelqu'un d'autre. [...] Armé jusqu'aux dents, l'homme fonce vers le lieu du crime. Là, le premier meurtre arrache toutes les barrières. En un instant, s'ouvre l'espace désertique de la liberté absolue. Affranchi des liens de la morale, délivré de la culpabilité et de la peur, le meurtrier est emporté. Il est soudain maître de la vie et de la mort[13]. »

Dans de telles circonstances, les intentions avouées peuvent être d'ordre privé ou public, elles peuvent procéder de l'intention crapuleuse ou de l'enrégimentement idéologique, cela ne change guère la nature profonde du mystère. Pourquoi, dans des circonstances parfaitement identiques, l'un consentira-t-il au crime quand l'autre s'y refusera ? Comment repérer et définir cette imperceptible différence ? Le mal est banal, certes, et Hannah Arendt n'eut pas tort de se référer à cette ontologique « banalité ». Il n'empêche que le mal *n'est pas banal pour tout le monde de la même façon*.

C'est sur cette différence qu'on entreprend désormais de réfléchir.

Aux exemples d'interrogation et aux deux auteurs cités plus haut, on pourrait en ajouter bien d'autres. Mentionnons parmi ces relectures des guerres passées toutes les analyses développées dans les premières années du nouveau siècle et tous les débats concernant la pratique de la torture par l'armée française durant la guerre d'Algérie. Au-delà des cas répertoriés de quelques officiers désignés comme criminels de guerre, on s'interrogea sur le passage à

---

13. Wolfgang Sofsky, *L'Ère de l'épouvante. Folie meurtrière, terreur, guerre*, Gallimard, 2002. Le passage cité ici est tiré d'une interview accordée par l'auteur au *Nouvel Observateur*, 17-23 octobre 2002.

l'acte de ces jeunes gens, simples appelés et braves garçons au demeurant, que rien ne destinait à devenir tortionnaires. Pourquoi, dans un contexte donné, certains d'entre eux – pas tous – avaient-ils été capables d'obéir à cet « ennemi intérieur » qui faisait de chacun d'eux un bourreau [14] ?

Cette attention nouvelle portée aux motivations intimes ne vise d'ailleurs pas seulement le cas extrême des violences guerrières, des tortures ou des crimes de masse. Un psychiatre et psychanalyste, spécialiste de la vie d'entreprise et du monde du travail, Christophe Dejours, use de cette même référence pour tenter d'expliquer comment l'injustice sociale a pu se banaliser si vite dans un pays comme la France, tout au long des années quatre-vingt et quatre-vingt-dix. Au-delà des mécanismes socio-économiques inégalitaires liés à la transformation des économies modernes, l'aggravation de ce qu'il appelle la souffrance sociale fut inséparable d'une acceptation inavouée de la peine d'autrui, d'une indifférence secrètement oublieuse des valeurs et des codes sociaux, voire du simple « plaisir » de faire souffrir, plaisir qui renvoie lui aussi à la question du mal [15].

Ce n'était donc pas seulement le mal qui revenait mais aussi – et surtout – l'interrogation sur sa vertigineuse *opacité*.

L'effacement de la philosophie morale

Or cette interrogation donne l'impression d'être encore balbutiante, et même de marquer le pas. Il est vrai qu'elle prend au dépourvu la pensée contemporaine. On peut même dire que le retour brutal d'une telle question (si ancienne, en vérité) au tout début du nouveau millénaire provoque une sorte d'ébranlement général, un cataclysme théorique qui ne cesse de produire des effets en cascade. Un tel cataclysme peut sembler paradoxal, mais il ne l'est pas. Pour-

14. Je me réfère ici au film et au livre de Patrick Rotman sur la torture en Algérie, *L'Ennemi intérieur*, Seuil, 2002.

15. Christophe Dejours, *Souffrance en France. La banalisation de l'injustice sociale*, Seuil, 1998. L'auteur dirige aujourd'hui le laboratoire de psychologie du travail au Conservatoire national des arts et métiers.

quoi ? Parce que nos sociétés modernes et pluralistes
s'étaient déshabituées depuis longtemps à *penser le mal*. La
prévalence du rationalisme économique, le triomphe des
doctrines utilitaristes ou la confiance passablement candide
faite à la fameuse « main invisible » d'Adam Smith – c'est-
à-dire l'ajustement miraculeux des intérêts égoïstes – pour
réguler la société, tout cela avait abouti à reléguer dans
l'oubli des questions aussi primordiales que celles concernant les passions humaines, l'envie, la « méchanceté », le
ressentiment, en un mot l'inclination au mal.

Les théories utilitaristes, comme on le sait, se fondent sur
le postulat d'un acteur économique agissant de façon rationnelle, à l'instar d'un artefact ou d'un automate, que n'habite aucune déraison et dont la vie ignore le tragique. Or les
passions mauvaises sont irrationnelles. Elles demeurent par
conséquent étrangères à l'acteur de la théorie libérale qui,
sur elles, fait en quelque sorte l'impasse. Cet *homo oeceno-
micus*, individualiste par essence, est lui-même « désencas-
tré » de toutes ses appartenances culturelles ou sociales. Et
c'est sur la pure rationalité supposée de son comportement
– comme consommateur ou comme salarié – que les philosophies libérales échafaudent à n'en plus finir des construc-
tions sociales dont l'ordonnancement est aussi séduisant
qu'oublieux du réel.

Or voilà que cet oubli nous paraît stupéfiant.

C'est bien une stupéfaction, en effet, qu'exprime aujour-
d'hui avec fougue – et jusqu'à l'autocritique – un économiste
comme Jean-Pierre Dupuy, professeur à l'École polytech-
nique et à l'université de Stanford en Californie, spécialiste
du néolibéralisme américain. « Le mal existe dans le monde,
écrit-il, il a des effets sur lui, mais ni le modèle rationaliste ni
sa démystification critique ne sont capables de le reconnaître.
Leur candeur naïve est blâmable car, occultant le mal, elle
participe de son emprise sur le monde et les êtres qui l'habitent [16]. » Non sans témérité, Jean-Pierre Dupuy va plus loin en
ironisant sur la naïveté de la philosophie politique contemporaine dont la lecture, à ses yeux, donnerait « plus souvent
envie de bâiller que d'agir [17] ».

16. Jean-Pierre Dupuy, *Avions-nous oublié le mal ?*, *op. cit.*, p. 31.
17. *Ibid.*, p. 37.

Ce retournement d'un intellectuel vers une réalité intérieure qu'il s'en veut d'avoir lui-même négligée est révéla-
teur. Il l'est plus encore lorsqu'on sait que le même Jean-
Pierre Dupuy, à qui l'on doit l'introduction et la publication
en France de l'ouvrage majeur de John Rawls, *Théorie de
la justice*[18], se reproche son engouement passé pour la pensée du philosophe américain, pensée qu'il juge aujourd'hui
inessentielle. Et avec quelle violence ! « L'irénisme naïf,
pompeux, académique, et quelque fois ridicule des développements de *Théorie de la justice*, écrit-il, m'apparaît
aujourd'hui une faute contre l'esprit. Ne pas voir le mal
pour ce qu'il est, c'est s'en rendre complice[19]. »

Mais cet oubli du mal n'est pas le fait des seules théories
utilitaristes ou libérales. Il est plus général. On serait même
tenté d'écrire qu'il n'épargne aucun secteur de la pensée
moderne. Pour ce qui concerne la philosophie par exemple,
il est patent que la place laissée à la philosophie morale
s'est considérablement rétrécie depuis une trentaine d'années, en dépit d'un fugitif renouveau au début des années
1980. La « morale » à laquelle on a préféré un peu hâtivement le concept d'« éthique » a été surtout perçue comme
le paravent d'une domination hypocrite, d'une intolérance
de nature religieuse, ou, dans le meilleur des cas, la trace
résiduelle d'un archaïsme traditionaliste. Elle a donc été
congédiée du champ de la réflexion. On a voulu croire
« que l'éthique rationnelle, moderne, autonome, n'avait
plus rien à voir avec la religion définie comme autoritaire,
passéiste, hétéronome », et que « l'individu moderne [était]
le terme d'un processus nécessaire et univoque d'émancipation[20] ».

Ajoutons que la psychanalyse elle-même, contrairement
à ce qu'on pourrait imaginer, n'est d'aucun secours en la
matière. Certes, elle a des choses à dire au sujet des pulsions, de l'intériorité ou du surmoi puisque c'est là son
objet. Elle sait mieux que quiconque parler des perversions

18. Écrit en 1971, l'ouvrage majeur de John Rawls, *A Theory of Justice,* n'a été traduit et publié en France qu'en 1987 : *Théorie de la justice,* Seuil.
19. *Ibid.*, p. 78.
20. Monique Canto-Sperber, *L'Inquiétude morale et la Vie humaine,*
PUF, 2001.

et des obsessionnels de toutes sortes qui souhaitent échapper à leurs pulsions. En revanche, du mal proprement dit, elle n'a aucune expérience, et pour une raison bien simple : « ceux qui aiment le mal » et qui le font en connaissance de cause ne demandent pas à être guéris. Ils ne sollicitent pas le psychanalyste. André Green, l'un des principaux théoriciens contemporains de la psychanalyse (du moins en France), est le premier à pointer l'« inexpérience » de cette dernière face à la question du mal. « En fait, reconnaît-il, les psychanalystes sont mal placés pour parler du mal. [...] Seuls arrivent sur leurs divans ceux qui ont l'idée obsédante qu'ils pourraient tenter de le faire à leur insu. [...] Pour ce qui est des délinquants, des criminels ou des mauvais sujets de tout acabit, on ne peut dire que ce soit là un sujet central de préoccupation dans la psychanalyse [21]. » Il est clair que la question du mal est exclue du champ freudien.

Dans un autre livre publié en 2002, André Green va même un peu plus loin puisqu'il prend acte d'un certain désarroi de la réflexion psychanalytique – notamment dans sa confrontation avec les sciences cognitives – et déplore une fâcheuse « dispersion » de ses concepts. Sans désigner le mal en tant que tel, il évoque une « déception » contemporaine à l'égard de l'esprit confronté à la violence agissante. Il dit souhaiter que la psychanalyse sorte de son éparpillement et de son silence pour être capable d'y faire face [22].

Misère des sciences humaines

On repère un embarras comparable dans l'analyse politique et historique. Le concept commode de totalitarisme, utilisé depuis l'après-guerre pour décrire les périls inhérents à la situation internationale, s'est révélé réducteur, ou, plus exactement, il est apparu inopérant après la chute du

---

21. André Green, « Pourquoi le mal ? », *Nouvelle Revue de psychanalyse*. *Le Mal*, Gallimard, 1988, repris « Folio essais », 2002, p. 430.
22. André Green, *Idées directrices pour une psychanalyse contemporaine*, PUF, 2002.

communisme. L'un des termes du raisonnement manquait soudain. Le paradigme, hier encore si adéquat pour décrire le fascisme ou le communisme, s'en trouvait disqualifié. Confrontée à des formes nouvelles de tyrannie ou de violence sauvage, la pensée occidentale se sentait subitement démunie. Elle l'est et le sera longtemps encore. C'est ce que l'essayiste américain Mark Lilla exprime à sa façon lorsqu'il remarque : « À l'heure actuelle, nous ne disposons pas des géographes de ce nouvel espace mondial. Il faudra plus d'une génération, selon toute vraisemblance, pour que deux siècles d'oubli du problème [moral] de la tyrannie puissent se faire oublier [23]. »

Sur le terrain des sciences sociales et humaines, la réflexion sur le mal est tout aussi lacunaire. L'éclatement et la parcellisation des savoirs répertoriés n'ont cessé de s'accélérer depuis les années soixante-dix, tant et si bien que lesdites sciences se vouent dorénavant – et pour l'essentiel – à des études monographiques sans portée, ou se résignent à des modélisations vaines. Avec la réflexion postmoderne, c'est un « scepticisme nourri d'empirisme et de nominalisme » qui a triomphé. On mesure aujourd'hui à quelle sorte de stérilité il a conduit. Étrange et dangereuse séparation… Les sciences humaines semblent s'être progressivement éloignées de la philosophie politique, allant même jusqu'à couper les ponts avec cette dernière, au risque de condamner la philosophie, retranchée sur elle-même, à une inlassable « autocommémoration érudite » et les sciences sociales, coupées de leurs fondements, à d'infinis « bricolages sans principes » [24].

Aucune refondation ne sera imaginable tant que ne seront pas renoués, patiemment, quelques-uns de ces fils brisés, et reconstituée une complémentarité minimale aujourd'hui défaite. Certains chercheurs comme Claude Lefort ou Alain Caillé estiment que ce mouvement – nécessaire – est déjà amorcé, mais que beaucoup reste à faire. « Après le mouvement historique de désintrication de la philosophie poli-

23. Mark Lilla (traduit de l'anglais-américain par Frédéric Le Bihan), « Le Nouvel Âge de la tyrannie », *Esprit*, janvier 2003, p. 119.
24. J'emprunte ces expressions à Denise Souche-Dagues, *Nihilismes*, PUF, « Philosophie aujourd'hui », 1996, p. 226.

tique par rapport à la théologie, puis de l'économie par rapport à la philosophie politique, puis de la sociologie par rapport à l'économie politique, s'amorce aujourd'hui un mouvement inverse hautement souhaitable [25]. »

On n'insistera pas ici sur le rôle complémentaire joué dans cette éviction de la philosophie morale par le triomphe illusoire des sciences « dures » en général et de la démarche scientifique en particulier. L'inégalable prestige de cette dernière tient notamment au fait qu'elle propose une vision épurée du réel, un point de vue surplombant, qui place le chercheur au-dessus des complexités hasardeuses, des médiocrités inhérentes aux sociétés et – surtout – aux passions humaines [26]. En cela, elle a pu apparaître comme un refuge haut placé, à la fois au cœur du réel et hors de l'humain. Cette ascension volontaire de la pensée scientifique vers les sommets de la pure rationalité a placé la science elle-même en porte-à-faux : alors même qu'elle n'a rien à dire sur la question du sens, elle s'est vu, au quotidien, sommée de remédier au désarroi contemporain. Ainsi le savant est-il parfois abusivement investi d'un magistère normatif qu'il n'a pas réclamé, et pour lequel il n'a pas de compétence particulière [27].

Il n'est pas le seul dans ce cas. D'autres institutions, d'autres relais d'opinion sont aujourd'hui confrontés à une même demande sociale – une demande de sens – qu'ils ne peuvent satisfaire. Ils se voient chargés d'une tâche de symbolisation qui n'est pas de leur ressort mais à laquelle ils ont du mal à se dérober.

Pour prendre un exemple, le silence de la pensée moderne sur des questions comme celles du bien et du mal, le syndrome d'aphasie qui paralyse nos « sociétés d'individus » (Norbert Elias) dès qu'il est question de sens ou de normes aboutit à déléguer à l'institution judiciaire une mission

25. Alain Caillé, « Sciences sociales et philosophie politique », *in* Claude Habib et Claude Mouchard (dir.), *La Démocratie à l'œuvre. Autour de Claude Lefort*, Éditions Esprit, 1993, p. 76-77.
26. Je m'inspire ici des confidences autobiographiques d'un grand scientifique Trinh Xuan Thuan. *Trinh Xuan Thuan, entretien avec un astrophysicien*, avec Jacques Vautier, Flammarion, « Champs », 1995.
27. J'ai tenté d'analyser et d'approfondir ce paradoxe dans *Le Principe d'humanité*, Seuil, 2001, et « Points », 2002.

impossible. C'est elle en effet qui, malgré tout, doit juger les hommes. Or peu de mots sont aussi pleins d'attente que le verbe juger. Originellement chargés de *dire le droit*, les magistrats se voient aujourd'hui sommés de *dire le bien et le mal* par un corps social qui ne sait plus le faire lui-même. L'injonction revient à ceci : si l'on ne sait s'accorder sur une ontologie du mal, que les magistrats se débrouillent pour juger les humains ! Certains d'entre eux confessent l'embarras qui les habite lorsque telle affaire criminelle les confronte ainsi à une ambivalence morale que le droit, à lui seul, est incapable de dissiper. Leur appartient-il de trancher de leur propre chef ? Et s'ils le font n'occupent-ils pas indûment un espace que seul le renoncement collectif a laissé vide ? Le dilemme auquel ils se heurtent provient de ce qu'on pourrait appeler un *dysfonctionnement dans la production du symbolique*, c'est-à-dire de l'imaginaire collectif dont tout groupe humain a besoin pour s'instituer en « société ».

L'imaginaire contemporain se contente, dans le pire des cas, de faire passer de main en main la « patate chaude » du symbolique, escomptant avec un brin de lâcheté que la science, le droit, la psychiatrie ou l'expertise en général suffiront à remédier à cela. C'est ce dysfonctionnement et cette étrange défausse collective qu'évoque Antoine Garapon, cofondateur de l'Institut des hautes études sur la justice (IHEJ) lorsqu'il déclare : « Notre cité veut s'abstraire de toute référence transcendante. [...] Mais du coup, elle ne sait plus parler de mal, de pardon, d'innocence, de culpabilité, ces mots évoquant trop un Ciel dont elle veut s'émanciper. Pour regarder en face le mystère à la fois effrayant et attirant des salauds et du crime, il faut pourtant qu'on réapprenne ce vocabulaire et qu'on le laïcise. [...] Il y a là un enjeu politique majeur pour une société ouverte, pluraliste qui ne sait plus donner de définition admise par tous du bien et du mal [28]. »

---

28. Antoine Garapon, « Nous sommes tous des salauds en puissance », hors-série de *Témoignage chrétien*, septembre 2002, p. 50-51.

« Je ne porterai pas de jugement… »

Réapprendre un vocabulaire capable de dire le mal et le laïciser, voilà bien un noble projet ! Les difficultés auxquelles il se heurte, pourtant, ne sont pas seulement sémantiques. Elles touchent au fond des choses. L'absence d'une réflexion sur le mal et des mots pour l'exprimer ne procède pas seulement d'un oubli, d'une lâcheté ou d'une négligence. Elle participe tout autant d'un *choix démocratique fondateur*. Un choix dont c'est peu de dire qu'il s'est aujourd'hui radicalisé. Tout le problème est là. Fidèle à ses origines, la démocratie moderne, issue des Lumières européennes, se veut résolument optimiste et pluraliste. Sa confiance affichée dans le progrès, son désir de bonheur terrestre et d'apaisement des mœurs, sa volonté de respecter la diversité des opinions et des croyances, tout cela lui interdit *par principe* de tenir un discours autoritairement normatif. C'est pourquoi elle tendra peu à peu à méconnaître les plus noires passions, voire à en oublier l'existence. Et puis, comme le rappelle justement Alain Besançon, par conformité à ses propres principes, la démocratie « ne professe pas de morale. La définition de ce qui est bien ou mal est réservé aux groupes constitués, et finalement à la conscience privée de chacun [29] ».

Le silence désemparé qu'elle oppose aujourd'hui au resurgissement du mal au milieu du groupe trouve là son origine lointaine. Mais ce n'est pas tout : les sociétés modernes ne se contentent pas d'ignorer communément la question du bien et du mal, elles la tiennent pour archaïque et sans objet. Il y a une part de militantisme dans cette affaire… À propos du mal, et jusqu'à une date récente, c'est en général par le déni – et même par l'ironie agacée – que nous répondions à des attentes que nous jugions abusivement « moralisatrices ». Il nous paraissait entendu que la définition du mal *n'était plus l'affaire de tous, mais de chacun*. Collectivement, nous nous sentions parvenus à un « au-delà » du mal ; notre modernité croyait avoir atteint un

---

29. Alain Besançon, *Trois Tentations dans l'Église*, Perrin, 2002, p. 134.

« ailleurs » indéfinissable où l'ontologie du bien et du mal n'avait plus cours. Ce qui était revendiqué, c'était le droit imprescriptible de juger *par soi-même*. Une espèce de solipsisme déclamatoire s'était substituée à ce qu'on n'ose plus appeler l'intersubjectivité de la morale [30]. « C'est mon choix ! » : le titre d'une émission de télévision très populaire dit bien ce qu'il veut dire. Il a valeur d'axiome.

Qu'il soit question de sciences humaines, de justice, de bioéthique, de politique quotidienne, de littérature, de cinéma ou de bien d'autres discours, il n'était d'ailleurs plus question de proposer la moindre analyse du réel sans avoir juré préalablement qu'on ne se référait à aucune morale particulière et qu'on ne portait « bien entendu aucun jugement de valeur ». Ces dénégations solennelles, ce relativisme empressé – et affiché – étaient devenus des formules passe-partout, et pas seulement dans le langage courant. (Il suffit de lire n'importe quel travail universitaire récent pour s'en convaincre.) Dans un tel contexte, on comprend qu'il soit devenu difficile de seulement prendre en compte une réalité aussi peu « relative » que le mal. Et encore plus d'y réfléchir.

Une illusion commode avait d'ailleurs fini par prévaloir : puisqu'on n'en parlait plus, cela signifiait sans doute que le mal n'existait plus. On pensait la même chose de la « barbarie », dont l'existence réelle était devenue aussi peu vraisemblable que celle du diable cornu d'autrefois. Illusion commode et dangereuse, en effet, car « on se croit à l'abri de la barbarie [...] parce que l'on ne voit plus de barbarie nulle part. La plus belle réussite de la barbarie est de nous faire croire qu'elle n'existe pas – voire qu'elle est tout bonnement "une culture", comme on dit [31] ».

30. Sur cette question de l'autonomie et du lien, voir chap. 4.
31. Dominique Folscheid, « Barbarie mécanique. La parabole de l'*Orange mécanique* », *in* Jean-François Mattéi et Denis Rosenfield, *Civilisation et Barbarie. Réflexions sur le terrorisme contemporain*, PUF, 2002, p. 149.

Le mal mis en scène

À ce stade du raisonnement, on bute sur une ultime étrangeté qui est aussi un piège. Oublieux de la question du mal, nous avons dans le même temps extériorisé la représentation de celui-ci avec une complaisance appuyée. Du mal, en somme, *nous avons fait un « spectacle »*. Le sempiternel débat sur la violence extrême et la barbarie qui habitent le cinéma, la littérature, les nouveaux jeux vidéos, la télévision est l'expression maladroite d'une insoluble contradiction. Tout se passe comme si la mise en scène du mal, sous toutes ses formes et de toutes les manières, exprimait une fascination inavouée, un manque, une absence, quelque chose comme une sidération voluptueuse. Nous avons peut-être renoncé à *penser* le mal, mais nous ne l'avons jamais autant *contemplé*. Il y a là une aporie, c'est-à-dire une difficulté d'ordre rationnel paraissant sans issue.

À ce propos, le bruyant débat que suscite cette « spectacularisation du mal » manque peut-être son objet lorsqu'il se contente d'évoquer les conséquences criminogènes (ou pas) de celle-ci ; lorsqu'il invite chacun à se demander si cette violence affichée a ou non une mauvaise influence, notamment sur l'équilibre mental des plus jeunes enfants. Posée de cette façon à intervalle régulier, la question suscite des polémiques plutôt lassantes tant elles sont redondantes. Aux plus inquiets, qui voudraient réglementer et limiter cette surreprésentation mercantile du mal, s'opposent les plus optimistes, qui contestent l'influence délétère de celle-ci et assurent vouloir défendre la liberté de création. Ainsi le pugilat, éternellement semblable à lui-même, dresse-t-il les uns contre les autres les supposés censeurs de l'abjection scénarisée et les pourfendeurs avantageux de « l'ordre moral ». L'affrontement est à ce point théâtral qu'on en connaît par avance toutes les répliques.

Le seul ennui, c'est qu'il laisse de côté la question principale : à quel besoin obscur répond vraiment cette mise en scène de la violence, du meurtre, du massacre, de l'extermination, du viol, de la torture par tous les canaux imaginables de la création artistique ? Pourquoi l'exhibition du mal est-elle à ce point payante, et dans tous les sens du terme ? De quelle frustration secrète notre goût pour la contemplation de l'abject porte-t-il la marque ?

La contradiction est patente, en effet, entre cette visibilité envahissante du mal et la quasi-absence de toute réflexion à son sujet. Nous ne pensons plus le mal mais nous le montrons et nous le regardons comme peu de sociétés l'avaient fait avant la nôtre. On serait tenté de voir là une démarche *compensatoire*, la substitution d'une abomination « inventée » et « jouée » à toutes celles, bien réelles, que nous renonçons à penser. C'est la thèse qu'avancent certains essayistes comme Michel Maffesoli, apologue du tribalisme postmoderne et adversaire résolu – comme l'est Jean Baudrillard – de l'universalisme occidental. Pour Maffesoli, la société moderne tente ainsi, à travers le spectacle ou par le biais de certaines bacchanales édulcorées et médiatisées (raves, etc.) d'apprivoiser le mal dont elle se sent confusément porteuse. Elle tente par là même de trouver coûte que coûte une place pour « la part du diable [32] » qu'il faut bien loger quelque part. Maffesoli pense donc qu'il faut dédramatiser notre goût pour ces représentations parodiques de la violence.

Ce raisonnement est trop ostentatoire pour être convaincant. Il frôle parfois la loufoquerie pure et simple. On lui préférera les analyses plus circonspectes que proposent quelques spécialistes de la criminologie ou des psychiatres de terrain comme Daniel Zagury. Ce dernier, qui a témoigné au procès de Patrice Alègre en février 2002, s'intéresse depuis longtemps aux tueurs en série (il a longuement expertisé une douzaine de cas) et à l'étrange fascination médiatique dont ceux-ci font l'objet aux États-Unis. Là-bas, en effet, les *serial killers* sont devenus depuis longtemps les héros très ambigus de films à succès. Ils ont leurs fan-clubs et publient des livres. (On songe, bien sûr, au personnage de Hannibal Lecter, héros parfaitement ambigu du film *Le Silence des agneaux*.) Pour Zagury, ces « héros » incarnent par leur toute-puissance une sorte de réussite de substitution. Leur médiatisation les transforme en « légendes du mal qui renvoient à toute une mythologie du monstre, du sauvage

---

32. Michel Maffesoli, *La Part du diable. Précis de subversion post-moderne*, Flammarion, 2002.

qui sort de l'humanité ». Cette mythologisation du *serial killer* lui semble d'autant plus dangereuse qu'elle permet à chacun, par l'effet d'une trouble identification, d'approcher « cette espèce de pureté minérale dans le mal ».

Or, si le phénomène était jusqu'alors une particularité de la société américaine, il gagne aujourd'hui l'Europe, et la France en particulier. Zagury juge une telle contagion terriblement dangereuse parce que criminogène. « Cette fascination est en train d'arriver en France, assure-t-il, avec notamment le mythe du *profiler* (le psychologue spécialisé, auxiliaire de la police) – un personnage ambigu, puisqu'il représente le Bien, tout en ayant une connivence avec le Mal. On dit souvent que, dans ce domaine, les Français sont en retard. Moi, je préfère dire que nous sommes en retard… dans la barbarie [33]. »

Une théologie laïcisée ?

Une question, dès lors, se pose : si nous ne savons plus penser le mal, comment pourrons-nous *apprendre à y parvenir* ? Comment, du même coup, pourrions-nous être capables d'affronter son retour fracassant, soixante années après la Shoah. Placés devant une réapparition de la barbarie, nous avons la tâche urgente d'inventer une forme de résistance mentale. Mais comment ? La réponse à cette question ne va pas de soi puisque, au regard de la philosophie elle-même, la réalité du mal demeure inexprimable. Paul Ricœur avait clairement posé le problème lorsqu'il avait évoqué le *dilemme* auquel le mal confronte la philosophie depuis toujours. De deux choses l'une, en effet : ou bien la philosophie comprend le mal et il n'est plus le mal, ou bien elle ne le comprend pas et elle n'est plus la philosophie [34].

33. Je reprends ici deux interviews de Daniel Zagury : l'une publiée dans *Libération* le 21 février 2002, l'autre mise en ligne le 5 mars 2002 sur le site de TF1.fr. Daniel Zagury, médecin-chef au Centre psychiatrique de Bois-de-Bondy (Seine-Saint-Denis) est l'auteur d'un ouvrage dont la postface est consacrée à la criminalité sexuelle : *Modèles de normalité et Psychopathologie*, L'Harmattan, 1998.

34. Paul Ricœur, *Lectures*, 2, *La Contrée des philosophes*, Seuil, « Points », 1999.

Pour l'instant, force est de constater que le ravaudage inlassable et problématique d'une pensée du mal n'occupe qu'un domaine bien particulier de la pensée : la théologie. Or voilà longtemps que la modernité laïque s'est détournée de l'approche théologique, bien que la puissance explicative de celle-ci ait été – de Parménide à Hegel – un des moteurs de la réflexion européenne. On peut comprendre le mouvement d'humeur, et même l'agacement d'un Alain Besançon lorsqu'il s'exclame : « L'oubli de la théologie, sa réduction au rang de croyance ethnographique, de "mentalité", de conviction absurde et de vain savoir a provoqué dans notre école historiographique française des points aveugles, voire des zones d'abrutissement [35]. »

Force est pourtant de constater qu'au moment où la pensée moderne est à peu près silencieuse sur l'omniprésence du mal, de plus en plus nombreux sont les théologiens qui *réfléchissent à frais nouveaux à cette question*. Dès qu'on s'intéresse un moment à leur travail, on est frappé par la vitalité de cet effort de mise à jour théologique. Il est le fait d'hommes et de femmes appartenant à des générations différentes, qu'ils soient juifs, catholiques, protestants ou orthodoxes. On pense à des auteurs comme Paul Ricœur, bien sûr, mais aussi Jean-Pierre Jossua, André Dartigues, Adolphe Gesché, Lytta Basset, Joseph Doré, André Godin, Catherine Chalier…

En dépit d'une grande variété d'approches, ces nouveaux théologiens (comme il y eût de « nouveaux philosophes ») semblent partager des soucis communs. Contentons-nous ici de les répertorier.

D'abord, tous s'efforcent de prendre en compte – et au sérieux – l'opacité du scandale du mal pour l'incroyant et le croyant, tous deux témoins à part entière de l'horreur indicible, de la violence gratuite, du malheur innocent. (Le mal n'est-il pas, pour reprendre Paul Ricœur, la « principale provocation à réfléchir et [la] plus sournoise à déraisonner » ?) Ils n'hésitent pas, en second lieu, à récuser et même à dépasser les vieux discours de la théologie naturelle qui cherchaient trop vite et trop facilement à « justifier Dieu » des formes historiques et proliférantes du mal dans le monde

---

35. Alain Besançon, *Trois Tentations dans l'Église, op. cit.*, p. 7.

et dans l'homme. Ils s'attellent enfin, avec une belle énergie, à une *relecture critique des explications proposées par la tradition*, notamment chrétienne : théologie de la « récapitulation » mise en forme par Irénée de Lyon (IIᵉ siècle) ; théologie de la « satisfaction » systématisée en premier lieu par Anselme de Canterbury (XIIᵉ) mais promise à un bel avenir ; théologie de la « libération », etc. Autrement dit, s'ils se veulent les héritiers d'une très longue mémoire, ils n'entendent pas la recueillir dévotement[36].

La plupart de ces travaux sont d'ailleurs éloignés de tout prosélytisme. Ils s'efforcent simplement de rapatrier un vaste corpus théologique accumulé depuis des siècles afin de le soumettre à la réflexion critique des modernes. La plupart de ces théologiens s'interrogent d'ailleurs sur les réponses qu'apporte – ou n'apporte pas – l'incroyance d'aujourd'hui confrontée à cette « réalité inéluctable du Mal et de la mort, marquées de la limite, de la contingence et de la finitude[37] ». Ces réponses, comme on l'a vu, allaient généralement du pur et simple *déni* au *divertissement* pascalien (par exemple l'économisme obsessionnel que dénonce un Jean-Pierre Dupuy), de la *résignation* désenchantée à *l'engagement* volontaire dans un combat contre le mal et la barbarie. C'est évidemment dans cette dernière hypothèse que l'expérience théologique peut s'avérer d'un réel secours, pour l'athée comme pour le croyant.

Dans cette optique, il me semble que les réflexions de la philosophe et théologienne protestante Lytta Basset, professeur à l'université de Lausanne, comptent parmi les plus stimulantes. Au sujet du mal qu'on ne saurait réduire comme le faisait Kant à un « bien négatif », c'est-à-dire un manque ou une absence, ses textes mettent l'accent sur le caractère irremplaçable de l'expérience vécue, notamment à travers la souffrance exprimée et entendue. « La seule attestation de la réalité de cet abîme du mal, écrit-elle, réside dans *l'expérience que nous en faisons*[38]. » Cette volonté

---

36. Je reprends ici, en partie, les analyses d'André Godin, « Délivre-nous du mal. Perspectives théologiques », *Nouvelle Revue de psychanalyse. Le Mal*, *op. cit.*, p. 186-187.

37. *Ibid.*

38. Lytta Basset, *Guérir du malheur*, Albin Michel, 2000, p. 108.

délibérée de se mettre prioritairement *à l'écoute* de la souffrance consonne assez bien avec les formes modernes et laïques de la compassion, y compris celles qu'incarne la démarche humanitaire.

Mais Lytta Basset suggère surtout un changement de perspective dans l'opposition entre bien et mal, changement dont on vérifiera au chapitre suivant la pertinence. À ses yeux, c'est au *non-sens* qu'il faut assimiler le mal afin de faire apparaître que le contraire du mal *n'est pas le bien mais le sens*. Ainsi nous serait enfin permis de résister au mal sans avoir à subir la pesanteur d'un « bien » trop normatif dont nous n'acceptons plus l'autorité. Lytta Basset plaide par conséquent pour « un *parti pris* dicté en quelque sorte par notre vie tombée en abîme. C'est par le Sens, écrit-elle, que je sortirai de l'horreur, et c'est du mal absolu que doit émerger le Sens absolu d'une vie dont j'avais cru qu'elle allait de soi [39] ».

On en conviendra, la phrase est belle. Elle n'est pas que belle…

Du « bien » au « moindre mal »

Montrer que nos démocraties confrontées au retour du mal sont frappées de mutisme revient à dire que, symétriquement, elles ont renoncé à définir le bien. Mieux encore : du bien, elles se défient confusément, tant son service proclamé à grands cris dans le passé a surtout servi de pavillon (de complaisance) à l'horreur, à la tyrannie, à la purification assassine ou aux camps. Il faut se souvenir ici de cette réflexion d'un personnage de Bertold Brecht, Groucha, dans *Le Cercle de craie caucasien* : « Redoutable est la tentation d'être bon. » Que nous le voulions ou non, nous sommes donc captifs de cette contradiction qui nous empêche tout autant de *dire* le bien – du moins comme projet ou comme ontologie – que le mal.

L'héritage des Lumières, sauf à le dévoyer (comme le firent les staliniens) nous dissuade de définir le bien de façon normative. À ce concept, nous préférons celui de « juste ».

39. *Ibid.*, p. 123.

On peut même dire que *la priorité du juste sur le bien* est la matrice symbolique du régime libéral-démocratique. Dans cette optique démocratique, on préférera parler à la rigueur *des biens* au pluriel, et encore avec mille précautions. Cette défiance de principe s'exprime de mille et une façons. Pour reprendre le cas de John Rawls, évoqué au début de ce chapitre, il est clair qu'en congédiant toute métaphysique – à la différence de Kant dont il s'inspire pourtant – le philosophe américain a effectivement « relégué la réflexion sur les biens de la vie et les biens constitutifs dans une région étrangère à la philosophie [40] ». On peut constater le même refus chez le philosophe allemand Jürgen Habermas et, plus nettement encore, chez tous les théoriciens de l'utilitarisme.

Le choix moderne serait donc de *résister au mal en s'interdisant de définir le bien*. Il est exprimé en ces termes par certains essayistes contemporains comme André Glucksmann, anciens militants d'extrême gauche soucieux de rédemption. À un autre niveau – celui de la vie quotidienne –, c'est au prix de mille acrobaties que le discours libéral veut prendre acte de cet évanouissement du bien. À travers cette prudence, qu'on pourrait qualifier d'assurancielle et dont le « principe de précaution » est l'archétype, ce n'est plus un « bien » idéal que nos sociétés projettent dans l'avenir comme un but à atteindre, c'est un *moindre mal*. Un peu fantomatique, ce moindre mal est devenu le substitut du bien.

Une telle subrogation est criante, par exemple, dans la rhétorique qui accompagne le projet d'unification européenne. Pour l'essentiel, c'est de façon négative que ce projet est défini : l'Europe unie, dit-on, empêchera le retour de la guerre, elle évitera la déstabilisation monétaire, etc. L'unification du vieux continent est présentée comme un moyen *de minimiser le mal et non plus de réaliser un bien*. La faible capacité mobilisatrice d'une telle démarche trouve là son origine [41].

---

40. Je reprends ici Charles Taylor, « La conduite d'une vie au moment du bien », *Esprit*, mars-avril 1997, p. 160.
41. Telle est la remarque très dérangeante que formule depuis des années un eurosceptique comme Paul Thibaud.

Cet exemple – il y en a bien d'autres – est significatif du doux désarroi dans lequel nous nous trouvons. Confrontés au mal, qui fait retour mais que nous ne savons plus penser, nous nous interdisons dans le même temps – et par principe – de recourir à un bien idéalisé. Convenons que c'est une position difficile, sauf à se contenter d'un mince filet de bons sentiments. Cette position est peut-être, à terme, plus périlleuse qu'on ne l'imagine. Dans une éblouissante conférence sur le nihilisme allemand donnée en février 1941, le philosophe Leo Strauss qui avait quitté l'Allemagne neuf ans auparavant, rappelait à tous non seulement qu'une pensée du mal était possible, mais que ce dernier n'était intelligible qu'à la lumière du bien [42].

Telle est la question centrale à laquelle les chapitres de ce livre voudraient tenter, posément, de répondre : comment ferons-nous pour penser le bien si le bien n'est plus notre idéal ? Et qu'arrive-t-il à des sociétés trop brusquement arrachées à l'insouciance et saisies par ce vertige ?

42. Cette conférence prononcée dans le cadre du séminaire général de la *Graduate Faculty of Political and Social Science* de la *New School for Social Research*, à New York, a été pour la première fois traduite puis publiée en France (avec les notes de Strauss qui l'accompagnaient) dans le numéro 86 de la revue *Commentaire* de l'été 1999.

CHAPITRE 2

Les nouveaux manichéens

> « Les idées comme des boucs étaient
> dressées les unes contre les autres. La
> haine prenait une allure sanitaire. La
> vieillesse faisait rire et l'enfant fut
> poussé à mordre. Le monde était tout
> drapeau. »
>
> Henri Michaux [1].

Un joli doute nous saisit parfois : pourquoi n'accepte-
rions-nous pas, après tout, ce flou normatif et ces prudences circonspectes lorsqu'il s'agit de définir le bien et
le mal ? Nous peinons, certes, à désigner l'un et l'autre,
mais n'est-ce pas un progrès du pluralisme démocratique ?
N'avons-nous pas payé assez cher – depuis deux ou trois
siècles – cette mise à distance de l'État, de la religion, du
parti ou de l'institution qui fixaient jadis impérativement
la morale et la norme ? Regrettons-nous de leur avoir retiré
le pouvoir d'édicter ce que devraient être nos buts, nos
valeurs, nos préférences ? Cette fluidité aléatoire des représentations du bien et du mal ne désigne-t-elle pas, en réalité,
un espace de liberté que nous serions très imprudents de
mettre en péril ?

Car enfin… Si les définitions fixant les contours du bien
et du mal sont devenues problématiques, c'est parce qu'elles
font désormais l'objet d'une *négociation* infinie et mouvante. Mais justement, cette infinitude et cet *état de crise*
permanent fondent l'autonomie des hommes d'aujourd'hui.
Cette *crise* acceptée, cette transaction perpétuelle, cette
inlassable mise en question du *sens* constituent notre nouvelle façon d'être ensemble. Elle n'est pas toujours facile à

---

1. « La marche dans le tunnel », *Épreuves, Exorcismes. 1940-1944*,
Gallimard, « Poésie », p. 64-65.

vivre puisqu'elle implique une sorte d'ascèse, ou de renoncement ontologique, une héroïque *nudité devant le monde*.
Ne vaut-elle pas mieux, cependant, que les unanimismes
tranchants et les dogmes comminatoires d'autrefois. Souvenons-nous des anciennes sujétions – *cujus regis ejus religio* (la religion du souverain détermine celle des sujets) –
contre lesquelles la modernité tout entière s'est construite.
Elles trouvaient leur justification dans la nécessité d'assurer la cohésion du groupe contre les fantaisies imprévisibles
de la liberté individuelle. C'est donc à l'extérieur de la communauté, du côté du trône ou du ciel, qu'on situait le fondement des croyances communes. Cette préférence fondatrice,
que justifiaient les précarités et les fragilités d'alors, est
communément définie à l'aide de deux concepts : l'hétéronomie et le holisme[2]. À ces lourdes pesanteurs, nous avons
préféré l'autonomie et la liberté de conscience et, du même
coup, la palabre patiente, la négociation argumentée, le
doute volontairement attentif à la contradiction. Serait-il
raisonnable de regretter ce choix ?

Telles sont les questions que, parfois, nous nous chu-
chotons à nous-mêmes. Avec raison. Ce sont des questions
capitales. Et d'ailleurs, si les choses se présentaient ainsi,
la question vaudrait réponse. À tout prendre, il va sans
dire que nous choisirions sans hésiter ce principe d'incertitude, quitte à supporter jour après jour l'inconfort mental qui l'accompagne. Aucun d'entre nous n'est prêt à bra-
der une liberté de pensée et d'action aussi difficilement
conquise. Mais ce n'est pas ainsi que *in concreto* les choses
se passent. C'est même tout le contraire. Nous sommes
confrontés dans les faits à une extraordinaire inversion
de la logique : à l'affaissement des certitudes, au rejet de la
métaphysique ou de l'ontologie, au refus d'une définition
trop contraignante du bien et du mal, correspond *non point
le bel atermoiement de la tolérance, mais la raideur insen-
sée des postures exterminatrices*. L'époque, en effet, retentit partout de condamnations vibrantes, d'admonestations

---

2. Le holisme, du grec *holos*, qui veut dire entier, désigne le « tout »
par opposition aux parties qui le composent. L'hétéronomie, du grec
heteros, l'autre, et *nomos*, la loi, qualifie le fait de recevoir de l'extérieur une norme « transcendante ».

abruptes, de réquisitoires méchants. Elle est perpétuellement hantée par un langage qui contredit ses propres principes. Elle se sait plus *penser* le bien ni le mal, mais elle
les *désigne* sans relâche. Comment expliquer cela ?

Du vide au vacarme

Le phénomène est décidément très étrange. Tout se passe
comme si, à chaque instant, la brutalité du propos venait
pallier la faiblesse de la pensée. Moins nous sommes assu-
rés de nos valeurs, plus nous haussons le ton. Moins nous
sommes capables de réfléchir à la question du mal ou de
nous accorder sur une définition du bien, plus nous diabo-
lisons l'ennemi, l'adversaire, le contradicteur. Personne
ne paraît conscient du ridicule de la démarche. Le vide
des idées débouche sur le vacarme des mots, et ce dernier
continue d'enfler à mesure que le vide se creuse davantage.
La posture vient bruyamment remplacer la pensée. Pour
reprendre une expression bienvenue d'Alain Finkielkraut,
nous n'adorons rien tant que de « remplacer les problèmes
par les salauds [3] ». Nous incriminons les « méchants », les
« diaboliques » ou les « monstres » avec une hâte assassine.
Comme si ceci pouvait compenser cela. Une logique réactive nous entraîne vers le réquisitoire permanent et sans
complexe. Le durcissement très agressif du débat contemporain accompagnerait donc – ou compenserait – l'épuisement de sa substance. Il n'y a pas de quoi pavoiser.

Le phénomène s'est curieusement renforcé tout au long
des quinze dernières années. En sortant des temps idéologiques, après la chute du communisme, en s'extirpant des
dogmes et des aveuglements anciens, nos sociétés n'ont pas
choisi la délibération politique apaisée, mais son contraire.
Elles ont réinventé en un tournemain une « dispute » d'autant plus féroce que son contenu devenait plus flou. Et cela,
à tous les étages, en toutes circonstances. Qu'il s'agisse des
menus désaccords de la vie quotidienne ou des grandes
oppositions stratégiques ; qu'il soit question de guerre, de
procédure pénale, de mœurs, de préférences ou de goûts lit-

3. *Le Soir* de Bruxelles, 7 décembre 2002.

téraires : *partout domine le dualisme caricatural et l'injonction binaire*. On oppose les branchés aux ringards, les
modernes aux « réacs », les libertins aux puritains, les tech-
nophiles aux technophobes, les athées aux bigots, etc. Le
débat public fait entendre le son désespérant d'un métro-
nome : clic, clac… La foi a peut-être disparu mais la guerre
de religion s'est déchaînée. À condition de bien comprendre
la portée désormais extensive de cette expression : tout
est devenu *religieux*, et au sens le plus primitif du terme.
*On n'a jamais autant jugé que depuis qu'on a proscrit le
jugement.*

Le plus étonnant tient sans doute au caractère rétroactif
de ce travers. Nous goûtons régulièrement, en effet, aux
délices de la clairvoyance rétrospective. Songeons à la
fureur justicière qui nous anime à peu de frais dès qu'il
s'agit de juger la conduite de nos grands-parents ou celle
de nos ancêtres. Après avoir indûment transporté dans le
passé les connaissances, convictions et valeurs d'aujour-
d'hui, nous passons en revue, sur le mode inquisitorial, les
obscurantismes, infamies ou aveuglements d'autrefois.
Et notre jugement est à la fois furieux et confortable. Ne
trouvons-nous pas dans cette incrimination du passé le
moyen de nous dérober devant les aveuglements du présent ? N'est-ce pas ainsi qu'en réalité les choses se passent ?
Or on peut voir dans ces règlements de compte rétrospec-
tifs un symptôme de la même inclination querelleuse.

À la limite, l'incertitude contemporaine finit par favoriser
l'émergence de ce que le grand politologue Seymour Martin Lipset appelle un « fascisme du centre ». Sous sa plume,
l'expression évoque cette tendance à l'engourdissement
de la pensée et à l'uniformité de la riposte, tendance qui
devient très forte dans les classes moyennes. Ce « fascisme »
d'un nouveau genre nous permet d'entendre à intervalles
réguliers des réquisitoires proprement inouïs, dont un
exemple fut donné en 2002 par les pages haineuses – et
grotesques – rédigées par la journaliste italienne Oriana
Fallaci, apparemment saine de corps et d'esprit et alphabé-
tisée, pages dont firent les frais aussi bien les musulmans
que les militants de « l'alter-mondialisation », les premiers
étant présentés comme des « fils d'Allah » qui « urinent
dans les baptistères » et « se multiplient comme les rats »

jusqu'à menacer d'engloutissement la civilisation ; les seconds étant assimilés aux « hordes de Mussolini [4] ». Et tout cela à l'orée du millénaire…

Ainsi assistons-nous à ce spectacle très singulier de sociétés démocratiques et pluralistes, produisant des discours aussi impérieux – et parfois davantage – que pouvaient l'être ceux de sociétés anciennes qui étaient pourtant, elles, pétries de certitudes. Ce triomphe du jugement en noir et blanc est si spectaculaire et si répandu qu'on peut l'assimiler à un retour non pas du « religieux » dans son acception judéo-chrétienne, comme on le répète partout, mais d'une forme d'intolérance très archaïque. On pense plus précisément à l'une des hérésies répertoriées de l'Antiquité tardive, notamment celle du Perse Mani (215-276) qui professait un dualisme sans appel et dont les disciples – les premiers « manichéens » authentiques – furent ardemment combattus par l'Église des premiers siècles. Ce rapprochement n'est pas abusif, tant peuvent être abrupts et réducteurs les jugements que nous articulons. Le plus étonnant d'ailleurs est que certains d'entre eux sont infiniment plus durs de ton et de contenu que, par exemple, l'une ou l'autre de ces proclamations « moyenâgeuses » sur lesquelles nous aimons tant ironiser.

D'une croisade à l'autre

Les exemples qui viennent aussitôt à l'esprit concernent bien sûr l'Amérique, qui fut balayée, dès après le 11 septembre 2001 et sous l'effet du crime terroriste, par une vague de réactions vengeresses, accompagnée d'un durcissement du climat politique, médiatique et juridique. Un durcissement qui n'était pas sans rappeler le fameux programme anticommuniste de « lutte contre les activités antiaméricaines » mis en œuvre aux États-Unis dans les années 1950 à l'instigation du sénateur Joseph McCarthy. En 2001 et 2002, le président américain Georges W. Bush prononça

4. Publié d'abord en Italie sous le titre *La Rabbia e l'Orgolio*, Rizzoli, 2001, le livre d'Oriana Fallaci a été traduit en français sous le titre *La Rage et l'Orgueil*, Plon, 2002.

ainsi plusieurs discours appelant à une « croisade » contre
un « axe du mal » nommément désigné et multipliant les
références à Dieu[5]. C'était assez surprenant.

Des observateurs européens aussi peu suspects d'anti-
américanisme que Pierre Hassner furent parmi les premiers
à dénoncer un manichéisme aussi rudimentaire. « Je n'ai
pas de mal à penser que Ben Laden représente le Mal,
objecta-t-il, mais j'en ai beaucoup plus à croire, comme les
Américains, que nous représentons le Bien. Le danger pour
les Américains est que la lutte contre le fanatisme ne les
amène à devenir fanatiques eux-mêmes[6]. »

Le mot de « croisade », en tout cas, fit sursauter, gloser,
réagir pendant des mois et des mois, non seulement en
Europe mais aux États-Unis mêmes. On peut dire que la
bévue présidentielle fut constamment évoquée pendant
près de deux ans. Un journaliste-essayiste américain, Lewis
Lapham, directeur de la rédaction du *Harper's Magazine*,
n'avait pas hésité à comparer ces appels à celui qu'avait
lancé le pape Urbain II au concile de Clermont, en novembre
1095. Cet appel fameux (« Dieu le veut ! ») avait déclenché
la Première Croisade. Dans son livre, Lapham s'en prenait
lui aussi au simplisme de la « bonne conscience » américaine, qui permet à ses dirigeants d'affirmer que les États-
Unis, guidés par Dieu, incarnent le bien face au mal extérieur. Évoquant la médiocrité de tels dirigeants, il écrivait
qu'ils semblaient « avoir renoncé à toute rationalité au profit d'oppositions simplistes entre le bien et le mal, le pour
et le contre, le sacré et le profane[7] ».

Prenons donc cette comparaison au pied de la lettre. Examiner d'un peu plus près que ne le fit Lewis Lapham – et
par-dessus les siècles – les deux appels en question est un
exercice qui réserve quelques surprises. On se convainc en
effet que celui du président américain est indiscutablement
plus dur que ne l'avait été, neuf siècles auparavant, celui
d'Urbain II. Pour mieux apprécier cela, il faut d'abord se

---

5. Notamment le « discours sur l'état de l'Union », prononcé le
29 janvier 2002 devant le Congrès.
6. Pierre Hassner, « Les contradictions de l'empire américain »,
Esprit, août-septembre 2002, p. 81.
7. Lewis Lapham, *Le Djihad américain*, Saint-Simon Éditeur, 2002.

rappeler le contexte « géopolitique » du XIᵉ siècle. *Il était tout aussi dangereux pour la chrétienté médiévale que ne l'est aujourd'hui le terrorisme pour les sociétés démocratiques.* Urbain II proclamait sa volonté de mettre fin aux exactions « terroristes » dont étaient victimes les chrétiens en Orient, du fait de l'avancée de l'islam. Or ces persécutions s'étaient effectivement aggravées au début du XIᵉ siècle avec l'arrivée en Terre Sainte du khalife fatimide Al Hakim bj'Amr Allah, sorte de Néron musulman qui était allé jusqu'à raser le Saint-Sépulcre et favoriser des massacres sporadiques de pèlerins.

Mais en novembre 1095, Urbain II avait également – et comme le président américain Georges W. Bush en 2002 – des préoccupations géopolitiques. Il affirmait répondre à l'appel au secours de l'empereur byzantin, Alexis Comnène, dont la prestigieuse capitale, Constantinople, se trouvait directement menacée par l'avancée des Turcs seldjoukides parvenus à proximité du Bosphore. Cette menace militaire sur la chrétienté orientale et sur Constantinople était bien réelle depuis que les armées byzantines avaient été battues par les Turcs seldjoukides en 1071 à Manzikert (ou Malâzgerd), en Anatolie[8]. Or, toute proportion gardée, la Constantinople de la fin du XIᵉ siècle, cette immense et moderne métropole cosmopolite qu'on appelait « la ville des villes », était l'équivalent de ce que représente New York pour le monde du XXIᵉ siècle. Et les menaces « terroristes » qui visaient directement la ville valaient bien celles que fit peser sur Manhattan la nébuleuse islamiste d'Al Qaida. La symétrie est troublante.

Le pape d'alors n'avait donc pas que de mauvaises raisons d'appeler à la croisade. Certes, dans l'appel lancé par Urbain II, tel que le rapporte l'historien Foucher de Chartres, on trouve mentionnés les « ennemis de Dieu » et la « vile engeance » – les deux termes désignant les Sarrasins comme on disait à l'époque. Mais ces derniers sont plus volontiers identifiés à des « ennemis de la chrétienté » qu'au mal absolu. Les chroniques chrétiennes de la Première Croisade feront même état à plusieurs reprises – et

8. J'ai traité ce sujet dans *La Route des Croisades*, Arléa, 1993, et Seuil, « Points », 1995.

en termes finalement assez respectueux – de la redoutable
« bravoure » des cavaliers turcs[9]. Il faut se souvenir en
outre que les royaumes latins fondés en Orient par les croi-
sés scellèrent des alliances durables avec certains de leurs
adversaires musulmans, notamment les sultans de Damas.

Dans ces appels et chroniques médiévales, en tout cas, les
« terroristes » de l'islam sont sans aucun doute dénoncés
mais jamais « bestialisés » ni symboliquement exclus de
l'humanité, comme c'est souvent le cas aujourd'hui. Et pas
seulement dans les propos de la droite américaine. La
presse internationale a publié en 2002 plusieurs reportages
consacrés à la base américaine de Guantanamo dans l'île
de Cuba, base où furent rassemblés les combattants faits
prisonniers lors de l'offensive américaine contre l'Afghanistan. Or les journalistes autorisés à se rendre sur place
furent impressionnés par le sort réservé à ces prisonniers.
Ils insistèrent sur la façon de traiter les Talibans *comme des
extraterrestres, des non-humains avec lesquels il faut éviter
tout contact physique* : usage de gants par les gardiens,
cages-prisons s'apparentant à celle d'un zoo, etc.[10].

Des juristes et des intellectuels européens, à leur tour,
se sont officiellement émus de ces traitements infligés aux
Talibans. Ils ont comparé cette diabolisation à celle dont
avaient été victimes, au XIXe siècle, les tribus indiennes
de l'Ouest américain qui combattaient l'avancée des Blancs
sur leurs terres. Ces Indiens étaient désignés eux aussi
comme « barbares » ou « terroristes ». « En 1862, des centaines d'Indiens Santi se rendirent au colonel Silbey, qui les
jugea non pour violation des lois et coutumes de la guerre,
car le gouvernement fédéral leur déniait le statut de combattants, mais pour des crimes commis contre les Blancs
durant les hostilités[11]. »

Cette façon de définir l'adversaire comme un être situé
aux franges de l'humanité, comme un quasi-animal, n'est

---

9. Voir notamment *La Geste des Francs, chronique anonyme de la
Première Croisade*, traduit du latin par Aude Matignon, Arléa, 1992.
10. Voir notamment le reportage de Fabrice Rousselot publié par
Libération le 25 février 2002. Par la suite, plusieurs de ces prisonniers
tentèrent de se suicider.
11. Antoine Garapon et Olivier Mongin, « Les Indiens de Guantanamo », *Le Monde*, 12 février 2002.

jamais que la reprise, presque terme pour terme, des justifications en vogue aux XVᵉ et XVIIIᵉ siècles, dans les premiers moments de l'expansion coloniale européenne. Que l'on songe aux Indiens Caraïbes, aux Aborigènes d'Australie ou aux Indiens du Nouveau Monde, qui furent soit exterminés, soit mis au travail forcé comme des animaux de trait par les contemporains du dominicain Las Casas, lequel fut l'un des rares à s'en indigner.

Tuez-les tous !

On objectera que, aujourd'hui, cette diabolisation insistante de l'ennemi est le fait d'une droite américaine, elle-même influencée par l'alliance entre les théoriciens « impérialistes », comme Charles Krauthammer ou William Kristol, imbus de bonne conscience, et ces fondamentalistes chrétiens, alliés à la frange la plus conservatrice du judaïsme américain. C'est ce que la presse européenne répétera sur tous les tons au moment de l'offensive américaine en Irak, au printemps 2003. La remarque est pertinente mais elle n'explique pas à elle seule la rusticité de cette vision du monde. L'assimilation de l'ennemi au diable, l'utilisation d'un vocabulaire d'excommunication sont devenues pratique courante jusque dans les grands médias. L'un des éditorialistes du *New York Times*, Thomas L. Friedman, avait pu dénoncer par exemple la pratique de l'attentat suicide par les Palestiniens, en usant d'un argumentaire qui relevait de la démonologie plus que du journalisme politique. « Le diable, écrivait-il, est en train de danser au Moyen-Orient et se dirige vers nous en dansant[12]. »

Parfois, c'est dans les milieux juifs conservateurs qu'on s'était abandonné à des invectives ou à des suggestions encore plus durement répressives. Dans la revue *Sh'ma*, par exemple, dirigée par Susan Berrin, une avocate constitutionnaliste très connue de Washington, Nathan Lewin, professeur à la faculté de droit de Columbia, avait suggéré une méthode pour en finir avec les attentats suicides : il suffirait d'annoncer que, dorénavant, les parents, frères et sœurs des

12. Cité par *Le Monde*, 3 avril 2002.

kamikazes palestiniens seraient exécutés après chaque
attentat suicide réussi[13].

Ce climat propice à la démonisation de l'adversaire
entraîna logiquement – au grand dam de la gauche démo-
crate – un regain d'intérêt pour la pratique de la torture,
intérêt dont c'est peu de dire qu'il fut complaisant mais
aussi « logique ». Si l'ennemi incarne le mal et n'appartient
plus vraiment à la communauté des hommes, alors l'inter-
diction de la torture et le respect des droits humains gar-
dent-ils encore un sens ? Dès le mois d'octobre 2001, le
débat avait été lancé dans le *Wall Street Journal*, par l'historien Jay Winik. Il affirmait qu'une douzaine de détour-
nements d'avions américains par des commandos suicides
avaient été évités grâce aux aveux obtenus en torturant le
suspect Abdul Hakim Murad arrêté – et détenu – aux Phi-
lippines. Aurions-nous eu le courage, demandait tout de go
l'historien, d'obtenir de tels aveux si le suspect avait été
détenu aux États-Unis ?

En novembre de la même année, l'hebdomadaire *Newsweek* avait publié un texte de l'éditorialiste Jonathan Alter
intitulé : « Il est temps de penser à la torture ». « Dans cet
automne de colère, écrivait-il, même un libéral peut voir
son esprit se tourner vers la torture. » Sur la chaîne de télévision CNN, le chroniqueur Tucker Carlson avait déclaré :
« La torture, c'est mal. Mais souvenez-vous : il y a pire. Et
dans certaines circonstances, on peut être amené à choisir
le moindre des maux. » Coïncidence troublante, ces arguments recoupaient point par point ceux qu'avait utilisés en
France, à la même époque, le général Aussares pour justifier sa pratique de la torture durant la guerre d'Algérie. Les
médias américains se référèrent d'ailleurs explicitement au
« dilemme moral » des militaires français durant la bataille
d'Alger, et le général Aussares, stigmatisé et condamné en
France, fut interviewé à plusieurs reprises outre-Atlantique[14].
On y loua parfois son énergie…

Tous ces dérapages peuvent-ils être mis au compte d'une
hypersensibilité momentanée de l'opinion américaine et

---

13. Rapporté par Sylvie Kauffmann, *Le Monde*, 26 juin 2002.
14. Informations rapportées par Corine Lesnes, *Le Monde*,
10 décembre 2002.

des médias, hypersensibilité comparable à celle qu'avait provoquée, soixante années plus tôt, le bombardement de Pearl Harbour par les Japonais ? Ce n'est pas sûr. Plusieurs mois après les attentats du 11 septembre, on vit paraître des livres ou pamphlets écrits avec un minimum de distance par rapport à l'événement mais qui se révélaient, sur le fond, plus manichéens encore. Ils affirmaient souhaiter que l'Amérique se montrât enfin capable de retrouver certaines « vertus païennes ». Rien de moins. Ces « vertus », en la délivrant des scrupules exagérément « humanistes », devraient permettre au pays de se lancer dans « les guerres sauvages pour la paix » qu'exige aujourd'hui l'état du monde [15]. Ces mots-là furent écrits...

Quelques années plus tôt, on aurait eu du mal à imaginer qu'un tel resurgissement de l'esprit de croisade pût être le fait d'une grande démocratie fondée – jusque dans la lettre de sa Constitution – sur le respect du pluralisme politique et des différences culturelles. Vertige d'un moment ? Contrecoup inévitable d'une attaque terroriste sans précédent ? Influence exercée dès avant le 11 septembre par les milieux « néoconservateurs » réunis autour de certains instituts stratégiques ou journaux comme l'hebdomadaire *The Weekly Standard* ? Inclination « unilatéraliste » d'une Amérique blessée, mais habitée par la certitude d'un devoir historique lui commandant d'édifier un « empire bienveillant » à l'échelle de la planète, pour reprendre l'expression de Robert Kagan ? Toutes ces explications conjoncturelles sont à prendre en compte, mais aucune ne suffit à rendre compte de ce climat nouveau. Pas plus que ne peuvent expliquer un tel durcissement les prédictions – anciennes et contestées – d'un Samuel Huntington qui mettait en avant, dès 1994, l'idée d'un inévitable « choc des civilisations ».

Avançons une explication plus globale. Le retour d'une pensée dualiste au cœur même de la modernité est un phénomène de bien plus grande ampleur. Il serait ridicule – et

15. Mentionnons les deux ouvrages de Robert Kaplan, *Warrior Politics. Why Leadership demands a Pagan Ethos*, New York, Random House, 2002 ; et, de Max Boot, *The Savage Wars of Peace*, New York, Basic Books, 2002. Tous deux sont cités par Pierre Hassner, « La signification du 11 septembre. Divagation politico-philosophique sur l'événement », *Esprit*, novembre 2002, p. 165.

injuste – d'affirmer qu'il ne concerne *que* l'Amérique. La
« vieille Europe », en dépit des réactions plus mesurées
qu'elle manifesta en cette occasion (par exemple durant la
campagne américaine contre l'Irak), est quotidiennement
travaillée par un vertige comparable. Elle s'en défausse un
peu trop facilement lorsqu'elle en fait une particularité du
néoconservatisme américain. Lorsqu'ils font mine de s'indigner plus globalement du simplisme moralisateur des
États-Unis, les Européens oublient que, au-delà des particularités religieuses de la société américaine, *un tel raidis-
sement de la pensée est partout à l'œuvre dans les pays
développés.* Y compris en Europe, même chez nous, même
à gauche… C'est donc sur la nature de ce vertige qu'il faut
s'interroger. On voudrait suggérer qu'il sort en quelque
sorte d'une « matrice » commune qui procède d'un singulier pari démocratique.

La théorie du « nouveau Hitler »

Pour l'essentiel, un tel pari s'énonce en peu de mots. Nos
démocraties modernes, ostensiblement attachées aux valeurs
humanistes et à la paix, ont – fort heureusement – délégi-
timé les guerres agressives et le cynisme politique. Elles
sont même allées plus loin en exprimant la méfiance que
leur inspire aujourd'hui le concept de « guerre juste », élaboré – notamment – par saint Augustin au Vᵉ siècle. Le discours démocratique désormais dominant, celui des droits de
l'homme et du libéralisme, affiche une volonté de défendre
les victimes de l'arbitraire et de s'en remettre au droit. Ce
point de vue n'est pas forcément pacifiste, mais il est ostensiblement moral. De fait, une démocratie ne part pas en
guerre – et ne parle pas de la guerre – aussi aisément que
pourrait le faire un état totalitaire. Elle est pour ainsi dire
ligotée par ses propres valeurs. On conçoit mal qu'un pays
libre puisse déclencher une guerre en avouant qu'il fait cela
dans le seul but de défendre ses intérêts stratégiques ou
économiques (approvisionnement pétrolier, par exemple).
Le discours cynique traditionnel, celui de la *Realpolitik* dont
usait hier encore un Henry Kissinger, *est devenu incompatible avec la référence principielle aux droits de l'homme.*

Il est même en contradiction avec le projet américain d'*enlargement* démocratique, théorisé en 1993 par Antony Lake, le conseiller de Bill Clinton, c'est-à-dire d'extension planétaire de l'État de droit et du marché.

Une démocratie, avant de partir en guerre, doit obtenir l'assentiment de son opinion publique – ce qui fait la grandeur inégalée d'un tel système politique. Pour s'engager dans une action guerrière tout en restant fidèle à ses principes fondateurs, elle ne dispose que d'un nombre limité de solutions. Soit elle maquille la réalité en se livrant préalablement à un effort de conditionnement de son opinion par le biais de la guerre psychologique et médiatique ; soit elle renonce à qualifier de « guerre » ce qui sera présenté comme une simple « opération de police », ou un engagement passager aux côtés d'alliés de circonstance ; *soit elle s'emploie à diaboliser l'adversaire*. Le discours officiel sera alors le suivant : si on décide de combattre Untel, si on s'engage dans une guerre – préventive ou non –, ce n'est pas seulement parce que l'adversaire est un rival stratégique ou économique, ni même parce qu'il représente un pouvoir oppressif, c'est *parce qu'il incarne tout simplement le mal*. Il s'agira donc, chaque fois, de construire une figure du mal.

Il faudra donner de l'adversaire désigné l'image la plus effrayante. Ainsi le monde communiste fut-il présenté, au début des années 1980, comme « l'empire du mal » par le président Ronald Reagan. Durant la décennie suivante, on a vu de la même façon se multiplier les références emblématiques à un « nouveau Hitler », qu'il s'agisse du Serbe Slobodan Milosévic, de l'Irakien Saddam Hussein, du Libyen Mu'ammar Al-Kadhafi ou du Saoudien Oussama Ben Laden. Cette nécessité – stratégique et philosophique – d'identifier l'adversaire au mal absolu conduit, mécaniquement pourrait-on dire, à une vision dualiste de la réalité. C'est pour la même raison que le terrorisme, qui est une réalité évidente, fut transformé après le 11 septembre en principe explicatif passe-partout, utilisé pour catégoriser à la demande n'importe quel adversaire. Du terrorisme réel, on passait ainsi à une catégorie construite, c'est-à-dire idéologique. Cela donne tout son sens à des expressions comme celle de *Rogue State* (état voyou) popularisée par

les États-Unis ou aux déchaînements médiatiques plutôt
manipulateurs auxquels ont donné lieu les interventions
occidentales des années 1990, notamment dans l'ex-Yougoslavie. (Et cela, même si l'on estime que lesdites interventions se justifiaient.)

On peut, sur ce dernier point, souscrire aux réflexions
proposées par Pierre Manent. Au sujet des opérations
menées au Kosovo, le philosophe souligne les effets pervers d'une telle lecture purement morale – ou même moralisante – de l'Histoire. Nous agissons, nous démocrates,
écrit-il, en présentant nos interventions comme un affrontement manichéen entre une « idée pure de l'humanité d'un
côté et l'idée pure du crime contre l'humanité de l'autre.
Nos gouvernants [semblent] incapables de ne rien penser,
ni dire, sans le secours de ce contraste ». Ainsi nous trouvons-nous « engagés dans un mensonge moral de grande
ampleur ». Ce mensonge consiste à faire apparaître nécessairement « l'adversaire comme un pur et simple criminel », en ajoutant si besoin est toutes sortes de crimes supposés aux crimes réels qu'il a effectivement commis. Nous
sommes donc conduits à imposer une « politique purement
morale » à des êtres humains qui n'ont plus « le droit de ne
pas être des anges » [16].

Cette démarche procède en outre d'une interprétation
eschatologique de l'Histoire, qui accentue sa ressemblance
avec les gnoses manichéennes des premiers siècles. Comme
démocrates soucieux de paix et de liberté, « nous suppo-
sons que les "derniers temps" sont arrivés et qu'après un
"dernier combat" nous jouirons des fruits d'or de la paix.
Alors nous anticipons sur ces "derniers temps", nous anticipons sur cette paix à venir, et nous faisons *comme si* elle
était déjà là [17] ».

---

16. Pierre Manent, *Cours familier de philosophie politique*, *op. cit.*,
p. 306.
17. *Ibid.*, p. 305.

Le thème de la déraison

Mais l'interprétation du pari démocratique doit être encore plus large. Il tient en effet à *l'idée même que nous nous faisons du pluralisme*. Renoncer à définir le « bien » pour lui préférer le « juste » et le « raisonnable », telle est la matrice symbolique, la « grammaire », dirait Wittgenstein, du libéralisme démocratique moderne. Or cette renonciation volontaire à toute normativité venue d'en haut dispense trop souvent la société démocratique de s'expliquer sur ses propres présupposés, qu'elle tient pour tacitement admis. En effet, aucune vie en commun n'est possible sans un socle de convictions partagées et sans l'acceptation tacite d'un credo minimal qu'on pourrait appeler la « règle du jeu », règle qui dessine les limites du pluralisme.

Or ce credo minimal n'est plus considéré – chez John Rawls, notamment – comme une adhésion à des valeurs, mais simplement comme l'expression prétendument neutre du « juste » et du « raisonnable ». Par voie de conséquence, « tous ceux qui n'acceptent pas les principes politiques sur lesquels est fondé le régime libéral-démocratique seront […] qualifiés de "non raisonnables" [18] ». Pour les théoriciens de ce libéralisme « bien ordonné », le débat sur les fondements ou les valeurs n'a plus lieu d'être, et la politique elle-même perd une partie de sa légitimité. Ce raisonnement est très explicite chez un autre théoricien américain du libéralisme, Charles Larmore, qui juge inutile d'argumenter avec ceux qui refusent ce credo minimal. Il suffit, ajoute-t-il, de se débarrasser d'eux en les mettant hors d'état de nuire [19].

Paradoxalement, une certaine interprétation du libéralisme démocratique peut ainsi conduire au projet inquiétant d'une société sans conflit et sans politique. La référence morale agressivement dualiste se substitue alors à la politique, que ce soit à l'intérieur des frontières nationales ou au-dehors. Il n'y a plus de modèles différents qui rivalisent

18. Chantal Mouffe, « À propos d'un libéralisme qui se dit politique », *Esprit*, janvier 1995, p. 206.
19. Charles Larmore, *Modernité et Morale*, PUF, 1993.

en politique intérieure ou à travers le monde, *il y a simplement les tenants du bien qui affrontent ceux du mal*. Or il faut comprendre que, « lorsqu'on présente les limites du consensus libéral comme des obligations purement morales, on escamote une dimension cruciale, celle des rapports de forces qui déterminent les contours de l'ordre libéral-démocratique [20] ».

On voit bien quelle est la nature du problème. La pensée démocratique est conduite à exclure ses adversaires non point parce qu'ils sont d'un autre avis, mais parce qu'ils sont déraisonnables. Tout simplement. Or la déraison n'est pas une « préférence » mais une pathologie. Comment, dès lors, résister à la tentation de considérer nos ennemis comme des fous furieux ? Et comment s'interdire de les assimiler purement et simplement au mal ? On en arrive de fil en aiguille à cet étrange comportement d'une société démocratique qui, verbalement, exalte la différence mais qui, dans les faits, la criminalise.

Quantités de mécanismes objectifs favorisent un manichéisme d'autant plus redoutable qu'en théorie il est bien intentionné. Cette « logique illogique » ne joue pas seulement dans la conduite de la politique internationale ou de la stratégie militaire. Elle est à l'œuvre dans bien d'autres domaines. L'exemple le plus saisissant, on le trouve sur le terrain de la criminologie : le glissement de nos sociétés en panne de normes et de valeurs partagées vers le « tout répressif » ; l'institution du pénal comme mode ultime de régulation sociale ; tout cela favorise une réapparition des préjugés criminologiques archaïques, comme la thèse du « criminel né » proposée au XIXᵉ siècle par l'italien Cesare Lumbroso (1835-1909) [21].

Ces préjugés conduisaient eux aussi à destituer le délinquant de son humanité et à faire de lui un type anthropologique particulier *n'appartenant plus tout à fait au genre humain*. Au XIXᵉ siècle, par exemple, Arthur Bordier, professeur à l'école anthropologique de Paris, affirmait que certains criminels présentaient des caractères propres aux

---

20. Chantal Mouffe, « À propos d'un libéralisme qui se dit politique », *op. cit.*
21. J'ai développé cette analyse dans *Le Principe d'humanité*, *op. cit.*

races préhistoriques, caractères qui ont « disparu chez les races actuelles ». « Le criminel ainsi compris, ajoutait-il, est un anachronisme, un sauvage en pays civilisé, une sorte de monstre et quelque chose de comparable à un animal qui, né de parents depuis longtemps domestiqués, apprivoisés, habitués au travail, apparaît brusquement avec la sauvagerie indomptable de ses premiers ancêtres[22]. »

Des interprétations de cette nature – qui nous paraissent rétrospectivement choquantes – effectuent un retour plus ou moins discret dans la modernité démocratique. Aux États-Unis, sous l'influence de la politique sécuritaire mais aussi du présupposé génétique (le fameux « gène du crime » !), on applique des peines dites « infamantes » (*shame sanction*), avec imposition de chaînes, publication de fichiers judiciaires, etc. Ces pratiques – qui gagnent peu à peu les pays européens – correspondent aux formes d'exclusion qui prévalaient dans les sociétés d'Ancien Régime. Dans ces sociétés traditionnelles « le condamné [était] la cible de dégradations symboliques multiples : il [devait] être montré comme le porteur du mal et de la souillure, voire comme un monstre, un être d'une altérité absolue[23] ».

Le fanatisme du bien

Telle est la matrice originelle d'une régression de la pensée moderne, régression qui produit un peu partout d'étranges effets. Le retour en force d'une réalité comme celle du mal, sur laquelle nous avions perdu l'habitude de réfléchir, nous trouble tellement que nous ne parvenons à y faire face qu'*en entrant instinctivement dans son jeu*. Nous sacrifions de plus en plus à une logique dualiste qui, au mal radical, choisit d'opposer un bien absolu, c'est-à-dire une « innocence », d'autant plus redoutable qu'elle est réfrac-

22. Arthur Bordier, « Sous le crâne d'assassins », *Bulletin de la Société anthropologique de Paris*, t. II. J'emprunte cette référence à l'ouvrage de l'historien Enzo Traverso, *La Violence nazie. Une généalogie européenne*, La Fabrique, 2002, p. 127.
23. Thierry Pech, « Neutraliser la peine », *in* Antoine Garapon, Frédéric Gros, Thierry Pech, *Et ce sera justice. Punir en démocratie*, Odile Jacob, 2002, p. 158.

taire au doute. Or cette logique équivaut à une réplication involontaire, une copie mimétique du fanatisme qu'on prétend combattre. Elle fait en quelque sorte de la résistance au fanatisme une figure symétrique de ce dernier. Elle pourfend le sectarisme de façon sectaire. Elle referme le cercle de la violence, qu'elle soit verbale ou physique.

La funeste étrangeté du manichéisme, tel qu'avait tenté de le définir la tradition théologique, *consiste à emprunter ses armes à l'adversaire.* Faisant cela, on communique dramatiquement au bien que l'on défend les caractéristiques du mal contre lequel on se dresse ; on accepte follement que le bien soit contaminé par le mal, jusqu'à se confondre avec lui. C'est ce que rappelle Alain Cugno, auteur d'un excellent essai sur le mal, lorsqu'il souligne ce que peut avoir de « catastrophique » l'opération consistant, face au mal, à « désigner les forces du bien absolu, sans faille ni compromission », des forces qui « deviennent alors elles-mêmes la figure exemplaire du mal et sont d'autant plus atroces qu'elles se donnent comme le bien [24] ».

Ce consentement empressé à la démarche éradicatrice, cette façon d'opposer paresseusement la lumière aux ténèbres, les bons aux méchants, le juste à l'odieux, le raisonnable au démentiel, sont en réalité une façon d'esquiver la réflexion sur le mal. Cette esquive est pathétique puisqu'elle aboutit à jeter précipitamment sur l'incendie du mal un « bien » qui se révèle plus dangereux encore que le feu qu'on voulait éteindre. C'est une démarche de pyromane. Le fanatisme, à y bien réfléchir, a-t-il d'autres sources ? Sans doute pas. *Le fanatisme du bien devient le frère jumeau du fanatisme du mal.* Il témoigne, face au mal, d'une fascination inavouée qui pousse le « bon » à imiter le « méchant » qu'il prétend combattre. Le cercle est ainsi fermé sur lui-même.

Aussi étrange que cela puisse paraître, la référence à la pensée gnostique des IIe et IIIe siècles de notre ère est raisonnablement fondée. Elle nous aide à comprendre ce qui nous arrive aujourd'hui. Au risque de simplifier, rappelons que la « gnose » (du grec « connaissance ») est une doctrine du salut qui s'est développée en concurrence avec le christia-

---

24. Alain Cugno, *L'Existence du mal*, Seuil, « Points », 2002, p. 20.

nisme, dont elle reprenait certains éléments anciens. Cette doctrine s'intéressait principalement à l'explication du mal dans le monde et aux possibilités de salut laissées à l'homme. On connaît mieux l'histoire et le contenu de cette « hérésie » depuis la découverte, en décembre 1945, à Nag Hammadi, à cent kilomètres au nord de Louxor, en Égypte, d'une cinquantaine de textes gnostiques – les *codices* – bien conservés.

La démarche gnostique a connu diverses expressions, avec par exemple, au IIᵉ siècle, l'enseignement de Basilide à Alexandrie, celui de l'Égyptien Valentin et celui du moine Marcion venu d'Asie Mineure, tous deux enseignant à Rome ; puis, au siècle suivant, l'apparition du Perse Mani qui fondera l'église manichéenne. Cette sensibilité gnostique, toutes écoles confondues, a exercé une influence durable en Occident par le truchement de certaines hérésies médiévales comme celle des pauliciens ou des bogomiles bulgares. Ces derniers ont sans doute favorisé l'éclosion dans l'Europe du XIᵉ siècle des dissidences cathare et albigeoise [25]. Un point commun rapproche ces différentes traditions : elles *désignent un monde mauvais par nature* – puisque créé par un démiurge distinct du dieu sauveur – auquel l'homme ne peut espérer échapper qu'en *rompant résolument avec la réalité d'ici-bas*.

Cette volonté d'éloignement ascétique du monde est surtout marquée dans le marcionisme, hérésie redoutable qui récusait tout lien avec l'Ancien Testament, c'est-à-dire avec le judaïsme. (C'est à sa source que s'alimentera l'antisémitisme spécifique du monde slave.) « Marcion va jusqu'à refuser l'absorption de vin, y compris dans la messe (alors qu'il reprend par ailleurs les rites liturgiques de l'Église), ainsi que le mariage et la procréation [26]. » Dans la tradition gnostique, une chose paraît claire : « Le Bien et le Mal existent comme deux principes (royaumes) antagonistes, également éternels, celui de la lumière et celui des ténèbres [27]. »

---

25. Je reprends ici les observations de Pier Luigi Zoccatelli, « Les gnostiques », in *L'Occident en quête de sens*, Maisonneuve & Larose, 1996, p. 128.
26. Hubert R. Drobner, *Les Pères de l'Église*, traduit de l'allemand par Joseph Feisthauer, Desclée de Brouwer, 1999, p. 112.
27. *Ibid.*, p. 428-429.

Un tel rappel est nécessaire pour mieux comprendre de quelle façon un pan entier de la pensée occidentale, y compris sous la forme laïcisée qui triomphera à partir des Lumières, a subi – et continue de subir – l'influence originelle de la gnose. À tous les âges de son histoire, l'Occident donnera l'impression d'être inconsciemment troublé par cette tentation récurrente.

Certes, nous sommes aujourd'hui dans un tout autre monde. Notre paysage mental n'a plus aucun rapport avec celui des manichéens du IIIe siècle ou des albigeois de l'Europe médiévale. C'est vrai. Mais si les mécanismes à l'œuvre dans la modernité sont d'une nature différente, leur logique est à peu près la même et la crispation mentale qu'ils provoquent est assez comparable. Si on qualifie de *systémique* une telle crispation, c'est qu'elle finit, en effet, par faire système, jusqu'à gouverner notre vie quotidienne. Des phénomènes aussi différents que le « politiquement correct », la brutalisation du débat contemporain, la rhétorique répressive, le populisme xénophobe, l'antisémitisme renaissant, le lynchage médiatique ou judiciaire peuvent être lus – au moins en partie – à travers cette grille explicative d'un manichéisme réinventé.

Le médiatique, l'économique et le numérique

Soyons plus précis encore. Les procédures mises en œuvre, c'est vrai, ne sont pas les mêmes. Nous ne sommes plus confrontés – du moins sur ce plan – à des « hérésies » de nature religieuses. Les débats théologiques, on l'a dit, ont cessé d'être à l'ordre du jour. Mais d'autres forces, d'autres processus structurels les ont remplacés. Leurs effets sont aussi puissants. Prenons l'exemple du « paradigme médiatique ». Il est évident que nos anciennes démocraties représentatives se sont métamorphosées sous l'influence des médias, surtout audiovisuels. L'hégémonie de la télévision a bouleversé la liturgie démocratique. La réalité politique d'aujourd'hui, c'est la fameuse démocratie d'opinion placée sous l'emprise du sondage, de la réactivité journalistique, de la force émotionnelle – mais versatile – des images, des sautes d'humeur de la Bourse, etc.

Sans compter l'émergence progressive, *via* l'Internet, d'une opinion globale encore plus réactive puisque son espace temporel est celui de l'immédiateté.

Or, il est devenu banal de l'écrire, ces nouveaux modes d'élaboration et d'expression de l'opinion collective *contribuent de façon presque automatique à un schématisme simplificateur*. L'univers des médias – de par sa logique propre – c'est celui du blanc et du noir, du salaud et du gentil, du bien et du mal, du oui et du non. La configuration ordinaire du spectacle médiatique est celle du western. Elle n'admet, jour après jour, que l'affrontement hollywoodien d'un bon et d'un méchant. La télévision, notait avec finesse un journaliste américain, « ne peut admettre qu'un méchant à la fois [28] ». La vie politique est contaminée par ces règles du spectacle auxquelles elle est bien forcée de se soumettre. Elle le fait bon gré mal gré en privilégiant l'effet d'annonce, l'usage de la formule facile à mémoriser ou de la petite phrase tueuse. Elle reprend à son compte la démagogie de la « communication » qui procède par l'affichage d'une posture. Tout cela donne une prime au jugement à l'emporte-pièce plutôt qu'à l'analyse scrupuleuse ; privilégie l'invective plutôt que le débat ; favorise l'incrimination soupçonneuse au lieu et place de la délibération modeste. S'ajoute à tout cela la puissance du conformisme médiatico-politique, qui finit par transformer le commentaire quotidien en une interminable récitation, aussi « correcte » que monotone [29]. On retiendra la définition cruelle mais assez juste qu'en donne Serge Halimi : « Son registre est celui des affrontements dérisoires, de l'impertinence onctueuse, des engagements sans risques. Les "débats" d'aujourd'hui l'aident à conforter l'ordre des choses [30]. »

Mais la politique n'est pas seule en cause. La vie intellectuelle – du moins la plus immédiatement visible – est soumise aux mêmes fatalités. L'hypermédiatisation de celle-ci s'accompagne qu'on le veuille ou non d'une rétractation

28. Article de Nick Gowing, publié dans *The Independant of Sunday* en juin 1994.

29. J'ai développé cette analyse du manichéisme médiatique dans *La Trahison des Lumières*, Seuil, 1995, et « Points », 1996.

30. Serge Halimi, « Ces débats médiatiquement corrects », *Le Monde diplomatique*, mars 1999.

irrépressible qui conduit les protagonistes à préférer le
simple au complexe, l'excommunication à l'argumentation, le chipotage au débat de fond, la chamaillerie des
clans à l'affrontement des idées, la visibilité discoureuse à
la réflexion créatrice, etc. Vieux constat, évidences quotidiennes qu'un Michel de Certeau déplorait déjà dans les
années 1980, quand il voyait dans le médiatique (on disait
alors le « journal ») un « système d'écriture [de l'Histoire]
qui avait sa logique propre ». Et il ajoutait : « Le journal
n'est pas cette mince pelure destinée à rendre visible une
profondeur du monde, et pas davantage l'annonce d'une
réalité, ni la prédication d'une vérité de l'histoire. [...]
Cette *production* de grandes légendes populaires avec et
dans l'élément du quotidien est l'équivalent des mythologies d'antan [31]. » Le mythologique se dissimule sous le
moderne, et la gnose de jadis réapparaît sous un nouveau
visage. En dehors de toute intention affichée, le système
médiatique, « empire sans empereur », favorise et amplifie
de cette façon un triomphe du dualisme au sein de sociétés
modernes qui s'en croyaient libérées.

Mais cette nouvelle logique médiatique n'est pas la
seule à produire ce genre d'effets pervers. Dans l'air du
temps coexistent d'autres façons d'être et de penser qui
concourent au même résultat. L'économisme ambiant
en est un exemple. La place disproportionnée, fantasma-
tique, accordée à l'économie et à la marchandise dans
les pays développés sera peut-être un jour, avec le recul,
considérée comme une forme de superstition, d'obscurantisme, voire de bêtise. Les économistes les plus lucides
sont parfois les premiers à le subodorer. « L'économie,
s'étonne Jean-Pierre Dupuy, est la forme essentielle du
monde moderne et les problèmes économiques sont nos
préoccupations principales. Pourtant, le vrai sens de la
vie est ailleurs. Tous le savent. Tous l'oublient. Pourquoi [32] ? »

Réfléchissons un instant aux conséquences directes et
indirectes d'un « oubli » aussi massif. Le premier effet de

31. Michel de Certeau, *La Faiblesse de croire*, Seuil, 1987, p. 186.
32. Jean-Pierre Dupuy, *Le Sacrifice et l'Envie. Le libéralisme aux
prises avec la justice sociale*, Calmann-Lévy, 1992.

l'économisme devenu pensée dominante *tient à la priorité absolue qu'il donne au quantitatif.* Depuis quelques années, notre imaginaire social est ainsi colonisé par les chiffres, c'est-à-dire les « quantités ». On n'éprouve plus vraiment la valeur d'une vie ou d'une situation, *on la mesure.* On compte. L'arithmétique règne sur l'actualité. Nos journaux, nos télévisions, nos hommes politiques nous parlent surtout de quantités ou de pourcentages. Nous voilà devenus les statisticiens frénétiques de notre propre existence… Taux de chômage, valeurs boursières, résultats d'exploitation, mais aussi sondages proliférants, courbes de vente, taux d'intérêt, points d'Audimat ou quantité d'exemplaires vendus : l'essentiel de notre quotidien tient à des considérations chiffrées. Et, de ces chiffres, nous prenons l'habitude d'attendre notre salut. Le bonheur, clame-t-on partout, commence à 2,5 points de croissance… Nous semblons prendre notre parti d'une façon d'être au monde qui ramène la totalité du réel à une seule de ses dimensions. Comme l'écrit Raphaël Drai avec une pointe d'humour : « À présent, les causalités univoques, l'expérimentation, le calcul comptable se substituent aux fées et aux légendes. Le compte se substitue aux contes [33]. »

Or une telle interprétation des choses assujettie au quantitatif ne manipule, par définition, que des indicateurs binaires : le plus et le moins, le long ou le court, le gain ou la perte, la croissance ou la récession. Il ne laisse aucune place – ou qu'une place infime – à des paramètres qui ne seraient pas comptabilisables. *Cette forme de pensée correspond bel et bien à un manichéisme intégral quoi qu'inconscient de lui-même.* L'air du temps se trouve formaté d'une façon innocemment dualiste. La « sainteté de l'intelligence », cette qualité sublime dont parlait Tocqueville, n'en sort pas gagnante. Un tel réductionnisme fait immanquablement penser à cette remarque caustique de Serge Latouche, citant un proverbe : « Quand on a un marteau dans la tête, on voit tous les problèmes sous forme de clous. » Or les hommes

---

33. Raphaël Drai, « Désillusion politique et perversion de l'idéal », *in* Jean-François Mattéi et Denis Rosenfield, *Civilisation et Barbarie, op. cit.,* p. 57.

d'aujourd'hui se sont bien mis un « marteau économique dans la tête[34] ».

La même remarque pourrait être faite à propos d'une autre approche du réel qui, elle aussi, s'impose à nous comme un marteau : le raisonnement informatique ou numérique. C'est peu de dire qu'il s'est progressivement intégré à notre paysage intérieur en y installant les modes d'évaluation qui lui sont propres. Notre vie de tous les jours a été soumise à une manière d'indexation numérique généralisée. Nos repères sont devenus informatiques et digitaux : codes d'entrée d'immeubles, matricules d'identification, identifiants bancaires, verrouillages téléphoniques, etc. C'est peu de dire que notre mental lui-même a été partiellement numérisé et que notre rapport au monde, nos modes de raisonnement, nos réflexes de tous les jours en ont été transformés. Or le numérique, comme on le sait, ne prend jamais en compte que deux signes : le zéro et le un. Dans son essence, il est encore plus caricaturalement dualiste que l'arithmétique traditionnelle avec (au moins) ses dix chiffres de base. Il y a quelque chose comme un manichéisme « technique » dans ce triomphe du numérique.

Le médiatique, l'économique, le numérique : tels sont finalement les principaux « langages » d'aujourd'hui. Ils ont en commun d'être tous les trois réducteurs. Qui pourrait soutenir qu'ils sont sans effet sur notre vision des choses, sur les références symboliques qui nous habitent et, au bout du compte, sur notre jugement courant ?

Les délices de la bataille

Ce passage en revue achevé, une question demeure. Cette gnose réinventée, ce manichéisme batailleur, ces bagarres rudimentaires, peut-on se contenter d'en dénoncer l'omniprésence ? Est-il suffisant de s'en tenir à la protestation indignée ? Peut-on se contenter de stigmatiser la « méchanceté » ou la « superficialité » de toute posture dualiste ?

---

34. Serge Latouche, « Pourquoi l'économie plurielle et solidaire me laisse perplexe », *Silence*, n° 289, novembre 2002.

Sûrement pas. Il faut d'abord essayer de comprendre le sens et la portée véritable d'une dérive aussi générale. Suggérons quelques pistes.

Si le néomanichéisme connaît un tel succès, c'est pour des raisons plus obscures dont la principale tient sans aucun doute au confort mental qu'il procure. Au bénéfice de tous. En nous installant dans des choix tranchés, le manichéisme apaise notre inquiétude face à une réalité nouvelle. C'est l'équivalent d'une anesthésie – ou d'un engourdissement – de l'esprit. *Il nous dispense d'une réflexion trop risquée et comble notre refus de penser le nouveau.* C'est une dérobade non seulement paresseuse, mais conservatrice par essence. Elle conduit à perpétuer les antagonismes anciens ou dépassés, mais qui ont l'avantage d'être immédiatement identifiables. Elle nous permet de jouer et rejouer, au sens théâtral du terme, les inusables querelles du répertoire, où chacun peut retrouver sa place, et même son rond de serviette. En dépit des criailleries dramatiques qui entourent ces affrontements et leur confèrent un je ne sais quoi d'héroïque, il s'agit en vérité d'une configuration routinière et, par conséquent, rassurante.

Réacs contre branchés, libertins contre puritains, civilisés contre barbares : quoi de plus reposant que ces saynètes écrites d'avance ? Quoi de plus avantageux que de convoquer, d'un côté comme de l'autre, les grands principes en agitant les bras ? Quoi de plus consolant que de s'enrôler au service du bien pour combattre, sabre au clair, les serviteurs du mal ? Ce conservatisme a ceci de particulier qu'il se méconnaît lui-même. Il croit combattre la « réaction » quand il conspire à la perpétuer. Dans la plupart de ces duels, en effet, le conservatisme véritable et la position « réactionnaire » ne sont pas situés dans l'un ou l'autre des camps, mais dans l'affrontement lui-même. Ce que masquent en définitive ce vacarme, ces gesticulations et ces dérobades, c'est *une stérilité mentale désemparée.*

Lorsqu'on est tenté d'écrire que nos batailles de mots sont de pures mises en scène, on a quelques bonnes raisons de le faire. Ces batailles théâtralisent en les personnalisant des dilemmes fondamentaux qui deviennent du même coup – mais de façon illusoire – des « matchs » sans merci. Faire cela, c'est parodier le vrai débat qui se situe à l'intérieur de chacun de nous. La bêtise contemporaine consiste à dissocier les exigences contradictoires qui cohabitent dans notre for intérieur pour mettre en scène, en effet, sur le mode de la dispute binaire *l'indétermination particulière à chaque être humain et qui porte un autre nom : la pensée.* Pour prendre un exemple, il est évident que nous voulons tout à la fois la transgression et l'interdit, la transparence et le secret, la liberté et le lien, etc. Et nous sentons bien ce que peut avoir d'absurde le détournement d'une telle délibération intérieure pour la réduire à un combat de gladiateurs propulsés dans l'aveuglante lumière des arènes médiatiques. Tartempion, champion des libertins, contre Tartemuche, héroïne puritaine ! Empire de la bêtise, en effet…

Alain Boyer exprime fort bien cela lorsque, généralisant le propos, il observe que « les partisans du monde perdu et ceux de l'homme enfin moderne savent qu'ils ont chacun une partition à jouer, et que leurs joutes sont cruciales : chacun a en quelque sorte intérêt à ce que l'autre existe et resurgisse régulièrement, de telle manière qu'il soit possible de montrer au public témoin de cette nouvelle gigantomachie que la bataille n'est pas terminée et qu'il faut choisir son camp. Platon ou Descartes ? Aristote ou Kant ? Saint Thomas ou Habermas ? […] Ces oppositions me semblent fragiles et manichéennes [35] ».

On sera d'autant plus sensible à la médiocrité foncière de ces disputes en carton-pâte qu'on est mieux conscient de l'énormité des mutations historiques qui nous assaillent. Craignons la déception et le soupir des plus lucides. À quoi employais-tu ton énergie, mon frère, lorsque le temps sortait de ses gonds et que vacillait l'histoire du monde ? Quand choisirons-nous de prêter enfin l'oreille à la subversion véritable et nécessaire ? Celle qu'essaie de désigner un philosophe allemand lorsqu'il écrit : « L'homme qui peut promettre du neuf est un homme qui dit de l'inouï avec des mots anciens [36]. »

35. Alain Boyer, « Du monde perdu à l'homme enfin moderne », *Esprit*, novembre 2002, p. 49.
36. Peter Sloterdijk, *La Compétition des bonnes nouvelles. Nietzsche évangéliste*, discours prononcé à Weimar, le 25 août 2000, pour le centenaire de la mort de Friedrich Nietzsche, traduit de l'allemand par Olivier Mannoni, Mille et une nuits, 2002, p. 41.

Faire le trou...

Les remarques et les regrets égrenés au fil de ce chapitre
ne doivent pas nous conduire à l'ingratitude. Il serait injuste
d'oublier que, alors même que triomphe un peu partout
la sottise manichéenne, d'autres démarches sont menées,
d'autres pensées cheminent. Et cela depuis plusieurs
décennies. Diverses dans leur expression comme dans leur
« musique », elles ont en commun une même volonté de
chercher un passage ; de trouver un chemin praticable entre
les banquises ; de refuser la simplicité meurtrière du dualisme. On pense ici à plusieurs sortes de travaux, voire
d'écoles qui méritent d'être suivis avec la curiosité la plus
attentive. Des réflexions d'Edgar Morin sur la *complexité*
aux recherches arborescentes de la pensée dite *systémique* ;
des réflexions prometteuses sur la gratuité et le don menées
par le groupe « anti-utilitariste » d'Alain Caillé aux intuitions des tenants les plus résolus de la transdisciplinarité : là
sont regroupés les guetteurs essentiels.

Par contraste avec le tintamarre des querelles ou la visibilité agressive du spectacle, c'est un peu la face cachée de
la pensée moderne : un territoire négligé par les discours
quotidiens mais où mille germinations sont probablement
à l'œuvre. Chose remarquable : les professions de foi qui
s'y trouvent exprimées sonnent le plus souvent comme un
refus de toutes les crispations et manichéismes recensés
dans les pages qui précèdent. Qu'on en juge par ces
quelques phrases extraites de l'article 14 d'une « Charte de
la transdisciplinarité » cosignée par des scientifiques et
des philosophes de plusieurs pays : « Rigueur, ouverture et
tolérance sont les caractéristiques fondamentales de l'attitude et de la vision transdisciplinaires. [...] L'ouverture
comporte l'acceptation de l'inconnu, de l'inattendu et de
l'imprévisible. La tolérance est la reconnaissance du droit
aux idées et vérités contraires aux nôtres[37]. »

---

37. Cette « Charte de la transdisciplinarité » en quinze articles a été
élaborée par Lima de Freitas, Edgar Morin et le physicien Basarab Nicolescu, puis signée lors de la Convention de Arrábida le 6 novembre
1994.

Ainsi conçue, cette démarche transdisciplinaire est exemplaire en ce que, prenant acte de certaines révolutions conceptuelles, introduites par la mécanique quantique, elle pose quelques postulats qu'on peut juger libérateurs : par exemple l'existence de plusieurs niveaux de réalité ; existence qui invalide une fois pour toutes les raisonnements fondés sur le dualisme ou l'exclusive. Comme l'écrit Basarab Nicolescu, « l'espace entre les disciplines et au-delà des disciplines est plein, comme le vide quantique est plein de toutes les potentialités [38] ». Les défenseurs de la transdisciplinarité mettent aussi en avant le concept de « tiers inclus » ou de « non-contradiction », ce troisième terme providentiel permettant d'échapper à l'enfermement binaire. Soucieux de refonder, contre la parcellisation des savoirs, une unité minimale de connaissance, les signataires d'une telle charte voudraient dépasser tout à la fois l'interdisciplinarité (transfert des méthodes d'une discipline vers une autre) et la pluridisciplinarité (étude d'un objet par plusieurs disciplines à la fois.)

On ne mentionne cet espace de réflexion qu'à titre d'exemple. Mais c'est un exemple parlant. Pourquoi ? Parce qu'il indique assez bien que, face au dualisme bêtifiant qui n'oppose que le blanc et le noir, la solution ne réside pas dans une quelconque voie moyenne, ni dans un aimable centrisme, mais dans un au-delà des conflits ordinaires. Il ne s'agit pas de tempérer mais de traverser. Penser le nouveau, ce n'est pas tergiverser, mais s'extirper des mêlées pour *tenter de faire le trou*. Rimbaud n'est pas si loin. Il faut tâcher, en effet, d'être « résolument moderne »…

---

38. Repris du site Internet de l'auteur : http ://www.epfl.ch/UF1/observatoire/nicolescu/transdisciplinarité l/html

Deuxième partie

SIX CHEMINS À TRACER

Mode d'emploi

Comme on reprend son souffle, ressouvenons-nous des quelques idées les plus simples que nous avons tenté d'examiner jusqu'à présent. La mutation historique et même anthropologique que nous sommes en train de vivre est exceptionnelle. C'est un fait. Dans l'immédiat, elle s'accompagne du resurgissement de certaines réalités que nous avions chassées de nos têtes : celle du mal, par exemple. Or, déshabitués de la philosophie morale, oublieux des expériences théologiques, imprudemment détournés de l'ontologie – cette « science de l'être », précise le *Littré* –, nous nous réfugions volontiers dans des postures défensives, à la fois commodes et paresseuses. La plus ordinaire consiste, au sujet du bien et du mal, en un manichéisme agressif et réducteur qui nous conduit à perpétuer de sempiternelles batailles de mots. À toute velléité de pensée neuve, ces batailles quasi parodiques et souvent recommencées substituent une mise en scène attendue : noir contre blanc, méchants contre gentils, clairvoyance contre obscurantisme. En dépit des apparences, ces dualismes équivalent à une forme d'immobilité mentale, et cela au moment même où les « surgissements » attendus exigeraient remuement intérieur et appétence pour le nouveau.

Nous en sommes là.

Rivés à la répétition du même, aveuglés par les apparences, nous piétinons sans avancer, mais en gesticulant beaucoup. Nous confondons – parce que cela nous arrange – la clameur des invectives avec l'audace de l'esprit. C'est de cette immobilité cambrée qu'il faut sortir. Il importe pour cela d'échapper aux tenailles d'un véritable piège, celui des manichéismes, des dualismes, des querelles qui nous clouent littéralement sur place. Plutôt que ces parodies de combat, il faudrait non point esquiver les questions en nous réfugiant dans un « juste milieu » fadasse, mais trouer l'obstacle, traverser le miroir, débloquer nos raideurs, percer un chemin… Car le paysage du réel a bien plus changé que ne le disent nos mots et nos gesticulations.

À notre insu, la plupart des lignes du champ de bataille se sont déplacées ; les affrontements ont changé de nature ; des concepts, des catégories, des perspectives nouvelles sont apparus. L'achèvement de l'ancien est consommé. Il a changé la « donne » ; il rend plus risibles les bagarres qui occupent encore – mais à l'arrière – les protagonistes de la comédie médiatique, vieux acteurs du répertoire. Dorénavant, c'est ailleurs, à côté, dans la marge, au-dessus, au-dessous ou autrement que se livrent les vraies parties. Celles-là mêmes qu'il faudrait clarifier.

Beau programme, certes ! Ambitieuse feuille de route ! Mais de telles résolutions ne risquent-elles pas de s'évanouir dans l'abstraction ? Ou le bavardage ? Ou la confusion ? Pour éviter cela, il faut prendre véritablement au mot ces intentions et, *in concreto*, les « mettre au travail ». Si les défis qui nous assiègent ont changé, eh bien soit : allons voir cela de plus près ! Posément. Patiemment. En toute imprudence. C'est ce qu'on voudrait tenter de faire ici en examinant les six antagonismes fondamentaux, les six « oppositions », sur lesquels nous paraît décidément buter le désarroi contemporain. L'intention avouée est d'essayer, chaque fois, de trouver l'amorce d'un *passage* et peut-être même d'un chemin. Bien sûr, tout choix comporte une part d'arbitraire. Pourquoi telle opposition et pas telle autre ? Pourquoi ce chiffre six sur lequel on peut toujours discuter ? Parce que, sauf à s'éterniser dans l'atermoiement, il faut choisir où l'on va…

CHAPITRE 3

Entre limite et transgression

> « Bienheureux es-tu si tu transgresses
> en sachant que tu transgresses, mais si
> tu ne le sais pas, alors tu es maudit et
> transgresseur de la Loi. »
>
> Luc 6,4.

La limite ? Énumérons un peu. L'économie, l'information, la science, la sexualité, la création, l'école, le droit, l'éthique, la famille, la technologie, etc. : les débats innombrables qui occupent notre quotidien paraissent d'une infinie diversité. Quoi de commun entre la furieuse querelle opposant les « puritains » aux « libertins » au sujet de la sexualité et le désaccord non moins radical séparant les tenants du libéralisme intégral aux économistes dits « régulateurs » ? Quel rapport entre le duel acharné qui dresse les avocats de la technoscience face aux défenseurs de l'éthique, et l'antagonisme qui mobilise les pédagogues modernistes contre les enseignants en mal d'autorité ? On pourrait prolonger la liste. Ces questions paraissent de nature différente. Elles ne concernent ni les mêmes personnes, ni les mêmes lieux, ni les mêmes sujets. Et pourtant ces polémiques – si violentes ! – tournent bien autour de la même alternative : celle qui oppose le souci de la règle au prurit de liberté, l'injonction de la loi aux vertus de la dissidence, c'est-à-dire, au bout du compte, le concept de *limite* à celui de *transgression*.

L'horreur des « tabous »

Cette alternative pourrait être reformulée de la manière suivante : le « projet humain » et l'épanouissement de l'individu passent-ils par l'acceptation d'une limite posée à ses actions, ou au contraire par l'audace possiblement créatrice de la transgression ? L'humanité de l'homme tient-elle à sa soumission volontaire à des normes communes, ou aux efforts qu'il déploie pour s'en émanciper ? Faut-il privilégier l'idée grecque de « mesure », ou libérer les énergies de l'*hubris* – idée grecque elle aussi – qui se fondent sur la démesure dionysiaque, la témérité aventureuse ?

C'est sans doute la plus immédiatement politique – et la plus explosive – des contradictions avec lesquelles, tant bien que mal, nous devons vivre. Or il se trouve que les sociétés contemporaines ont *de plus en plus de mal à le faire*. Elles sont prises aujourd'hui dans une schizophrénie affolante.

Pour mille raisons tenant au « désenchantement du monde », nos sociétés sont habitées par une peur confuse, hantées par la violence, égarées dans une modernité devenue anomique (sans valeurs communes). Elles sont quotidiennement en quête de règles, de repères, de *sens*, pour reprendre un cliché répandu. En d'autres termes, nous cherchons tous – et dans tous les domaines – à *redéfinir la limite*. Or, dans le même temps, la culture dominante est celle de la *transgression*, au point que nous identifions cette dernière à la modernité elle-même. Nous sommes modernes, pensons-nous, dans la mesure où nous nous libérons des normes imposées, des morales craintives, des superstitions et des obéissances de jadis. Notre liberté individuelle est transgressive par définition, par essence et par choix ; du moins est-ce ainsi qu'elle se perçoit et s'affiche.

Le vocabulaire courant porte trace de cette inclination paradoxalement érigée en *doxa*, en opinion majoritaire. Que l'on songe à la détermination infatigable que nous mettons à braver « les tabous qui nous empêchent de vivre », à « défier les convenances », à « briser les silences ». Qu'on se souvienne des efforts que nous déployons pour désobéir aux « vieux interdits » en nous dressant contre les « préjugés ». Qu'on pense à notre volonté claironnante de pourfendre les « hypocrisies » d'autrefois au nom d'une liberté enfin conquise. Quant aux réflexes horrifiés que suscite la moindre allusion à l'idée de limite, ou pire encore à celle de morale, ne sont-ils pas devenus un passage obligé pour toute parole un tant soit peu publique ?

Jour après jour, nous affichons notre préférence pour la transgression avec une telle opiniâtreté qu'elle s'apparente désormais à un réflexe aussi élémentaire que la respiration ou les battements du cœur. Ce réflexe n'est d'ailleurs pas dénué de pertinence. Il est – aussi – une façon de nous prémunir contre un retour possible de l'intolérance ou de la discrimination ; il est une reconnaissance implicite du pluralisme culturel, ethnique, confessionnel, qui rend *a priori* suspect ou simplement « local » tout discours normatif ; il correspond à la volonté de trouver d'autres façons de vivre ensemble. Sauf que cette disposition d'esprit nous conduit de proche en proche à congédier l'idée même de limite que, par ailleurs, nous recherchons avec fébrilité.

On pourrait épiloguer à l'infini sur la façon dont l'État lui-même reprend à son compte, en l'officialisant, cette *prévalence de la transgression sur la règle*, promouvant ce que Pierre Legendre appelle le « self-service normatif ». L'une des plus curieuses dérives de l'époque, en effet, c'est bien celle qui voit l'État renoncer à toute fonction symbolique ou instituante pour se transformer en thérapeute indulgent – et maternant – de l'individu transgresseur[1]. Citons certaines réformes ou jurisprudences concernant la filiation (l'abolition de la référence au nom du père, par exemple) qui ne sont pas sans conséquences symboliques. En faisant cela, « les différentes juridictions contemporaines cautionnent la logique du fantasme au lieu d'en énoncer la limite. [...] Au lieu de faire valoir la "catégorie de l'impossible", c'est-à-dire une norme "indisponible" pour le sujet, [elles se plient] aux exigences fantasmatiques de ce dernier[2] ».

Ce ralliement de l'institution à la souveraineté du fantasme participe des contradictions de la postmodernité dans son ensemble. Le nouveau système, pour le sociologue Michel Freitag, « se déploie sans normes ni finalités, répondant au délire des uns avec toute la force d'amplification

---

1. Sur ce thème de l'État « maternant », je reprends Michel Schneider, « Malaise dans la sexualité. Du nouvel ordre sexuel au nouvel ordre matriarcal », *Esprit*, mai 2002, p. 25-27.
2. Patricia Palermini, *Misère de la bioéthique*, Bruxelles, Éditions Labor, « Espace de libertés », 2002, p. 62.

aveugle que lui confère sa puissance technique, et gérant la
dépression et les manies des autres de manière à ce qu'elles
ne viennent pas entraver son fonctionnement[3] ».

Des sociétés schizophrènes ?

Étrange inconfort, en définitive, que celui d'une société
qui rejette avec ostentation cela même dont elle se dit privée ; une société qui *parle au rebours de ce qu'elle ressent*.
Quête de limites d'un côté, ardeur de la transgression de
l'autre : la situation de l'homme contemporain ressemble à
celle du patient soumis à ce que les psychanalystes appellent le *double bind*, la double contrainte, dont la névrose est
souvent l'unique échappatoire. La double contrainte prend
cette fois la forme suivante : elle exalte la transgression
mais déplore l'absence de règles ; redoute la violence mais
ironise sur la civilité ; exalte le libertinage mais criminalise
la sexualité, etc.

Comment sortir de l'impasse ? Comment ouvrir une porte
aussi solidement verrouillée ? Car cette schizophrénie est
bien l'une des formes insidieuses du mal-être contemporain. Il existe plusieurs façons de s'en évader. Certaines
sont pathologiques : souvenons-nous des chiffres concernant notre consommation de neuroleptiques, ou ceux, en
progression constante, qui mesurent le nombre annuel de
suicides (onze à douze mille !) dans un pays comme la
France. Observons que ces comportements suicidaires peuvent – aussi – aboutir à l'un de ces crimes ou fusillades qui
surviennent de loin en loin dans l'actualité et devraient être
perçus comme autant de symptômes. La tuerie du conseil
municipal de Nanterre, par exemple, qui a fait huit morts
dans la nuit du 26 au 27 mars 2002, a conduit certains psychanalystes à formuler des remarques significatives concernant le comportement de Richard Durn, le meurtrier. Pour
une psychanalyste – qui se référait par ailleurs à Pierre
Legendre –, ce crime attirait notre attention sur le fait que
« la loi, le corps social, ne remplissait plus sa fonction de
contenant, de protecteur des pulsions qui nous habitent,

---

3. Michel Freitag, *L'Oubli de la société*, *op. cit.*, p. 93.

laissant chacun seul avec sa violence interne. Cette violence qu'aucune organisation sociale n'endigue plus, ne disant jamais non, n'introduisant plus de limites entre pouvoir, vouloir, avoir [...] comme si l'institution ne reflétait que du vide [4] ».

On pourrait, il est vrai, rattacher à cette même antinomie transgression/limite nombre de débats récurrents, comme ceux qui concernent l'éducation, l'autorité et, plus largement, le statut symbolique de l'enfant. Dans son souci de protéger l'enfance des dominations, violences ou même abjections dont elle est parfois victime, la *doxa* contemporaine en est venue à une mythification de l'enfance, à une sorte d'idolâtrie démissionnaire. On s'est mis à parler des enfants comme s'il s'agissait de petits adultes opprimés. On a multiplié les critiques à l'endroit d'une démarche éducative, décrite comme l'exercice d'une « domination ». En clair, et avec les meilleures intentions du monde, on a fragilisé le principe de base de tout apprentissage : celui de la *limite*.

Congédier la limite tout en quêtant obscurément celle-ci ? Pour sortir de la contradiction, il existe aussi des méthodes involontairement drolatiques qui procèdent de ce qu'on pourrait appeler un partage des rôles. Voilà bien une spécialité du système médiatique, en ce qu'il exprime ingénument l'inconscient collectif. Certains – avec ou sans fume-cigarettes – choisiront d'incarner la *transgression*, tandis que d'autres se poseront en gardiens scrupuleux de la *limite*. Et l'on jouera et rejouera encore l'une des saynètes pugilistiques décrites au chapitre précédent. Or, ces saynètes impliquent de part et d'autre ce qu'Emmanuel Lévinas appelle une *usurpation*. Nous reviendrons sur ce concept et sur ce mot.

Il existe enfin des échappatoires, qui participent de ce que La Boétie appelait la « servitude volontaire ». On pense ici à ces bouffées d'obéissance aveugle qui favorisent l'adhésion à une secte dont les règles seront draconiennes. On songe à l'incorporation empressée dans des groupes communautaires ou des tribus urbaines qui, en échange du plaisir fusionnel, réclament de leurs membres

---

4. Laure Gomel, *Libération*, 3 avril 2002.

une soumission muette aux coutumes et préjugés communs. Des préjugés, des « mots de la tribu », infiniment plus contraignants que ne le fut jamais aucune morale. Le libertaire accouche ainsi du sectaire…

La limite me fait humain, mais…

Faut-il, pour autant, plaider pour un retour pur et simple à l'autorité, pour une réhabilitation sans faiblesse de la règle, c'est-à-dire de la limite ? C'est ce que réclament à cor et à cri les défenseurs de la tradition et les indéfectibles partisans de l'ordre. Or cette injonction est irrecevable. Pourquoi ? Parce qu'en magnifiant l'idée de limite elle escamote une moitié de la vérité. L'ambivalence de notre statut d'être humain exige une analyse un peu plus fine. Cette ambivalence pourrait s'énoncer de la manière suivante : l'humanité de l'homme en général se fonde sur le concept de limite (c'est notamment ce qui le distingue de l'animal), mais la réalisation de chaque homme en particulier passe par la transgression. Pour dire les choses plus simplement, *c'est la limite qui me fait homme mais c'est la transgression qui me fait individu*. Cela signifie qu'on ne peut renoncer ni à la *limite* ni à la *transgression*, et qu'il nous faut reconnaître le caractère inaugural de l'une *et* de l'autre.

Commençons par cette indispensable *reconnaissance*.

Et d'abord celle de la limite. Le rôle fondateur et humanisant de la limite, du *nomos*, ne fait aucun doute. Il n'est pas une pensée, pas une tradition, pas une religion, pas un système juridique, pas une discipline du savoir qui ne reconnaisse le rôle joué par l'idée de limite dans le processus d'humanisation lui-même. L'interdit de l'inceste, par exemple, sera défini par Claude Lévi-Strauss comme « la démarche fondamentale grâce à laquelle, mais surtout en laquelle s'accomplit le passage de la Nature à la Culture ».

Ni Freud, ni les psychanalystes ne soutiendront le contraire. Entre le « ça » et le « moi », entre le « principe de plaisir » et le « principe de réalité », il y a l'intervention – *via* la figure du père – de la Loi, c'est-à-dire de la limite. « Pour l'enfant, vivre humainement, acquérir son autonomie, ce sera peu à peu se différencier du monde fusionnel qu'il forme avec son origine. […] Il faut donc qu'une instance quelconque vienne

couper, vienne "castrer" ce monde fusionnel pour que le désir
de l'enfant, qui pourrait établir une sorte de collusion avec
son origine, puisse être barré et se diriger vers d'autres
"objets". [...] Quelle est donc l'instance qui vient castrer ce
monde fusionnel ? Nous l'appellerons "*la Loi*", c'est-à-dire
l'ensemble des références sociales qui préexistent à l'enfant :
notamment le langage, les interdits, le père, etc. [5]. » De là procède une évidence qu'on est gêné de devoir rappeler tant elle
est simple : *devenir humain, c'est toujours renoncer*.

Et devenir sociable, c'est intérioriser en quelque sorte ce
renoncement en acceptant, de plein gré, la limite. Lorsqu'on s'intéresse à la question scolaire, pour ne prendre
que cet exemple, on est frappé de voir de quelle manière
l'exigence de *civilité* était fortement exprimée au début du
XXᵉ siècle par les promoteurs de l'école républicaine, quoiqu'ils fussent, dans le même temps, farouchement hostiles
à toute morale religieuse. On pense au fameux *Dictionnaire
Buisson*, qui fut la bible laïque des hussards noirs de la
République [6]. Pour son auteur, Ferdinand Buisson, le sens
moral était aussi naturel à l'homme que les cinq sens corporels [7], mais il devait se cultiver avec soin. Il constituait
une sorte de « boussole infaillible ».

Dans un autre ordre d'idée, un sociologue comme Norbert Elias, si souvent cité aujourd'hui, a fait de la « civilisation des mœurs » le sujet même de son œuvre, une œuvre
dont on ne s'étonnera pas qu'elle suscite un regain d'intérêt. Or qu'est-ce que la civilité sinon *l'intériorisation de la
limite*, qui, seule, permet une cohabitation pacifique entre
les hommes ?

Quant aux formulations juridiques de cette *limite*, elles
désignent souvent en négatif les pulsions particulières, les
tentations ou les transgressions spécifiques que l'on entend
contrecarrer. Pour reprendre une formule familière aux
juristes, *l'anthropologie juridique révèle l'homme*.

---

5. Xavier Thévenot, *Repères éthiques pour un monde nouveau*, Salvator, 1982, p. 46-47.

6. J'emprunte cette référence à Eirick Prairat, « La lente désacralisa-
tion de l'ordre scolaire », *Esprit*, décembre 2002, p. 144-145.

7. Ferdinand Buisson, *Leçons de morale à l'usage de l'enseignement
primaire*, Hachette, 1926, p. 11. Cité par Jacqueline Lalouette, *La République anticléricale. XIXᵉ-XXᵉ siècle*, Seuil, 2002, p. 147.

Un exemple nous est fourni par ces édits royaux, applicables à la marine anglaise, qui interdisent explicitement le cannibalisme à bord des navires de la flotte. De façon indirecte, « ils en disent long sur l'appétit des marins [8] ». Freud exprimait la même idée lorsqu'il notait : on n'interdit que ce qui peut être l'objet d'un désir. Dès lors, commente André Green, « ce qui connote cet aspect du mal, c'est de passer outre la limite déclarée infranchissable pour réaliser son désir [9] ».

… la transgression me fait individu

Mais souligner l'évidente nécessité de la limite ne doit pas conduire à une perception trop moralisante de la transgression. Une part essentielle de l'aventure humaine lui est redevable, et dans tous les domaines. Est-il personnage plus audacieux dans la transgression que l'Antigone de Thèbes, fille d'Œdipe et de Jocaste, qui, bravant les ordres de Créon, assure à son frère Polynice une sépulture digne d'un être humain ? Or, dans la tragédie de Sophocle, c'est Créon qui est du côté de la limite, de la Loi, alors qu'Antigone *assume la transgression* jusqu'au sacrifice de soi. Cela dit, si Antigone récuse la limite fixée par les lois de la Cité, c'est au nom d'autres lois, non écrites celles-là. Elle ne transgresse donc pas pour son propre compte…

Osera-t-on rappeler que les progrès de la connaissance scientifique postulent une volonté de transgresser les règles et les axiomes issus d'un savoir déterminé, mais que, bientôt, une découverte invalidera ? Doit-on citer encore la désobéissance créatrice, qui permet à un artiste de s'affranchir des académismes ou encore la flamboyante imprudence – transgressive elle aussi – qui pousse les découvreurs vers de nouveaux mondes ? Faut-il évoquer enfin les liens subtils liant le plaisir amoureux à la transgression ? L'érotisme n'est-il pas en lui-même une forme de ruse avec l'interdit auquel il doit paradoxalement son existence ? On

---

8. Gilles Lhuillier, « Les juristes sont-ils des clercs ? Sur la dimension anthropologique du droit », *Esprit*, novembre 2002, p. 186.
9. André Green, « Pourquoi le mal ? », *op. cit.*, p. 427.

ne résiste pas au plaisir de citer ici un auteur sagace. « L'érotisme, écrit-il, incite à lever toutes les barrières, à retourner les figures habituelles de la pudeur et de la décence. Ce qu'exige la pudeur offre à l'érotisme son motif inversé, son programme. [...] L'érotisme joue avec les limites et autour d'elles sans les abolir, il les intègre, il les respecte à sa manière [10]. »

Si la limite est humanisante, sa pesanteur excessive peut donc se révéler aussi destructrice pour la communauté des hommes que ne l'est, pour l'individu, un surmoi trop sévère. C'est ordinairement par la transgression qu'un homme manifeste son autonomie, son énergie, sa créativité ; c'est en assumant ce risque que l'individu se construit. En traversant la frontière, il quitte l'unanimité routinière de la communauté pour s'aventurer dans l'inconnu. Pour la plupart des mythologies, des plus anciennes aux plus actuelles, *le héros est celui qui désobéit*.

À ceux qui oublient cet impératif de transgression, on fera observer qu'il se manifeste aussi sur les terrains les plus inattendus. Les historiens spécialistes du Moyen Âge soulignent par exemple le caractère subversif de l'amour courtois des XIe et XIIe siècles, celui que célébraient les troubadours et les fabliaux, celui qu'illustre la légende celtique de *Tristan et Yseult*. L'amour courtois, trop souvent décrit comme une mièvrerie poétisante, pour ne pas dire platonique, peut s'interpréter comme un hymne provocateur à la transgression. « Les troubadours chantent officiellement un amour adultère et passionnel : ce n'est que dans la transgression de l'interdit que l'on peut vivre cet amour avec tremblement, crainte et folie. [...] Cet amour passionnel va jusqu'à l'acceptation de ma mort. Il est tellement puissant qu'il passe au-dessus de toutes les lois de la société [11]. »

Les chrétiens, quant à eux, sont mieux placés que quiconque pour apprécier la vertu paradoxale de la transgression. L'Évangile n'est-il pas une subversion délibérée de la Loi vétéro-testamentaire ? Dans son dernier livre, publié quelques mois après sa mort intervenue le 3 juillet 2002,

---

10. François Guery, *Haine et Destruction*, Ellipse, 2001, p. 92-93.
11. Michel Rouche, professeur à Paris-Sorbonne, « Sexualité, intimité et société », entretien avec Benoît de Sagazan, CLD, 2002, p. 72-73.

Michel Henry s'étonnait à juste titre que l'on ne sache plus
guère apprécier la force dévastatrice de la subversion évangélique, transgression formidable s'il en fut. En bravant les
rigueurs de la Loi, notamment celle du sabbat (Mathieu
12,10), Jésus scandalise les pharisiens. On peut comprendre
cela. Avec quelques paroles inouïes – et inaudibles pour les
juifs –, il ébranle les fondements de ce monde. « Nous
avons de la peine à mesurer aujourd'hui, dans des sociétés
qui échappent progressivement à l'état de droit, où il n'y a
plus ni loi ni respect ou observance des lois, la portée de la
critique de la loi dans un monde essentiellement religieux
et dont la religion est précisément celle de la Loi. La mise
en cause de celle-ci y apparaît nécessairement comme celle
de la société tout entière et du fondement sur lequel elle
repose [12]. » La même puissance transgressive de la Parole
est soulignée par saint Paul lorsqu'il oppose la « folie » de
la croix, qui est la vraie sagesse, à la vaine sagesse de gentils (1 Co 23).

Quant aux dix interdits du Décalogue édictés dans un
passage de l'Exode (Ex 34,28) et qui symbolisent la plus
essentielle de toutes les *limites*, n'oublions pas que leur formulation à l'indicatif futur et non pas à l'impératif présent
(« Tu ne tueras pas » et non « Ne tue pas ! », etc.) signale
en creux l'éventualité toujours présente de leur transgression. On peut voir là une forme de lucidité bienveillante ou
de compassion. « Ces dix paroles ne sont pas [toutes] des
commandements. […] Tu ne tueras pas signifie certes "ne
tue pas", mais aussi promet à l'homme qu'il en sera capable.
C'est pourquoi l'ensemble des paroles atteste la fidélité et
la promesse divines [13]. »

Pour toutes ces raisons, et pour bien d'autres encore, la
fondamentale nécessité d'une *limite* ne doit pas conduire
à trop dévaloriser la *transgression*. Tout le problème est
là. Alors ? Alors c'est forcément une savante dialectique
des contraires, une synergie négociable entre la règle et la
désobéissance, un balancement précautionneux de l'une à

---

12. Michel Henry, *Paroles du Christ*, Seuil, 2002, p. 68.
13. Alain Caillé, Christian Lazzeri, Michel Senellart (dir.), *Histoire
raisonnée de la philosophie morale et politique. Le bonheur et l'utile*, La
Découverte, 2001, p. 131.

l'autre – disons une « culture » – qu'il faut tâcher de faire vivre. Et de vivre.

Mais les hommes ont-ils jamais fait autre chose ?

Entre Apollon et Dionysos

Un exemple : l'infinissable négociation entre limite et transgression, entre *hubris* et mesure est au cœur de la pensée grecque. Elle correspond, dans la mythologie, à la rivalité entre Dionysos, qui incarne l'*hubris*, et Apollon, symbole de modération. Les Cyniques évoquent quant à eux la figure totémique du chien qui invite à se libérer des conventions humaines. Chez les épicuriens (qui ne sont pas les hédonistes sans règle que certains croient), l'idée de limite – de modération – est partout présente. Dans la fameuse *Lettre à Ménécée*, Épicure affirme : « La prudence est plus précieuse même que la philosophie, et c'est la source naturelle de toutes les autres vertus : elle enseigne l'impossibilité de vivre agréablement sans vivre prudemment, honorablement et justement[14]. »

Quant à la volonté socratique ou platonicienne de domination de soi-même, de maîtrise du « désordre intérieur » par l'exercice de la raison, elle révèle *a contrario* la puissance souterraine des pulsions – passions, émotions, etc. –, pour ne pas dire des obsessions, qu'il importe de combattre. (Nietzsche, à cause de cela, pourfendra sans relâche « l'hypocrisie » de Socrate qu'il déteste au moins autant que le christianisme[15].) C'est entre ces pulsions et la raison qu'il s'agit *d'établir un équilibre*. La fameuse mesure grecque ne désigne pas nécessairement un rejet ascétique des passions et des désirs créateurs, mais *une attentive domestication de ceux-ci*. En clair, il s'agit pour le sage de leur donner une part de lui-même, *mais seulement une part*.

14. Épicure, *Lettre à Ménécée*, 127-132, citée par Anthony Long et David Sedley, *Les Philosophies hellénistiques*, 1, *Pyrrhon, l'épicurisme*, traduction de Jacques Brunschwig et Pierre Pellegrin, Flammarion, « GF », 2001, p. 233.

15. Voir Friedrich Nietzsche, « Le cas Socrate », fragment 5, in *Le Crépuscule des idoles*, Hatier, 2001.

L'*hubris* constitue lui aussi une dimension de notre humanité. C'est ce que nous rappelle de manière suggestive la
formule *sapiens/demens* utilisée par Edgar Morin dans plusieurs de ses livres. Nous sommes tout à la fois *homo sapiens*
et *homo demens*, les deux qualités étant inextricablement
liées. Emmanuel Levinas exprime la même idée lorsqu'il
définit l'humain comme « animalité déraisonnable ». On peut
trouver dans cette ambivalence de l'identité humaine, dans
notre double appartenance à la sagesse et à la folie, la justification originaire de nos va-et-vient entre la *limite* et la *transgression*. Comment pourrait-il en être autrement ?

Ce qui vaut pour l'individu vaut aussi pour les sociétés
humaines. Celles-ci sont en quête perpétuelle d'un équilibre jamais assuré, d'un arrangement fragile, d'une conciliation provisoire entre l'interdit et la licence. Elles ne cessent de balancer entre une préférence pour l'un et un retour
vers l'autre ; une *limite* trop impérative et une *transgression*
trop menaçante. Toute l'histoire de la morale sexuelle peut
se lire de cette façon : une quête d'équilibre – ou mieux un
effort de conjugaison – entre l'interdit et la transgression.
Des périodes libertines comme celle de la Régence, qui suit
la mort de Louis XIV en 1715, succèdent à des phases puri-
taines, comme celle imposée par Mme de Maintenon dans
les décennies qui précèdent ; au libertinage effréné du
Consulat succédera l'austère pudibonderie bourgeoise du
XIXe siècle, etc. Ce principe d'alternance constaté par les historiens touche aussi bien la Chine ancienne que les royaumes
Incas. Il peut être considéré comme un invariant anthropologique.

Mais cet équilibre peut aussi prendre la forme d'une
tacite et permanente transaction. Les sociétés européennes
d'Ancien Régime, par exemple, consentaient à des transgressions sexuelles – voire à des licences – précisément
définies, limitées à certaines époques et pour ainsi dire
codifiées. Qu'il s'agisse du maraîchinage vendéen ou de
l'albergement savoyard, ces rituels transgressifs intégrés à
la tradition faisaient contrepoids à la rigueur des interdits[16].
Et parfois de manière plus audacieuse que ne l'imaginent

---

16. J'ai développé ces analyses historiques dans *La Tyrannie du plaisir*,
Seuil, 1998, et « Points », 1999.

les hommes de la modernité. Dans l'Europe chrétienne du XVIe siècle, « la sexualité s'épanche en toute liberté et se retrouve partout dans les rues, dans les étuves, dans les cloîtres, dans les ouvrages les plus austères. Les églises elles-mêmes servent parfois de cadre à d'étranges manèges érotiques [17] ».

La mémoire et l'oubli

Ce va-et-vient des sociétés humaines entre limite et transgression captive depuis toujours l'attention des historiens et des anthropologues. Tous ont cherché à discerner à quelles causalités particulières obéissait ce mouvement d'alternance ; tous ont tenté de lui appliquer un principe explicatif. Lequel ?

On a fait valoir, par exemple, que la force des interdits qu'une société s'applique à elle-même – que leur origine soit transcendante ou immanente – *s'affaiblit à mesure qu'est oubliée leur raison d'être*. Tous les interdits – alimentaire, sexuel, religieux, non violent, sémantique, etc. – portent traces d'un savoir caché dont le souvenir, peu à peu, s'efface. Or c'est quand leur fondement originel est oublié que les interdits apparaissent comme insupportables et sont donc transgressés. Une fois la mémoire perdue, en effet, on est tenté de ne plus voir derrière les interdits qu'une ruse de la domination ou qu'une stratégie d'exploitation. (Ce qui est parfois le cas !) Il faut un délai minimal avant que soit réévaluée cette utilité première et que les interdits soient en quelque sorte refondés. D'où ce balancement qui fait croire – mais fugitivement – à chaque génération qu'elle fait œuvre révolutionnaire en se « libérant d'une oppression ».

Sans toujours nous en rendre compte, nous faisons d'ailleurs nôtre une telle analyse. Nous pressentons tous qu'une société risque de céder d'autant plus facilement à la démesure et à la violence qu'elle perd la mémoire. Une nation obéira d'autant plus dangereusement à l'*hubris*

17. Pierre Darmon, *Mythologie de la femme dans l'ancienne France*, Seuil, 1983, p. 74.

dévastateur qui l'habite qu'elle oublie la conséquence des transgressions du passé. Lorsque nous insistons aujourd'hui sur le fameux devoir de mémoire, qu'il s'agisse de la Shoah ou de la torture en Algérie, nous le faisons parce que *nous escomptons de cette mémoire retrouvée un effet modérateur*. Souviens-toi de ce qui peut advenir lorsque les limites sont franchies ! Tel est le message. Il signifie que nous tenons pour acquise cette vérité élémentaire : la mémoire doit venir périodiquement au secours de l'interdit. Et cela, indépendamment de tout prêchi-prêcha moralisateur…

Un sociologue contemporain, Victor Turner, a tenté de théoriser cette fascinante périodisation qui voit les sociétés accepter puis refuser un ordre institué ; c'est-à-dire passer par des phases de révolution, de remise en question périlleuse, puis par des phases de refondation ou de « remise en ordre ». Pour désigner le type de lien réunissant les hommes, Turner propose de faire une distinction entre la *societas* et la *communitas*. L'idée de *societas* se réfère aux structures institutionnelles et bureaucratiques, aux classements hiérarchiques, aux différences qui assurent la pérennité de la vie collective. Il s'agit là de limites et d'interdits répertoriés qui, à certains moments, peuvent devenir étouffants. La *communitas* désigne au contraire ce moment d'effervescence contestataire, de rupture, de révolte contre l'ordre établi. C'est la « fête révolutionnaire ». Le lien nouveau qui, alors, unit les hommes, c'est précisément celui de la transgression, la chaleur de cette révolte, une fraternité effervescente qui participe du sacré[18]. Puis la ferveur retombe et la *societas* reprend ses droits.

On trouve chez Konrad Lorenz, l'un des fondateurs de l'éthologie (avec Oscar Heinroth et Charles Otis Withman), une analyse assez voisine, mais dont il élargit la portée en l'appliquant à l'évolution de l'espèce. Pour lui, les cultures humaines contiennent des « normes ritualisées » du comportement social, des interdits et des limites, qui nous sont transmis par la tradition et « forment une complexe armature de soutien », une sorte de squelette intérieur sans lequel

---

18. Victor Turner, *Le Phénomène rituel. Structure et contre-structure*, PUF, 1990. J'emprunte cette référence à Shmuel Trigano, *Qu'est-ce qu'une religion ?*, Flammarion, 2001, p. 43-44.

aucune culture ne peut exister. Mais, ajoute-t-il, « notre
espèce possède selon moi un mécanisme intégré » dont
la fonction consiste à permettre, *via* la transgression, des
« modifications structurelles de sa culture sans pour autant
mettre en péril l'ensemble de l'information contenue dans
la tradition ». Ces modifications peuvent d'ailleurs aller
jusqu'au rejet pur et simple de certains éléments de l'héritage. Un mécanisme modérateur assure néanmoins « une
sorte d'équilibre entre l'immuabilité des traditions anciennes
et les indispensables capacités d'adaptation [19] ».

Que l'on adhère ou non à cette dernière analyse de type
naturaliste, force est de constater que *c'est à peu près ainsi
que les choses se passent*. Un *modus vivendi* s'établit, à un
moment donné, entre la force des interdits et l'irrépressible
besoin de les transgresser. Cet équilibre vacille, puis se
reconstitue et vacille encore, déroulant à mesure ce qu'on
appelle tout simplement l'Histoire.

Un équilibre rompu

La question est aujourd'hui la suivante : ce patient équilibre n'a-t-il pas été rompu irrémédiablement par la modernité ? Le séculaire tricotage de la limite avec la transgression n'est-il pas remplacé par une exaltation univoque de
cette dernière ? Il semble bien que oui. Nous sommes dorénavant confrontés à quelque chose comme cela. Le désarroi
et la contradiction qui flottent sur la société moderne, cette
collision entre une quête confuse de la limite et un éloge
emphatique de la transgression s'expliquent par un retour
en fanfare des pensées simplificatrices. À la prétendue
persistance des interdits, on oppose maintenant de façon
monolithique les promesses radieuses de la transgression
généralisée. Dans tous les cas, une sagesse a été perdue en
chemin. Le malentendu règne.

Dans sa façon de poser le problème, le discours dominant
– plutôt libertaire – fait mine de confondre le permis et le
toléré. Il réclame l'abolition de la règle au prétexte que son
respect est impossible à imposer. (À quoi bon interdire

19. Konrad Lorenz, *L'Homme en péril*, Flammarion, 1985, p. 55-56.

puisqu'on ne pourra pas empêcher ?) Faisant cela, et de manière assez naïve, *il place la marge au centre et veut faire de la transgression une règle*. La société contemporaine cesse de s'envoyer à elle-même, si l'on peut dire, un signal de limitation. Elle éteint le phare. Elle ruine par avance toute parole instituante, elle pulvérise avec une fausse candeur le discours commun. À la négociation infinie avec la transgression, à cette ruse de la raison commune, elle substitue la simplicité éblouissante du « tout est permis ».

Cette infantilisation du débat éthique nourrit une surenchère de revendications transgressives et perpétuellement insatisfaites. « La liberté indéterminée a toujours des conquêtes à faire, note un universitaire de Rennes, l'égalité morale des Bastille à prendre. [...] Au nom de quoi s'opposer à la sélection scientifique des enfants ou aux incitations à la fornication juvénile ou sénile ? Au nom de quoi récuser le "droit" à l'euthanasie ou le libre commerce de la drogue ou des organes ? Tout moderne radical trouve ou trouvera un plus moderne ou plus radical qui le déborde. [...] Vous êtes des maîtres, dit le discours dominant, libérez-vous et régressez vers l'animalité. L'homme souverain est convié à devenir le dernier homme [20]. »

Il est difficile de ne pas voir dans cette ivresse du « tout est permis » une figure nouvelle de la sottise ; une sottise d'autant plus répandue dans l'univers du spectacle qu'elle autorise à peu de frais des poses et postures assez rentables d'un point de vue symbolique. En usant de l'adjectif rentable, on veut dire que ces postures assurent un maximum de bénéfice symbolique pour un minimum de risque. Quoi de plus avantageux que d'incarner la rébellion et de parodier l'héroïsme, debout sous la mitraille (inoffensive) des « moralisateurs » ? D'un point de vue théorique, cette ébriété nourrit quelquefois des raisonnements politiquement corrects qui sont à la limite de la farce.

Une sociologue s'intéressant aux artistes et aux milieux de la création, Nathalie Heinich, y constate la répétition

20. Philippe Bénéton, « Les habits modernes du Malin », *in* Jean-François Mattéi et Denis Rosenfield, *Civilisation et Barbarie*, *op. cit.*, p. 207-208.

d'une revendication singulière : celle qui consiste à réclamer le « droit » de transgresser [21]. Cela revient, au nom de l'autonomie du créateur, à considérer comme un véritable droit de l'homme la possibilité de… s'affranchir du droit commun. Le discours tenu est le suivant : j'exige qu'on me reconnaisse le droit le plus absolu de transgresser le droit, sans pour autant être affublé du statut infamant de transgresseur ! Au-delà du comique involontaire d'une telle réquisition, on voit bien quels sont ses effets mécaniques : « l'impossibilité de recourir à des règles communes, sans exiger le droit de les contester individuellement [22] ». C'est peu de dire que cela revient à marcher sur la tête !

Plus encore : derrière ce contresens permissif, une réinterprétation du droit lui-même est à l'œuvre. Elle est plus répandue qu'on ne l'imagine. En quoi consiste-t-elle ? À substituer au droit commun un « droit de… » ; à considérer la règle juridique *non plus comme la fixation d'une limite, mais comme l'assurance d'une protection*. Et cela au nom d'une revendication globale que les Anglo-Saxons appellent une « politique de reconnaissance » (*politics of recognition*). Chaque style de vie, chaque préférence normative, chaque déviance transgressive voudront être reconnus en tant que tels. La transgression revendique un statut et réclame, assez extraordinairement, d'être protégée par la loi. Le renversement est complet par rapport au principe kantien qui fondait les droits de chacun en les référant au concept de dignité humaine.

Aujourd'hui, ce n'est plus la dignité humaine dont on réclame le respect, c'est la libre interprétation que chacun peut faire de ce principe. On ne veut plus se satisfaire d'un respect de la personne, on veut que soient reconnus et légitimés – par le droit – tous les « contenus de vie » que cette personne choisira. Le concept de limite, en somme, est dissous dans l'infinie diversité des préférences subjectives. « Or cette formule n'a pas véritablement de sens. Ou son

---

21. Bernard Edelman et Nathalie Heinich, *L'Art en conflit. L'œuvre de l'esprit entre droit et sociologie*, La Découverte, 2002.

22. Je reprends ici une remarque d'Olivier Mongin, « De la privatisation de la vie publique au "paradoxe permissif" », *Esprit*, novembre 2002, p. 171.

seul sens assignable, c'est qu'on demande d'approuver, d'apprécier, de valoriser, d'applaudir tous les contenus de vie, tous les choix de vie, tous les styles de vie. Cela est tout simplement impossible[23]. »

Tout serait-il permis ?

Mais on ne comprendrait pas grand-chose à ce retournement de perspective si l'on oubliait qu'il concrétise un débat assez nouveau sur la dimension anthropologique du droit. À première vue, le sujet semble si technique qu'on hésite à s'y intéresser. On a tort car il touche à quelque chose d'essentiel. La question posée est la suivante. Le droit – avec les interdits qu'il énumère pour les sanctionner – est-il une instance autonome, émancipée de toute référence religieuse ou morale, laïcisée jusqu'à la plus stricte neutralité, ou continue-t-il, au contraire, à refléter des invariants anthropologiques, des catégories fondamentales, des valeurs qui, au-delà des préférences individuelles, sont constitutives de l'humanité de l'homme ?

Les partisans d'une autonomie du droit, d'une pure technicité de celui-ci, rejettent toute référence à des fondements anthropologiques. Pour eux, une telle référence masque un parti pris moralisateur et permet même de réintroduire une sorte de cléricature qui ne dirait pas son nom. Ils soutiennent l'idée selon laquelle le droit est une « sphère spécifiquement juridique, distincte des autres sphères normatives, d'un strict point de vue organique, formel et procédural[24] ». Pour être plus précis, ils refusent que l'on invoque les « catégories anthropologiques fondamentales » pour interdire telle ou telle pratique nouvelle, notamment les transgressions (clonage, etc.) rendues possibles par la révolution génétique. Si le droit est purement procédural, alors aucune considération morale ou simplement anthropologique ne

---

23. Pierre Manent, *Cours familier de philosophie politique*, *op. cit.*, p. 322.

24. Cette phrase entre guillemets est reprise de Denys de Béchillon, auteur d'un article sur les polémiques nées de l'arrêt Perruche, *Revue française de droit positif*, janvier-mars 2002.

doit pouvoir empêcher qu'il soit modelé et remodelé à la demande, dans une logique purement utilitariste.

À l'opposé de cette thèse, les défenseurs du caractère anthropologique du droit font valoir que celui-ci n'a jamais été une simple procédure, dans aucune société humaine, ni à aucun moment de l'Histoire. Ils rappellent que, loin d'être réductible à une technique, le droit n'est qu'une mise en forme juridique de « représentations collectives », c'est-à-dire de convictions partagées par une majorité d'humains. « Les codes, les textes juridiques, comme ces autres textes que sont la Torah, les Évangiles, le Coran, écrit le juriste Gilles Lhuillier, créent des récits qui instituent l'homme dans un cadre d'interdits, par ces interdits. Le droit n'est pas un ensemble de règles, de recettes pour les plaideurs, il est aussi un instrument qui façonne notre société, qui donne du sens aux individus, et leur permet de relever d'une commune humanité, une communauté d'interdits et de symboles qui instituent l'homme [25]. »

Certes, il serait malhonnête de nier que l'anthropologie et ses fameux invariants ont parfois été invoqués pour conforter un point de vue conservateur, pour ne pas dire réactionnaire. Les tenants de l'autonomie du droit n'ont pas tout à fait tort d'invoquer cet argument. Mais *ils ont tort d'ériger sa portée en absolu*. Cette possible instrumentalisation, n'est-ce pas le lot de la tradition en général, dont on peut difficilement s'étonner qu'elle fournisse parfois un refuge aux… traditionalistes ? En revanche, comment peut-on passer par pertes et profits les risques – bien plus redoutables ceux-là – d'une autonomisation complète du droit ? Après tout, les systèmes totalitaires du XXᵉ siècle, qu'il s'agisse du nazisme ou du stalinisme, avaient élaboré eux aussi des corpus juridiques parfaitement cohérents ; l'impeccable technicité de leur droit n'avait rien à envier à celle des régimes démocratiques. Pour récuser celle-ci et pour combattre la tyrannie, il fallait donc *faire appel à autre chose que le droit*.

Si l'on reprend l'exemple d'Antigone cité plus haut, c'est bien une « valeur » (morale ou anthropologique) que

25. Gilles Lhuillier, « Les juristes sont-ils des clercs ? Sur la dimension anthropologique du droit », *Esprit*, novembre 2002, p. 183-195.

l'héroïne de Thèbes oppose au formalisme juridique de Créon. Or, récuser toute idée de fondements, de valeurs communes ou de dignité de l'homme ne revient-il pas à désarmer, par avance, les futures Antigone qui pourraient se dresser contre l'injustice « légale » de l'ordre établi ?

Dans leur impatience transgressive, les nouveaux libertaires en arrivent surtout à oublier ce qui préoccupait tant Hannah Arendt, à savoir que le refus des limites, l'exaltation du « tout est permis » et *ipso facto* du « tout est possible » *constituent le principe même du totalitarisme*[26]. Norbert Elias lui aussi, au vu des tragédies du XXe siècle, avait tempéré son optimisme en précisant que le processus de civilisation des mœurs pouvait connaître des périodes de grave régression. Freud lui-même, dans ses *Considérations inactuelles sur la guerre et sur la mort*, écrites en 1915, en pleine tragédie, avait pointé la réalité stupéfiante d'une régression barbare de l'Europe, qui passait par un rejet des limites.

Les « oublis » permissifs de Diderot

En France, mais plus généralement dans les sociétés européennes, les débats de ce genre prennent parfois un tour pittoresque. Cela est dû à la convocation obsessionnelle du fameux – et prétendu – tournant permissif remontant aux années soixante, et, pour ce qui concerne la France, à Mai 68. Cette imputation providentielle permet à chacun de retrouver, trente ou trente-cinq ans après, une posture combattante. Que chacun prenne les armes ! La nostalgie préside à tout cela, et dans les deux camps. Les dépositaires de l'héritage peuvent ainsi ferrailler contre les liquidateurs ou les relapses, c'est-à-dire tous ceux qui seraient retombés dans l'hérésie moralisatrice après l'avoir jadis abjurée.

En réalité, si le débat sur la postérité de Mai 68 est intéressant à plus d'un titre, il est abusif de réduire à ce modeste épisode de notre histoire récente l'indispensable redéfinition des rapports entre limite et transgression, et le blocage auquel donne lieu cette nécessité. La mise en cause de

---

26. Hannah Arendt, *Le Système totalitaire*, Seuil, 1972, notamment p. 159 et 172.

l'universalité de l'interdit et l'éloge univoque de la transgression nous renvoient en effet à une tradition infiniment plus ancienne que celle prônée par les quinquagénaires soixante-huitards. Sans remonter aux *Métamorphoses* d'Ovide – où sont déjà dénoncées les limitations imposées à l'amour par les dieux –, on trouve chez Diderot, par exemple, un point de vue délibérément transgressif, dont c'est peu de dire qu'il a fait école. Le sous-titre du fameux *Supplément au voyage de Bougainville*, à lui seul, exprime déjà un rejet des interdits et des « idées morales » : *Sur l'inconvénient d'attacher des idées morales à certaines actions physiques qui n'en comportent pas.*

Dans ce texte, qui se présente sous la forme d'un dialogue entre le Tahitien Orou (le « bon sauvage ») et l'aumônier pudibond de l'équipage, Diderot pourfend l'hypocrisie de la société européenne, les superstitions qui l'accablent et, plus généralement, « la perversité d'une civilisation qui, en s'éloignant de la loi naturelle et en formulant d'innombrables interdits, multiplie les raisons de leur transgression [27] ». Le livre va d'ailleurs assez loin puisqu'il suggère (à tort) que l'inceste lui-même n'est pas un problème pour les Tahitiens. Tout à sa volonté de célébrer la dimension paradisiaque d'une « société sans tabous », Diderot accommode évidemment la réalité à sa guise, jusqu'à se livrer à quelques truquages par omission. C'est ainsi qu'il oublie de mentionner plusieurs aspects moins séduisants de la société polynésienne de l'époque : les interdits sexuels frappant les femmes qui ont participé au culte des morts, la séparation rigoureuse des sexes lors des repas, l'inégalité criante de la société tahitienne, le châtiment des voleurs, à qui on fracasse le crâne à coup de casse-tête ou que l'on pend aux arbres, les sacrifices humains explicitement mentionnés par tous les navigateurs, qu'il s'agisse de Bougainville ou de James Cook, etc.

Ce ne sont pas là de petits oublis. Ainsi donc, la théorie permissive du bon sauvage – celle que reprendront sans examen les utopistes du XIXᵉ siècle comme Enfantin, Fourier

27. Je m'inspire ici des commentaires de Bertrand D'Astorg, « Variation sur l'interdit majeur », *Nouvelle Revue de psychanalyse. Le Mal*, *op. cit.*, p. 319 à 367.

ou Swinburne – repose-t-elle sur une manipulation initiale. Détail trop négligé : la fausseté des assertions de Diderot sera dénoncée par Bougainville lui-même, alors seul vrai connaisseur de la réalité polynésienne. Dans le discours préliminaire à la troisième édition de son *Voyage*, le prestigieux navigateur s'indignera de « cette classe d'écrivains paresseux et superbes qui, dans l'ombre de leur cabinet, philosophent à perte de vue sur le monde et ses habitants et soumettent impérieusement la nature à leurs imaginations ».

Que voilà un débat moderne !

Quelques malentendus postmodernes

Ultérieurement, on pourra suivre à la trace ce fétichisme de la transgression, généralement associé à une rébellion contre l'ordre établi. Le cas de Sade est sans doute le plus intéressant dans la mesure où le marquis ne cherche à aucun moment à ruser ni à dissimuler ses intentions. Il y a chez lui une énergie profanatrice qui lui permet de désigner – contre l'avis des révolutionnaires eux-mêmes – le lien qui existe à ses yeux entre la transgression politique et les interdits que même les « enragés » de 1789 n'osent pas transgresser. Par exemple celui de l'inceste, explicitement consommé dans *Aline et Valcour* ou dans la *Philosophie dans le boudoir*. « J'ose assurer, écrit Sade, que l'inceste devrait être la loi de tout gouvernement dont la fraternité fait la base. » Un élément factuel donne aux provocations du divin marquis leur vraie signification politique : dans la société d'Ancien Régime, les interdits pèsent sur les petites gens mais pas sur l'aristocratie, occupée, elle, à des libertinages sans complexe.

L'existence d'un courant de pensée transgresseur (ou « anti-*nomos*, dit-on parfois) est une constante de notre histoire intellectuelle. C'est à ce courant qu'il faut rattacher un des aspects de la sensibilité postmoderne, celle qui fut exprimée au début des années 1960 par des philosophes alors très jeunes (Deleuze, Foucault, Derrida, Lyotard, etc.) qui se passionnèrent un moment pour l'œuvre de Georges Bataille ou celle de Maurice Blanchot. Tout à leur désir d'échapper aux pesanteurs marxistes de l'époque, soucieux de combattre ce que le philosophe Jean-Louis Chrétien appelle « l'univers morbide de la faute », ils contribueront à ressusciter le fantôme de Nietzsche, celui de Sade et bien sûr les livres de Bataille. L'un des ouvrages emblématiques de cette période aura été l'*Anti-Œdipe* de Gilles Deleuze et Félix Guattari, un livre dont le titre est à lui seul un manifeste. Il s'agit bien, contre la psychanalyse, de proposer une « apologie du désir sans loi, apologie qui conduit à faire de la transgression […] le modèle de l'émancipation sociale [28] ».

Quoiqu'il fût combattu dès l'origine par les philosophes allemands de l'école de Francfort (Habermas, notamment), ce « néo-nietschéisme » aura son heure de gloire, c'est vrai, dans le contexte permissif des années 1970 [29]. Un auteur comme Daniel Lindenberg, dans un article féroce dirigé contre ce courant qu'il assimile à un « panthéisme noir », a beaucoup ironisé sur ces « révolutionnaires sans révolution », mais surtout sur les nombreux quiproquos que leurs travaux hâtivement lus feront naître dans les médias et le grand public [30].

L'un de ces quiproquos, qui persiste aujourd'hui encore, consiste, par exemple, à interpréter l'œuvre ultérieure d'un Michel Foucault comme une apologie pure et simple de la transgression. Ce cliché irrite au plus haut point les éditeurs actuels des séminaires de Foucault. « Ces généralisations sont faciles, abusives, mais surtout erronées, écrit l'un d'entre eux, et d'une certaine manière, tout le cours de 1982 est construit à l'encontre de ces critiques qui portent à faux. Foucault n'est ni Baudelaire ni Bataille. On ne trouve dans ses derniers textes ni dandysme de la singularité ni lyrisme de la transgression [31]. »

Le même malentendu est perceptible au sujet de Georges Bataille. Il est ordinairement colporté par ceux qui citent ses livres sans les avoir lus. La transgression, en effet, n'est

---

28. Patricia Palermini, *Misère de la bioéthique, op. cit.*, p. 71-72.

29. Sur ce « moment Nietzsche », voir plus loin chap. 9.

30. Daniel Lindenberg, « Le panthéisme noir », *Esprit*, janvier-février 1996, p. 162-164.

31. Frédéric Gros, « Situation du cours », *in* Michel Foucault, *L'Herméneutique du sujet. Cours au Collège de France. 1981-1982*, Hautes Études-Gallimard-Seuil, 2001, p. 510.

jamais évoquée ingénument – ou innocemment – par
Bataille, loin s'en faut. Elle garde toujours sa dimension
tragique et constitue, en définitive, une « fatalité » pathétique plus qu'une félicité. L'homme décrit par Bataille n'a
d'autre recours que « d'affronter en soi-même le sentiment
d'être "une sauvage impossibilité", la douleur d'être tenu à
des limites qu'on ne peut que désirer éternellement transgresser [32] ».

Pour toutes ces raisons, il est un peu ridicule de voir dans
ce « moment » très particulier de la pensée française, et
dans la prétendue postérité de Mai 68, des machines de
guerre toujours menaçantes. Une fois encore, ce « pugilat »
se révèle sans grand intérêt. Au demeurant, pour ce qui
concerne la transgression et la limite, les contradictions
importantes auxquelles nous sommes confrontés se situent
désormais sur un tout autre terrain.

La « transgression » scientifique

Aujourd'hui, affirme sans ambages un sociologue, « nous
sommes la première société dans l'histoire de l'humanité à
avoir aussi radicalement émancipé les puissances systémiques de tout encadrement normatif, qu'il soit de nature
culturelle ou politico-idéologique [33] ». À quelles « puissances » fait-il référence ? S'agirait-il des pulsions volup-
tueuses menaçant la paix des familles ? Bien sûr que non.
Les forces transgressives que nous ne savons plus contenir
sont aujourd'hui celle du marché et de la technique, c'est-à-
dire de la technoscience. S'il est un domaine où le réflexe
« anti-*nomos* » se révèle problématique, c'est bien celui-ci ;
s'il est une situation où l'éloge irréfléchi de la transgression
peut enfanter l'imprévisible – y compris le pire –, c'est bien
celle-là [34].

---

32. Jean-Michel Besnier, « Georges Bataille, intellectuel pathétique »,
Esprit, janvier-février 1996, p. 148.
33. Yves Bonny, « Introduction » à Michel Freitag, *L'Oubli de la
société*, *op. cit.*, p. 37.
34. J'ai proposé une réflexion d'ensemble sur ce sujet dans *Le Principe d'humanité*, *op. cit.*

L'interdit selon Georges Bataille

À la fin des années 1960, Georges Bataille (1897-1962) a fait l'objet d'un culte dans certains milieux lacaniens et quelques revues comme Critique *ou* Tel Quel. *On a voulu faire de lui l'avocat de la transgression sans limite et de la permissivité libertaire. À lire ses textes d'un peu plus près, on mesure à quel point cette perception était simplificatrice. Bataille, lui, ne simplifie pas…*

« Sans doute, un interdit mesure normalement la place de la vie sexuelle : jamais celle-ci n'est libre sans réserve ; il la faut toujours confiner dans les limites que fixe la coutume. Il serait vain, bien entendu, de s'y opposer en le dénonçant : il n'est pas *humain* de dire que la liberté seule est conforme à la nature ; l'homme en effet se distingue essentiellement de la *nature*, il y est même violemment opposé, et l'absence d'interdit n'aurait aucun sens : cette *animalité* dont les hommes ont conscience d'être sortis et à laquelle nous ne pouvons prétendre revenir. Mais autre chose est de nier cette horreur de la nature, passée dans notre essence, qui oppose nos propretés à la naïveté animale, autre chose de nous conformer aux *jugements* qui d'ordinaire accompagnent les interdits. […]

Il me semble que l'objet de l'interdit fut d'abord désigné par l'interdit même à la convoitise : si l'interdit fut essentiellement de nature sexuelle, il a, selon toute vraisemblance, souligné la valeur sexuelle de son objet (ou plutôt, sa valeur érotique). C'est là justement ce qui sépare l'homme de l'animal : c'est la limite opposée à la libre activité sexuelle qui donna une valeur nouvelle à ce qui ne fut, pour l'animal, qu'une irrésistible impulsion, fuyante et pauvre de sens. Des tabous de l'inceste et du sang menstruel, ou du contact des morts aux religions de la pureté et de l'immortalité de l'âme, le développement est très lisible : il s'agit toujours de nier la dépendance de l'être humain par rapport au donné naturel, d'opposer notre dignité, notre caractère spirituel, notre détachement, à l'avidité animale. »

Georges Bataille, *Œuvres complètes*, VIII,
L'Histoire de l'érotisme, Gallimard, 1976.

Voilà pourquoi l'une des questions les plus urgentes
consiste à se demander si la science et la technique doivent
être juridiquement encadrées, et donc limitées. Une fois
encore un tel débat paraît complexe dans le détail, alors
qu'il est très simple dans son principe. Il resurgit de façon
sporadique dans l'opinion, qu'il s'agisse des organismes
génétiquement modifiés (OGM), du clonage dit thérapeutique ou des manipulations du génome. Il oppose les avocats de la libre recherche aux partisans de l'encadrement
juridique et normatif de la science.

Pour les premiers, l'absolue liberté de la recherche scientifique n'est pas seulement un principe fondateur, c'est
aussi un des éléments du pacte républicain. Ce caractère laïc,
disent-ils, rend inacceptables des velléités d'encadrement
qui, sans jamais l'avouer, se fondent sur des « croyances »
morales ou religieuses particulières. C'est l'argumentation
que développaient ensemble un théoricien libéral comme
François Ewald et un philosophe très laïc comme Dominique Lecourt, qui, en septembre 2001, pourfendaient avec
violence les entreprises anti-OGM de José Bové [35]. À leurs
yeux, toute tentative de porter atteinte à la liberté de
recherche scientifique fait le jeu de l'obscurantisme, etc.

À ces arguments transgressifs, d'autres chercheurs ou
juristes répondent que le fameux pacte républicain inclut
un contrat social passé par la société tout entière avec ses
scientifiques. Il en résulte que la science ne peut ignorer,
négliger ou contourner les préoccupations des citoyens.
Elle est à leur service [36]. Certains juristes vont plus loin
encore en affirmant que la vieille idée selon laquelle la
recherche doit bénéficier d'une liberté illimitée n'est plus
acceptable aujourd'hui. C'est la thèse d'une juriste spécia-
lisée, Marie-Angèle Hermitte, directrice de recherches au
CNRS et à l'École des hautes études en sciences sociales. Il
nous faut, dit-elle, tirer la leçon des dévoiements de la
science constatés au XXᵉ siècle et faire entrer celle-ci dans
l'État de droit. « Il est devenu clair, ajoute-t-elle, que la

---

35. *Le Monde*, 4 septembre 2001.
36. C'est l'argument employé par un polytechnicien, André Bellon,
« Des savants parfois schizophrènes », *Le Monde diplomatique*, juin
2002.

connaissance n'existe pas en elle-même, suspendue en l'air, qu'elle est indissociable de son utilisation. Dès lors son statut métajuridique ne pouvait plus tenir longtemps. Le tabou est tombé, la liberté de recherche pouvait devenir une liberté de droit commun [37]. »

Contrairement à ce qu'affirment les zélotes de la technoscience cités plus haut, cet encadrement juridique n'a rien à voir avec l'obscurantisme. Il ne s'agit pas d'arrêter la science dans son élan, pas plus qu'il n'est question de renoncer aux progrès techniques, source de bien-être. La science et la technique ont simplement une dimension économique et politique qui justifie qu'elles soient régulées, c'est-à-dire *contenues dans les limites d'une volonté démocratiquement exprimée*. C'est un souci comparable qu'exprimait Albert Camus qui, le 8 août 1945, fut l'un des très rares éditorialistes à s'alarmer du bombardement nucléaire d'Hiroshima. Dans le quotidien *Combat*, dont il dirigeait alors la rédaction, il écrivit : « La civilisation mécanique vient de parvenir à son dernier degré de sauvagerie. Il va falloir choisir dans un avenir plus ou moins proche entre le suicide collectif et l'utilisation intelligente des conquêtes scientifiques [38]. »

Et puis, un tel débat sur les limites à imposer – ou non – à l'*hubris* scientifique fait écho de façon saisissante aux remarques prémonitoires, énoncées par Leo Strauss dans la fameuse conférence sur le nihilisme allemand citée plus haut. « Les piliers de la civilisation, disait-il, sont […] la morale et la science, et tous les deux ensemble. Car la science sans la morale dégénère en cynisme, et détruit ainsi les bases de l'effort scientifique lui-même ; et la morale sans la science dégénère en superstition et risque de se muer ainsi en cruauté fanatique [39]. » C'est de cette façon que Leo Strauss demandait qu'on opérât une distinction, à ses yeux capitale, entre culture et civilisation.

On est frappé, en tout cas, de constater à quel point ce débat contemporain sur la technoscience recoupe celui, tra-

---

37. Marie-Angèle Hermitte, « La science doit entrer dans l'État de droit », *Libération*, 24 mars 2002.
38. Simone Debout, « Sartre et Camus face à Hiroshima », *Esprit*, janvier 1998, p. 151.
39. *Commentaire*, été 1999.

ditionnel, qui oppose la limite et la transgression jusqu'à
tenter de les conjuguer sans exclure l'une au profit de
l'autre.

De l'imbécillité pénale à la justice reconstructive

Cette difficile conjugaison entre limite et transgression
provoque aujourd'hui un véritable cataclysme théorique
dans un autre champ social, celui de la justice pénale. L'affaiblissement des normes collectives, l'éparpillement pluraliste et individualiste de nos sociétés rendent plus difficiles que par le passé, d'une part, l'élaboration de la règle
et, d'autre part, la définition des fondements de celle-ci.
Deux questions se posent à ce sujet : comment éviter une
prolifération des règles particulières et tatillonnes, et sur
quelles valeurs fonder désormais la sanction pénale qui
viendra punir la transgression ? La difficulté d'apporter une
réponse claire à ces deux questions est à l'origine d'une
véritable transmutation du discours juridique et pénal.

Sur le premier point, la prolifération juridique – ce qu'on
appelle parfois le « procéduralisme » – est un phénomène
plus général et plus dangereux qu'on ne l'imagine. Il va de
pair avec une pénalisation grandissante de nos sociétés. La
répression, comme on le sait, vient remplacer la civilité
perdue, la prison supplée au lien social défaillant, le code
pénal tient lieu de code civique, l'ordre pénal s'installe sur
les ruines de l'ordre moral, etc. Le libertaire se fait involontairement « l'idiot utile » du principe policier. En dehors
du fait qu'une telle perspective de remplissage continu des
prisons ne correspond pas tout à fait à notre idéal démocratique, on voit bien vers quelle impasse conduit la dérive
procéduraliste.

Qui pourrait imaginer, en effet, que toutes les transgressions possibles puissent être prévues et contenues – ou
punies – par des règles particulières ? Comment croire une
seule seconde que l'infinie diversité de la vie puisse jamais
être complètement codifiée ? L'absurdité d'une telle hypothèse saute aux yeux. Le mécanisme procédural est donc,
en lui-même, voué à l'échec. Cette impossibilité est soulignée par un criminologue américain, Philippe Howard,

auteur d'un ouvrage sur « la mort du sens commun ». « Une
fois qu'on a l'idée de couvrir explicitement toutes les situations par des règlements, la loi déborde et s'étend en permanence. Le point de certitude suffisante n'est jamais atteint :
chaque fois, le fait d'avoir codifié pousse à trouver de nouveaux trous dans la codification et à la compléter. On s'engage alors dans un processus qui a de fortes chances de ne
jamais aboutir [40]. »

C'est à propos de ce processus sans issue qu'on a pu parler, en France notamment, d'*imbécillité pénale*. L'expression désigne de façon plus générale le projet de répondre à
tout grâce au droit, et surtout le droit pénal, en escomptant
que l'on pourra ainsi remédier à l'absence de normes collectives et intériorisées [41]. Cette utopie procédurale fait songer à une autre, celle de la « paix par le droit » du début du
siècle et des années 1930, qui laissait accroire que la multiplication des traités suffirait à éviter les guerres. Une utopie
portée par une « ferveur magique [42] », mais qui fut néanmoins balayée à deux reprises par la guerre mondiale.

À ce nouveau risque de prolifération juridique s'ajoute
une autre difficulté : celle qui concerne les fondements de
la peine venant sanctionner la transgression. Hier encore,
ladite peine se fondait sur une certaine idée de l'ordre collectif, de la morale ou de la dignité humaine qui se trouvait
violée par le délinquant. Au-delà d'une victime nommément identifiée, la transgression délictueuse insultait la loi,
la norme commune, c'est-à-dire la communauté tout entière.
C'est donc au nom de cette dernière que la peine était prononcée, et appliquée. Pour Kant, la peine trouvait surtout
son fondement *dans l'humanité du coupable lui-même*,
cette humanité que le crime avait corrompu. La rigueur de
la punition était interprétée comme un hommage paradoxalement rendu à la dignité humaine et, donc, à la pleine
responsabilité du délinquant. Condamner à mort un criminel,

40. Philippe Howard, *The Death of Common Sense*, NY, Warner
Books, 1994, cité par Sébastian Roché, *Tolérance zéro ? Incivilités et
insécurité*, Odile Jacob, 2002, p. 260-261.

41. *Ibid.*

42. La formule est de René-Jean Dupuy, *L'Humanité dans l'imaginaire des nations*, conférences, essais et leçons du Collège de France,
Julliard, 1991, p. 89.

c'était rendre justice à son humanité. Kant résumait cela en un aphorisme terrible : « Mieux vaut la mort d'*un* homme que la corruption de tout un peuple. » On voit bien à quelle sévérité pouvait conduire cette interprétation. « Jamais affirmation de l'humanité n'avait été si inhumaine [43]. »

Dans tous les cas, la peine procédait d'une démarche holiste puisqu'elle se référait à un « tout » : celui de la société, ou celui, abstrait, de la commune humanité. Du XVIᵉ au XVIIIᵉ siècle, la procédure pénale prévoyait que les condamnés fassent « amende honorable » selon un rituel codifié. Ils devaient demander pardon « à Dieu, au roi et à la justice », la victime quant à elle n'était pas mentionnée. Le crime était avant tout « social ». On voit bien que cette vision des choses n'est plus acceptable – ni même concevable – dans nos démocraties pluralistes. Le nouveau droit pénal obéit désormais à une logique plus individualiste. Le fondement de la peine trouve sa source *dans la souffrance concrète et identifiable de la victime*. Cette démarche réintroduit spectaculairement dans le paysage judiciaire la figure de la victime, si longtemps négligée. Pour reprendre une formulation d'Antoine Garapon, le droit pénal est passé d'une « répression du mal agi à une consolation du mal subi ». « Le droit pénal moderne, ajoute-t-il, est tenté de trouver le fondement de ses interdictions non plus dans la transgression d'un ordre supérieur – religieux ou sacré – appelé nécessairement à dépérir en démocratie, mais dans la souffrance imposée à la victime [44]. »

La peine trouve en réalité sa justification non pas seulement dans la souffrance de la victime mais dans l'atteinte portée à une *relation*. C'est la relation avec l'autre qui a été détruite par le coupable. *Le lien brisé et à reconstruire fondera désormais la peine*, au lieu et place des anciennes références collectives devenues incertaines (morale, religion, sacré, etc.). Et la sévérité de cette peine devra s'ordonner à la souffrance de la victime. Tel est le principe de la justice reconstructive et de ce que les criminologues d'aujourd'hui appellent la « peine neutre ».

---

43. Frédéric Gros, « Les quatre foyers de la peine », *in* Antoine Garapon, Frédéric Gros, Thierry Pech, *Et ce sera justice*, *op. cit.*, p. 40-41.
44. Antoine Garapon, « La justice reconstructive », *ibid.*, p. 251.

Cette dernière, que l'on présente comme une nouvelle utopie, se veut « une peine débarrassée de toute référence au sacré, de toute violence, de toute passion vindicative, de toute intention morale et de tout arbitraire dans son exécution [45] ». Au total, justice reconstructive et peine neutre correspondent à une réhabilitation prudente et codifiée de la vengeance privée. Cette réhabilitation au moins partielle avait été amorcée dès le milieu des années soixante-dix par certains juristes comme Raymond Verdier et Gabriel Courtois, auteurs d'une monumentale recherche transdisciplinaire sur ce thème. Ils ne dissimulaient pas l'immense péril dont, malgré tout, cette logique explicitement nietzschéenne est porteuse. Le risque principal étant de voir « emporter la justice dans le tourbillon de la vengeance [46] » ou bien livrées aux chamailleries infinies des « préjudices ». Mais c'est une autre question.

*   *
*

Une chose nous importe ici : la dernière limite opposable aux déchaînements possibles de l'*hubris* ne serait plus constituée par une quelconque croyance, collective, intériorisée, mais tout simplement par la présence de l'*autre*. *L'idée de limite tend ainsi à se confondre avec celle de lien.* Le *lien* ?

La question est justement de savoir où nous en sommes à ce sujet.

45. Thierry Pech, « Neutraliser la peine », *ibid.*, p. 141.
46. *Ibid.*, p. 132. Notons que Thierry Pech multiplie, de façon sans doute imprudente, les références à Nietzsche, avocat de la « vengeance ».

CHAPITRE 4

Entre autonomie et lien

> « Si je ne suis pas pour moi, qui le sera ?
> Mais si je ne suis que pour moi, qui
> suis-je ? »
>
> Rabbi Hillel, Talmud de Babylone [1].

Traçons d'abord les contours du piège, car c'en est un. Au sujet du *lien* – question aussi primordiale que celle de *limite* –, les constats que, jour après jour, nous pouvons faire sont au nombre de trois.

Le premier consiste à exalter la conquête enfin parachevée de l'autonomie individuelle. Absolue. Totale. C'est elle, répétons-nous, qui confère à notre modernité démocratique une supériorité morale sur toutes les civilisations qui l'ont précédée – ou sur celles qui l'entourent encore. La servitude du lien et du « collectif » est brisée, enfin ! Nous voilà devenus, pour paraphraser l'empereur Auguste dans le *Cinna* de Corneille, « maîtres de nous comme de l'univers ». Autonome, chaque homme est désormais le législateur de sa propre existence. « L'homme est roi, l'homme est Dieu [2] ! » Il ne doit plus rien à personne. L'éventail de ses choix personnels s'est ouvert comme jamais ce ne fut le cas dans l'Histoire. Là réside le trésor irremplaçable de la voie occidentale, celle-là même que nous opposons volontiers aux « barbaries » pré-individualistes du dehors. Ou du Sud.

Mais le second constat – les deux sont corrélatifs – nous conduit à déplorer simultanément la fameuse déchirure du lien social qui en résulte. Nous y voyons l'amère rançon

---

1. Cité par Mireille Hadas-Lebel, *Hillel. Un sage au temps de Jésus*, Albin Michel, 1999, p. 74.
2. Arthur Rimbaud, « Soleil et chair », *Recueil de Douai*, 1870, premier cahier.

payée à l'autonomie, et nous n'aimons rien tant que de gémir sur son coût exorbitant. Souffrances et lamentations du moi désemparé… L'individu contemporain, dit-on, est émancipé, mais orphelin. Notre bonheur d'être libre est un bonheur blessé. Il porte le deuil – et parfois le regret – des anciennes appartenances, des sujétions rigoureuses mais rassurantes, des protections de toute nature que nous avons rejetées pour leur préférer le grand large et son vent glacé [3]. C'est au nom de ce deuil spécifique et de cette mélancolie que certains nous invitent parfois à rebrousser chemin pour s'en aller recoudre la communauté primordiale ou à refonder la République. Comme si c'était possible !

Le troisième discours – plus nouveau mais fortement articulé – consiste à célébrer avec une ferveur singulière tout ce qui ressemble à un *lien de substitution* : fêtes, rave-parties, liturgie des stades ou des concerts, rassemblements protestataires, chaleur des foules, grands-messes du rock, du foot, de la techno, des voyages pontificaux ou de la politique, etc. Ces moments fusionnels ont d'autant plus nos faveurs qu'ils viennent combler un manque ou consoler une solitude. L'individualisme a creusé entre les êtres une distance, un vide, que peuvent quelquefois remplir, l'espace d'un moment, ces messes profanes. De fait, elles occupent une place de plus en plus importante dans notre imaginaire collectif et dans les mots qui l'expriment. Dans le langage des adolescents, « s'éclater », « s'exploser » ou « faire la fête » signifient retrouver quelque chose comme le *lien*.

Ces trois constats, ces trois discours forment en tout cas les trois sommets d'un triangle, et c'est à l'intérieur de celui-ci que nous nous tenons.

Vertiges et fausses sorties

La plupart des réflexions, discussions ou polémiques contemporaines – sur la famille, l'école, la nation, le syndicalisme, la culture populaire, etc. – concernent l'une ou

---

3. J'ai consacré à cette question un chapitre, « Le moi en quête de nous », dans *La Refondation du monde*, Seuil, 1999, et « Points », 2001.

l'autre de ces évidences, voire les trois à la fois : autonomie, solitude, nostalgie fusionnelle. Leur incompatibilité, la contradiction qui naît de leur rapprochement constituent ce piège auquel l'homme démocratique tente désespérément d'échapper. L'objectif principal est donc de dépasser, de traverser, de « trouer » un tel enfermement, sans se satisfaire de ce qu'on pourrait appeler les *fausses sorties*. Ce besoin de faire lien, malgré tout, est si fort, en effet, qu'il fait naître et encourage d'étranges tropismes collectifs – disons même des vertiges – qu'on ne prend pas toujours la peine d'analyser pour ce qu'ils sont : des échappées illusoires.

La peur, d'abord. Celle, protéiforme, qui hante les sociétés modernes, peur de l'autre, de l'étranger, du différent, etc., finit par constituer un succédané de lien auquel nous nous raccrochons d'instinct, faute de mieux. Thomas Hobbes ou Carl Schmitt, entre autres, ont bien analysé cette hypothèse d'une société réunie par la peur, et qui fait d'un ennemi, réel ou imaginaire, le fondement du lien social. Nous y cédons plus souvent qu'on ne le croit. On devrait mieux réfléchir à ce retour mystérieux d'une peur phobique dans des sociétés modernes dont les membres sont pourtant objectivement mieux protégés que jadis. Nos grands-parents et ancêtres n'étaient-ils pas plus exposés que nous à la maladie, à l'arbitraire, à la mort prématurée, au labeur exténuant, à la rareté, au crime ? Notre peur d'aujourd'hui est donc objectivement infondée. Mais elle est là. Puissante. Elle est un symptôme. Or, si la panique est un phénomène de dislocation (Sauve qui peut !), la peur latente est une façon – détestable, mais efficace – de « faire société[4] ».

C'est à cette même défaillance du *lien* qu'on pourrait imputer un autre phénomène de nature différente mais tout aussi insolite : le *conformisme contemporain*. On a beaucoup épilogué sur l'étrangeté et la force d'un mimétisme qui apparaît aujourd'hui comme le revers inattendu du pluralisme. Qu'il s'agisse des médias, des comportements

4. Je reprends ici, en partie, les remarques originales de Remo Bodei, professeur de philosophie à l'université de Pise, « La peur nous lie à l'avenir », publié dans un supplément à la revue *Esprit*, septembre-octobre 2002, p. 9.

quotidiens, de la vie amoureuse, des modes vestimentaires, de la pensée dominante, du consensus politique, *le prurit d'imitation n'a jamais été aussi puissant* : pensées uniques, discours uniques, comportements panurgiques, etc. L'individu prétendument émancipé paraît plus soucieux que jamais de conformité et plus respectueux qu'hier des modèles en vigueur. C'est en cherchant à s'y conformer qu'il attend, en retour, une reconnaissance et une « affection » qui lui permettront, comme le note un psychiatre et psychanalyste, de « renouer temporairement avec un monde à l'abri des conflits[5] ». Le philosophe Cornélius Castoriadis voyait dans ce conformisme généralisé la réalisation des sombres prophéties de Tocqueville sur la médiocrité de l'individu démocratique et la marque d'une véritable « insignifiance » contemporaine[6].

Pour l'homme d'aujourd'hui, une part inconsciente de lui-même semble reconstituer subrepticement, *via* le conformisme, une dépendance que sa part consciente rejette avec horreur. Introduisant un texte de Nietzsche, l'historienne Mona Ozouf s'interroge elle aussi sur cette ambivalence. L'homme démocratique, écrit-elle, « est fort loin d'être le héros solitaire auquel Nietzsche réserve la dignité d'individu. Car, chose étrange, plus l'homme démocratique se sent individuel et plus il est englué dans une masse indistincte. Plus il revendique son indépendance, mieux il souligne sa dépendance[7] ». Fausse sortie, là encore.

Troisième exemple de fausse sortie : l'imprudence avec laquelle nous fermons les yeux sur la vraie signification de ce tribalisme urbain dont on constate le retour au cœur même des sociétés contemporaines. On fait ici référence à la fascination qu'exercent sur les médias – ou sur certains intellectuels – les manifestations fusionnelles évoquées plus haut. Fêtes, raves, tribus urbaines : ces retrouvailles frénétiques de l'individu avec le groupe illustrent une tentation qu'on devrait prendre la peine d'analyser avec plus de circonspection.

5. Serge Tisseron, *L'Intimité surexposée*, Ramsay, 2001, p. 164.
6. Voir notamment Cornélius Castoriadis, « En mal de culture », *Esprit*, octobre 1994, p. 48-49.
7. Mona Ozouf, « Avant-propos » à Nietzsche, *Mauvaises Pensées choisies*, Gallimard, 2000, p. v.

Elles ne se confondent pas avec ce qu'on appelle ordinairement le communautarisme ethnique ou religieux. Elles expriment plutôt une envie d'en revenir – fût-ce l'espace d'un moment – à un « avant » de l'individualisme. Elles parodient une communion festive et tribale qui romprait tout à la fois avec la modernité et l'autonomie. Elles sont des rappels paroxystiques du lien perdu, comme des restaurations instantanées de la tradition. Or, sans qu'on y prenne garde, notre fascination pour ce tribalisme retrouvé et la manière dont nous le théorisons peuvent nous renvoyer insidieusement au romantisme allemand du XIXe siècle ou à la pensée contre-révolutionnaire française (Joseph de Maistre, Louis de Bonald, etc.). Les romantiques allemands appelaient d'ailleurs « expérience du lien » (*Bundeserlebnis*) cette abdication fusionnelle de l'individu au profit du grand tout de la communauté. Le plus étrange est qu'une interprétation aussi archaïque de la collectivité parvienne à se travestir aujourd'hui en hypermodernité.

L'un des théoriciens extasiés du tribalisme urbain, le sociologue Michel Maffesoli, revendique d'ailleurs lui-même l'archaïsme ou la « primitivité » – à ses yeux bénéfiques – de ce qu'il appelle « l'esthétique tribale postmoderne ». Il y voit la preuve du caractère précaire, « passager, incertain, flottant » de l'individu autonome de la modernité. Cette dernière est condamnée, selon lui, à faire une place de plus en plus grande à « l'expression d'un vouloir-vivre, d'un élan vital quelque peu aveugle et animal, qui pousse tout un chacun à chercher l'intimité, voire la promiscuité avec l'autre »[8]. Une telle analyse revient à relégitimer cette quête frénétique et mimétique de l'unité primitive en laquelle Nicolas Berdiaev voyait, dans les années 1930, la racine même du nationalisme qu'il abhorrait. Ce dernier, écrivait-il, est « l'exact répondant de l'individualisme et de l'égocentrisme[9] ».

---

8. Michel Maffesoli, *La Transfiguration du politique. La tribalisation du monde postmoderne* (1992), La Table ronde, 2002, p. 224.
9. Cette référence à Berdiaev m'est suggérée par l'analyse très éclairante de Vincent Triest, *Plus est en l'homme. Le personnalisme vécu comme humanisme radical*, Bruxelles, Presses interuniversitaires européennes-Peter Lang, 2000, p. 190.

Les « cathédrales de lumière »

On n'a cité que trois « fausses sorties ». Il y en a d'autres. (Par exemple la démarche inspirée de Schopenhauer et du bouddhisme qui consiste à résoudre l'antagonisme entre autonomie individuelle et lien en éliminant la première, c'est-à-dire le « moi ».) Toutes sont la marque indéniable d'un blocage, d'une impossibilité à laquelle il faut tenter de trouver un vrai « passage », cette fois, entre l'autonomie et le lien. Et comment y parvenir sans démonter préalablement les pièces constitutives du piège ? Il existe en effet dans cette affaire quelques données irréfutables qu'on a parfois envie d'étaler devant soi *comme le ferait un horloger avec les éléments, rouages et ressorts d'un mécanisme grippé*. Voyons un peu.

La première donnée, c'est le risque inhérent à toute configuration sociale qui ferait prévaloir à nouveau le tout sur les parties, c'est-à-dire aux diverses formes de holisme reconstitué. Ce risque, nous l'avons clairement identifié. Nous connaissons les extrémités auxquelles il peut conduire. Tout au long du XXᵉ siècle, nous avons même payé pour l'apprendre. Nous savons pourquoi nous ne voulons plus courir ce risque-là. Notre attachement à l'autonomie démocratique du « sujet » trouve là sa vraie raison d'être. Elle est irréfragable.

Que l'on songe aux totalitarismes et à la façon dont ils répondirent aux aspirations fusionnelles des masses d'individus désorientés ; pensons aux « cathédrales de lumière » et aux chorégraphies belliqueuses de Nuremberg, ou encore aux « rassemblements océaniques » de la Rome mussolinienne. Ces « expériences du lien » sont décrites de façon éloquente par un historien comme Enzo Traverso. « Avec ses promesses eschatologiques, ses icônes et ses rituels, le totalitarisme se présente comme une "religion laïque" qui […] transforme le peuple en une communauté de fidèles. L'individu est broyé, absorbé et annulé dans l'État. D'où la "compacité" des régimes totalitaires […] dans lesquels les hommes deviennent *masse*, dans lesquels leur singularité est dissoute ou écrasée [10]. »

10. Enzo Traverso, *Le Totalitarisme. Le XXᵉ siècle en débat* (anthologie), Seuil, « Points », 2001, p. 14.

Ces souvenirs doivent nous servir de repère. Le concept de société est sans aucun doute une nécessité, mais nous savons depuis les analyses d'Émile Durkheim qu'il comporte une dimension religieuse. La société est ce qui « relie » (*religere*) les hommes. Elle constitue en elle-même une sorte de « religion » spécifique, une religion sans dieu permettant aux hommes de dépasser leur individualité, de se hausser au-dessus d'eux-mêmes pour accéder à la totalité collective. « L'idée de société, écrivait Durkheim, est l'âme de la religion[11]. » Elle est donc porteuse d'un sacré de substitution qui *risque à chaque instant de se muer en idolâtrie*, pour ne pas dire en fanatisme. Tout le problème est là. C'est à ce fanatisme du « tout » que s'abreuvèrent les totalitarismes du passé récent. Qu'ils soient rouges ou bruns, leur projet consistait en une « transformation, par le sacrifice et l'extermination de masse, d'une société d'individus jugés "séparés" en une communauté retrouvée[12] ».

S'il est une certitude que nous ne devrions jamais oublier, c'est donc bien celle-ci : *notre refus définitif de ce type de cohésion sociale et de lien*. Certes, l'idée de société nous occupe encore – et doit nous occuper –, mais c'est sous sa forme démocratique, celle qui réunit des individus reconnus comme tels. *La liberté de chacun est devenue le projet de tous* : tel est le sens de l'expression « société des individus » popularisée par Norbert Elias. Nous n'en voulons pas d'autres. Posons délicatement cette première certitude devant nous.

L'individu ectoplasmique

Le deuxième élément à prendre en compte est exactement symétrique du premier : l'inanité de toute absolutisation de l'autonomie. Pour le dire en peu de mots, il est – ou il devrait être – avéré que *l'individualisme radical n'a aucun sens*. C'est une évidence, objectera-t-on ? Hélas,

11. Émile Durkheim, *Formes élémentaires de la vie religieuse, le système totémique en Australie*, PUF, « Quadrige », 1990, p. 599.
12. Alain Caillé, Christian Lazzeri, Michel Senellart (dir.), *Histoire raisonnée de la philosophie morale et politique*, *op. cit.*, p. 35.

non ! On en veut pour preuve le fait que l'idéologie économique dominante dans nos démocraties libérales est construite tout entière sur cette hypothèse d'un « individu intégral », c'est-à-dire autonome et affranchi de tout lien autre que juridique. Cet archétype du « moi » autofondé et délié de toute contrainte, c'est ce dont la société marchande a besoin pour assujettir les consciences à sa logique. Or cet individu émancipé, souverain dans ses choix face au marché, n'est qu'une fiction. Disons même qu'il s'agit d'une construction idéologique, capable de dissimuler un vide de la pensée. La théorie libérale, en faisant de la personne un simple monade, en arrive à pervertir le concept même d'autonomie. Raphaël Drai définit fort bien cette falsification lorsqu'il écrit : « Le prétendu sujet politiquement souverain est en fait un objet économiquement châtré qui n'a d'autre choix que celui de se couler dans le modèle proposé, de se prêter à l'inflation narcissique de la Réussite, ou de se suicider, les deux attitudes impliquant un désistement de sa qualité de sujet civique [13]. »

Or ce personnage ectoplamisque, qui « choisit la concurrence contre l'alliance [14] », cette figure de l'homme ramené à l'inconsistance d'un être virtuel, hante la modernité. Extraordinairement, c'est même sur cet *homo oeconomicus* sans vraie substance que s'échafaudent nos théories économiques, nos visions du monde, nos débats quotidiens. Il y a là une absurdité foncière, une infirmité théorique. Nous argumentons sur les préférences et les désirs supposés d'un tel droïde, sans même prendre en compte la nature tout de même un peu plus complexe du désir humain. Un désir – même économique – peut être gouverné par la passion, le mimétisme, le sentiment, autant que par le calcul rationnel des pertes et bénéfices. Ainsi la prétendue autonomie de cette créature fictionnelle n'a-t-elle pas la réalité qu'on lui prête. Le caractère mimétique de nos désirs, par exemple, signifie que toutes sortes de liens invisibles nous assujettis-

13. Raphaël Drai, « Désillusion politique et perversion de l'idéal », *in* Jean-François Mattéi et Denis Rosenfield, *Civilisation et Barbarie*, *op. cit.*, p. 68.
14. J'emprunte cette image à Mgr Albert Rouet, « La mondialisation, problème spirituel », *Approches*, n° 109, janvier 2002, p. 73.

sent, alors même que nous sommes désignés comme des
créatures autonomes.

À y bien réfléchir, cette « particule élémentaire » que la
pensée libérale baptise individu est une hypothèse aussi
fruste que le concept de société de marché qu'elle permet
de promouvoir. Au point qu'on est tenté d'ironiser – res-
pectueusement – sur l'attribution en 2002 du prix Nobel
d'économie au psychologue Daniel Kahneman[15], dont toute
l'œuvre a consisté à démontrer l'absurdité de cette hypothèse d'un *homo oeconomicus* sans psychologie, sans
croyances, sans appartenance sociale. Fallait-il vraiment une
vie de travail pour en arriver à ce constat que la personne
humaine ne peut être assimilée à un rat de laboratoire ?

Les objections émises depuis plusieurs décennies à l'encontre de la théorie libérale par les philosophes américains
dits « communautariens » – Alasdair MacIntyre, Bernard
Williams, Michael J. Sandel, Charles Taylor, David Gross
et quelques autres – trouvaient là leur vraie justification[16].
Et leur pertinence. L'individu tel que le définit la pensée
libérale est un robot déjà socialisé, exclusivement attentif à
la logique de ses intérêts, dépourvu de sentiment, étranger
au rêve, inaccessible à la déraison, détaché de tout contexte
social ou culturel, libéré de toute affiliation, etc. Sous sa
forme intégriste – celle qui prévaut depuis la chute du communisme –, la pensée libérale repose ainsi sur un extraordinaire « oubli » : elle « fait l'économie des institutions (école,
famille, société, etc.), c'est-à-dire du travail préalable à
la formation de l'acteur rationnel qu'elle suppose[17] ». En
vérité, on se demande à quoi peut correspondre une telle
créature imaginaire, sinon à une sorte de logiciel muni de
jambes. Point besoin d'épiloguer bien longtemps sur la rusticité d'une pareille représentation de l'homme.

* *
*

15. Il a partagé ce prix Nobel avec l'économiste Vernon Smith.
16. J'ai analysé ce débat dans *La Trahison des Lumières, op. cit.*
17. François Dubet, *Le Déclin de l'institution*, Seuil, 2002, p. 389.

Refus définitif du holisme mais pauvreté inacceptable du concept libéral d'individu : tels sont finalement les deux éléments irréfutables – et antagonistes – que nous avons posés sur l'établi. Il nous faut les prendre en compte *tous les deux ensemble*. Ils sont les deux pièces du mécanisme, les deux mâchoires du piège. Aucun des deux ne peut et ne doit être évacué du raisonnement. Leur double réalité nous fait obligation de refuser l'opposition binaire entre l'individu et la société, entre l'autonomie et le lien, opposition mécanique à quoi se réduisent souvent nos querelles. Si le fantasme d'autonomie doit être examiné et critiqué, ce n'est pas au nom d'un projet contraire (tribalisme fusionnel, solidarité sociale, holisme, collectivisme, etc.), mais de l'autonomie elle-même. Si l'individualisme démocratique mérite d'être soumis à examen, ce doit être *au nom de ses propres promesses*. La question pourrait s'énoncer de la façon suivante : l'*autonomie* du sujet contemporain outrageusement affranchie du *lien* ne devient-elle pas le tombeau du sujet lui-même ?

Nous verrons que c'est une vraie question.

La figure de l'usurpateur

Allons directement à l'essentiel. Ce fameux lien qu'on oppose à l'autonomie n'a rien à voir avec une gentillesse effusive qui viendrait contrebalancer l'égocentrisme du sujet. Il n'est pas un rappel moral ou civique nous enjoignant de ne pas négliger les autres. Il ne correspond pas davantage à un correctif, à un complément d'âme, utile pour adoucir la dureté des temps. *Le lien n'est pas le contraire du sujet autonome : il le constitue*. Voilà la vérité minimale, élémentaire, que la pensée moderne fait mine d'oublier. Le lien (avec l'*autre*) ne vient pas empiéter sur la souveraineté du moi : *il permet au moi lui-même d'exister*. Cette vérité est énoncée très simplement par le philosophe canadien, Charles Taylor, auteur d'une somme sur les « sources du moi », qui écrit : « On n'est soi-même que parmi les autres. On ne peut devenir un moi (*self*) sans référence à ce qui nous entoure [18]. »

18. Charles Taylor, *Les Sources du moi*, Seuil, 1998.

Nous n'accédons à notre statut de sujet humain libre et autonome que par le biais d'un héritage reçu, d'une culture partagée, d'une filiation particulière, d'un langage appris, etc. Je suis forcément un *héritier*, redevable à *l'autre* de ce que je suis. Ce thème de la dette est omniprésent dans la réflexion phénoménologique d'un Michel Henry, par exemple, qui ironise volontiers sur « l'illusion majeure » d'un moi qui se croirait « sujet tout-puissant, maître de lui-même, principe en quelque sorte absolu de sa condition de vivant, de son moi, de l'ensemble de ses capacités et de ses talents [19] ».

Loin d'être source de moi-même, en effet, je suis l'héritier de *l'autre*. C'est ainsi. Et c'est encore le regard d'autrui qui, en me « reconnaissant » comme tel, me constituera comme sujet humain. Serais-je réfugié sur une île déserte que cette *présence de l'autre en moi-même* continuerait d'être vivante. Tout au long de sa vie, remarque Tzvetan Todorov, l'individu reçoit d'autrui la confirmation – nécessaire – de sa propre existence. « Les autres, ajoute-t-il, occupent toutes sortes de cases autour de lui : objets de son désir, détenteurs des valeurs et des distinctions, rivaux ou simples témoins. À tous ces personnages, je demande de me confirmer dans mon existence : leur regard est mon oxygène [20]. »

Mais il faut aller plus loin dans l'analyse. La référence au *lien* signifie que l'existence de l'autre n'est pas seulement cette limite posée à ma toute-puissance. Elle est bien plus que cela. *Elle est une composante de ma propre substance.* L'autre occupe à l'intérieur de moi-même une place fondatrice que nul égocentrisme ne me permet d'occulter, ni à plus forte raison d'occuper au prétexte qu'elle serait vide. Dans la tradition juive, le péché désigne précisément cet oubli, ou cette rupture de l'alliance et du lien, alliance native puisqu'elle me fait accéder à moi-même. Dans les récits yahvistes, le pécheur est celui qui, en rompant le lien, *mutile à la fois la créature et la création*. Le péché est en quelque sorte une « décréation » [21]. En utilisant le concept d'*usurpa-*

19. Michel Henry, *Paroles du Christ, op. cit.*, p. 122.
20. Tzvetan Todorov, « L'envers de la coexistence (À propos de *La Méchanceté*, de François Flahaut) », *Esprit*, juin 1999, p. 190.
21. J'emprunte cette image à Xavier Thévenot, *Les Péchés, que peut-on en dire ?*, Salvator, 1984.

tion, Emmanuel Levinas exprime une idée très voisine.
« Qu'est-ce qu'un individu, écrit-il – l'individu solitaire –,
sinon un arbre croissant sans égard pour tout ce qu'il sup-
prime et brise, accaparant la nourriture, l'air et le soleil,
être pleinement justifié dans sa nature et dans son être ?
Qu'est-ce qu'un individu sinon un usurpateur[22] ? »

L'incomplétude du moi, la conscience d'une nécessité de
l'autre pour accéder à ma propre identité sont présentes
dans la plupart des cultures et traditions humaines. Michel
Foucault, qui, en 1981 et 1982, a consacré un long séminaire
au « souci de soi », a noté que pour Épictète, déjà, *il n'était
pas séparable du « souci des autres »*, ni contradictoire avec
lui. Là s'exprime ce que Foucault appelait « la conception
stoïcienne de l'homme comme être communautaire[23] ».
Dans l'islam, cette ontologique nécessité du lien est exprimée de façon plus suggestive encore, notamment dans
certaines paroles (ou *hadiths*) du Prophète : « Celui qui
voudrait gagner le centre même du paradis doit tenir à la
communauté, car le démon est avec l'homme isolé, mais
il s'écarte de deux hommes unis. » Ajoutons qu'en arabe
classique « individu » se dit *fard*, mot qui désigne aussi une
chaussure dépareillée. Pour la tradition musulmane, n'est
seul que Satan. L'image est belle.

La tyrannie de l'être pour soi

Dans le christianisme, on trouve des formulations comparables. Elles rejoignent la nouvelle approche criminolo-
gique, évoquée au chapitre précédent, qui définit le crime
comme une « atteinte à la relation ». L'exclamation de saint
Paul, « Soyez soumis les uns aux autres » (Ép 5,21), ne fait
pas référence à une quelconque envie de domination ou
d'obéissance. Elle indique simplement que, pour l'homme,
le sentiment de sa propre existence passe par l'autre, *cet
autre qui est à la fois distinct de moi et dans une proximité
immédiate*. Cela signifie qu'il faut à chaque homme à la

22. Emmanuel Levinas, *Difficile Liberté*, Livre de poche, 1990,
p. 145.
    23. Michel Foucault, *L'Herméneutique du sujet*, *op. cit.*, p. 188-189.

fois la distance (l'autonomie) et le lien, et *que la brisure du lien brise l'existence*. La conception chrétienne du péché, elle aussi, concerne directement l'atteinte au lien. « Dans la Bible, note une universitaire spécialiste de psychopathologie, le péché s'inscrit dans la relation ; il n'est ni transgression ni rapport coupable de soi à soi (se résumant à un sentiment subjectif). Il concerne d'abord l'"autre" réel et tout ce qui entrave le projet d'une alliance à construire entre l'autre et soi [24]. »

On comprend mieux ce que peut avoir de naïf et de réducteur le postulat d'un individu autonome, délivré de tout lien, affranchi de toute norme, coupé de tout héritage et de toute alliance. Cette vision solipsiste de l'homme fait l'impasse sur l'essentiel. Toute la réflexion d'Emmanuel Mounier (1905-1950), plus soucieux que quiconque de *distinguer l'individu de la personne*, tournait autour de cet escamotage illégitime du lien. L'idée de personne est référée à l'autre, à cette alliance vitale que l'individualisme – dans sa version extrême – voudrait rompre. Le personnalisme avait pour principale ambition de faire prévaloir l'idée de personne sur celle d'individu. Il s'agissait, pour Mounier, de libérer l'homme moderne de la « tyrannie de l'être pour soi », libération « qui ne peut venir que d'autrui » [25].

Notons que cette conception de la personne humaine comme « être relationnel » favorise de façon tout à fait inattendue *le dialogue engagé aujourd'hui entre bouddhisme et christianisme*. Ce « vide » individuel qui doit être rempli par la relation avec l'autre n'est pas si éloigné, en effet, du « non-soi » (*anâtman*) bouddhiste. Soucieux de réagir contre l'individualisme intégral de la modernité, certains théologiens trouvent – jusqu'à un certain point – des alliés du côté de la pensée orientale. Pour leur part, les bouddhistes engagés dans le dialogue avec les chrétiens citent souvent – pour souligner cette proximité – la phrase fameuse de Luc : « Qui perdra sa vie la sauvera » (Lc 17,33) [26].

24. Nicole Jeammet, *Le plaisir est le péché. Essai sur l'envie*, Desclée de Brouwer, 1998, p. 25.
25. Je reprends ici Vincent Triest, *Plus est en l'homme, op. cit.*, p. 104-105.
26. Je m'inspire ici d'une analyse du théologien allemand Hans Küng, *in* Hans Küng (dir.), *Le Christianisme et les Religions du monde. Islam,*

Mais qu'on entende bien : cette présence de l'autre en moi-même n'est pas exempte de conflit. Elle n'est pas forcément paisible et philanthropique. En se référant à l'altérité, on doit se garder de toute candeur irénique. Si l'autre me constitue, il se peut aussi qu'il me menace. Il arrive souvent que l'altérité en tant que telle me soit insupportable. Le lien est à la fois une nécessité et un obstacle ; la condition de mon existence et une rivalité sans merci. Cette rivalité peut faire éclore une volonté furieuse d'éliminer cet obstacle dont je me sais dépendant, et cela au péril de moi-même. Certains ont pu voir dans cette *furia* une définition du mal radical. « Le mal est inhérent à la nature humaine parce que celle-ci est tissée par l'altérité : l'homme n'est homme que parce qu'il y a l'Autre, l'Autre en soi, les Autres autour. La violence à l'encontre du semblable tient à cette différence dont est faite l'identité de chacun ; elle en est la condition et l'obstacle [27]. »

Or l'une des fatalités du réductionnisme libéral, centré sur l'idée de compétition et d'intérêts affrontés, consiste justement à faire prévaloir l'« obstacle » sur la « condition ». L'*homo oeconomicus* est surtout habité par un impératif de concurrence, de compétition, de rivalité – la concurrence comme principe organisateur et comme ressort du marché – qui l'amène immanquablement à reléguer le lien au second plan, voire à l'oblitérer. Appelons cela une étourderie.

Travail du deuil, fonction du langage

Pour illustrer plus concrètement cette incomplétude qui fait de la présence de l'autre un élément substantiel du moi, évoquons l'importance prise aujourd'hui par le concept de deuil, de « travail du deuil », du besoin impérieux de « faire son deuil », et de la récurrence d'un tel thème dans les procès criminels ou le discours médiatique. Le deuil désigne-t-il autre chose que la rupture tragique et définitive du lien ?

---

hindouisme, bouddhisme, traduit de l'allemand par Joseph Feisthauer, Seuil, 1986, p. 522.

27. Michel Meyer, *Petite Métaphysique de la différence. Religion, art et société*, Livre de poche (inédit), 2000, p. 117-118.

Son évocation signale par conséquent le vide creusé à l'intérieur de moi-même par la disparition de l'autre. Un espace, dans les tréfonds, est soudain laissé vide, et cette béance devra être cicatrisée peu à peu, au terme d'un véritable travail de la conscience. « Nous faisons *a contrario* l'expérience de l'autre comme lieu de notre être dans le deuil ou le chagrin d'amour, mais cet autre n'est plus là pour donner support et expansion à notre sentiment d'exister [28]. » Il n'est pas de désignation du *lien* plus magnifique que celle-ci. La place considérable prise par cette évocation du deuil dans l'imaginaire contemporain doit s'interpréter elle aussi comme un symptôme : celui du lien fragilisé.

À l'évocation du deuil comme rappel *a contrario* du lien, on pourrait ajouter celle du langage comme affirmation positive de ce dernier. Qu'est-ce que le langage, sinon la marque d'un lien vivant, agissant, humanisant ? On fait parfois référence à l'enfant-loup, au personnage de Mowgli, pour évoquer un être humain privé de l'apprentissage du langage. Cette privation l'ayant dépossédé d'une part essentielle de son humanité, sa réhumanisation passera par un apprentissage différé, c'est-à-dire par le rétablissement progressif du lien social qu'incarne l'élocution. Le langage, note le neurobiologiste Jean-Didier Vincent, est sans doute un « instinct », mais « qui ne peut se manifester que sous l'instance de l'Autre [29] ». Il n'est pas d'illustration plus claire de cette idée d'héritage ou de transmission, indispensable à l'émergence de l'humanité de l'homme.

Il serait ainsi superficiel de réduire le langage à une technique de communication transmise d'une génération à l'autre. Il est aussi – et même par excellence – *le lieu du lien*. Par lui-même, il postule *l'existence d'un accord sur des règles communes*, en l'occurrence les règles de syntaxe, de vocabulaire, de signifiant. Faute d'un tel accord, il n'y a tout simplement pas de communication possible. Pour cette raison, Ludwig Wittgenstein (1889-1951), l'un des grands théoriciens du langage, insistait sur l'impossi-

28. François Flahaut, « À l'épreuve de la morale », *Esprit*, janvier 1993, p. 126.
29. Jean-Didier Vincent, *La Chair et le Diable*, Odile Jacob, « Poches OJ », 2000, p. 54.

bilité d'un langage privé ou purement individualiste. Une
telle individualisation du langage serait absurde. Elle signi-
fierait que chaque sujet « ne disposerait pas d'autres critères que son sentiment mouvant, sa propre croyance, pour
savoir s'il dit ou non la même chose aux autres [30] ». Le fait
de parler implique l'existence d'un système symbolique
mis en commun, d'un « ordre symbolique » minimal. Brice
Parain, auteur d'une réflexion sur la parole, insistait sur le
fait que le langage permettait au « moi » d'échapper à l'enfermement, et du même coup d'exister [31].

L'importance décisive du langage comme « lieu du lien »
explique du même coup le rigorisme extraordinaire de Kant
au sujet du mensonge. À ses yeux, le mensonge n'était pas
seulement ruse ou tromperie, *il était altération du lien*,
c'est-à-dire de l'humanité en général. Sur ce point, il faut
se souvenir que Kant polémiqua rudement avec Benjamin
Constant, pour qui un mensonge pouvait être justifié pour
des motifs nobles, et sa gravité évaluée en tenant compte
des dommages causés. Contre cette thèse laxiste, Kant
publia un libelle, *Sur un prétendu droit de mentir par
humanité.* « Le mensonge, simplement défini comme une
déclaration volontairement fausse faite à un autre homme,
écrivait-il, n'a pas besoin de cet additif qu'il doit nuire à
autrui comme l'exigent les juristes pour leur définition. Il
nuit en effet toujours à autrui : même s'il ne nuit pas à un
autre homme, il nuit à l'humanité en général en ce qu'il
rend impossible la source du droit [32]. »

Notons qu'en soutenant ce point de vue Kant était dans
le droit fil d'une tradition biblique qui fait de Satan le
« père du mensonge » (Jn 8,44). Parce que l'acte de la
parole est fondateur, le mensonge est une atteinte à la création elle-même. « Le mensonge [est] la brisure du lien. La
découverte du mensonge entraîne toujours un malaise
profond comme si rien ne pouvait tenir désormais dans la
construction du lien entre les partenaires de la promesse. Le

30. Stéphane Breton, « Norme juridique et normativité sociale »,
Esprit, juin 2002, p. 69.
31. Brice Parain, *Petite Métaphysique de la parole*, Gallimard, 1969.
32. Emmanuel Kant, *Les Derniers Écrits*, in *Œuvres philosophiques*,
III, Gallimard, « Bibliothèque de la Pléiade », 1986.

mensonge jette une menace de mort sur la confiance qui fonde le contrat de parole et la relation de personne à personne [33]. »

Vers la « déliaison » ?

La fonction primordiale du lien étant rappelée, une analyse critique des ébranlements contemporains retrouve sa légitimité. Et son sens. Dans tous les domaines, en effet, des ruptures se produisent aujourd'hui, des brisures et des déchirures nouvelles qui détruisent le lien. Elles inquiètent, ce qui est logique, mais cette inquiétude elle-même doit être interrogée. Pourquoi ? Parce que ce qui apparaît comme une rupture du lien recouvre – parfois – une simple méta-morphose de celui-ci. Comment s'y retrouver ? La diffi-culté sera d'établir une distinction entre naufrage et recom-position, ou, pour reprendre la métaphore que l'on fait courir tout au long de ces pages, entre l'*achèvement* et le *surgisse-ment*. Dans certains cas – pas tous ! – la question n'est plus de choisir entre être plutôt « autonomes » ou bien réunis par le « lien », mais comment conserver l'un et l'autre, c'est-à-dire *comment être libres ensemble* [34]. Dans d'autres cas, la perte du lien est avérée, et elle est grave.

Où qu'on porte le regard, en tout cas, un phénomène puissant affecte les sociétés modernes : celui de la *déliai-son*, ou de la *désaffiliation*. On a pris l'habitude d'utiliser ces expressions pour désigner les logiques qui, partout, dénouent les liens ou ruinent la légitimité des institutions. On serait bien en peine d'évoquer de manière exhaustive un tel phénomène, tant il est protéiforme et généralisé. Il touche les institutions privées – la famille, l'entreprise – comme les institutions publiques – l'école ou la nation. Dans tous les cas, une même force centrifuge détache, sépare, isole, fragmente, atomise. Elle remplace l'autorité par le libre choix, la permanence par la mobilité, la mutua-

---

33. Jean-Claude Sagne, *La Loi du don. Les figures de l'alliance*, Presses universitaires de Lyon, 1998, p. 82.

34. Je paraphrase le titre d'un livre de François de Singly, *Libres ensemble. L'individualisme dans la vie commune*, Nathan, 2000.

lisation par le calcul égoïste, le souci de l'universel rassembleur par la juxtaposition des différences, etc.

La famille, hier encore cimentée par le principe institutionnel, devient une alliance contractuelle et provisoire qu'on pourra à tout moment défaire au nom du libre choix. C'est ce que la sociologue Irène Théry appelle le « démariage ». L'entreprise capitaliste, quant à elle, a cessé d'être l'espace stable d'une vie de travail. Délocalisée, dispersée, assujettie aux logiques boursières, elle a perdu son caractère institutionnel – et sociétal – au profit d'un statut mouvant et indéfinissable. Dans le nouvel esprit du capitalisme, elle n'est plus qu'un « paquet d'actions » dont la seule fonction est de produire de la « valeur » au bénéfice des actionnaires (la *shareholder value* des Anglo-Saxons).

La nature du contrat de travail lui-même s'en est trouvé transformée. « Pour un salarié, il ne s'agit plus d'échanger la docilité au travail contre la sécurité dans l'emploi, mais l'initiative dans la tâche contre la mobilité dans les entreprises. Ainsi l'individu se trouve-t-il valorisé au détriment des appartenances collectives [35]. » Mais il est valorisé à ses risques et périls, cette flexibilité étant d'essence inégalitaire. Elle produit de nouvelles formes invisibles de ségrégation et de domination. Pour simplifier, disons qu'elle avantage les classes dominantes ou moyennes (cadres, ingénieurs, etc.), mais pénalise les travailleurs non qualifiés, « pour lesquels l'initiative se résume à la recherche forcée d'un emploi devenu précaire et la mobilité à une obligation beaucoup plus qu'à un gain [36] ». Cette idée de « domination invisible » qui, sous couvert d'autonomie, asservit l'individu dépasse d'ailleurs le cas de l'entreprise. Elle est consubstantielle à ce que l'essayiste américain Christopher Lasch appelait la culture du narcissisme ou encore le « déclin du surmoi [37] ».

Une même déliaison insidieuse affecte l'école et, plus généralement, le projet scolaire en tant que tel. La pluralité culturelle, ethnique, religieuse des sociétés contemporaines

35. Jacques Donzelot, Catherine Mével, Anne Wyvekens, « De la fabrique sociale aux violences urbaines », *Esprit*, décembre 2002, p. 34.
    36. *Ibid.*
    37. Christopher Lasch, *La Culture du narcissisme*, Climats, 2000.

rend à peu près inopérante l'ancienne fonction intégratrice de l'école, organisée autour de valeurs communes, de références homogènes et d'une autorité magistrale indiscutée. Le catéchisme républicain où se ressourçait le projet scolaire se désagrège aujourd'hui sous l'effet du nombre et de l'indécision normative. Dans des classes où se côtoient six ou sept nationalités d'origine, les règles communes sont difficiles à définir, et plus encore à faire accepter. (Que l'on songe à l'insoluble querelle autour du collège unique !) On est ainsi passé « d'une culture des symboles à une culture des signes brisant l'adhésion au monde car chacun est libre et ne peut adhérer pleinement qu'à ses propres croyances en maintenant l'idée qu'il en est le seul auteur [38] ».

Ce n'est pas tout. Ce qu'il est convenu d'appeler la crise de l'école est aussi *une crise de la transmission*. Cette crise a partie liée avec l'idée qu'une société se fait d'elle-même et de son histoire, c'est-à-dire de la tradition. Un rapport confiant à la tradition est indispensable pour fonder l'acte de transmettre. Le projet scolaire ne repose-t-il pas sur le postulat que la tradition, c'est-à-dire le savoir accumulé, possède une vertu émancipatrice ? En s'appropriant les codes, les usages, les expériences et les savoirs des générations précédentes, l'individu scolarisé – être encore inachevé – acquiert une seconde nature, gage de sa future liberté. Le *lien*, en somme, produit l'*autonomie*. « En hâtant [...] l'assimilation et pourrait-on dire l'incorporation d'une culture, l'éducation libère d'autant plus rapidement l'individu de la tâche de s'adapter à son milieu : en lui faisant acquérir sous forme d'*habitudes* les mécanismes dans lesquels s'est sédimentée l'expérience d'une société, elle rend du même coup sa volonté disponible pour toutes les tâches que sa liberté lui assignera [39]. »

Or la déliaison contemporaine *vient miner cette confiance minimale et cette temporalité qui unissaient les générations entre elles*. Hannah Arendt parlait déjà d'une « crise de la tradition ». Elle produit aujourd'hui un blocage cataclysmique qui nous rappelle l'exclamation de Charles Péguy :

38. François Dubet, *Le Déclin de l'institution*, *op. cit.*, p. 52.
39. Nicolas Grimaldi, *Ontologie du temps. L'attente et la rupture*, PUF, 1993, p. 159-160.

« Quand une société ne peut pas enseigner, c'est que cette société ne peut pas s'enseigner, c'est qu'elle a honte. »

Mais la déliaison touche aussi la nation. L'État-nation, du moins sur le vieux continent, cède aujourd'hui la place à un projet européen qui, dans un premier temps, accélère la déliaison démocratique. La nouvelle communauté en formation (vision optimiste) est conçue comme un ensemble de règles pragmatiques, censées promouvoir une réalité postnationale décentrée, et ouverte à la différence [40]. Elle n'aura plus grand-chose à voir avec l'État-nation intégrateur du passé. Dans la meilleure des hypothèses, et si le projet européen répond aux attentes de ses promoteurs, un lien primordial sera métamorphosé : celui qui unissait le citoyen à la nation. À cette appartenance clairement identifiable se substituera une appartenance multiple, aux contours plus flous, à la fois régionale, nationale et continentale. Demain, peut-être… Pour le moment, sans conteste, c'est la déliaison qui l'emporte.

Or, comme on le sait, cette déliaison par le haut dans une perspective européenne est concomitante d'une déliaison par le bas, celle qui résulte de la communautarisation progressive des sociétés modernes – États-Unis en tête. Chaque ethnie, chaque religion, chaque tribu se barricade dorénavant dans sa différence. Cette dérive communautariste suggérait à un ancien conseiller du président américain Bill Clinton des réflexions désabusées sur son propre pays. « La société se fragmente, reconnaît-il, faute du ciment que fournissaient l'industrialisation et l'urbanisation. Les gens vivent de plus en plus où ils veulent, pas où ils doivent. On assiste à une re-ségrégation sociale et économique [41]. »

---

40. Je reprends ici, en substance, les analyses de Jean-Marc Ferry, *La Question de l'État européen*, Gallimard, 2000.

41. Charles A. Kupchan, *Libération*, 7-8 décembre 2002. Kupchan est professeur à la Georgetown University (Washington).

Une mutation rampante

Ainsi donc, partout autour de nous, une irrésistible déliaison est en cours. Certes, elle permet un surcroît d'autonomie (la pesanteur normative des institutions n'était pas toujours facile à vivre !), mais, entre la déliaison et la désocialisation pure et simple, la frontière devient ténue. Le fait est qu'elle est souvent franchie. Or le résultat d'une telle désocialisation n'est pas toujours bénéfique pour l'individu lui-même, voué au déracinement. L'autonomie qu'il conquiert alors peut se révéler un leurre. « La liberté de l'homme moderne émerge comme l'oubli de la socialisation au profit de l'indépendance de jugement que cette socialisation a rendue possible [42]. » Voilà un cas de figure où *l'individualisme se retourne effectivement contre l'individu*.

Cet immense phénomène de déliaison n'a pas encore été véritablement pensé. Les analyses le concernant demeurent balbutiantes, disparates ou gâtées par l'idéologie. La déliaison attend son théoricien. Une telle réflexion ne pourra d'ailleurs se cantonner à la sociologie, au sens étroit du terme. Avec cette rupture du lien, un enjeu plus considérable apparaît, qui touche à l'homme lui-même. Qu'est-ce à dire ? Une chose très simple : dans la mesure où le *lien* – nous l'avons montré – est constitutif de notre humanité, sa brisure peut précipiter cette « humanité de l'homme » au bord d'un gouffre. Et quel gouffre ! On fait ici référence à ce qu'on appelle parfois la « désymbolisation ».

Le *lien* consiste en un ensemble de représentations partagées, de valeurs reconnues, d'alliances nouées, et qui font sens. Ce *lien* ainsi compris, cette symbolisation, comme l'écrit le philosophe Jérôme Porée, « donne à chacun sa place dans un monde qu'il partage avec d'autres [43] », un monde déchiffrable et habitable. Or la déliaison c'est la *rupture du pacte symbolique*. « Il est l'*instant* où s'inversent tous les processus et se délitent toutes les structures qui soutiennent l'effort accompli par la personne pour

---

42. François Dubet, *Le Déclin de l'institution*, *op. cit.*, p. 36.
43. Jérôme Porée, *Le Mal. Homme coupable, homme souffrant*, Armand Colin, 2000, p. 145.

construire sa vie et pour inscrire celle-ci dans une trajec-
toire cohérente [44]. » Sans forcer le trait, on pourrait parler
d'une logique de déshumanisation, voire reconnaître dans
cet effondrement une nouvelle figure du mal. « La violence
et la souffrance qui se développent aujourd'hui dans nos
sociétés viennent plus souvent de la déliaison qu'entraîne
en elles la mort du symbole [45]. »

Le chercheur québécois Michel Freitag, professeur de
sociologie à l'université de Montréal, plusieurs fois cité
dans les pages qui précèdent, est l'un des rares chercheurs
qui aient engagé une réflexion d'ensemble sur ces processus de déliaison et de désymbolisation. Son mérite principal est de dépasser le stade de l'analyse pointilliste pour
s'intéresser plus globalement aux configurations nouvelles
qui émergent ici et là, et qui ne sont pas toutes rassurantes.
Citons quelques points forts de son analyse.

Le premier concerne le caractère progressif, insidieux,
d'une telle transformation. Celle-ci correspond à ce qu'il
décrit comme une « mutation rampante ». La postmodernité
se substitue à la modernité *sans jamais l'attaquer de front*,
sans jamais donner lieu à un affrontement idéologique
identifiable. Elle procède de façon systémique. C'est bien
ce qui rend difficile un positionnement critique à son égard,
et *plus difficile encore toute velléité de résistance*. Le mouvement, écrit-il, « s'opère maintenant essentiellement du
dedans, de manière en même temps rampante et proliférante, comme par métastases. C'est pourquoi sans doute le
sentiment ou l'idée [fausse] s'impose si facilement qu'il
ne s'agit pas d'une mutation sociétale mais seulement de la
continuation du mouvement même de la modernité [46] ».

Cette mutation rampante va d'un pragmatisme à l'autre,
d'une médiation à l'autre, tandis que sont mises en œuvre
des techniques prétendument empiriques, marginales et
décentralisées de résolution des problèmes. Tout cela s'effectue à l'abri d'une rhétorique et d'un vocabulaire techno-
cratiques que chacun intègre – ingénument – à son propre
langage : régulation, gouvernance, pertinence, etc. Il existe

---

44. *Ibid.*
45. *Ibid.*
46. Michel Freitag, *L'Oubli de la société*, *op. cit.*, p. 58.

déjà un « jacassin » postmoderne, et il fait office d'écran de fumée. Pour Freitag, une telle mutation dissout peu à peu les anciennes catégories sur lesquelles nous continuons de discourir : l'universel, la norme, le social, la culture, etc. Elle les remplace par un réseau arborescent de procédures technologiques ou marchandes, médiatiques ou contractuelles, rétroagissant les unes sur les autres.

Au verbe « remplacer », on pourrait d'ailleurs ajouter celui de « consommer ». Cette transmutation vertigineuse n'est rendue supportable en effet que par son aptitude à consommer non point seulement des marchandises ou des objets (la fameuse « société de consommation »), mais du *symbolique déjà constitué*, comme une voiture consomme de l'essence. La postmodernité « doit donc aussi quelque part puiser dans les "réserves", exploiter des "gisements" de symboles fossilisés [47] ». Quant au concept de *lien*, c'est-à-dire de société, il change subrepticement de nature. Il cesse d'être une référence instituante, un « déjà-là » rassurant et identifiable, pour devenir une autoproduction permanente dont la logique n'est plus réflexive mais réactive. La société, dès lors, devient une simple galaxie d'organisations particularistes fonctionnant en réseaux. « L'unité [de celle-ci] n'est plus que l'adaptation réciproque des multiples processus de décision, condition de leur efficacité respective. C'est ainsi que la société consacre maintenant une activité incessante à sa propre unification [48]. »

C'est un nouveau mode de reproduction sociale que Freitag qualifie de « décisionnel-opérationnel », par opposition aux modes anciens qui étaient soit « culturel-symbolique » (dans les sociétés traditionnelles), soit « politico-institutionnel » (dans les périodes de rupture comme celle des Lumières au XVIIIe siècle). Au total, la mutation en cours se présente bel et bien comme une vaste et redoutable « entreprise de désymbolisation du monde dont les deux piliers principaux sont aujourd'hui l'économie généralisée et le technocratisme [49] ».

47. *Ibid.*, p. 126.
48. *Ibid.*, p. 118.
49. J'emprunte cette remarque à Yves Bonny, « Introduction » à Michel Freitag, *op. cit.*, p. 35.

C'est à la lumière de cette désymbolisation pressentie qu'il faut analyser certaines frayeurs contemporaines.

Incivilités et « monde commun »

Les plus spectaculaires – et les plus brûlantes – de ces frayeurs ont trait à l'insécurité et au *sentiment d'insécurité*, fort répandu dans les sociétés démocratiques. Comme on le sait, ces frayeurs diffuses ont alimenté des polémiques, des débats, des batailles politiques souvent empreints d'un dualisme caricatural. À la droite française qui fit – avec succès – du thème de l'insécurité un cheval de bataille électoral (quitte à le monter en épingle), s'opposait une gauche cédant trop souvent à l'angélisme, et payant d'ailleurs au prix fort une telle négligence. De part et d'autre, on convoqua chiffres et statistiques de façon obsessionnelle. Tout à ces querelles quantitatives, on négligea du même coup de s'interroger sur *la nature du sentiment lui-même*. Or, si nul ne peut se désintéresser de la réalité de l'insécurité exprimée par des chiffres [50], il est évident que cette approche n'épuise pas la question.

Si un tel sentiment d'insécurité est aussi répandu aujourd'hui – et dans des sociétés très différentes –, ce n'est pas seulement à cause d'une réalité mesurable, ni parce qu'il est le produit d'une manipulation politicienne. Ce n'est pas non plus parce que la violence quotidienne y serait beaucoup plus menaçante qu'autrefois (songeons aux violences urbaines du XIXᵉ siècle, ou même à l'insécurité des sociétés d'Ancien Régime !), c'est d'abord parce que la *perception* de la violence a changé. Cela veut dire qu'au sujet de l'insécurité le sentiment collectivement éprouvé *pose question par lui-même*, indépendamment de la réalité – tangible ou fantasmée –, qui le fonde.

À ce sujet, les réflexions de certains criminologues amé-

---

50. Pour simplifier, les chiffres indiquaient en 2002 qu'au cours des dix dernières années le taux de violence avait diminué aux États-Unis, alors qu'il a augmenté de manière assez significative en France, sauf sur un point particulier, l'homicide, c'est-à-dire l'assassinat, qui reste proportionnellement deux fois et demie plus important aux États-Unis qu'en France.

ricains se révèlent fort intéressantes, surtout à propos du phénomène d'*incivilité*. Le mot désigne ces innombrables actes délictueux, infinitésimaux et parfois relativement anodins (vandalisme dans les transports urbains, fraudes systématiques, agressions verbales, graffitis, etc.), mais qui se multiplient et dont la généralisation finit par créer un « climat ». Deux spécialistes américains, Georges Kelling et James Q. Wilson avaient été parmi les premiers, dès le début des années 1980, à évoquer ce concept d'incivilité dans un article publié dans la revue *Atlantic Monthly*.

Le titre de leur article, *Broken Window* (carreau cassé) est aujourd'hui passé dans le langage courant de la criminologie. L'image proposée par les auteurs était celle d'un immeuble dont une vitre est cassée par un jet de pierre. Si la vitre n'est pas immédiatement remplacée, une seconde, puis une troisième subiront le même sort. Au bout du compte, lorsque toutes les vitres seront brisées, les risques seront grands de voir se multiplier alentour les vols, les agressions, les violences. Pourquoi cela ? À cause d'un puissant effet symbolique : les carreaux cassés signaleront un *lieu sans loi*. Or un tel lieu n'est plus perçu comme un espace partagé et soumis, comme tel, à la responsabilité de chacun.

Cette perte symbolique explique le caractère particulièrement anxiogène de la violence contemporaine et de l'incivilité en particulier. Elles font peur car elles traduisent *la perte d'un monde commun* ; elles soulignent la brisure du lien et la désymbolisation. Elles portent brusquement au paroxysme une crainte et un désarroi déjà présents mais refoulés. Elles viennent éclairer d'une lumière crue la réalité d'une déliaison qui était déjà perçue, mais de manière confuse et informulée. Elles font peur parce qu'elles *révèlent* quelque chose. Leurs auteurs ne font d'ailleurs que tirer par anticipation les conséquences de la déliaison : s'il n'y a plus de monde commun, alors tout est permis ! « Les désordres en public sont un signe donné à chacun que, tous réunis, ils ne forment pas une communauté minimale, susceptible de se concerter et de faire valoir ses préférences[51]. »

51. Sébastian Roché, *Tolérance zéro ?*, *op. cit.*, p. 28.

Ajoutons que la structure de l'habitat dans les quartiers difficiles – tours délabrées, cités, barres d'immeubles de mauvaise qualité – rend plus difficile que nulle part ailleurs un refuge dans l'espace privé. Cet espace privé est lui-même à la merci des incivilités, notamment des agressions par le bruit. S'il n'y a plus d'espace commun, il n'y pas davantage d'espace privé… « Les incivilités annulent la coupure entre l'espace privé et l'espace public : elles font de l'appartement – le lieu cocon – une extension des espaces collectifs de l'immeuble ou de ceux qui l'entourent [52]. »

On a choisi ces exemples de l'insécurité et de l'incivilité parce qu'ils sont emblématiques. La réflexion à leur sujet échoue si elle reste cantonnée aux analyses politiques traditionnelles, et plus encore si elle cède à la dispute électoraliste ou même au simplisme sociologique. Elle doit dorénavant prendre en compte de nouvelles données, notamment la « mutation rampante » et l'immense processus de désymbolisation en cours.

Du lien perdu à l'interconnexion

Une chose paraît évidente : la mutation – ou désymbolisation – rampante à laquelle nous sommes confrontés est, comme le dit Freitag, un phénomène systémique, c'est-à-dire insaisissable et même difficile à définir. On ne s'étonnera donc pas que les résistances, les réactions, les interrogations, les luttes qu'il suscite soient systémiques elles aussi. Les tentatives pour refaire du lien, pour résister à la désymbolisation sont innombrables. Mais, par la force des choses, elles ont la même configuration arborescente, locale, particulière que le phénomène auquel elles s'affrontent. Cela rend difficile toute description panoramique ou même synthétique de ces « surgissements ». Une bonne part du malentendu politique contemporain – voire de la fameuse crise du politique – vient de là.

À la déliaison rampante répondent mille et une mobilisations réactives, qu'on a encore du mal à théoriser de façon globale. Il faudra s'y faire. L'heure n'est pas encore venue

52. *Ibid.*

de la grande synthèse. Aux guerres idéologiques frontales d'avant-hier – théorie contre théorie –, succède une étrange guérilla citoyenne aux mille visages. De l'écologie à l'alter-mondialisation, du mouvement associatif aux mobilisations spécifiques et provisoires, la refondation du lien est devenue mouvante, protéiforme elle aussi. Cet éparpillement des luttes, cet émiettement inévitable des conflits rendent passablement absurde la rhétorique démissionnaire consistant à répéter qu'il n'y a « pas d'alternative » à l'évolution présente, et « pas d'autre politique possible » que celle du consentement[53]. S'il n'y a pas « une » alternative, c'est parce qu'il y en a mille ! En réalité, la question du *lien*, de sa nature, de sa redéfinition est déjà l'enjeu d'innombrables « luttes », d'une multitude de débats, que nous ne savons tout simplement pas encore reconnaître comme tels.

Prenons un seul exemple, qui touche aux nouvelles technologies d'information et de communication (NTCI). Qu'il s'agisse de l'Internet, du téléphone portable, des fameux « textos » qu'affectionnent les adolescents ou des différentes formes de messageries, il est paradoxal de constater que les êtres humains n'ont jamais eu autant d'outils de communication à leur disposition. On pourrait même dire qu'*ils n'ont jamais été autant reliés les uns aux autres*. Du matin au soir. D'une extrémité de la terre à l'autre. Cette interconnexion généralisée amène à se poser la question suivante : est-il bien raisonnable de parler de déliaison alors même que ces technologies semblent nous démontrer le contraire ? Cette inquiétude ne viendrait-elle pas de notre inaptitude à reconnaître la nouvelle nature du lien ?

Cette question se subdivise elle-même en plusieurs interrogations. D'un point de vue philosophique, il s'agit de savoir s'il est aujourd'hui possible de recréer du lien social, de « refaire société » par ce biais, ou si, au contraire, ces artefacts techniques ne sont que d'illusoires expédients. Dans ce dernier cas, ils seraient au lien l'équivalent de ce qu'est une prothèse à un membre vivant. Ce type de débat, on s'en doute, voit s'opposer les défenseurs très optimistes de la technique aux humanistes dont le point de vue est plus réservé. Dans le premier camp, on peut ranger des

53. Voir, plus loin, chap. 9 et 11.

chercheurs comme Derrick de Kerckhove, directeur du programme McLuhan de l'université de Toronto, ou des philosophes comme les Français Pierre Lévy ou Philippe
Quéau [54]. On doit reconnaître qu'ils sont minoritaires.

À leur enthousiasme s'oppose un scepticisme nettement
plus répandu. Par exemple, la sociologue française Régine
Robin, professeur au Québec, travaille depuis plusieurs
années sur le thème des identités multiples et des liens particuliers que rendent possibles les nouvelles technologies.
Sans jamais verser dans la diabolisation de ces instruments
– ce qui serait absurde –, elle est très réservée sur la valeur
à accorder à ces socialisations d'un type nouveau qui
répondent avant tout aux structures et aux besoins d'un
marché mondialisé. « Dans un monde sans frontières,
ajoute-t-elle, la solution viendra peut-être de petites communautés et des nouveaux réseaux, mais je ne voudrais pas
donner l'idée que c'est une panacée. Il faut des institutions
qui fixent les limites. On ne peut vivre dans un monde
dérégulé. On ne peut faire l'économie du symbolique [55]. »

Les solitudes contemporaines ne peuvent en un mot se
satisfaire d'une interconnexion instrumentale qui les relie-
rait entre elles à la manière d'un système audio-vidéo, qui
établirait un contact permanent entre des capsules spatiales
tournant dans l'espace stratosphérique, comme des bulles
isolées dans l'environnement inhumain du *loft intersidéral*.
Il serait naïf de croire que ces liens hertziens pourraient un
jour remplacer les liens vitaux que nous avons eu l'imprudence de dénouer [56].

Le scepticisme est plus grand encore chez un sociologue
comme Gérard Dubey, un des rares chercheurs à avoir
consacré un livre entier à cette question du lien social à
l'ère du virtuel. De son point de vue, il est impossible de
retrouver la « socialité primaire » par le biais d'une technologie. Plus encore, cette prétendue société virtuelle sur
laquelle on nous invite à fantasmer ne peut véritablement

54. J'ai consacré de longs développements à cette utopie du cyberespace dans *Le Principe d'humanité*, *op. cit.*

55. Interview à *Libération*, 20-21 avril 2002.

56. J'emprunte cette métaphore à l'article de Frédéric Mounier,
« Capsules spatiales », *Études*, septembre 2002, p. 237-238.

exister qu'en *dissimulant les rapports sociaux sur lesquels elle repose*. « Une chose paraît attestée, écrit Dubey, que nos propres recherches dans ce domaine semblent corroborer : non seulement les technologies virtuelles sont impuissantes à reproduire à elles seules du lien social ni même les conditions nécessaires à son épanouissement, mais l'efficacité qu'on leur attribue dans ce domaine *dépend presque entièrement de la préexistence de celui-ci*[57]. »

Le don et l'alliance

La remarque de Dubey est assez forte. Les technologies ne peuvent qu'offrir un vecteur supplémentaire au lien social déjà existant, sans être aucunement capables de créer celui-ci. Elles ont besoin, en somme, de puiser dans les réserves de symbolique évoquées plus haut.

Mais pour pertinente qu'elle soit, cette critique n'est pas suffisante. Il faut lui adjoindre une observation plus directement politique. De l'Internet au téléphone portable, du numérique au médiatique, les nouveaux modes de communication ont en effet une autre particularité : ils s'inscrivent dans la pure logique de l'échange économique. Donnant donnant : ils sont tarifés. Ils sont des marchandises comme les autres. Ils ont un effet de leurre. Cela veut dire qu'*ils incorporent le lien à la société marchande* et contribuent ainsi à purger le rapport entre les hommes de ses dernières traces de gratuité. Ce passage insidieux du *lien* à la *communication* est en réalité une ruse de la raison économique.

Cette ruse elle-même désigne par conséquent un *lieu de résistance* particulier, un terrain de lutte. Elle appelle une réflexion critique bien plus fondamentale que les quelques options (libéralisme, social-libéralisme, social-démocratie, etc.) à quoi se réduit trop souvent un débat démocratique exténué. Réfléchir à la fondamentale gratuité, tenter de contrebattre – en amont – l'hégémonie progressive de la marchandise : voilà sans conteste une piste de première importance. Certains s'y sont d'ailleurs déjà engagés avec

57. Gérard Dubey, *Le Lien social à l'ère du virtuel*, PUF, 2001, p. 190 (c'est moi qui souligne).

une belle intrépidité. Leur travail théorique mérite d'être
salué. On songe, entre autres, à la réflexion qui s'élabore
depuis une vingtaine d'années au sein du mouvement dit
« anti-utilitariste », animé par le sociologue Alain Caillé de
l'université Paris X, et regroupés au sein du Mauss (Mouvement anti-utilitariste dans les sciences sociales) créé en
1981 [58].

Le sigle fait aussi référence au grand sociologue et anthropologue Marcel Mauss (1872-1950), auteur notamment du
fameux *Essai sur le don* (1925). Pour Mauss, le don dans
les sociétés primitives était un geste d'alliance, transformant l'ennemi en ami et *fondant véritablement le lien social*.
Pour les héritiers de cette pensée, Alain Caillé en particulier, aucune socialisation ne peut exister ni durer sans cette
part de gratuité que constitue le don. Aujourd'hui comme
hier, « aucune entreprise, privée ou publique, ne fonction-
nerait si elle ne mobilisait pas à son profit des réseaux de
réciprocité cimentés entre les personnes par la loi du don.
[…] Au niveau global d'une société, on peut dire qu'une
démocratie fonctionne pour autant que les citoyens ont
envie de se donner les uns aux autres ». Réduite à elle-
même, la logique marchande ne peut conduire qu'à une
impasse. On n'est pas là dans la morale mais dans la politique originaire.

Caillé et ses amis insistent volontiers sur ce point : le don
n'est pas, à leurs yeux, une référence morale ou religieuse.
Son contenu premier est politique : il désigne le geste d'alliance qui seul permet de créer le lien initial [59]. « C'est par sa
nature même que le don instaure la relation. Il est le fondement et la source de tout lien interpersonnel [60]. » Rien n'est
plus urgent que d'en retrouver ou d'en restaurer le sens.

Il y a bien là, en effet, le départ d'un chemin.

---

58. Alain Caillé dirige aussi la *Revue du MAUSS* publiée aux Éditions
de La Découverte.
59. Alain Caillé, « Sortir de soi pour aller vers l'autre », hors-série de
Témoignage chrétien, septembre 2002, p. 52-53.
60. Jean-Claude Sagne, *La Loi du don. Les figures de l'alliance*,
Presses universitaires de Lyon, 1998, p. 5.

CHAPITRE 5

Entre transparence et intériorité

> « À présent, l'œil de Dieu était rem-
> placé par l'appareil photo. L'œil d'un
> seul était remplacé par l'œil de tous. La
> vie s'était transformée en une seule et
> vaste partouze à laquelle tout le monde
> participe. »
>
> Milan Kundera [1].

On doit quelquefois partir de menus faits ou de brefs
aveux.

Interrogé au printemps 2002 par un journaliste après la
diffusion d'un film du réalisateur Daniel Karlin intitulé
Et si on parlait d'amour (montage de confidences crues sur
la vie amoureuse), l'un des participants se justifiait ainsi
d'avoir répondu à des questions si intimes : « Je suis un
livre ouvert. Plus je suis transparent, plus je risque de me
trouver moi-même [2]. »

Aucun sociologue n'aurait défini aussi clairement l'extraordinaire phénomène que connaissent les sociétés indus-
trialisées et médiatisées. On veut parler de cette surenchère
d'exhibition volontaire, de cette course à l'exposition de
soi-même, de cette transparence joyeusement revendiquée
qui, mine de rien, renverse toutes les perspectives de la vie
sociale. Chacun semble aujourd'hui heureux de lever tous
les mystères le concernant. Au naturisme des années 1950
qui dénudait les corps, a succédé un nudisme de l'esprit qui
révèle les tréfonds.

C'est un changement d'optique, en effet. L'effraction de
l'intime était hier encore conçue comme une violence dont

---

1. *L'Immortalité* (1970), traduit du tchèque par Eva Bloch, Gallimard,
« Folio », 1993.
2. *Libération*, 15 avril 2002.

chacun cherchait à se protéger. Pire encore, la profanation
de l'espace privé était le propre des tyrannies. Les régimes
totalitaires modernes n'acceptaient pas que les disciplines
requises par l'idéologie s'arrêtassent aux frontières de l'intime derrière lesquelles une pensée libre pouvait s'abriter
pour survivre. Du point de vue des persécuteurs, il fallait
donc que cette intimité virtuellement subversive fût forcée,
traquée, percée à jour. Dans notre mémoire collective,
toutes sortes d'images sont ainsi associées à ce forçage
implacable du privé : procès staliniens, captation mentale
de l'hitlérisme, etc. Quant aux inquisiteurs des XIVe et XVe
siècles, ils prétendaient débusquer les « croyances » hérétiques jusqu'au fond des âmes.

   « L'inquisiteur religieux, le commissaire soviétique ou
le chef fasciste n'ont de cesse d'enquêter sur la vie privée
et de sonder les reins et les cœurs [3]. » Est-ce un hasard si, en
France, l'un des films emblématiques de la résistance au
totalitarisme, celui de Costa Gavras, s'appelle *L'Aveu* ?

J'avoue donc je suis

   Or voilà que cet imaginaire collectif est bouleversé par
une étonnante inversion des valeurs. L'exhibition de l'intimité, jadis redoutée et contrainte, devient une démarche
non seulement spontanée mais valorisée comme la réalisation d'un quasi-droit de l'homme. Les choses semblent cul
par-dessus tête. Par le canal des médias, un prurit d'aveu
volontaire emplit soudainement l'air du temps de confidences inimaginables et de confessions extrêmes. Il faut
clamer ce que l'on est. À tout prix. Aucun sujet ne doit
pouvoir échapper à cette confession requise : ni la sexualité, ni les secrets de famille, ni les désarrois psycho-
logiques, et surtout pas les fameux fantasmes habitant
nos têtes. Le deuil lui-même, affaire personnelle s'il en
est, devient une démarche à la fois technique et publique.
Après une catastrophe climatique, des psychologues sont
dépêchés sur les lieux et la procédure du deuil est dili-
gentée, par le biais de « confessions », sous le regard des

3. Jean-Pierre Mignard, *Témoignage chrétien*, 14 novembre 2002.

caméras[4]. « Notre modernité des médias et des écrans réussit ce prodige d'inciter chacun à se livrer spontanément, à se mettre à nu, sans nul besoin de la contrainte physique, de la torture ou de la menace du châtiment[5]. »

Une incroyable sacralisation de la transparence s'installe. L'appareil médiatique s'est redéployé pour répondre à ce besoin nouveau, on allait dire à ce marché. Télé-réalité, monologues très personnels, débats sur les mœurs, interactivité radiophonique : quantité d'espaces ont été créés au fil des ans où s'épanouit, jour après jour, cette effusion confessante. Les titres choisis pour ces émissions parlent d'eux-mêmes : « Bas les masques », « Le Droit de savoir », « Y a que la vérité qui compte ! », « Vis ma vie », « Ça se discute », « Vie privée, vie publique », etc. La divulgation volontaire du secret finit par supplanter dans les médias – en termes d'audience et de volume – les « genres » plus anciens comme la politique ou le débat d'idées. Plus significatif encore : ces émissions d'aveux, que l'on reléguait jadis aux heures avancées de la nuit, deviennent des produits d'appel. J'avoue donc je suis ; j'écoute l'aveu de l'autre, et je me rassure sur moi-même : la nouvelle *doxa* cultive le narcissisme insistant.

Certes, on peut ne voir dans tout cela qu'une intrumentalisation commerciale, voire un racolage. La société marchande se serait emparée de l'intime pour en faire un espace publicitaire. Tel fut le sens des polémiques qui accompagnèrent, au printemps 2001, le lancement en France de l'émission *Loft Story*, qui consistait à filmer en continu les faits et gestes de quelques jeunes gens, prisonniers volontaires d'une maison-studio truffée de caméras. Ces empoignades eurent leur équivalent dans la plupart des pays développés, où étaient diffusées des émissions du même type. Elles étaient sans doute compréhensibles quoique disproportionnées, mais ne répondaient pas, sauf exception, à la question essentielle : celle du pourquoi. Qu'il y ait récu-

4. Voir à ce sujet l'essai original de Jacques Gaillard, *« Des psychologues sont sur place… » Où nous mène la rhétorique des catastrophes*, Mille et une nuits, 2003.
5. Jacques Gautrand, *L'Empire des écrans. Télé, internet, infos, vie privée : la dictature du « tout voir »*, Le Pré aux Clercs, 2002, p. 232.

pération et exploitation mercantile est une chose ; qu'il
existe une envie subite de s'exposer à tous les regards en
est une autre. La marchandisation, la course à l'audience
des stations de radio et de télévision n'auraient pas suffi à
l'émergence du phénomène si, à la base, n'avait existé une
« demande » bien réelle. Impudeur consentie d'un côté,
voyeurisme généralisé de l'autre : quelque chose était en
jeu dans cette affaire, qui allait bien au-delà des mani-
gances médiatiques.

Quelque chose, mais quoi ?

Voici une vingtaine d'années, Michel Foucault s'étonnait
de l'importance prise par cette superfluité de discours,
notamment à propos de la sexualité. Il y voyait une sorte
d'« éréthisme discursif généralisé », c'est-à-dire une exaltation bavarde, une fièvre discoureuse. Pour lui, nos sociétés
seraient devenues singulièrement avouantes, et l'homme
d'Occident se serait transformé en une « bête d'aveu ».
« Peut-être bien, ajoutait-il, qu'aucun type de société n'a
jamais accumulé, et dans une histoire relativement si
courte, une telle quantité de discours sur le sexe[6]. » Mais
ce furieux besoin d'exposition de soi-même ne concerne
pas seulement le sexe, loin s'en faut. Plus général, il traduit
un rapport nouveau avec l'intimité elle-même. La volonté
d'abriter le moi dans son obscurité spécifique est maintenant considérée comme une soustraction coupable – ou
« coincée » – au regard d'autrui. Ce qui était vécu comme
un retranchement providentiel, une pudeur, un quant-à-soi
est connoté négativement. C'est, dit-on, un enfermement
dont chacun doit s'extraire.

Cette sortie de soi-même participe de ce qu'on a pu appeler « l'idéologie de l'épanouissement de soi[7] » qui a triomphé à partir des années 1970. La nouvelle morale qui prévaut nous enjoint de dépasser la honte et la culpabilité pour
s'offrir courageusement au regard d'autrui. Profession de
foi très simple : « Je n'ai rien à cacher. Je vous montre et je
vous dis tout ! » La démarche psychanalytique est devenue

6. Michel Foucault, *Histoire de la sexualité*, 1, *La Volonté de savoir*,
Gallimard, 1977.
7. C'est la thèse développée par Charles Taylor, *Le Malaise de la
modernité* (1991), traduction française, Cerf, 1999.

une pratique sociale banalisée. Le secret, le silence, l'écart volontaire n'ont plus les faveurs du langage courant. Il faut, quotidiennement, « lever le voile », « briser les silences », « avouer » son homosexualité ou son goût immodéré pour le chocolat. C'est ainsi qu'on a pu parler d'une lente et irrésistible dissolution de l'espace privé dans l'espace public.

Qu'est-ce qu'il nous arrive ?

Dans un premier temps, on serait tenté de rapporter cette toute nouvelle revendication de transparence intime aux souffrances provoquées par la dissolution du *lien*. « Plus je suis transparent, plus je risque de me trouver moi-même », déclarait le participant anonyme cité plus haut. La phrase dit bien ce qu'elle veut dire. Cette quête un peu panique du regard de l'autre, ce besoin d'extériorisation pour se sentir exister répondent confusément à la brisure du lien. La transparence du moi, l'exposition frénétique de chacun au regard de tous les autres, voilà une façon comme une autre de retrouver le partage, l'alliance et le lien en mettant en quelque sorte l'intimité sur la table. Me voilà en totalité et sans mystère, prenez-moi comme je suis...

De l'intimité à l'extimité

Plusieurs observateurs ont essayé de théoriser cette inversion de valeurs. Certains l'ont fait sur le mode dénonciateur, d'autres avec plus d'indulgence. Jacques Gautrand, auteur d'un livre sur le sujet, estime que « la banalisation du voyeurisme et de l'exhibitionnisme sont symptomatiques de notre société "individualiste de masse", à dominante urbaine. [...] Une société où les rapports interpersonnels se sont appauvris, comparativement aux liens de voisinage qui existaient dans les communautés rurales traditionnelles[8] ». À ses yeux, la modernité impose à chacun de nous de projeter une image désirable de soi-même, de susciter l'envie, le désir, l'empathie afin de combler en soi-même un vide spécifique. Le moi, pris dans l'univers de la consommation, serait tenu en quelque sorte de s'imposer à lui-même les lois de l'offre et de la demande. Ce que l'on

8. Jacques Gautrand, *L'Empire des écrans*, *op. cit.*, p. 15.

est réellement se confondrait de plus en plus avec ce que l'on paraît être. Il n'y aurait plus d'interstice, plus de distance, plus de « marge » entre le dedans et le dehors, l'être et le paraître.

Cette adéquation expliquerait l'importance prise aujourd'hui par l'apparence, le *look*, la valorisation de soi-même par le biais des signaux identitaires que constituent par exemple les marques commerciales. Dans une société prospère, les objets de consommation sont des signes d'appartenance plus que des produits d'usage [9]. Leur possession vaut surtout par le « plus » symbolique qu'elle apporte, par une possibilité de « montre », par l'imaginaire qui – à tort ou à raison – est attaché à leur *logo*. Les entreprises, de façon délibérée, ont intégré cette dimension narcissique : *elles vendent aujourd'hui du symbole plus que des marchandises*, lesquelles, intrinsèquement, sont de qualité à peu près équivalente. Cette mise en condition psychologique a été dénoncée par l'ouvrage de la militante écologiste Naomi Klein, devenu best-seller mondial au tout début des années 2000 [10].

Au sujet de ce nouvel impératif de transparence, le sociologue Jean-Claude Kaufmann note en tout cas que « la place de l'intime est en train de changer », et que « cette exposition de soi est une tentative d'exister davantage, pour vivre dans cette autre partie de soi qu'est l'image » [11]. La richesse du moi dépendrait dorénavant, et pour une bonne part, de la façon dont on parvient à la mettre en représentation. D'autres observateurs, tâchant d'approfondir l'analyse, font référence à un concept proposé jadis par Jacques Lacan pour rendre compte de la division de l'inconscient et désigner cet « extérieur logé au-dedans du sujet ». Ce concept, c'est celui d'*extimité*. Le psychanalyste et psychiatre Serge Tisseron, spécialisé dans l'étude des comportements médiatiques, réemploie ce vocabulaire lacanien dans une pers-

9. J'ai tenté d'analyser cette dérive dans *La Refondation du monde*, *op. cit.*
10. Naomi Klein, *No Logo : la tyrannie des marques*, traduit de l'anglais par Michel Saint-Germain, Actes Sud, 2001.
11. Interview à *Marketing Magazine*, juillet-août 2001. Jean-Claude Kaufmann a développé cette analyse dans plusieurs ouvrages, notamment *Ego, pour une sociologie de l'individu*, Nathan, 2000.

pective un peu différente. Il « propose d'appeler *extimité* le mouvement qui pousse chacun à mettre en avant une partie de sa vie intime, autant physique que psychique. [...] Si les gens veulent extérioriser certains éléments de leur vie, c'est pour mieux se les approprier, dans un second temps, en les intériorisant sur un autre mode grâce aux réactions qu'ils suscitent chez leurs proches [12] ».

Pour Tisseron, un tel mouvement serait possiblement créateur d'une intimité plus riche. Il consisterait à soumettre sa vie psychique à une sorte de demande d'authentification par les tiers. Ces derniers, en retour, nous permettraient d'enrichir nos propres représentations de nous-mêmes. L'envie de se montrer ou de se confesser – notamment par le biais des trois technologies que sont le téléphone portable, l'écriture sur ordinateur et les médias audiovisuels – répondrait donc chez les jeunes générations, non pas à un exhibitionnisme au sens traditionnel du terme, mais à un besoin de « s'approprier davantage leur propre existence ».

C'est une vision très optimiste des choses, mais qui comporte une part de vérité. Au demeurant, on ne devrait pas oublier que ces confidences et ces aveux multipliés à l'infini ne participent pas toujours d'une démarche ludique. Une souffrance intime, un mal subi et intériorisé en sont le plus souvent l'enjeu véritable. Confesser un viol devant les caméras, rompre publiquement un silence, dévoiler un secret de famille à la radio, pratiquer ce qu'on appelle l'*outing* (aveu de ses inclinations sexuelles), tout cela est en rapport avec une blessure intérieure, avec le poids d'une oppression dont on escompte qu'elle sera allégée par l'aveu.

À ces interprétations sociologiques de la transparence, on pourrait ajouter utilement des notations qui ressortissent plutôt à une théologie de la confession et du témoignage. « Face à quelqu'un qui souffre l'agonie du mal, écrit avec justesse la théologienne protestante Lytta Basset, le témoignage apparaît comme la seule parole encore possible : je suis sortie de cet abîme, il existe une issue. Ainsi, devant le mal, le témoignage donne à penser, il rend la parole, et parfois il aide à vivre [13]. »

12. Serge Tisseron, *L'Intimité surexposée, op. cit.*, p. 52.
13. Lytta Basset, *Guérir du malheur, op. cit.*, p. 49.

Il n'empêche ! Qu'elles procèdent de la sociologie, de la psychanalyse ou de la théologie, toutes ces tentatives d'explication demeurent parcellaires et, du même coup, insuffisantes. Pourquoi ? Parce que la *course à la transparence* est un phénomène infiniment plus vaste. Repérable dans tous les domaines, sur tous les terrains, il finit par caractériser l'époque elle-même.

Un principe de dévoilement

Aujourd'hui, c'est un fait, « tout semble faire du secret la butte témoin de temps révolus, une valeur archaïque, une notion résiduelle qui aurait clandestinement survécu aux combats accompagnant le processus de la modernité, vécu et pensé comme dévoilement [14] ». Ce mouvement serait-il consubstantiel à la modernité, interprétée comme un prolongement des Lumières ? Ce dernier terme, en tout cas, n'était pas dépourvu de signification. Les Lumières s'opposent à l'obscurité, et le dévoilement démocratique voulait mettre un terme à la vieille dissimulation régalienne. De ce point de vue, la naissance de la démocratie contemporaine est inséparable d'une attitude de défiance à l'égard du secret en général, toujours soupçonné de protéger des pouvoirs, de servir des stratégies de domination, de ménager à la tyrannie une part d'ombre.

Mais cet impératif originel a *radicalement changé de nature au cours des dernières décennies*. De l'impératif de non-dissimulation imposé à tous les pouvoirs on est passé, par degrés successifs, à un totalitarisme de la transparence. D'essence démocratique au départ, le dévoilement s'est mué à son tour en despotisme. La *glasnost* (transparence) russe, qui a ouvert la voie à la chute du communisme, s'est métamorphosée, au nom de la démocratie, en réquisition mortifère. Un principe a été dévoyé.

Quelques exemples nous aideront à mieux prendre la mesure du phénomène. Sur le terrain de l'économie, le nouvel esprit du capitalisme a fait de la transparence abso-

---

14. Pierre Bouretz, « Désir de transparence et respect du secret », *Esprit*, mai 1995, p. 47.

lue un objectif, sinon atteint, du moins proclamé. Cette exigence concerne aussi bien le « gouvernement des entreprises » (la *corporate governance* mise en œuvre à la fin des années quatre-vingt) que le fonctionnement des marchés. Elle est censée jeter une lumière crue sur la marche intérieure des entreprises, désormais interdites elles aussi de « vie privée ». Pour reprendre l'expression d'un bon connaisseur de la vie économique, « les marchés veulent des entreprises nues devant eux [15] ». On notera d'ailleurs que la plupart des grands scandales financiers du début des années 2000 ont consisté en des manquements à cet impératif de transparence (bilans incomplets, comptes d'exploitation maquillés, etc.).

Sur le terrain judiciaire, comme on le sait, l'investigation journalistique est venue ruiner peu à peu – et sans doute à jamais – le principe du secret de l'instruction. Pour les affaires importantes, l'enquête judiciaire se fait désormais au vu et au su de la foule, *via* les médias. Cela ne va pas sans distorsions de toutes sortes, stratégies obliques, évocation prématurée des soupçons, etc. La procédure judiciaire elle-même s'en trouve transformée. Médiatiquement et symboliquement parlant, la sentence est rendue en cours d'instruction sans que le jugement véritable puisse venir en corriger, après coup, les effets destructeurs. L'opacité minimale requise pour soustraire la justice aux versatilités émotives de l'opinion n'est plus garantie. Là aussi, une transparence immaîtrisée s'impose à tous ; quelquefois pour le meilleur, en aidant la justice à résister aux pressions politiques ; le plus souvent pour le pire, en transformant les présumés innocents en coupables désignés par avance à la foule.

Partie prenante à cette affaire, le journalisme s'est rallié au fameux principe d'investigation, et *devient ainsi un acteur du dévoilement généralisé*. Cette vitalité dans l'enquête et le reportage a, certes, le mérite de rompre avec les anciennes complaisances et connivences du passé. Elle a permis, en Europe comme outre-Atlantique, que fussent révélées des affaires de corruption ou des scandales qui,

15. Éric Izraelewicz, « La dictature de la transparence », *Revue des Deux Mondes*, février 2001.

faute de cela, eussent été étouffés. Les inconvénients, néanmoins, n'ont pas été minces : « lynchages » inconsidérés,
dérapages accusatoires, climat d'inquisition obsessionnelle,
etc. Certains directeurs de rédaction sont aujourd'hui les
premiers à s'en inquiéter. « Dans le médiatiquement correct
actuel, écrit l'un d'eux, s'instaure une dictature de la transparence qui heurte le bon sens, viole les lois existantes,
décourage le sentiment démocratique[16]. » Cette pratique
est d'autant plus redoutable que les frontières de la vie privée ne sont plus vraiment respectées. Que l'on songe aux
campagnes dénonciatrices, aux commérages abjects de la
presse tabloïde, surtout en Grande-Bretagne (où prévaut, il
est vrai, la procédure dite « accusatoire »). On peut voir
dans ces pratiques, en effet, comme le recyclage ambigu de
la vieille hostilité démocratique au secret, voire une véritable « confiscation par les médias des idéaux modernes de
la transparence[17] ».

On peut encore évoquer, même brièvement, la nouvelle
obligation à laquelle sont désormais tenus les individus
eux-mêmes dans leur vie professionnelle. Soumis à de nouvelles techniques d'encadrement et de management fondées sur l'autonomie et l'initiative personnelle, ils doivent
apprendre à être transparents pour mieux se « vendre ». Si
ce que je vaux se confond avec ce que je parais, alors me
voilà condamné à une incessante publicité de moi-même.
« On ne demande plus aux gens de faire leur travail, souligne le sociologue Jean-Pierre Le Goff, mais d'être en permanence les VRP d'eux-mêmes. Il faut rire, exhiber ses
émotions, afficher sa visibilité et sa tolérance et prendre un
paquet de gens sous le bras[18]. » Une nouvelle utopie mana-
gériale est mise en œuvre au sein des entreprises, qui tend à
faire du salarié *un être transparent et donc désarmé face
aux inquisitions de la hiérarchie*. Les dangers inhérents à

16. Bruno Frappat, « La dictature de la transparence », *Études*, janvier
1999, p. 58-59. Bruno Frappat dirige la rédaction du quotidien *La Croix*,
après avoir dirigé celle du *Monde*.
    17. Pierre Bouretz, « Désir de transparence et respect du secret »,
op. cit.
    18. Jean-Pierre Le Goff, « Tous à vendre », *Technikart*, novembre
2002. Jean-Pierre Le Goff a développé ces analyses dans un livre
récent : *La Démocratie post-totalitaire*, La Découverte, 2002.

de telles pratiques ne sont pas imaginaires. Ils font l'objet de débats jusque dans les cercles et syndicats patronaux. Le CJD (Centre des jeunes dirigeants) les avait inscrites au programme de son congrès national, tenu à Paris le 19 octobre 2001[19].

On pourrait allonger à l'infini la liste des exemples. Songeons aux innombrables possibilités de repérage dans l'espace, de traçabilité dans le temps, de mémorisation définitive, d'identification infaillible qu'autorisent maintenant les performances conjuguées de l'informatique, de la microbiologie, des communications satellitaires (le GPS), de la génétique (les empreintes ADN), etc. Tous ces procédés concourent au même résultat : débusquer le secret là où il se cache, soumettre chacun à une logique de visibilité, miner chaque jour davantage l'inviolabilité de l'espace intime. Dans ce cas, bien sûr, la transparence n'est plus une démarche volontaire comme dans les aveux médiatiques. Elle est imposée comme un principe organisateur, pour ne pas dire un flicage. Cependant, les effets de l'une et de l'autre s'additionnent pour rendre à peu près caduque l'idée même de secret et d'obscurité protectrice.

D'une façon plus globale, ajoutons que les nouvelles techniques d'information et de communication (NTCI), qui comprennent aussi bien l'Internet que la télévision, les téléphones cellulaires que l'audiovisuel numérique, ont permis qu'un véritable maillage informationnel, une vidéo-surveillance transnationale, soit étendue d'un bout à l'autre de la planète. Village global ou pas, l'idée – ou plutôt l'illusion – s'est imposée que *le monde lui-même est devenu transparent*. Ce qui s'y passe ne nous est-il pas accessible, en temps réel, par l'entremise des milliards d'images, de paroles, de sons ou d'impulsions électroniques qui circulent dans l'espace hertzien ? « Le monde, écrit l'anthropologue Georges Ballandier, est devenu une sorte de système panoptique, tout tend à être vu, et tous à être voyeurs. »

Cette nouvelle « visibilité » de l'histoire en marche a d'ores et déjà notablement modifié la pratique diplomatique, voire la politique internationale elle-même. La démarche

---

19. J'emprunte cette information à Jacques Gautrand, *L'Empire des écrans*, *op. cit.*, p. 100.

humanitaire, le poids nouveau d'une « opinion publique mondiale » (aux contours encore flous), le succès grandissant du principe d'ingérence, le projet d'établissement d'une justice pénale internationale ou la simple interdépendance des places financières : tout cela est gouverné par le même principe de transparence. Comme l'écrit joliment une universitaire : « Quelque chose nous a lentement emmaillotés [20]. »

* *
*

Comme on le voit, l'ampleur du phénomène est incommensurable. Il ne saurait être réduit à l'une de ses dimensions, qu'elle soit psychologique, économique, médiatique ou technologique. Il est une facette de la mutation anthropologique qui est le vrai sujet de ce livre. Le philosophe Charles Taylor, comme le romancier Milan Kundera, et bien d'autres, voient dans cet impératif de transparence une espèce de « despotisme doux ». À son sujet, trois questions se posent : quelle est la vraie signification de ce changement, est-il dangereux, et pouvons-nous y résister ?

Retourne en toi-même...

De façon instinctive, nous percevons la transparence comme porteuse d'une menace indéfinissable, du moins lorsqu'elle devient un principe absolu. Pourquoi ? *Parce qu'elle risque tout simplement de dissoudre ce qui nous constitue comme sujet libre : l'intériorité.* Or toute la tradition occidentale – du judaïsme au christianisme, de la pensée grecque aux Lumières – s'organise autour de cette notion. Le *cogito* de Descartes – « Je pense donc je suis » – reformule sur ce point une tradition remontant à saint Augustin, l'un des premiers théoriciens de la personne.

20. Anne Pommatau, « World Wild Web », *Études*, février 2000, p. 223.

Si l'accession au statut d'être humain implique la relation, le *lien* avec l'autre, elle n'en exige pas moins *une intériorité préalable*. C'est elle qui rend possible l'ouverture à l'autre, l'alliance. On ne relie que ce qui existe. Il existe entre l'intériorité et l'altérité une interdépendance, l'une permettant l'autre. La naissance de l'homme comme sujet, son accession à l'*humanité*, passe nécessairement par cette réalité substantielle de l'*intimité*, cet espace protégé de la dispersion où se déploie ce qu'on appelait hier encore la vie intérieure.

Espace soustrait à la contingence, abrité du « pillage » et de la dissipation, mémoire accumulée, sanctuaire inviolable de la conscience, lieu du retranchement et de l'apprentissage de soi : l'intériorité est l'essence même de la personne, son irréductible *subjectivité*. Chez Augustin, cette évidence fait l'objet d'une formulation célèbre : *Noli foras ire, in te ipsum redi, in interiore homine habitat veritas* (« Ne t'en va pas au-dehors, retourne en toi-même, la vérité habite en l'homme intérieur »). Ladite injonction augustinienne reprend de façon presque littérale une phrase de l'Évangile de Jean : « Celui qui est en nous est plus grand que celui qui est dans le monde » (1 Jn 4,4).

Une bonne part de la pensée occidentale – de René Descartes à Emmanuel Kant, d'Edmund Husserl à Martin Heidegger ou, plus près de nous, Maurice Merleau-Ponty – consiste en une réflexion sans cesse reprise, une réinterprétation inlassable de cette idée d'intériorité. Plusieurs fois cité précédemment, Michel Henry a consacré de nombreuses pages de son œuvre à une reformulation de ce concept : « Où parle la vie ? Dans le cœur. Comment ? Dans son auto-révélation pathétique immédiate. Dans le cœur se tient tout ce qui se trouve édifié en soi-même selon cette structure de l'auto-révélation qui définit la réalité humaine : impressions, désirs, émotions, vouloirs, sentiments, actions, pensées. Le "cœur" est la seule définition adéquate de l'homme[21]. »

C'est d'ailleurs en opposant cette réalité intérieure indiscutable aux « apparences » parfois trompeuses qu'on donne de soi que Nietzsche, dans une tonalité flamboyante, dénonce ce mensonge spécifique qui a pour nom *hypocrisie*.

---

21. Michel Henry, *Paroles du Christ, op. cit.*, p. 134.

En parfait connaisseur de la Bible, Nietzsche n'ignorait pas qu'il paraphrasait ainsi l'accusation évangélique contre les pharisiens, telle que la rapporte Mathieu : « Malheureux êtes-vous, scribes et pharisiens hypocrites, parce que vous ressemblez à des sépulcres blanchis à la chaux : à l'extérieur, ils ont belle apparence, mais l'intérieur est rempli d'ossements et de toutes sortes de choses impures » (Mt 23,27).

L'homme sans substance

Dans les séminaires de Michel Foucault consacrés aux philosophes de l'Antiquité et à la question du « souci de soi », on trouve des notations qui montrent que cette idée

---

Le gaspillage de soi

Chacun de nous connaît un prototype de ce type humain qu'on pourrait appeler le « beau parleur ». Providence des dîners, adjuvant utile, boute-en-train nocturne, il répand autour de lui je ne sais quelle volubilité ravissante, un scintillement particulier. Au premier examen, sa présence fait plaisir à voir et à entendre. Pas une maîtresse de maison ne regrettera d'avoir l'oiseau rare dans son plan de table. Il s'anime sans relâche, s'esbaudit, rivalise d'humour, consent même aux confidences, prend le ciel et la terre à témoin sur le mode enjoué : en un mot, il plaît. Oh, comme il plaît ! De sa personne, émane une vitalité bien propre à réjouir l'assemblée. Un être charmant...

Ce qu'on ne sait pas, c'est à quel point – dans certains cas – cette victoire mondaine est calculée, construite, délibérée et même, pourrait-on dire, *panique*. Pour séduire si continûment, en secret, le « beau parleur » doit jeter toutes ses forces dans la bataille. Mais qui le sait ? Pour amuser et pour plaire il devra, s'il le faut, sacrifier à l'impudeur, renoncer au secret, céder à la médisance, piller et galvauder l'intérieur de lui-même, trahir un absent, vider ses poches à tout va... En un mot, comme le joueur possédé par le risque, il mettra sur la table, en vrac et au gré des circonstances, tout ce qui le constin'était pas étrangère auxdits philosophes. Le « souci de soi », en tant que tel, implique en effet un minimum d'intériorité. Or, chez les stoïciens en général et dans les *Lettres à Lucilius* de Sénèque en particulier, est évoqué – négativement – un concept que Foucault présente comme le contraire du « souci de soi » : la *stultitia*. Le mot désigne *une ouverture excessive de l'individu vers le dehors, une incapacité à se rassembler soi-même* dans la constance et la permanence. L'homme en proie à cette funeste effervescence, c'est le *stultus*, celui qui change d'avis sans arrêt, demeure sans mémoire, ni volonté, ni intériorité, dissous en somme dans la transparence. Commentant le texte de Sénèque *De tranquillitate*, Foucault ajoute que le *stultus* est « celui qui ne se souvient de rien, qui laisse sa vie s'écouler, qui n'essaie pas de la ramener à une unité en mémo-

---

tue dans son humanité. Au besoin, il fera pire : dire ce qu'il fallait taire, rire sans scrupule ni compassion. La séduction implique parfois une prodigalité de soi-même qui est au-delà du raisonnable. Ma vie répandue en paillettes pour un applaudissement ; mon intimité dévoilée pour un succès de table ; mes amis oubliés pour un bon mot : on connaît le scénario de cette fuite dans le paraître. Il n'est pas si drôle. Il a goût de mort. Lorsqu'il atteint cette intensité risque-tout, le souci de plaire n'est qu'une variante du suicide. Un suicide sans plaie ni cadavre mais vertigineux comme une dévastation intérieure.

Cas limite du beau parleur que la solitude, bientôt, rendra au douloureux effroi du gaspillage de soi. Qu'ai-je fait, grands dieux ? Qu'avais-je besoin de tant distribuer ? On imagine alors le séducteur repartant chez lui tout chargé de sanglots. Il garde un goût d'échec dans la bouche. Il voudrait vomir sa propre bêtise. Comme disent les océanographes en parlant de l'eau de mer, la transparence est signe de mort. La vie n'habite jamais les océans translucides. Le « beau parleur », tout à son projet de séduire, a-t-il fait autre chose que se rendre pathétiquement transparent, c'est-à-dire dépourvu de substance, de secret, d'intériorité ? Le voilà mort à lui-même. Il se sait condamné, pour l'avenir, à courir encore vers le regard des autres pour y quêter je ne sais quel succédané d'être. Encore et encore. Il devra paraître et paraître, faute de mieux.

risant ce qui mérite d'être mémorisé, et qui ne dirige pas
son attention, son vouloir, vers un but bien précis et bien
fixé [22] ».

Cet homme sans intériorité dont se moque Sénèque ressemble comme un ancêtre lointain à l'homme transparent
que nous annoncent les mutations d'aujourd'hui. Le principe
de transparence, que celle-ci soit ingénument revendiquée
ou imposée du dehors, assiège de toute part le bastion de l'intériorité que Thérèse d'Avila appelait le « château de l'âme [23] ».
La reddition de ce dernier favoriserait l'avènement d'un type
anthropologique particulier : *l'homme sans substance*. Son
intériorité et sa réalité substantielle seraient remplacées peu
à peu par des formes procédurales, des « opérations » sans
contenu. Le philosophe Jean-François Mattéi estime que cette
perte désastreuse est déjà consommée. « Le sujet moderne,
écrit-il, est construit par ses procédures de réflexion qui ne
renvoient jamais à un contenu intérieur puisque l'intériorité
se réduit précisément à la gestion de ces procédures, lesquelles, bien entendu, sont vides [24]. »

Mattéi n'est pas le seul à s'alarmer. Pour Charles Taylor,
l'exhibition de l'intime et le principe de transparence mettent en danger à la fois la culture humaine et l'individu en
tant que sujet. Le point de vue du jésuite Paul Valadier va
dans le même sens. Il exprime son inquiétude en termes
très durs : « Sans ces nappes de secret, pas de création artistique, pas de projet à long terme, pas de maturation personnelle, donc pas de créativité ni de sens de sa dignité personnelle unique, mais des girouettes, des robots, des êtres
interchangeables – ce que veulent les systèmes totalitaires
ou les puritains de la transparence [25]. »

D'autres encore ont cru déceler avec quelque raison dans
ce règne du bavardage et de la confidence une dévalorisa-

22. Michel Foucault, *L'Herméneutique du sujet*, op. cit., p. 126-128.
23. Thérèse d'Avila, *Le Château de l'âme ou le Livre des demeures*,
traduit de l'espagnol par le père Grégoire de Saint-Joseph, Seuil,
« Points Sagesses », 1997.
24. Jean-François Mattéi, *La Barbarie intérieure. Essai sur l'im-
monde moderne*, PUF, 1999 (nouvelle édition 2001, ici citée), p. 130-
131.
25. Paul Valadier, « La transparence n'est pas une vertu publique »,
Études, janvier 1999, p. 54-55.

tion de la parole elle-même. L'écoute est à la fois généralisée et indifférenciée. À force de tout écouter, on n'entend plus rien. Le « trop » finit par noyer le contenu, et le verbe ainsi répandu n'est plus qu'une parole humiliée. Cette dernière expression fut mise en avant par Jacques Ellul voici plus de vingt ans. Dans un livre incandescent – et par bien des aspects prophétique –, il pressentait une ruine de la parole par l'excès même de celle-ci. « Excès de mots. Excès d'informations. [...] La parole anonyme continue de couler. Bruit-bruits. Parce qu'elle n'établit plus aucune espèce de relation. Elle est détachée dorénavant de façon définitive de celui qui la prononce. Il n'y a personne derrière [26]. »

Reprenant les intuitions d'Ellul, on se réfère aujourd'hui à l'irrépressible dégradation de toute parole ainsi rabattue sur la plus insignifiante, diluée dans une soupe communicationnelle où tout se vaut et s'équivaut et où, par conséquent, rien ne porte à conséquence. Pierre Legendre voit un grave péril dans ce funeste « effacement de la limite qui donne à la parole humaine son poids et à celui qui parle son statut d'homme ». Ce processus destructeur du sens conspirerait à l'édification d'une « société nullitaire », pour reprendre l'expression de Michel Schneider [27].

Un pessimisme aussi noir est-il excessif ? Peut-être. La dissolution de l'intériorité est une menace, mais celle-ci n'est probablement pas sans appel. Elle suscite des résistances, fait naître des refus, allume des révoltes qu'on aurait tort de juger vaines ou vouées à l'échec. Leo Strauss nous invitait jadis à distinguer les différentes temporalités de l'aventure humaine : « La houle infatigable des mouvements de l'âme, au-dessus, les grandes vagues dans lesquelles cette houle prend cette forme provisoire qu'on nomme l'Histoire, au-dessus encore, la crête d'écume du hasard et du moment, et tout cela se rassemble et s'écroule et déferle [28]... » On peut rappeler à ce propos un détail d'importance. Sous sa forme effective, concrète et démo-

26. Jacques Ellul, *La Parole humiliée*, Seuil, 1981, p. 174.

27. Michel Schneider, « Des crimes de notre temps. Notes sur les récents attentats à la vie d'hommes politiques », *Esprit*, décembre 2002.

28. Introduction non signée au texte de Leo Strauss sur « Le nihilisme allemand », *Commentaire*, n° 86, été 1999, p. 310.

cratiquement partagée, l'intimité qui accomplit les promesses de l'intériorité tout en rendant celle-ci possible *est
une conquête très récente en Occident*. Elle fut longtemps
un privilège réservé aux classes riches. Pour les autres, la
promiscuité et la transparence forcée étaient la règle.

Dans le monde paysan comme dans les classes populaires, chacun vivait jadis sous le regard d'autrui. Dans les
familles, plusieurs générations devaient partager le même
espace restreint et, en permanence, chacun savait tout sur
chacun. La porte fermée, l'isolement, la libre disposition de
soi-même étaient autant de luxes. La plupart du temps, ces
luxes étaient inaccessibles au grand nombre [29]. La lente
conquête de l'intimité – c'est-à-dire de la « vie privée » –
qui occupa en Europe les XVIe, XVIIe et XVIIIe siècles a été
fort bien décrite par l'historien Philippe Ariès. Elle passa
par des phases successives : affirmation du goût personnel,
émergence des groupes de discussion et des « salons »,
restructuration de la famille comme refuge de l'affectivité
et rempart contre les empiétements publics [30].

La véritable démocratisation de l'intimité ne commence
vraiment qu'au XIXe siècle, où d'ailleurs – par contrecoup –
la pudibonderie se généralise. Cette victoire de l'intimité
passe tout bêtement par une transformation de l'habitat.
« La pièce commune des fermes paysannes meublée par
trois ou quatre lits, clos par des rideaux, est de plus en plus
remplacée par la création d'une chambre à part pour les
parents. En ville, on aménage les appartements avec un cou-
loir distribuant des pièces indépendantes. Cette invention,
généralisée dans les appartements haussmanniens, permet
au couple de s'isoler dans sa chambre fermée à clef [31]. »

La disparition radicale de l'intimité, en qui certains voient
une libération, correspondrait à *la perte d'un acquis démocratique*. Quant au règne de la transparence, s'il s'établis-
sait pour de bon, il correspondrait *de facto* à la clôture d'un
cycle historique plus bref qu'on ne le croit d'ordinaire.

29. J'emprunte cette notation à Jacques Gautrand, *L'Empire des
écrans*, *op. cit.*, p. 228, 232-233.
30. Voir à ce sujet Philippe Ariès et Georges Duby (dir.), *Histoire de
la vie privée*, 3, *De la Renaissance aux Lumières*, Seuil, 1986.
31. Michel Rouche, « Sexualité, intimité et société », *op. cit.*, p. 123.

Du silence à la pudeur

Devant cette perspective, de mille façons – et comme pour la perte du lien –, des effrois s'expriment. Un malaise diffus, voire une nostalgie indéfinissable, hante l'époque. Des thèmes comme celui de la discrétion, du retrait, du silence, de la pudeur font un retour notable, y compris dans les médias [32]. Le silence volontaire est un bon exemple, en ce qu'il est le contraire du bavardage et de l'impudeur langagière. Le tintamarre ambiant, l'assourdissante rumeur du flux, la kermesse sonore dans lesquels baignent nos vies nous incitent à quêter le silence de vallées lointaines ou celui des monastères, à courir vers les sommets où ne chuchote que le vent, à choisir non point forcément l'érémitisme mais l'écart, le refuge, le pas de côté.

Or le concept même de silence est ambivalent. On peut s'abstraire du tumulte au milieu de la foule et du bruit, comme on peut, au contraire, se trouver assailli par le tumulte intérieur, alors même qu'on est dans la plus taisante des solitudes. En d'autres termes, que l'on soit agnostique ou croyant, mystique ou roidement athée, une chose est sûre : le silence n'est pas une simple thérapeutique de l'entendement, une commodité. Il est – toujours ! – une aventure intérieure. Il ne se réduit pas à un concept acoustique, géographique ou hygiénique. *Il est à la fois la condition et la métaphore de cette intériorité minimale qui définit l'humain de l'homme.*

On pourrait faire les mêmes remarques au sujet de la pudeur, dont on ne doit pas s'étonner qu'elle suscite un regain de curiosité. Songeons d'abord à cette thématique du voile – imposé ou choisi – qui est devenue l'exemple archétypal du « choc des civilisations ». Cette transparence obsessionnelle – le dévoilement comme symbole de libération et de modernité – et la réactivité dissimulatrice qui lui répond mériteraient d'être interrogées autrement que sur le mode de la dérision ou de l'opprobre. Elles sont significatives en elles-mêmes.

---

32. Citons le numéro de la revue *Autrement* publié sous la direction de Claude Habib en 1992, et le hors-série du *Nouvel Observateur*, publié en février 2000, tous deux consacrés à la pudeur.

D'une manière frontale ou même provocatrice, le port du
voile par certaines jeunes femmes d'origine musulmane
semble répondre métaphoriquement à cette injonction occidentale qui fait de l'impudeur une vertu. À un totalitarisme
de la transparence s'oppose confusément son image renversée : une volonté d'éloignement visuel et de clôture.

Pour cette raison, la question du voile ne peut être confondue avec celle de l'oppression des femmes, ni ne peut s'analyser comme une simple manipulation de jeunes lycéennes
par des parents sensibles au fondamentalisme islamique.
Elle ne se ramène pas, non plus, à la question (importante)
de la laïcité à l'école. Lorsqu'il est volontaire, le port du
voile obéit à une démarche plus complexe. « Exposés, irra-
diés, sans lieux, il nous faut nous obscurcir pour survivre.
Il faut un butoir au regard – l'opacité de l'autre – pour
franchir en tremblant les frontières que délimitent les éclai-
rages, pour plonger dans un autre monde, déchiffrer une
géographie ambivalente de chances et de risques. Pour se
rendre un destin [33]. »

C'est une femme qui écrit cela…

Les paupières du désir

La pudeur, qui soustrait aux regards et délimite le périmètre de l'intimité, ne procède pas forcément d'un archaïsme
culturel, d'une survivance pittoresque, voire d'un symptôme
de nature phobique. Ce débat opposait déjà Jean-Jacques
Rousseau, avocat de la pudeur dans *L'Émile*, aux philosophes
de l'*Encyclopédie*, notamment d'Alembert qui voyait en elle
un simple « préjugé ». Or la pudeur ne peut certainement pas
être ramenée à un préjugé.

Un psychanalyste, professeur de psychopathologie fondamentale à l'université Denis-Diderot-Paris VII, a récem-
ment consacré à ce sujet une thèse d'autant plus passion-
nante qu'elle n'est jamais manichéenne [34]. Il y réhabilite
clairement la pudeur, qui symbolise, écrit-il, les « paupières

---

33. Anne Pommatau, « Des yeux sans regard », *Études*, janvier 1999,
p. 68.

34. Jose Morel Cinq-Mars, *Quand la pudeur prend corps*, PUF, 2002.

du désir ». Une large place est faite à la littérature et à la poésie dans cette recherche qui prend principalement appui sur la psychanalyse. Un chapitre entier de cette thèse est consacré au « voilage » sous tous ses aspects, et à ce que l'auteur appelle le « désir de voile ». Pour lui, ce désir de voile qui apparaît dès l'enfance chez le sujet humain vient « s'opposer à la tyrannie du désir de voir, le sien comme celui de l'autre ». Cette émergence de la pudeur chez l'enfant doit donc être encouragée et non raillée car « elle est au cœur d'une liberté définie comme la possibilité assumée de faire des choix, y compris celui d'être aimé [35] ».

Il rappelle que cette pudeur enfantine, période de latence, joue un rôle central dans la formation du sujet. « Dans un monde où l'obscénité et l'hypersexualisation des comportements règnent en maître », la période de latence dont Freud disait qu'elle était un phénomène « intimement lié à l'histoire de l'hominisation » mérite d'être protégée et respectée. « Il s'agirait en somme de voir comment offrir et protéger des bulles d'intimité qui soient nichées au milieu d'un espace public devenu envahissant et d'imaginer comment le monde moderne pourrait utiliser les stratégies de la pudeur pour inventer un abord pacifié de la rencontre avec l'autre [36]. »

Cette réhabilitation de la pudeur n'a rien à voir avec une démarche moralisatrice qui viendrait, en matière amoureuse, opposer une fin de non-recevoir à toutes les stratégies du désir. L'un des plus flagrants contresens commis par les zélateurs de la transparence ou de la pornographie consiste à faire de la pudeur l'ennemie du désir, alors même qu'elle en est la subtile complice [37]. Aujourd'hui, sur fond de surenchère impudique et de transparence impérieuse, la seule question sérieuse est peut-être celle-ci : en récusant abusivement la pudeur ne risquons-nous pas d'anéantir du même coup l'impudeur qui en était l'image inversée ? Dès lors, en perdant l'une et l'autre, nous ne serions pas forcément gagnants quant à la violence de nos émois et la qualité de nos plaisirs.

35. *Ibid.*, p. 289.
36. *Ibid.*, p. 290.
37. Cette idée est fort bien développée par Claude Habib, *Le Consentement amoureux*, Hachette, 1998.

Le psychanalyste Denis Vasse évoque cette ambivalence :
« Le mouvement paradoxal de la pudeur – il signale qu'il
cache – dit que le sujet humain est divisé par des pulsions
contraires et qu'*il naît, en tant qu'être parlant, de cette
division même*. La pudeur manifeste que la présence, dans
la rencontre, n'est pas immédiate. Pas davantage la présence de soi à un autre que celle de soi à soi. La pudeur
introduit la chair à l'ordre de la parole. » Souvenons-nous
qu'en matière amoureuse ni Georges Bataille, ni André
Breton n'aimaient la lumière trop crue. Le poète René Char
pas davantage, dont une phrase nous met en garde : « Si
l'homme parfois ne fermait les yeux, il finirait par ne plus
voir ce qui vaut d'être regardé. »

L'homme sans intérieur

Contre la tyrannie de la transparence et contre l'éréthisme
de la parole, les résistances, comme on le voit, se multiplient et s'organisent. Elles sont légitimes et, pour la plupart, estimables. Leur passage en revue laisse néanmoins
insatisfait. Pourquoi ? Parce que toutes s'inscrivent dans le
même registre : celui de l'éthique ou de la morale. Au lâche
accommodement, elles opposent la dénonciation ; face à la
dérive, elles invitent au ressaisissement, à l'étourderie, elles
opposent la critique véhémente, au « processus », l'insurrection bienfaisante. Faisant cela, et quoique les intéressés
s'en défendent, elles alimentent par la force des choses ces
interminables querelles binaires, énumérées dans les chapitres qui précèdent. Cette guerre inexpiable entre avocats
de l'intimité et défenseurs de la « transparence libératrice »
se rallume en effet, de loin en loin, sous divers prétextes :
débats sur la pornographie à la télévision, querelles sur tel
livre de confidences sexuelles, mobilisations contre un film
provocateur, polémiques sur le journalisme d'investigation,
etc. En dépit de l'importance des enjeux, tout cela produit
un effet de redondance monotone.

Il arrive même, soyons juste, que l'emphase de tels
échanges (dans les deux camps) fasse sourire. Lorsque
s'apaise une de ces batailles homériques – et avant que
n'en renaisse une autre –, on en retire l'impression étrange

que l'essentiel n'a pas été dit, qu'une opacité demeure inabordée, qu'une réflexion n'a pas été véritablement conduite. Si nous pressentons cela, c'est qu'à l'évidence *quelque chose se trame dans cette affaire qui n'est pas réductible à l'éthique, à la morale, au normatif*. Une généralisation aussi massive de la transparence est sans doute l'indice d'une rupture d'une tout autre ampleur.

Plusieurs chercheurs se sont interrogés au cours des dix dernières années sur la récurrence du thème de la « transparence » qui, hier encore, n'était jamais évoqué. Ils ont cru y déceler le signe d'*un changement radical de l'idée même qu'on se fait de l'être humain*. À l'homme de la vie intérieure, succéderait une conception purement informationnelle de la conscience. Ce changement de paradigme concernant l'homme prendrait sa source dans les théories cybernétiques, élaborées dans l'immédiat après-guerre, entre 1945 et 1950.

Cofondateur de la cybernétique, Norbert Wiener (1894-1964) fut, avec John von Neumann (1903-1957), à l'origine des théories comparatives entre les machines de traitement informationnel et les êtres vivants. Un ouvrage de Wiener, publié en 1948, fit date : *Cybernétique et Société. L'usage humain des êtres humains*. Martin Heidegger manifesta un intérêt immédiat pour ce nouveau paradigme en déclarant tout bonnement : « La cybernétique est la métaphysique de l'âge atomique[38]. » Ces théories introduisaient quelques concepts nouveaux, dont l'influence se révéla considérable sur le mouvement des idées dans la seconde moitié du XXᵉ siècle : l'information, l'entropie ou la rétroaction. Le mot rétroaction désigne la façon dont un « système » assimile une information produite par sa propre action pour réorienter cette dernière.

Le sociologue français Philippe Breton fut – avec Jean-Pierre Dupuy – l'un des tout premiers à mettre en évidence, au milieu des années 1990, le rôle joué par ces premières hypothèses communicationnelles de Norbert Wiener dans le mouvement d'innovation technique des années soixante, par exemple sur le terrain de l'informatique, des sciences

---

38. Interview publiée à titre posthume, *Der Spiegel*, n° 23, 31 mai 1976.

cognitives ou de la télématique[39]. Or ces hypothèses, bientôt synthétisées en un véritable corpus idéologique, véhiculaient un modèle anthropologique entièrement nouveau. Cet homme sans intérieur, l'*homo communicans*, être de réaction et de rétroaction, totalement ouvert sur l'extérieur, pris dans un ensemble de « réseaux » de communication, est aux yeux de Philippe Breton le contretype parfait de l'homme nietzschéen. Ce dernier agissait alors que le premier « réagit » ; il affirmait une individualité propre quand le premier n'est que le « moment » provisoire d'interactions innombrables ; il défiait frontalement la loi, à la différence de l'homme sans intérieur qui n'obéit qu'à des règles ou à des procédures gérées de façon rationnelle. L'homme nietzschéen se dressait contre Dieu alors que l'*homo communicans* a évacué en douceur toute idée de transcendance ou de limite. Ces questions ne le concernent plus.

Ainsi donc, l'homme selon Robert Wiener ne se définit plus par sa qualité biologique ou la profondeur de sa conscience, mais par la complexité de son mode de communication avec le dehors. Il est *tout entier à l'extérieur de lui-même*. Homme sans conscience (au sens strict du terme), il est tributaire, plus que jamais, de l'apparence, des « communications » et des flux continuels d'informations auxquels il est soumis.

Ce paradigme informationnel gouverne évidemment les recherches menées sur l'intelligence artificielle. Il légitime l'emploi – souvent inconsidéré – de la métaphore de l'homme-machine, ou l'assimilation du cerveau humain à un ordinateur perfectionné[40]. Pour les théoriciens cités plus haut, il n'existe plus vraiment de différence *ontologique* qui ferait de l'humain une créature d'essence différente. Pourquoi ? Parce que les modèles théoriques élaborés par Norbert Wiener *s'appliquent aussi bien aux organismes vivants qu'aux machines*. L'individualité humaine n'est plus fondée sur une intériorité énigmatique ni sur un principe transcendant de nature religieuse. Elle se réduit à une

39. Philippe Breton, *L'Utopie de la communication*, La Découverte, 1995.
40. J'ai consacré à cette analyse un chapitre du *Principe d'humanité*, *op. cit.*

simple « différence » informationnelle. Quant à la société, elle est un simple processus évolutif, un vaste système communicationnel. Cette nouvelle anthropologie que Philippe Breton qualifie d'« utopie de la communication » permet de mieux comprendre quelques-unes des bizarreries évoquées dans les chapitres qui précèdent, par exemple l'étrange concomitance d'un individualisme claironné et de conduites collectives incroyablement conformistes.

Une identité vacillante

Reste à savoir quelle part d'idéologie dissimule cette approche communicationnelle de l'être humain. Une jeune chercheuse québécoise, Céline Lafontaine, prolongeant les recherches de Philippe Breton dont elle fut l'élève, propose quelques précieuses réflexions à ce sujet. Elle a consacré au rôle fondateur de la cybernétique une thèse de doctorat de philosophie, soutenue à Paris et à Montréal en mars 2001 [41]. Certains développements de cette thèse avaient fait l'objet d'une prépublication dans la revue *Cités*, en octobre 2000.

L'un des mérites de ce travail consiste à resituer dans son contexte historique l'apparition du paradigme cybernétique, et à repérer à la trace l'influence considérable qu'il exerça sur des mouvements de pensée aussi importants que le structuralisme, la linguistique, la psychanalyse lacanienne et la postmodernité en général. La thèse de Céline Lafontaine déchire un coin du voile et apporte un éclairage nouveau sur un demi-siècle d'histoire des idées.

Vers la fin des années 1940, au sortir de la Seconde Guerre mondiale, la naissance et le succès immédiat de la cybernétique ne peuvent être compris rétrospectivement sans référence au *pessimisme particulier de l'époque*. Émergence du nazisme au cœur de la vieille Europe, hécatombes de la Seconde Guerre (moins de trente ans après ceux de la Première), découverte de l'horreur des camps d'extermina-

---

41. Céline Lafontaine, *Cybernétique et Sciences humaines : aux origines d'une représentation informationnelle du sujet*, thèse de doctorat de philosophie, soutenue à Paris et Montréal en mars 2001.

tion, choc moral – très ambigu – provoqué par Hiroshima :
au-delà des gaietés ostentatoires liées à la paix revenue et à
la croissance économique, la perception de l'homme s'en
trouvait *marquée par un profond désenchantement*, pour ne
pas dire plus. Ainsi donc, la créature humaine avait été
capable de *ça* ! L'humanisme, sous sa forme traditionnelle,
s'en trouvait discrédité, et la science en plein essor apparaissait comme un recours. Pour le dire en peu de mots :
on était plus tenté de faire confiance à la machine qu'à
l'homme. « Contre les utopies sanglantes de la modernité
politique, l'ordinateur incarne donc aux yeux de ses inventeurs la neutralité rationnelle du contrôle démocratique. On
attribue ainsi à l'ordinateur des qualités qu'on dénie désormais à l'Homme [42]. »

Les dix fameuses conférences organisées par la fondation
philantropique Josiah Macy Jr. de 1946 à 1953, à l'hôtel
Beekman, à New York et – pour la dernière – à la Nassau
Inn de Princeton, New Jersey, sont entrées dans l'histoire
sous le nom de « Conférences Macy ». C'est au cours de
ces dix rencontres réunissant mathématiciens, logiciens,
ingénieurs, physiologistes et neurophysiologistes, psychologues, anthropologues et économistes que furent jetées les
bases de la pensée cybernétique. Or, outre un rejet violent
du religieux, les participants ne laissaient pas d'être
*influencés par cette défiance très datée à l'endroit de l'hu-
manisme.*

Parmi eux, l'anthropologue américain d'origine britannique Gregory Bateson (1904-1980), futur fondateur – avec
Paul Watzlawick – de l'école dite de Palo Alto, puisera
dans les théories cybernétiques les bases d'une conception
radicalement nouvelle de la psychiatrie, à laquelle il appli-
quera le paradigme informationnel. Le traitement d'un
malade, selon lui, devra prendre en compte non point seulement l'individu, mais le champ social dans lequel il est en
situation d'interdépendance. Bateson sera, entre autres,
l'inventeur de la théorie du *double bind*. « Le concept de
système élaboré par Bateson assimile en fait l'ensemble des
contenus culturels d'une société à des codes d'organisation

---

42. Céline Lafontaine, « La cybernétique matrice du posthumanisme », *Cités*, n° 4, octobre 2000.

communicationnelle [43]. » Paul Watzlawick, de son côté, publiera en 1951, avec Jurgen Ruesch, un ouvrage présentant la psychiatrie comme une science sociale dont la communication (et ses dysfonctionnements) est l'objet. Ces thèses annoncent « la mort de l'homme psychologique [44] ».

L'influence du paradigme cybernétique ne s'arrêtera pas là. Dès 1948, Claude Lévi-Strauss, qui a séjourné outre-Atlantique, se montre sensible aux hypothèses de la cybernétique, tout comme le linguiste américain d'origine russe Roman Jakobson (1896-1982), établi depuis 1941 aux États-Unis. Le courant structuraliste – dont l'essor sera spectaculaire en France dans les années 1960 et 1970 – sera donc fortement marqué, lui aussi, par les théories cybernétiques élaborées aux Conférences Macy. Toutefois sa tonalité antihumaniste sera plus affirmée que ne pouvaient l'être les réflexions originelles d'un Norbert Wiener. Ce dernier, il est vrai, prendra ultérieurement ses distances avec une interprétation radicale de ses hypothèses initiales et se démarquera du « tout cybernétique » dont certains firent leur catéchisme. Il exprima ses réserves dans un livre au titre explicite *God and Golem Inc. : sur quelques points de collision entre cybernétique et religion* [45].

Le thème de la « fin du sujet », en tout cas, et la critique de l'héritage des Lumières seront au cœur de la pensée postmoderne française, celle de la « déconstruction ». Des auteurs comme Michel Foucault, Jean-François Lyotard (auteur, en 1979, de *La Condition postmoderne*), Gilles Deleuze ou Félix Guattari s'inscriront clairement dans cette filiation. Pour reprendre un exemple cité dans la thèse de Céline Lafontaine, c'est dans les textes de Gregory Bateson que Gilles Deleuze et Félix Guattari trouveront le mot « plateau » (définissant une « région continue d'intensité vibrant sur elle-même ») dont ils feront le titre de leur essai, *Mille Plateaux*, publié en 1981.

Pour les tenants de la postmodernité – sur lesquels ironisaient cruellement des philosophes comme Cornélius

43. *Ibid.*
44. *Ibid.*
45. Traduction française précédée d'une préface de Charles Mopsik, Éditions de l'Éclat, 2001.

Castoriadis ou Henri Lefebvre –, la disparition d'un sujet doté d'une intériorité minimale est un postulat de base. « De porte-étendard et d'agent effectif de la raison, le sujet perd de sa consistance pour devenir un être à l'identité plurielle et fragmentaire sommé de s'adapter aux fluctuations constantes d'une société désormais régie par la rationalité informatique. [Il se présente] comme un être à l'identité vacillante, façonné par les flux communicationnels le traversant [46]. »

Il est donc un être irrésistiblement voué à la transparence.

Le noyau dur

On voit à quel point, aujourd'hui, il paraît difficile de résister à cette étrange tyrannie de la transparence en négligeant le fait qu'elle est – aussi – la traduction dans le quotidien des théories de la postmodernité ou de la *post-humanité*. Or ces théories elles-mêmes ont une histoire, comme on vient de le rappeler.

Reconstituer de cette façon leur filiation, montrer qu'elle remonte au paradigme cybernétique et qu'elle est marquée par le climat d'une époque, n'autorise évidemment pas à tenir pour négligeable un courant de pensée toujours vivant aujourd'hui. Mais cela permet d'en relativiser la portée en le resituant dans le contexte désenchanté de l'après-guerre. Jusqu'au milieu des années 1970, d'ailleurs, à ce pessimisme philosophique et à la fascination symétrique pour le « machinique », s'ajouta chez beaucoup d'intellectuels une volonté de contourner les dogmes marxistes rigidifiés par la guerre froide. Le structuralisme, dans cette optique, tombait à point… Avec le recul, certains des intellectuels qui s'étaient embarqués dans l'aventure linguistique et structuraliste jettent aujourd'hui un regard critique sur leurs engagements d'alors.

Le cas le plus intéressant est celui de Tzvetan Todorov, chercheur important dans le champ de la linguistique et coauteur, en 1972, avec Oswald Ducrot, d'un ouvrage fondamental qui fut traduit dans une dizaine de langues,

---

46. Céline Lafontaine, « La cybernétique matrice du posthumanisme », *op. cit.*

le *Dictionnaire encyclopédique des sciences du langage*, ouvrage qui s'inscrivait clairement dans une perspective structuraliste [47]. Trente ans après, Todorov explique sans acrimonie mais avec netteté les raisons qui l'ont amené à rompre avec ce courant pour renouer avec un humanisme exigeant. « Je me suis rendu compte, dit-il, à quel point l'approche structuraliste, que jusque-là je percevais non comme un choix parmi d'autres mais comme l'accession à la vérité, était en réalité historiquement déterminée [48]. »

Dans d'autres passages du même ouvrage, Todorov est plus précis. Il reproche au structuralisme d'avoir oublié que, derrière tout discours, « il y a un sujet qui s'exprime, pourvu d'une pensée et d'une volonté [49] ». C'est-à-dire, serait-on tenté d'ajouter, d'une intériorité. Cette négation structuraliste du « sujet » et de sa subjectivité a conduit une partie des sciences humaines à se désintéresser des questions touchant au sens ou à l'éthique. Pour Todorov, un tel désintérêt n'est pas légitime. « Les sciences humaines et sociales, ajoute-t-il, ont tout intérêt à se souvenir qu'elle sont aussi des sciences morales et politiques. Le structuralisme ne nous est ici d'aucun secours [50]. »

Reste à définir le vrai danger qu'il y aurait à renoncer aujourd'hui à toute idée d'intériorité en rompant avec l'humanisme qui en est l'expression. Ce danger paraît évident : *l'homme sans intérieur est un homme désarmé*. Il est une proie offerte à toutes les prédations et manipulations. Il flotte au gré des flux et reflux informationnels. Il est livré au jeu décervelant des propagandes et des publicités. Il est l'enjeu de toutes les ruses – modernisées – de la domination. Sans convoquer, comme c'est l'usage, les sombres prophéties orwelliennes du roman *1984*, il est difficile de ne pas voir dans cette créature prétendument « posthumaine » un sujet infirme. Où puiserait-il la force de tenir tête aux totalitarismes qui rôdent, aux intolérances et aux sottises diffusées dans l'air du temps comme un gaz ? Toutes les expé-

47. Oswald Ducrot et Tzvetan Todorov, *Dictionnaire encyclopédique des sciences du langage*, Seuil, 1972, et Seuil, « Points », 1979.
48. Tzvetan Todorov, *Devoirs et Délices. Une vie de passeur*, entretiens avec Catherine Portevin, Seuil, 2002, p. 110.
49. *Ibid.*, p. 111.
50. *Ibid.*, p. 113.

riences du XXᵉ siècle – celles des camps comme celles des tyrannies et des révoltes – nous montrent que *c'est seule-ment sur une intériorité forte, un quant-à-soi inatteignable que s'arc-bouta la volonté de faire front.* Aurions-nous la naïveté de croire que cette volonté n'est plus requise ?

Le retour du mal, nous l'avons vu au début de ce livre, laisse sans voix la pensée utilitariste et l'économisme ambiant. Il vient tragiquement souligner l'impotence d'une telle vision du monde et l'insignifiance du concept d'*homo oeconomicus*. Or, cette redécouverte de l'envie, de la haine, du terrorisme gratuit, de la sauvagerie, remet en cause, plus brutalement encore, certaines palinodies sur la mort du sujet et les discours sur la prévalence des « codes d'organisation communicationnelle ». Le pessimisme historique a sans doute joué un rôle dans la défiance postmoderne à l'égard de l'humanisme. Mais ni le pessimisme, ni le machinisme cybernétique ne seront jamais capables de fonder une résis-tance active. « L'acte […] suppose une *personne* humaine. Si le mot "personne" désignait à l'origine le masque ou le rôle de théâtre, il sert dans l'usage moderne à désigner ce qui se trouve derrière ce masque : l'être vivant qui est conscient de lui-même comme étant quelqu'un qui agit de son propre mouvement et qui, par son acte, poursuit une fin[51]. »

La question qui se pose est finalement celle-ci : les totali-tarismes, les guerres et les massacres du XXᵉ siècle ont-ils été des produits de l'humanisme ou son abject dévoie-ment ? Faut-il renoncer à celui-ci ou tenter, jour après jour, de le refonder ? C'est une affaire de choix. Le nôtre est fait. Il conduit à voir dans l'intériorité non pas un simple pré-supposé ontologique, ou une « croyance » dépassée, mais la condition de tout le reste. Elle seule autorise la persis-tance, en chacun de nous, d'un noyau dur de convictions non négociables. Elle seule résiste à toute désagrégation ou nihilisme et garantit l'existence d'une *subjectivité* qui fait de chaque homme un être unique, c'est-à-dire un *sujet*. Elle seule abrite, dans ses tréfonds, la plate-forme immergée sur laquelle, jour après jour, nous nous tenons debout.

51. Peter Kemp, *L'Irremplaçable. Une éthique de la technique*, tra-duit de l'allemand par Pierre Rusch, Cerf, 1997, p. 44.

CHAPITRE 6

Entre innocence et culpabilité

> « J'ai assisté, dit Marlow, au mystère inconcevable d'une âme qui n'avait ni retenue, ni foi, ni crainte, et qui cependant luttait aveuglement avec elle-même. »
>
> Joseph Conrad, *Au cœur des ténèbres*.

Peu de verbes ont autant nos faveurs aujourd'hui que celui-ci : déculpabiliser ; le verbe mais aussi le substantif ou même l'adjectif : déculpabilisation, déculpabilisateur, etc. À écouter la rumeur quotidienne, nous n'en finissons pas de *déculpabiliser* tout ce qui était hier encore frappé d'opprobre : le sexe, l'argent, la solitude, la curiosité, le jeu, l'infidélité, le mensonge, l'égoïsme, la gourmandise, la frivolité et mille autres choses. Les hommes et les femmes de ce temps seraient en train de soulever enfin ce lourd couvercle qui pesait sur leurs vies, ils se libéreraient peu à peu de la cage d'acier qui emprisonnait leur conscience et bridait leur aspiration au bonheur. Ils se détacheraient une fois pour toutes de la tristesse mortifiée, des remords rémanents et du tourment intérieur qui leur masquaient le soleil. L'homme moderne, nous dit-on, ne veut plus être coupable, et c'est légitime. Il ne veut même plus être « en dette », au sens où Freud l'entendait. Il rejette d'instinct la *mauvaise conscience* ; il expulse sans ménagement ce gendarme intérieur qui, depuis des lustres, lui barrait la route menant à une légèreté plus heureuse.

Cette rhétorique, parfois simpliste, plonge très loin ses racines. Toute l'histoire de la modernité démocratique peut s'interpréter, en effet, comme une *lente conquête de l'innocence individuelle contre les culpabilités du passé*. Paraphrasant Saint-Just, on pourrait dire que l'innocence – comme le bonheur au XVIIIe siècle – est « une idée neuve en Europe ».

Or l'innocence n'est jamais que l'autre face de l'*autonomie* et la condition de la *transparence*. Les trois idées cheminent ensemble, au point qu'on ne saurait soupeser l'une sans questionner les deux autres. En outre, plusieurs logiques, inhérentes à la société moderne, concourent en ce début de millénaire à cette déculpabilisation généralisée. La « main invisible » du marché transforme l'égoïsme en vertu économique ; l'échec du communisme vient légitimer *a contrario* l'inégalité matérielle et relativiser le remords social ; l'individualisme triomphant rend moralement acceptable le chacun pour soi ; le nomadisme à tout crin remet en cause les idées de devoir, de fidélité ou de parole tenue, etc. Mille et un processus nous permettent ainsi d'échapper à la culpabilité.

Quant à notre relecture soupçonneuse de l'Histoire [1], elle consolide elle aussi cette innocence retrouvée. L'inlassable convocation du passé devant le tribunal du présent, l'admonestation rétrospective adressée aux hommes d'hier aident à nous convaincre que nous sommes *moins coupables* que nos ancêtres. Nous nous sentons alors plus clairvoyants qu'eux, mieux capables de nous épouvanter devant les injustices ou la cruauté d'autrefois. Cette incrimination permanente des temps révolus nous fortifie continûment dans la conviction de notre propre innocence. La culpabilité avérée des hommes du passé nous autorise à plaider non coupable.

« La grande entreprise de déculpabilisation menée par les sciences humaines depuis le XVIIIe siècle semble en passe d'atteindre son but. [...] La psychanalyse, la sociologie, la psychiatrie, la génétique, l'anthropologie ont relativisé le bien et le mal, en montrant que nous étions les jouets de forces aveugles, biologiques et sociales, qui expliquent en grande partie notre conduite [2]. » Au début des années 1990 – et non sans naïveté – un ouvrage du sociologue Gilles Lipovetsky décrivait l'avènement d'un hédonisme joyeux, l'émergence d'une éthique légère et pragmatique, où précaution et réglementation viendraient remplacer l'interdit

---

1. Voir le chap. 2.
2. Georges Minois, *Les Origines du mal. Une histoire du péché originel*, Fayard, 2002, p. 397.

ou le devoir. Finie la pesanteur de « l'obligation » ! L'individu rendu à son innocence entend jouir de la vie sans autres limites que celles de sa propre responsabilité[3] ; ou à la rigueur celles fixées par une loi « neutre », c'est-à-dire débarrassée de tout moralisme. « Fille des Lumières, écrit Alain Besançon, la démocratie est optimiste et pélagienne. Elle ignore le péché originel. Elle croit au progrès, à la poursuite du bonheur, à l'adoucissement des mœurs[4]. »

De fait, le discours de la *déculpabilisation*, à cause de son omniprésence, est devenu assez extraordinaire. Il est rare de passer une journée sans entendre stigmatiser la persistance, ici ou là, de quelques traces résiduelles d'une *mauvaise conscience* contre laquelle le combat est aussitôt requis. Comme l'écrivait Nietzsche dans *La Généalogie de la morale*, la mort de Dieu n'aurait pas complètement délivré l'homme de la malédiction originelle. Il ne se serait pas encore tout à fait libéré de « l'imposture de la morale ». Mais cela viendra... Sur la route de l'innocence, la lutte doit continuer. On nous adjure de congédier nos anciennes « hontes ». Cette invitation – voire cette réquisition – s'accompagne le plus souvent d'une stigmatisation de la « morale judéo-chrétienne », présentée comme la source de nos malheurs intimes : interdits sexuels de la Torah, péché originel théorisé par saint Augustin, vieux blocage catholique sur l'argent assimilé au mal, etc. « Régulièrement, revient dans les médias le vieux reproche fait au judéo-christianisme d'avoir culpabilisé l'humanité en la confrontant sans cesse à l'abîme du péché[5]. »

*   *
*

3. Gilles Lipovetsky, *Le Crépuscule du devoir. L'éthique indolore des nouveaux temps démocratiques*, Gallimard, 1992.
4. Alain Besançon, *Trois Tentations dans l'Église*, *op. cit.*, p. 134.
5. Gérard Leclerc, « La culpabilité humaine », *Royaliste*, n° 747, avril 2002.

L'état d'innocence est présenté au contraire comme une nouvelle condition humaine, promise et préparée par la modernité. Au nom de cette promesse, les hommes se sentent tenus de reprendre ou de poursuivre inlassablement un combat émancipateur commencé aux XVIIᵉ et XVIIIᵉ siècles. À la mauvaise conscience tyrannique succédera bientôt un hédonisme sans complexe ni refoulement d'aucune sorte. Telle est la conviction partout répandue en Occident.

La radicalité de ce discours nous réjouit, mais elle nous embarrasse tout en même temps. Nous sentons que les choses ne sont peut-être pas aussi simples. Nous pressentons derrière cette ébriété innocente une simplification outrancière, une idéologie invisible, ou même l'acceptation d'une cruauté potentielle. Rien n'est plus dangereux qu'un homme innocenté *par avance* ; rien n'est plus effrayant qu'une bonne conscience sûre de son fait. La déculpabilisation, nous le savons bien, est un processus plus ambivalent qu'on voudrait nous le faire croire. Malgré cela nous répugnons à le remettre en question. Ce serait capituler devant les moralisateurs nostalgiques qui, par contrecoup, s'expriment, ici et là. Ce serait historiquement régresser et remettre en cause la modernité. Or nous refusons de reprendre ce fardeau-là sur nos épaules. Nous ne voulons pas nous alourdir avec ces anciens tourments, ni retourner un tant soit peu dans la cage d'acier du péché. Qui pourrait s'en étonner ? Qui voudrait s'en plaindre ?

Réjouis et tourmentés, innocentés mais perplexes, nous demeurons ainsi dans un entre-deux dont le moins qu'on puisse dire est qu'il est inconfortable. C'est l'un des aspects du trouble contemporain. Il nous fait obligation, si l'on veut en sortir, de démêler ce qu'il y a de vrai et de faux dans cette affaire. Sauf à consentir aux manichéismes et aux querelles en miroir, c'est un nouveau chemin qu'il s'agit d'ouvrir. Mais on n'y parviendra pas sans esquisser préalablement une sorte d'inventaire historique. La question posée est celle-ci : comment s'est construite cette opposition tranchée entre culpabilité et innocence ? Est-elle raisonnable ? De quelle façon s'est mise en place, dans nos têtes et notre culture, la conviction (ou l'illusion) que le progrès humain était inséparable d'une reconquête de l'innocence ? Comment cette question est-elle devenue *politique* ?

Une mise à plat s'impose.

Les Lumières à l'assaut du péché originel

L'idée d'une culpabilité principielle de l'homme, exprimée pendant des siècles par le dogme chrétien du péché originel, est devenue un thème obsessionnel dès le XVIᵉ siècle, si l'on en juge par les quelque cent cinquante traités de théologie ou de morale qui furent consacrés à ce sujet entre 1540 et 1700. Le chef-d'œuvre de John Milton, *Le Paradis perdu* (1667), s'inscrit dans cette tradition séculaire qui fait prévaloir l'idée d'une « chute » de la condition humaine ayant dépouillé l'homme de son innocence. Or *c'est d'abord ce dogme augustinien que les philosophes des Lumières s'attachèrent à remettre en question*. Ils trouveront en lui un thème fédérateur, capable de rassembler, par-delà leurs différences, les déistes et les athées, les piétistes britanniques et les anticléricaux français. Leur assaut contre le cléricalisme catholique n'avait pas seulement pour cible la complaisance de ce dernier à l'endroit de l'absolutisme royal, il s'agissait surtout de *revendiquer pour l'homme un droit au bonheur terrestre* en lui reconnaissant la capacité de s'amender – sans recours à la grâce divine – par un bon usage de la raison. La volonté d'arracher l'homme à la culpabilité se trouve donc inscrite, dès le départ, dans le projet des Lumières. Si la lente déculpabilisation de l'homme occidental est un processus historique, alors voilà un peu plus de trois siècles qu'il a véritablement commencé.

Cela ne signifie pas que l'état d'innocence ait été immédiatement reconnu par les philosophes de l'époque. Ni chez Friedrich Hegel, ni chez Jean-Jacques Rousseau il n'en va ainsi. Hegel procède à une sorte de sécularisation du péché originel. Il y voit non plus un dogme théologique, mais une expression mythique de l'histoire des hommes qui se déroule selon la dialectique chère au philosophe d'Iéna : l'innocence étant la thèse, la chute l'antithèse, et la liberté reconquise, la synthèse [6]. Jean-Jacques Rousseau est beaucoup plus ambigu. En apparence, il rejette avec énergie le péché originel décrit comme une « construction des

---

6. Je m'aide ici des remarques judicieuses de Georges Minois, *Les Origines du mal, op. cit.*

théologiens ». Dans le même temps, cependant, il reconnaît
que, si l'homme était bon, il ne l'est plus. Pourquoi ? Parce
qu'il a fait le choix de vivre en société. Ce choix est responsable de sa corruption, il ruine sa bonté naturelle. En
société, les égoïsmes s'affrontent, l'amour propre l'emporte, les individus deviennent irrémédiablement rivaux
et les hommes mauvais. Chez Rousseau, une sorte de laïcisation de l'augustinisme conduit à passer du surnaturel
au social, en mettant simplement à la place de l'idée de
« chute » celle d'entrée en société. Cela revient à « remplacer pour finir la confession des péchés par la dénonciation
du mauvais ordre social[7] ». La pensée progressiste moderne
garde trace de ce rousseauisme lorsqu'elle tend à minimiser
la responsabilité individuelle (d'un délinquant, par exemple),
en imputant l'essentiel de la faute – de façon parfois angé-
lique – à la société.

Mais c'est véritablement au XIXᵉ siècle que ce débat
autour du péché originel va devenir violent, radical et plus
agressivement politique. Il opposera point par point les
héritiers des Lumières aux théoriciens de la contre-révolution. Pour ce qui concerne les premiers, Charles Fourier
(1772-1837) estime par exemple que l'homme est bon par
nature et que, si l'ordre social n'est pas satisfaisant et si les
hommes ont « chuté », ce n'est pas à cause d'un prétendu
péché originel mais plus simplement à cause de « l'exubé-
rance de population et de l'insuffisance d'industrie ». C'est
déjà ce qu'on pourrait appeler une interprétation utilitariste. Le philosophe allemand Johann Gottlieb Fichte
(1762-1814), disciple de Kant, s'insurge dans son *Discours
à la nation allemande* (1807) : « C'est avancer une calom-
nie absurde que de prétendre que l'homme est né pécheur. »
Ernest Renan évoque quant à lui « l'effroyable dogme »
qu'il reproche à saint Paul – avant saint Augustin – d'avoir
inventé de toutes pièces, puisqu'il n'en est jamais fait men-
tion dans la Genèse, ni dans les textes hébraïques. Renan
juge proprement impossible que des esprits rationnels
demeurent attachés à des fictions aussi ridicules que celle
du péché originel. Nietzsche sera plus véhément encore

----

7. Jérôme Porée, *Le Mal. Homme coupable, homme souffrant, op. cit.*,
p. 40.

lorsqu'il définira le péché, la culpabilité et la morale elle-même comme autant d'inventions des prêtres qui leur permettent de mieux asservir les hommes. C'est contre ce « mensonge théologique » que l'auteur de *Généalogie de la morale* ne cessera de fulminer.

En face, dans le camp de la contre-révolution ou chez les romantiques, le dogme du péché originel est défendu avec ardeur, et quelquefois grandiloquence. Pour Joseph de Maistre, le chaos révolutionnaire et la terreur de 1792-1794 devenaient inévitables dès lors qu'on oubliait la condition pécheresse de l'homme. Le péché originel, ajoutait-il, est partie intégrante de l'humanité de l'homme. Prétendre créer un ordre naturel en rejetant le magistère de l'Église ne pouvait qu'aboutir au sanglant désastre que l'on sait. On trouve chez le poète Charles Baudelaire (1821-1867) un même refus de l'innocence athée. Pour l'auteur des *Fleurs du mal*, l'aliénation et l'inclination pour le mal sont l'une des deux composantes de la nature humaine[8]. Il rejette l'hypothèse rousseauiste d'un homme naturellement bon et reprend à son compte la doctrine du péché originel. Mieux encore, il souscrit explicitement au sombre pessimisme de Joseph de Maistre. Baudelaire apprécie pour cette raison que son contemporain le romancier américain Edgar Allan Poe (1809-1849) ait souligné dans ses livres la « méchanceté » naturelle de l'homme. C'est d'ailleurs à Baudelaire – le détail est significatif – que l'on doit la fameuse phrase : « La plus belle des ruses du diable est de vous persuader qu'il n'existe pas. » La formule devenue cliché fut reprise par Joris-Karl Huysman, Georges Bernanos et bien d'autres[9].

Ainsi structuré, le débat a traversé deux siècles de notre histoire. Prenons un seul exemple : on retrouve chez un philosophe conservateur allemand comme Carl Schmitt (1888-1985) – qui eut quelques complaisances pour le nazisme – des références explicites au péché originel que le libéralisme moderne aurait eu le tort de récuser. Pour Schmitt, la présence du mal en l'homme justifie l'établisse-

8. Je reprends ici Robert Muchembled, *Une histoire du diable. XIIe-XXe siècle*, Seuil, « Points », 2002, p. 270.
9. C'est dans le poème intitulé « Le joueur généreux » du *Spleen de Paris*, publié en 1869, que Baudelaire emploie cette formule.

ment d'un état autoritaire, constitué autour d'un principe hiérarchique et d'institutions garde-fou comme l'Église catholique. La théorie politique se fonde nécessairement sur le religieux, et, de façon plus précise, sur le dogme du péché originel. Schmitt récuse par conséquent le projet « déculpabilisateur » qui est celui de la démocratie contemporaine. « Cette recherche libérale d'un paradis sur terre, cette négation du péché originel représentent le règne de l'Antéchrist : le mouvement de la modernité est donc pour Schmitt de l'ordre d'un nihilisme qui conduit à la disparition du théologique et du politique [10]. »

Pour les héritiers des Lumières que nous sommes, les choses paraissent assez claires : *le progrès historique coïncide avec une volonté d'innocenter l'homme contre toute tentative réactionnaire de le culpabiliser à nouveau.* Pour simple qu'elle paraisse, cette dichotomie que nous avons tous plus ou moins intériorisée contient indiscutablement une part de vérité. Il suffit pour s'en convaincre d'un modeste effort de mémoire... théologique, cette fois.

Une « puissance » entrée dans le monde

Esquissée par saint Paul, puis élaborée au Ve siècle par saint Augustin, la « théologie du mal », qui voit en l'homme d'après la chute un pécheur tributaire de la seule grâce divine, est un *héritage de la pensée gnostique.* C'est la thèse défendue par Paul Ricœur et quelques autres. Pour la Gnose – surtout les manichéens des premiers siècles – le mal est une « substance », un funeste royaume dont l'homme est prisonnier. L'âme humaine a chuté dans le monde de la matière et attend sa délivrance, laquelle ne pourra venir que d'un rejet du réel. « C'est ainsi qu'est née toute une mythologie du bien et du mal dans laquelle le monde est satanisé. L'expérience humaine du bien et du mal trouve là sa cause extérieure, matérielle [11]. » Ce pessi-

10. Jacques Rollet, *Religion et Politique. Le christianisme, l'islam, la démocratie*, Grasset, « Collège de philosophie », 2001, p. 201-202.
11. Daniel Roquefort, *L'Envers d'une illusion. Freud et la religion revisités*, Érès, 2002, p. 95.

misme gnostique contredisait l'interprétation du mal héritée de la tradition hébraïque.

Certes, le concept de péché est présent dans l'Ancien Testament. Il y est même défini comme la *cause du malheur*. On trouve cependant chez le prophète Ézéchiel un clair refus de toute culpabilité collective à ce sujet, et le rejet d'un mal qui serait « transmis » d'une génération à l'autre. Le passage ordinairement cité est celui-ci : « Vous ne direz plus : les pères ont mangé du raisin vert, et les dents des fils ont été agacées[12] » (Éz 18,2). Le mal n'est donc pas « originel », même s'il se concrétise sous la forme du péché commis par l'homme. Comme il ne peut tout de même pas être attribué à Dieu, son origine ne peut s'expliquer que par la présence d'un « autre ». Cet autre, c'est Satan, nommément désigné dans les textes vétérotestamentaires. « Pour échapper à ce dilemme funeste, Israël eut recours à l'intervention d'un tiers personnage. Le récit de la Genèse disculpe du péché des origines à la fois Dieu et Adam, en faisant retomber sur une créature de ce monde – le serpent – le rôle du tentateur. La *tentation* est alors comprise comme une épreuve de la liberté[13]. »

Une chose est sûre, en tout cas : l'idée d'un péché originel dont l'homme serait coupable dès sa naissance ne fait pas partie de l'héritage juif. Pour reprendre Ricœur, les premiers chrétiens – mais aussi les milieux juifs de l'époque – ont subi sur ce point l'influence de la Gnose qu'ils combattaient. La volonté de s'opposer à une hérésie conduit parfois à se laisser entraîner sur le terrain de l'adversaire. En luttant contre la Gnose, les chrétiens se sont peu ou prou alignés sur la façon de penser des gnostiques. « Foncièrement antignostique, la théologie du mal s'est laissée entraîner sur le terrain même de la gnose et a ainsi élaboré une conceptualisation comparable à la sienne[14]. » L'élaboration progressive du concept de péché originel (commis par Adam et transmis à ses descendants) trouve sans doute là son origine.

12. Je reprends ici les remarques de Xavier Léon-Dufour, « Que diable ! », *Études*, mars 2002.

13. *Ibid.*

14. Paul Ricœur, *Le Conflit des interprétations. Essais d'herméneutique*, 4e partie, « Le péché originel : étude de signification », Seuil, 1969, p. 267.

Le fait est que, dans le Nouveau Testament, on trouve mentionné *près de deux cents fois* le mot grec *amartia* qui signifie péché. « Et ce mot n'est pas le seul. Il y a aussi l'iniquité que traduit le grec *anomia* ; l'impiété : *asebeia* ; l'injustice : *adikia* ; et enfin la transgression : *parabasis*[15]. » Chez Paul, le Péché (avec majuscule) ne désigne plus véritablement tel ou tel acte commis par l'homme. Il est personnifié. Il est une « puissance » entrée dans le monde, un être qui se confond avec Satan et qui *habite jusqu'à l'intérieur de moi*. Le texte de Paul le plus communément cité – celui-là même auquel se référera saint Augustin – est un passage de l'Épître aux Romains : « Et donc, du jour où par un homme le péché entra dans le monde et par le péché la mort, et qu'ainsi il passa à tous les hommes [par celui] en qui tous ont péché, du coup toute la "masse de perdition" est devenue la proie de celui qui allait la perdre » (Rm 5,12). Paul ajoute dans la même Épître que, de cette perdition, aucun homme ne peut être libéré si ce n'est par la grâce du rédempteur.

Cette lutte mystérieuse que la Grâce divine engage contre le Péché devenu puissance, pour reprendre les termes de Xavier Léon-Dufour, s'actualise chez Paul par le combat que livre l'Esprit contre la chair. C'est parce que le Péché m'habite que je ne suis pas absolument maître de ce que je fais. Cette idée d'une défaillance de ma volonté dans la commission de certains actes était déjà présente chez Platon. Dans *Les Lois*, Platon parle du « tyran Éros » qui gouverne parfois mon corps contre ma liberté. Dans le *Gorgias*, il désigne le corps comme un « *cachot pour l'âme* ». On retrouve chez Paul de Tarse cette idée reformulée mais rapportée cette fois à l'idée de Péché : « Vouloir le bien est à ma portée, mais non pas l'accomplir, puisque le bien que je veux, je ne le fais pas, et le mal que je ne veux pas, je le fais. Or, si ce que je ne veux pas, je le fais, ce n'est pas moi qui agis, mais le Péché qui habite en moi » (Rm 7,18-20).

---

15. Xavier Thévenot, *Les Péchés, que peut-on en dire ?*, Salvator, 1984, p. 9.

Augustin contre Pelage

Comme on le voit, tous les éléments constitutifs de la culpabilité humaine sont présents. Paul cependant n'évoque pas un *péché originel* à proprement parler, même si l'expression « masse de perdition » y fait indirectement penser. Trois siècles et demi plus tard, Augustin sautera le pas et inventera, si l'on peut dire, le concept de péché originel. Augustin, comme on le sait, avait adhéré dans sa jeunesse à l'hérésie manichéenne qu'il combattra par la suite avec constance. Il n'est pas illégitime de postuler, comme le fait Ricœur, qu'il ait subi cette influence. Dans un premier texte qui date de 396 (*Ad Simplicianum*), où apparaît l'expression *peccatum originele*, puis dans un traité spécifique (*De gratia Christi et de peccato originele*), Augustin donnera corps et cohérence à une doctrine dont l'influence se fera sentir pendant des siècles dans la chrétienté occidentale.

Du fait de sa désobéissance (la « chute »), Adam a laissé entrer en lui une loi – celle de la chair – opposée à celle de l'esprit. Du même coup, en une sorte de représaille (*poena reciproca*), *la chair a été dorénavant capable de désobéir à l'esprit*. Cette rébellion, cette désobéissance porte un nom : la concupiscence. Dès lors, l'homme sera alourdi dès sa naissance par la « masse des péchés » accumulée depuis Adam du fait d'une concupiscence charnelle commune à tous les hommes. Il est donc originellement pécheur [16]. Pour triompher de sa condition, pour échapper au péché, ni sa volonté ni sa liberté ne suffiront. À elle seule, la morale humaine est impuissante. Il lui faut la grâce. On a pu dire que, tout en rejetant la Gnose, Augustin en reconstitue l'argumentaire sous la forme d'un *mythe rationalisé*. Il marie en vérité – et de façon suggestive – deux concepts différents : « la transmission biologique par voie de génération et l'imputation de culpabilité, faisant du mal une sorte "d'involontaire au sein du volontaire" [17] ».

---

16. Je m'appuie ici sur deux analyses : celle de Jean-Claude Eslin, *Saint Augustin, l'homme occidental*, Michalon, 2002, p. 42, et celle de Serge Lancel, *Saint Augustin*, Fayard, 1999, p. 595.

17. André Godin, « Délivre-nous du mal. Perspectives théologiques », *op. cit.*, p. 203-204.

C'est sur ce dernier point qu'Augustin entrera en conflit
avec un ascète d'origine bretonne, venu à Rome dans les
années 390 : Pelage. Pour ce dernier, l'homme peut parvenir au salut par lui-même en faisant un bon usage de sa
liberté et de sa volonté. La simple détermination humaine,
en somme, suffit à vaincre la fatalité de la perdition. Telle
est, schématiquement résumée, l'interprétation dite pélagienne. Non seulement elle mobilisera contre elle l'énergie
d'Augustin, mais la querelle reprendra à la fin du Vᵉ siècle
et au VIᵉ siècle, et aboutira à un véritable schisme entre les
chrétiens. Le désaccord théologique ne sera définitivement
tranché qu'au second concile d'Orange, en 529. Le pessimisme inspiré d'Augustin, à ce moment-là, l'emporte sur
l'optimisme de Pelage. Et pour longtemps...

Une tradition augustinienne prévaut dès lors dans la chrétienté, tradition d'autant plus pesante et culpabilisatrice
qu'elle se révèle souvent plus sombre que ne l'était en
vérité Augustin lui-même. On a pu s'en convaincre grâce à
la découverte très récente de nouveaux sermons d'Augustin, demeurés inconnus pendant près de quinze siècles.
En 1975, à la bibliothèque de Marseille, puis en 1990 à
la *Stadtbibliotek* de Mayence furent retrouvés quelques
dizaines de manuscrits d'Augustin, aussitôt baptisés du
nom de leurs « inventeurs » : manuscrits Divjak pour les
premiers, manuscrits Dolbeau pour les seconds. Or l'analyse de ces textes désormais publiés conduit à nuancer le
jugement traditionnellement porté sur le prétendu « pessimisme » de l'évêque d'Hippone, y compris au sujet de la
sexualité [18].

Toujours est-il que *la grande ombre culpabilisatrice de
l'augustinisme fera planer sur l'histoire du christianisme*
une menace permanente. Cela ne signifie pas qu'elle s'imposera toujours et partout, loin s'en faut. Des sensibilités
plus optimistes, moins obsédées par la pesanteur du péché
marqueront toutes les époques : qu'il s'agisse des pères
grecs comme Clément d'Alexandrie, du relatif optimisme

---

18. On trouve une analyse de ces nouveaux manuscrits dans la
nouvelle édition de la fameuse biographie d'Augustin rédigée par l'universitaire américain Peter Brown, *La Vie de saint Augustin*, Seuil,
« Points », 2001, p. 575 à 673.

de Pierre Abélard (1079-1142), des jésuites, bien sûr, ou même de certains courants influencés, à partir du début du XVIᵉ siècle, par le prêtre hollandais Érasme (1469-1536). On pourrait évoquer également le phénomène historique récurrent – et pittoresque – que constituèrent certains mouvements millénaristes, en particulier celui des « adamites ». Apparus dès le IIᵉ siècle, les adamites considéraient que la venue du Christ avait effacé la tache originelle et que l'homme avait alors recouvré son innocence. Refusant les critères habituels de la pudeur, adeptes d'un nudisme irénique, passablement illuminés, ils réapparaîtront de loin en loin dans l'Histoire. On en trouve jusqu'au XVᵉ siècle, en Bohême, où ils passeront pour des libertins et seront persécutés [19].

Il n'empêche ! Pour l'essentiel, c'est bien au rigorisme augustinien et à la culpabilité originelle de l'homme que se référeront les tenants d'un christianisme pessimiste et punisseur qui réapparaîtra de façon sporadique. Qu'il s'agisse des jansénistes, des artisans de la contre-réforme catholique, des partis dévots, à commencer par celui de l'épouse morganatique de Louis XIV, Mme de Maintenon, au XVIIᵉ siècle, ou encore des crispations moralisatrices du XIXᵉ siècle. De ce point de vue, il n'est pas faux de voir dans la déculpabilisation amorcée par les Lumières *une revanche tardive du pélagisme sur l'augustinisme*. Aujourd'hui, en effet, on peut dire que « nous sommes naturellement pélagiens, nous pensons que notre volonté peut faire le bien [20] ».

Le débat est-il clos pour autant ? Rien n'est moins sûr. En dépit des apparences et des lieux communs partout répandus, les sociétés modernes *ont recommencé à s'interroger, en profondeur, sur ce qu'on pourrait appeler le piège de l'innocence*. Ajoutons que c'est l'un des effets du grand questionnement sur le totalitarisme, relancé voici une trentaine d'années. On dirait bien que nous avons repris, mais à l'envers, une partie du chemin. Pourquoi ?

---

19. J'emprunte ces brèves notations sur les adamites à Georges Minois, *Les Origines du mal*, *op. cit.*, p. 51, 109, 110.

20. Jean-Claude Eslin, *Saint Augustin, l'homme occidental*, Michalon, 2002, p. 42.

Le mal, c'est l'autre...

Au milieu des années 1970, à l'apogée de la fameuse permissivité post-soixante-huitarde, Maurice Clavel, qui avait été – avec Michel de Certeau – l'un des avocats les mieux inspirés de Mai 68, mettait en garde ses contemporains contre... l'abandon irréfléchi du péché originel ! Le bouillant, l'impétueux, le provocant Clavel retournait comme un doigt de gant le discours convenu en écrivant que le péché originel était de « l'or en barre ». Comment était-ce possible ? À cause de sa vertu « libératrice », bien sûr, qui délivrait partiellement l'homme de la *responsabilité* pleine et entière de ses fautes ; mais aussi parce que la « bonne conscience » et l'innocence des bourreaux – ceux du stalinisme et les autres – devraient nous faire réfléchir. « Pourquoi n'a-t-on jamais dit, demandait-il, pourquoi se refuserait-on à comprendre que cet Enfer terrestre découle implacablement du Dogme de l'Innocence ? » Dans son texte, Maurice Clavel (celui dont de Gaulle avait dit : « C'est emmerdant les archanges » !) mettait ostensiblement des majuscules aux mots Dogme et Innocence. À la ligne suivante, il évoquait ostensiblement les quarante millions de morts du Goulag [21].

À peu près à la même époque (en 1976), un ancien marxiste polonais, Leszek Kolakowski, soucieux d'arracher l'héritage chrétien aux interprétations caricaturales, réhabilitait lui aussi le péché originel avec des arguments comparables à ceux de Maurice Clavel, quoique exprimés dans un registre plus classiquement philosophique. Pour Kolakowski, il est urgent de relire et de réinterpréter le concept chrétien de péché originel. Ce dogme lui paraît si fondamental que sa négation totale affecterait de proche en proche la culture européenne tout entière. Le péché originel nous rappelle, en effet, que le mal *n'est pas extérieur à l'homme mais que c'est par lui que nous commençons*. Le mal est un « déjà-là » au tréfonds de nous-mêmes et pas seulement « chez l'autre ». « Le mal, écrit-il, au sens véritable et originaire est en nous et non dans les conditions

---

21. Maurice Clavel, *Ce que je crois*, Grasset, 1975, p. 100.

sociales. [...] Jésus nous a recommandé de commencer par éliminer le mal en nous-même et non de tuer d'autres hommes que nous considérons à tort ou à raison comme mauvais [22]. »

Pour Kolakowski, cette relecture du péché originel à la lumière de notre expérience historique consiste à voir dans ce dogme théologique un précieux rappel de *l'intériorité du mal*. Chaque homme a bel et bien partie liée avec le mal. Ce dernier ne peut être « externalisé », pour employer un vocabulaire contemporain. Le mal est dans le monde, certes ; il peut être éventuellement incarné par l'autre, mais *il est aussi – irréductiblement – en moi-même*. Cette présence intime, cette intériorité originelle, renvoie à son absurdité criminelle toute tentation éradicatrice, celle qui nous laisse accroire que nous serions débarrassés du mal si nous éliminions ceux qui l'incarnent. Le dogme de l'innocence, en effet, sous sa fausse gentillesse, *est virtuellement exterminateur*. L'expérience totalitaire nous en a apporté la preuve. En prétendant rejeter le mal hors de nous-mêmes, en me faisant croire – illusoirement – que j'échappe à son emprise, il m'encourage à le combattre au-dehors. En me déculpabilisant, il fortifie en outre cette impavide bonne conscience dont chacun sait qu'elle peut être la matrice de l'intolérance et du crime.

Il n'est nul besoin de pousser l'analyse pour comprendre que, dans cette perspective renversée, la culpabilité originelle ou, pour parler comme les psychanalystes, la « fêlure dans le narcissisme humain », constitue un frein, un rappel qui m'empêche de sombrer dans ce contentement de soi que les Allemands appellent *Selbstgefälligkeit*, un mot que Kolakowski, en bon germanophone, utilise souvent [23].

22. Leszek Kolakowski, « La "crise" du christianisme » (1976), in *Le Village introuvable*, traduction de J. Dewitte, Complexe, 1984, p. 97 et 98. Une quinzaine d'ouvrages de Kolakowski sont disponibles en français, parmi lesquels *Philosophie de la religion*, « 10-18 », 1997, et *L'Esprit révolutionnaire*, Fayard, 1985.
23. Je m'inspire ici d'une analyse rédigée par Jacques Dewite, traducteur de Kolakowski et lui-même philosophe : « Le christianisme comme conscience et finitude : la philosophie de la religion de Leszek Kolakowski », *Annales de l'Institut de philosophie et des sciences morales de l'Université libre de Bruxelles*, 1984, p. 135 à 157.

Or ce contentement de soi incline à la clôture sur soi, à la négation de l'autre, à l'intolérance belliqueuse. Quant aux interrogations sur la signification anthropologique ou même théologique du dogme augustinien, le moins qu'on puisse dire est qu'elles n'ont plus la raideur simplificatrice d'avant-hier. « Il y a dans la doctrine du péché originel, quels que soient ses heurts et malheurs, un pressentiment, et même une affirmation, de la complexité théologique du problème du mal, qui ne se laisse pas réduire à la seule approche morale ou moralisante [24]. »

De ce point de vue, la conquête contemporaine de l'innocence peut donc apparaître comme une entreprise plus périlleuse qu'on ne l'imagine. Il faut ajouter qu'elle se fonde sur un *contresens monumental au sujet de Pelage*. On a tort de croire, en effet, que l'optimisme de ce dernier et sa dénégation de ce que les chrétiens appellent la grâce conduisent à une sorte d'hédonisme décomplexé et – surtout – déculpabilisé. On ajoute d'ordinaire que Pelage serait en quelque sorte plus accommodant qu'Augustin puisqu'il laisse l'homme choisir et construire par lui-même son salut. À y regarder de près, on voit vite que c'est tout le contraire. Si Pelage récuse la fatalité du péché originel, c'est pour professer un *effort impitoyable sur soi-même*, on pourrait même dire un ascétisme de tous les instants. Délivré du péché originel et de la nécessité de la grâce, l'homme n'est redevable qu'à lui-même du mal qu'il commet. C'est donc de ses efforts et d'eux seuls qu'il peut atteindre la Rédemption. Dans sa *Lettre à Démétriade*, Pelage se fait ainsi l'apologue d'une morale sourcilleuse, intransigeante, jusqu'à voir en Job « le plus illustre des athlètes de Dieu [25] ».

Si la modernité aime à se dire pélagienne, alors on comprend mieux qu'elle soit hantée par toutes sortes d'injonctions « politiquement correctes » et par des moralismes frénétiques fort peu accommodants. (Ils ont simplement changé d'objet et – surtout – de modes d'expression.) La pénalisation sourcilleuse des mœurs (harcèlement sexuel,

---

24. Adolphe Gesché, *Le Mal*, Cerf, 1993, p. 38.
25. J'emprunte cette remarque et cette citation à Serge Lancel, *Saint Augustin*, *op. cit.*, p. 485.

etc.) participe de cette dérive pélagienne. À trop ironiser sur la notion de péché et de rémission, les nouveaux moralisateurs en viennent à oublier la signification de cette alternative offerte à l'homme. Elle est pourtant claire : *l'homme ne se confond pas avec ses actes*, et, pour reprendre Ézéchiel, « si le méchant renonce à tous les péchés qu'il a commis [...] il ne mourra pas » (Éz 18,24).

Les damnations laïques et médiatiques d'aujourd'hui, elles, sont sans indulgence, sans pardon, ni rémission...

* *
*

On a cité Maurice Clavel et Leszek Kolakowski, mais ils ne sont pas les seuls à pointer cet effet virtuellement redoutable de la déculpabilisation. Philippe Némo décèle dans les textes de Levinas – dans l'idée de « dette » à l'égard de l'autre contractée dès notre naissance – une réinterprétation assez voisine de celle du péché originel [26]. La théologienne protestante Lytta Basset, tout en gardant résolument ses distances à l'égard de l'augustinisme, reste dans la même logique lorsqu'elle reconnaît deux fonctions au concept de péché originel. D'abord il nous permet d'échapper au désespoir : « Seule la culpabilité nous sauve du désespoir, et c'est bien là le levier de la doctrine du péché originel. Elle court-circuite la prise de conscience et l'aveu du désespoir lié à la découverte du mal absolu [27]. » Ensuite, il nous ouvre tout bonnement à l'autre : « L'intuition juste de la doctrine du péché originel, c'est la solidarité de tous les humains face à un mal déjà là auquel ils participent sans le savoir [28]. »

L'alternative principale est donc bien celle de l'intériorité ou de l'extériorité du mal. L'innocence reconquise impliquerait que l'on rejette le mal à l'extérieur de soi ; la culpa-

---

26. Philippe Nemo, *Job et l'Excès du mal*, Albin Michel, 2001, p. 171, 172.
27. Lytta Basset, *Guérir du malheur*, *op. cit.*, p. 142.
28. *Ibid.*, p. 24.

bilité consiste au contraire à reconnaître que le mal habite
aussi en moi. Tel est le dilemme indépassable que refuse de
prendre en compte le bavardage contemporain sur la déculpabilisation. Dans un article consacré à la méchanceté,
Tzvetan Todorov le dit très bien : « Ne voir le mal qu'en
dehors de soi est un acte immoral. Le mal extrême à l'extérieur de nous a cet effet négatif supplémentaire : ne pouvant
nous y reconnaître (en raison de cette extrémité même),
nous ne nous sentons pas concernés par lui : l'"empire du
mal", c'est les autres ; Auschwitz aussi [29]. »

La barbarie intérieure

Allons plus loin encore. Conçue et réinterprétée de cette
façon, l'intériorité du mal n'est pas une notion spécifiquement judéo-chrétienne. On trouve son équivalent dans la
plupart des cultures et traditions humaines, y compris les
plus inattendues. La permanence et la similitude de cette
référence, malgré la diversité des formulations, incitent à
voir en elle une constante anthropologique au sens où l'entendait Claude Lévi-Strauss.

Chez les Aztèques, par exemple, les évangélisateurs du
XVIᵉ siècle, et surtout les jésuites, qui usaient de courtes
fables moralisantes, les *exempla*, pour convaincre leurs
interlocuteurs, ont découvert l'existence, dans les cultures
amérindiennes, d'un concept spécifique, le *tetzahuitl*. Il
désignait une terreur sacrée, éprouvée par tous les hommes,
et consécutive à une conduite scandaleuse passée [30]. Il
n'était pas sans similitude avec le péché originel tel que
l'entendaient les chrétiens.

De la même façon, on trouve dans les cultures orales de
l'Afrique des mythes animistes proches de cette idée. Un
mythe du Rwanda, par exemple, raconte que la mort et le

---

29. Tzvetan Todorov, « L'envers de la coexistence (À propos de *La
Méchanceté* de François Flahaut) », *op. cit.*, p. 192.
30. J'emprunte cet exemple à Daniel Dehouve, *Le Pécheur universel.
Le rôle des « exempla » dans l'évangélisation des Aztèques*, thèse poly-
copiée, Paris, 2002.

mal ont pénétré dans le monde à la suite d'une faute des hommes [31].

Dans l'hindouisme, la notion de *karma* est encore plus sévère. Elle conduit à imputer la responsabilité du mal et des malheurs aux seules actions des hommes, actions dont l'effet est cumulatif. Nos actes passés détermineront notre destin et la nature de notre réincarnation. Chaque homme subit ainsi le poids des actions mauvaises commises dans une vie précédente. Cette « causalité rétributive », jouant d'une génération sur l'autre et rivant l'homme à un enchaînement sans fin, est plus irrémédiable encore que ne pouvait l'être le dogme du péché originel. Certains passages des *Upanishads* « affirment que Dieu sauve qui il veut [32] ». Mieux encore, l'idée d'une dette originelle – et même de quatre – est présente dans le texte des *Brahmanas* dont un passage affirme clairement : « Quiconque existe, une dette naît lorsqu'il naît lui-même, [dette] aux dieux, aux Sages, aux Pères et aux hommes [33]. »

L'idée de dette et même de faute originelle est présente également dans la mythologie grecque dès le VIᵉ siècle avant notre ère. Un fragment du philosophe et astronome Anaximandre (610-547 av. J.-C.) évoque un crime ancien – celui de Zagreus-Dionysos par Héra – que l'humanité continuerait d'expier au nom d'une responsabilité collective transmise d'une génération à l'autre. Quant à l'intériorité du mal, elle est énoncée de façon on ne peut plus claire par Sénèque dans la lettre 50 adressée à Lucilius : « Eh bien, le mal, il ne faut pas croire qu'il s'est imposé à nous venant de l'extérieur ; il n'est pas en dehors de nous, il est à l'intérieur de nous […] Le mal est donc dans nos viscères. […] Il faut travailler pour expulser, expurger, maîtriser, s'affranchir et se délivrer de ce mal qui nous est intérieur [34]. » On ne trouve guère que chez Héraclite l'évoca-

31. Cité par Frédéric Lenoir et Ysé Tardan-Masquellier, *Encyclopédie des religions*, t. II, 1997, p. 1647.

32. Émile Gathier, *La Pensée hindoue*, Seuil, « Points », 1995, p. 27.

33. Anthologie sanskrite par Louis Renou, cité par Émile Gathier, *ibid.*, p. 125.

34. Cité par Michel Foucault, *L'Herméneutique du sujet*, *op. cit.*, p. 91.

tion d'un « état d'innocence » où se trouvait l'homme avant qu'il n'inventât le bien et le mal.

La constance de cette interrogation humaine sur les forces ou penchants présents à l'intérieur de lui – et contre lesquels il doit mobiliser les forces de son esprit – a inspiré à Hegel une formule souvent citée : le destin, « c'est la conscience de soi, mais comme d'un ennemi ». De fait, la conscience morale elle-même naît de cette acceptation d'une intériorité du mal : elle est le produit d'une culpabilité fondatrice.

L'apport de la psychanalyse a été précieux pour nous aider à comprendre ce qui était en jeu, au sujet du mal, dans cette dichotomie intériorité/extériorité. Et là, bien sûr, on retourne à l'univers judéo-chrétien. Freud considérait le mal comme immanent à la nature humaine, dont il était un « trait indestructible ». Il reconnaissait ainsi « la tendance native de l'homme à la méchanceté, à l'agression, à la destruction et donc aussi à la cruauté ». Un concept comme celui de « masochisme originaire », sur lequel se clôt l'œuvre de Freud, et que nombre de ses disciples jugent assez obscur, n'est pas très éloigné du péché originel augustinien. Pour André Green, « le masochisme originaire ne serait […] que le nom savant pour dire la damnation de l'âme pour son péché originel à laquelle l'hystérique des temps passés était vouée. Ensuite, ce n'est plus du sexe que l'âme est malade (ou du sexe seul), c'est de la mort [35] ».

Un autre psychanalyste, Daniel Roquefort, s'interrogeant sur cette étrange parenté conceptuelle, est plus net encore. Si le dogme du péché originel a été rejeté par la pensée moderne, explique-t-il, ce n'est pas forcément pour de bonnes raisons. « Si, par-delà saint Augustin et la Réforme, il s'est toujours imposé jusqu'au milieu du siècle dernier, écrit-il, n'est-ce pas parce que le mystère que transmet ce dogme recèle une vérité dont l'homme ne peut guère faire l'économie [36] ? »

À l'inverse, la revendication d'innocence, la volonté de rejeter le mal à l'extérieur de moi pour me permettre de l'éliminer en supprimant celui qui en est porteur sont « le

35. André Green, « Pourquoi le mal ? », *op. cit.*, p. 400.
36. Daniel Roquefort, *L'Envers d'une illusion, op. cit.*, p. 10.

fruit d'un déni ». André Green voit dans la posture de l'innocence, qu'elle soit individuelle ou collective, une « position paranoïaque et persécutive qui repose sur une idéalisation de soi et qui conjure ainsi l'angoisse dépressive de se reconnaître mauvais. Ainsi cette projection du mal qui à l'extrême paraît absurde est au contraire très fondée, si l'on a en vue sa valeur défensive contre la mélancolie suicidaire qui menacerait [37] ».

Le déni consistant à poser l'existence d'un mal absolu pour mieux l'exclure de soi-même est à la source non seulement des paranoïas mais aussi des gnoses manichéennes, des chasses collectives au bouc émissaire et des inquisitions de toutes natures. Cela signifie que l'alternative intériorité/extériorité du mal concerne aussi bien les groupes, les nations que les individus. Le sentiment de culpabilité peut être ressenti de façon collective, la bonne conscience aussi. C'est peut-être dans ces hypothèses que les choses apparaissent le plus clairement.

Le « cas » américain

Les groupes humains – à l'instar des individus – peuvent balancer en effet d'un sentiment à l'autre, de la culpabilité à l'innocence, en fonction des circonstances. Un thème omniprésent dans l'œuvre d'un romancier comme Joseph Conrad, et singulièrement dans *Au cœur des ténèbres*, évoque justement la découverte par un civilisé de sa propre « sauvagerie intérieure ». Marlow, remontant lentement un fleuve africain, fait cet apprentissage : aucune civilisation ne peut recouvrir l'autre en effaçant les valeurs de cette dernière. Elle croit, comme Marlow, traquer le mal et la barbarie dans la ténébreuse forêt tropicale et finit par découvrir qu'elle-même est habitée par la barbarie.

S'il est un pays qui, au cours des dernières décennies, a spectaculairement balancé *entre une innocence cruelle et une culpabilité tourmentée*, c'est bien l'Amérique du Nord. Un va-et-vient aussi lisible fait de l'Amérique un « cas » passionnant à examiner. Il a valeur universelle. Plus qu'au-

---

37. André Green, *ibid.*, p. 436.

cune autre, peut-être, la conscience américaine est hantée
par l'idée d'une sauvagerie maléfique, enfouie au cœur
des hommes. Cette idée est un héritage des premiers immi-
grants puritains venus de l'Europe du Nord. « La conviction mythique américaine, à la fois intime et communautaire, est que la société n'offre qu'un rempart précaire contre
la bête sommeillant en l'homme : la violence irradie du
cœur même du sujet qui oscille sans cesse entre sauvagerie et civilité [38]. » La culture populaire d'outre-Atlantique,
du cinéma aux *comics*, illustre de mille façons cette dialectique culpabilité/innocence. Pensons à toutes les figures du
monstre – du loup-garou à l'*alien*, en passant par les enva-
hisseurs extraterrestres – qui habitent l'imaginaire hollywoodien. Tous symbolisent une même volonté de rejeter
hors de soi-même le principe du mal. La façon dont ce
thème est traité constitue d'ailleurs un indicateur de l'inconscient collectif correspondant à telle ou telle période
de l'histoire américaine.

Pour ce qui est de la mauvaise conscience, l'exemple du
Vietnam vient tout de suite à l'esprit. La « sale guerre » des
années 1960-1970 et l'humiliation ressentie après la défaite
de 1975 correspondent à une phase de culpabilité et de
prise de conscience de la « barbarie intérieure ». Ce n'est
pas par hasard que l'un des meilleurs livres consacré à cette
période, celui de Neil Sheehan, s'appelle *L'Innocence perdue* [39]. Ce n'est pas pour rien que le film emblématique de
Francis Ford Coppola, *Apocalypse Now* (1979), était une
adaptation du roman de Conrad, *Au cœur des ténèbres*. À
travers cette transposition, et au-delà du spectacle guerrier
qui a fait événement, le tourment américain était le vrai
sujet du film.

Bref rappel : le film raconte la mission confiée à un capi-
taine des forces spéciales, Willard, que l'on charge d'aller
éliminer Kurt, un colonel de l'armée américaine (incarné
par Marlon Brando) devenu un seigneur de la guerre à moitié fou. Tout au long de sa lente remontée d'un fleuve indo-

---

38. Robert Muchembled, *Une histoire du diable*, *op. cit.*, p. 353.
39. Neil Sheehan, *L'Innocence perdue. Un Américain au Viêt-nam*,
traduit de l'américain par Roland Mehl et Denis Beneich, Seuil, 1990, et
« Points Actuels », 1991.

chinois, Willard découvrira qu'en réalité la folie qu'on lui demande d'éradiquer *a saisi l'armée américaine elle-même*. Environnée de combats, d'hélicoptères et de délires, sa mission devient une quête initiatrice sur la « barbarie intérieure », c'est-à-dire sur la culpabilité américaine. Avant son départ, un officier des services secrets basé à Nha Trang l'avait prévenu : « Un combat se livre dans le cœur de chaque homme entre le rationnel et l'irrationnel, le bien et le mal ; et le bien ne triomphe pas toujours. Parfois, les ténèbres l'emportent sur ce que Lincoln appelait "notre bon ange". Tout homme a un point de rupture. Vous comme moi. »

Cette ambivalence du mal que l'on croit combattre alors même qu'on en est porteur, le trouble qui en résulte et sur lequel se brise l'innocence originelle font la trame d'un autre film sur la guerre du Vietnam : celui d'Oliver Stone, *Platoon* (1986), qui obtint quatre oscars en 1987. Le film tient la chronique d'un peloton de l'armée américaine, engagé, en 1967, dans des opérations près de la frontière cambodgienne. Au sein du peloton, deux sergents incarnent symétriquement les figures du bien et du mal : le sergent Barnes, brutal et sans illusion, est le « mal » ; le sergent Élias, pétri de bonnes intentions figure le « bien ». Entre les deux navigue un jeune soldat volontaire, Chris Taylor, patriote d'origine bourgeoise, engagé dans l'armée afin de donner un sens à sa vie. Taylor est partagé entre les figures antagonistes de ses deux chefs. Il balance de l'un à l'autre, au gré des opérations. À la fin du film, c'est Élias (le « bien ») qui meurt, assassiné par Barnes, à la faveur des combats. Taylor, blessé, s'éloigne du champ de bataille dans un hélicoptère. Il donne alors la morale du film sous la forme d'un monologue dont la netteté est saisissante : « Quand je regarde en arrière, je pense que nous ne nous sommes pas battus contre l'ennemi mais d'abord contre nous-mêmes. L'ennemi était en nous. La guerre est finie pour moi, mais elle restera en moi pour le reste de mes jours. Élias et Barnes continueront à se disputer la possession de mon âme. »

Le Vietnam fut sans conteste un moment de l'histoire américaine, dominée par le doute de soi et la culpabilité. À l'inverse, on peut dire que l'après-11 septembre 2001, le

« wilsonisme botté » de Georges W. Bush et la rhétorique utilisée lors de l'offensive en Irak correspondent à un retour en force d'une virginale et agressive bonne conscience. En invoquant « l'axe du mal » – à l'instar de Ronald Reagan qui avait désigné l'URSS comme l'empire du mal, dès son élection en 1980 –, George W. Bush réendossait une fois encore l'innocence originelle de l'Amérique et renouait avec « une culture de la victoire, dont les historiens consta-taient l'inexorable déclin au cours des quarante dernières années [40]. » L'innocence retrouvée passait par une exter-nalisation du mal, laquelle justifiait le retour de l'esprit de croisade et d'aventurisme militaire. Le mal n'était plus chez nous, il se trouvait au-dehors, chez l'autre, le terro-riste, l'islamiste, l'État-voyou. Il devait être exterminé pour que triomphât le bien.

Plusieurs spécialistes ont souligné qu'une bonne part de l'énergie américaine venait d'une infatigable capacité *à reconquérir l'innocence* après chaque période de doute et de tragédie. On a même pu définir les Américains comme des « innocents récurrents [41] ». Cette innocence sans cesse perdue mais toujours retrouvée correspond au thème bap-tiste du *born again*, de la chute suivie d'une rédemption et d'une seconde naissance, qui est au fondement même de l'Amérique. Elle a servi à couvrir la brutalité de la conquête de l'Ouest, à légitimer cette volonté de repousser toujours plus loin la « frontière » entre le monde civilisé et « l'autre monde », qui ne pouvait être que celui du mal. C'est parce que, dans l'ardeur fondatrice de la conquête, ils *se sentaient indemnes de ce mal* que les pionniers du Grand Ouest se sentaient autorisés à expulser, à spolier et à élimi-ner les Apaches, Cherokees, Sioux ou autres Séminoles qu'ils trouvaient sur leur chemin.

En 1893, l'historien Frederick Jackson Turner prononçait une conférence sur la signification de la frontière dans l'histoire américaine. « La frontière était décrite par Turner

---

40. Étienne de Durand (chercheur associé à l'IFRI, professeur à l'École militaire spéciale de Coëtquidan), « Les armes de l'empire », *Politique internationale*, n° 97, automne 2002, p. 62.

41. Voir Sophie Body-Gendrot, *La Société américaine après le 11 septembre*, Presses de la Fondation nationale des sciences politiques, 2002.

comme une métaphore du progrès, "le point de rencontre entre le monde sauvage et la civilisation". Délimitant l'univers du progrès, comme le *limes* romain marquait jadis la limite du monde civilisé, elle effaçait lors de son avancée les populations indigènes arriérées. Le "sauvage" (*wild man*), écrivait Turner, devait "cesser d'exister"[42]. »

Le ventre encore fécond...

Ce balancement perpétuel de l'Amérique entre bonne et mauvaise conscience déconcerte les Européens. Ils ont tendance à y voir une preuve d'immaturité ou les traces d'une religiosité intempestive. C'est bien à tort. L'Europe – sous des formes spécifiques – n'a pas échappé à ce dilemme. L'idéologie coloniale, par exemple, la volonté d'arracher les peuples barbares aux ténèbres de l'ignorance et du mal, étaient-elles si différentes du mythe américain de la frontière ? À l'inverse, l'amère acceptation de la décolonisation, les douloureux examens de conscience auxquels celle-ci a contraint les Européens, la difficulté que nous avons aujourd'hui encore à conjurer les séquelles de ce passé (la torture en Algérie, etc.), tout cela serait-il sans rapport avec les phases « coupables » de l'imaginaire américain ? Bien sûr que non.

Dans son histoire, l'Europe a d'ailleurs fait, comme l'Amérique et avant elle, l'expérience de l'innocence exterminatrice, un thème dostoïevskien par excellence. La terreur révolutionnaire en fut, pour la France, le plus spectaculaire exemple. À ce sujet, on ne peut se contenter d'évacuer les vaticinations d'un Joseph de Maistre qui voyait dans ces massacres le châtiment divin infligé à un peuple ayant oublié Dieu. En réalité, la terreur trouva aussi sa source dans le sentiment d'innocence des conjurés, qui les poussait à ne voir autour d'eux qu'une maléfique conspiration. Le mal était chez l'autre, chez les « ennemis du peuple », il était partout. Convaincus de travailler à l'avènement de la bienfaisance universelle, les révolutionnaires ne pouvaient admettre que d'autres pussent

---

42. Enzo Traverso, *La Violence nazie, op. cit.*, p. 70-71.

s'opposer à ce projet. Que pouvaient-ils faire sinon les liquider ?

C'est ce qu'avait compris au XIXᵉ siècle l'historien et homme politique Edgar Quinet (1803-1875), professeur au Collège de France et anticlérical militant. Dans son livre *La Révolution comme religion nouvelle*, il s'interrogeait très lucidement sur ce vertige de l'échafaud qui avait saisi les héritiers des Lumières. La conviction rousseauiste d'une bonté originelle de l'homme, la philanthropie affichée par les représentants du peuple les poussèrent très logiquement au « soupçon » autiste et à la terreur. « Leur ennemi, ils le trouvaient en eux-mêmes, écrit Quinet. Ils étaient ainsi complices sans le savoir de la conspiration qu'ils découvraient et dénonçaient sous chaque chose [43]. »

On ne saurait mieux dire.

Les totalitarismes européens du XXᵉ siècle n'ont fait, par la suite, que reproduire ce modèle de l'innocence révolutionnaire. Un auteur comme Saul Friedländer, dans les ouvrages qu'il a consacrés à la société allemande de la période hitlérienne, insiste à plusieurs reprises sur la formidable revendication d'innocence des nazis, innocence invoquée au nom du peuple allemand victime des injustices du traité de Versailles [44]. Dans le cas du léninisme, la virginité prolétarienne et la démonisation de l'ennemi de classe ont pu conduire Lénine lui-même à « bestialiser » carrément les adversaires supposés de la Révolution. Lénine se proposait de nettoyer la terre russe de tous les *insectes* nuisibles. Retenons le mot *insecte* ; il n'y a pas de plus atroce façon d'aller au bout de l'innocence que de rétrograder le coupable au statut d'animal, c'est-à-dire de le chasser de la condition humaine. Toutes les métaphores belliqueuses ou totalitaires qui empruntent au vocabulaire animalier peuvent s'analyser ainsi.

Aujourd'hui, les Européens pas plus que les autres ne peuvent oublier que « ce sont précisément les sociétés et les régimes politiques fondés sur le culte de la santé et de la

---

43. Je m'inspire ici de l'analyse de Bronislaw Baczko, « Une lecture de Quinet », *in* Claude Habib et Claude Mouchard (dir.), *La Démocratie à l'œuvre*, *op. cit.*, p. 221.
44. Voir notamment Saul Friedländer, *Reflets du nazisme*, Seuil, 1982.

pureté, c'est-à-dire les plus acharnés à dénoncer et à extirper le mal, qui font preuve de la cruauté la plus extrême en
sachant donner à l'irrationnel déchaîné le masque de la
froide raison. Ce serait oublier aussi que l'humanisme peut
engendrer la terreur [45] ».

Dans le contexte européen, les deux grands totalitarismes
de Staline et de Hitler, considérés globalement, traduisaient
eux-mêmes le resurgissement de la barbarie enfouie au lieu
même de la civilisation. Ne furent-ils pas les signes tan-
gibles d'un « mal intérieur » continuant d'habiter, après des
siècles de progrès et de culture, le vieux continent ? L'Europe a donc vécu elle aussi le dilemme de l'intériorité/exté-
riorité du mal dans ses rapports avec le reste du monde.
Elle a projeté vers celui-ci une volonté d'aller combattre au
loin une barbarie qu'elle transportait en elle. L'irruption du
nazisme au cœur de l'Europe civilisée en fut le témoignage
le plus tragique. C'est tout le sens de la phrase de Bertold
Brecht presque quotidiennement rabâchée, sur le « ventre
encore fécond » dont peut sortir la « bête immonde » (*La
Résistible Ascension d'Arturo Ui*, 1941). Au-delà de la
métaphore conjuratrice (« Il est encore fécond… »), le mot
« ventre » fait bel et bien référence à l'intériorité du « sujet »
humaniste et pétri de culture classique. C'est de là, le pays
le plus policé d'Europe, qu'a pu malgré tout sortir la
« bête ». « Et notre siècle stupéfait, croyants et incroyants
confondus, s'apercevra que l'antique barbarie, celle des
Goths aux portes de Rome ou celle des Turcs au siège de
Constantinople, se retrouvait, inchangée, au cœur de la civilisation elle-même [46]. »

L'idéologie victimaire

Les mêmes causes produisent les mêmes effets. Ce qui
vaut pour les peuples vaut pour les individus. Dans les
sociétés contemporaines, la même absolutisation irréfléchie
de l'innocence produit des effets pervers qu'on serait bien

45. « Introduction » à *Nouvelle Revue de psychanalyse. Le Mal*, *op. cit.*, p. 8.
46. Jean-François Mattéi, *La Barbarie intérieure*, *op. cit.*, p. 34.

imprudent de négliger. En récusant (au moins partiellement) la responsabilité individuelle au nom du postulat
d'innocence, la modernité « externalise » elle aussi le mal.
Elle croit rendre possible son élimination par une améliora-
tion des conditions sociales, une meilleure égalité, etc. Et si
un « mal pur » continue malgré tout d'exister chez un individu donné, alors il ne pourra être que pathologique. Certains coupables, certains délinquants (pédophile, *serial
killer*, etc.) seront donc anathémisés dans la mesure même
où l'on avait voulu innocenter l'individu « normal ». Désignés comme « monstres », *ils seront confondus avec leurs
actes*. La quête d'innocence peut favoriser de manière
quasi automatique une infatigable chasse au « monstre » ou
au « criminel né », et déboucher sur un climat répressif plus
obsessionnel que jamais. Par une sorte de transposition du
mécanisme totalitaire – celui de l'innocence impitoyable –,
l'hédonisme permissif fait ainsi ingénument le lit de la
pénalisation sociale. Qui voulait faire l'ange fera la bête…

Mais ce prurit d'innocence a également pour effet de
fouetter ce qu'on appelle la *compétition victimaire*. L'individu contemporain en mal de déculpabilisation et refusant
de reconnaître sa « barbarie intérieure » aura tendance à
vouloir s'approprier, toujours et partout, le point de vue de
la victime, le seul qui soit encore légitime, le seul dont on
puisse se réclamer pour exciper d'un droit quelconque.
C'est donc un lieu stratégique qu'il faudra occuper si l'on
veut être innocenté et reconnu. La dispute acharnée pour
investir ce promontoire symbolique est l'une des caractéristiques de l'époque. « Le christianisme, en quelque sorte,
a tellement réussi que chacun se veut victime ! À partir du
moment où le souci victimaire s'universalise de manière
abstraite comme dans la *political correctness*, il devient
instrument d'injustice [47]. »

Une bonne part de l'œuvre de René Girard est consacrée
au démontage de cette idéologie victimaire et sacrificielle.
Il y voit une perversion qui a pour effet de réintroduire la
persécution et la domination *au nom même des victimes et
de l'innocence*. « Dans la confusion ambiante, la posture de
la victime ayant des droits se développe et oriente l'action

---

47. Jacques Rollet, *Religion et Politique*, *op. cit.*, p. 204.

dans une logique perpétuelle de plainte et de ressentiment [48]. » Cette confusion est partout repérable. En avril
1994, le correspondant américain à Jérusalem du magazine
Newsweek, Jeffrey Bartholet, titrait son article *Fighting to
be a victim* (combattre pour être victime). Il y expliquait
qu'au Proche-Orient, Palestiniens et Israéliens étaient engagés dans une sanglante surenchère pour bénéficier, face au
monde, du statut de victime [49].

Folie victimaire.

* *
*

Entre culpabilité et innocence, comme on le voit, le passage est étroit. Aucun d'entre nous n'accepterait de renouer
avec l'affliction repentante, les remords infinis et la condition coupable du passé. Nous n'avons plus vocation à être
des flagellants. L'innocence relative, la légèreté plus heureuse sont des acquis que nous souhaitons défendre. Avec
raison. Mais leur meilleure défense c'est justement de refuser qu'ils soient idéologisés, c'est-à-dire dévoyés. *L'innocence est une conquête, mais l'idéologie de l'innocence est
une folie*. Quant au processus civilisateur, il ne consiste pas
à nier la barbarie intime et les *penchants* dont nous sommes
porteurs, mais à refuser jour après jour de s'incliner devant
eux, à dénouer patiemment leurs effets de violence et de
destruction. Rien n'est plus à craindre qu'une innocence
qui n'est plus capable de se méfier d'elle-même.

Une jeune femme rwandaise rescapée du massacre des
Tutsis indiquait le bon chemin lorsqu'elle écrivait : « Le
monde ne renoncera à être violent que lorsqu'il acceptera
d'étudier son besoin de violence [50]. »

48. Jean-Pierre Le Goff, *Cahier de Politique autrement*, n° 24,
décembre 2001.
49. J'emprunte cette référence à Jean-Pierre Dupuy, *Avions-nous
oublié le mal ?*, *op. cit.*, p. 53.
50. Yolande Mukagasana, *La mort ne veut pas de moi*, Fixot, 1997.

CHAPITRE 7

Entre corps et esprit

> « Et parfois, je ne sais que faire de lui
> [mon sexe]. Il a une volonté propre. »
>
> D. H. Lawrence,
> *L'Amant de Lady Chatterley.*

Prenons cela comme un intermède. Parlons ici de la célébration du corps, de la joyeuse et gourmande réconciliation avec cette chair jadis méprisée. C'est l'autre côté, la face tangible et directement opératoire de l'innocence. Ce corps longtemps relégué, nous lui accordons dorénavant toute la place. La première. Nous sommes à l'écoute de ses exigences. Nous allons au-devant de ses désirs. Nous voulons en jouir sans honte ni complexe, le parer, le choyer, l'exhiber, le satisfaire. Nous nous confondons volontiers avec lui : ses contentements seront les nôtres, ses douleurs aussi. Je suis ce que d'autres yeux peuvent voir et d'autres mains toucher. Ou étreindre. On pense au *Zarathoustra* de Nietzsche, bien sûr : « Corps je suis et rien d'autre », ou à cet aphorisme du même : « Ramenez à la terre la vertu égarée, ramenez-la au corps et à la vie, afin qu'elle donne à la terre son véritable sens, un sens humain[1]. »

Peu de sociétés auront, comme la nôtre, accordé une place aussi royale au corps de chair et de muscles, aux tiédeurs de sa peau, cambrures de sa silhouette, dessins de son visage, blancheur de ses dents ou vigueur de ses appétits. Nous voilà réconciliés avec une chair que nul ne songe plus à accabler des anciens mépris dont elle était l'objet. C'est même tout le contraire. Sur nos dix doigts, on pourrait énumérer quelques-uns des aspects de cette « élection ».

1. Mieux nourri et mieux soigné, le corps a prodigieusement gagné en longévité. Nous vivons, nous Occidentaux,

---

1. *Ainsi parlait Zarathoustra*, première partie.

près de deux fois plus longtemps que nos lointains ancêtres
ou – hélas ! – nos contemporains faméliques de l'hémisphère
Sud. Non seulement nous vivons davantage, mais notre
corps a grandi d'une quinzaine de centimètres en un siècle.
Il s'est affiné. Il résiste à la vieillesse au point que la temporalité humaine s'en trouve transformée. La durée de la
vie n'étant plus la même, l'âge mûr et même la vieillesse
ont changé de statut symbolique. Entre le jeune et le vieux,
la frontière se déplace.

2. Le corps fait également l'objet d'une sollicitude sans
précédent. D'abord nous n'acceptons plus qu'il souffre ; à
telle enseigne que la douleur physique, peu à peu, s'évanouit de notre quotidien. Elle en est chassée par la généralisation des analgésiques, mais aussi – et surtout – par une
lente, trop lente, révolution des esprits. Dans nos représentations collectives, la douleur n'est plus considérée comme
rédemptrice ou sainte. Nous récusons sa légitimité et, plus
encore, sa grandeur prétendue initiatique ou rédemptrice.
Mais notre sollicitude à l'endroit du corps tient aussi à la
manière dont est progressivement allégée sa contribution à
notre survie. La peine quotidienne, l'effort harassant, le
« travail » au sens étymologique du terme (*tripalium* : instrument pour faire souffrir, tourmenter, torturer) n'ont
certes pas disparu de nos vies, mais ils s'en éloignent peu à
peu. Tout un aspect de la modernité pourrait s'analyser
comme un lent recul de l'effort requis au profit de l'effort
choisi. La « peine » d'avant-hier devient sport, danse ou
gymnastique, ce qui n'est pas la même chose.

3. Nous sommes devenus plus sourcilleux que naguère
à l'égard de tout ce qui attente à l'intégrité du corps ou participe de son mépris : viol, violences, harcèlements divers.
Notre courroux de citoyens civilisés s'exerce contre tous
ceux qui, à travers le monde, continuent d'humilier le corps
ou simplement s'en défient : femmes cloîtrées, sexualités
réprimées, organes mutilés, force musculaire instrumentalisée et asservie. Partout où la peine physique est encore perçue comme une fatalité du destin, nous voyons dans cette
résignation une figure de la barbarie. Avec quelque raison.

4. Quant à la joie de la parure, au plaisir de l'apparence et
du soin, au souci de joliesse, c'est peu de dire qu'ils se sont
généralisés. Hier encore réservé à quelques-uns, le « soin

de soi » est devenu l'affaire de tous. Il n'est pas jusqu'au distinguo entre féminin et masculin qui ne disparaisse lentement. La coquetterie n'est plus le luxe des gynécées, mais un acquis unisexe de la modernité – on allait dire un « programme » démocratique. Faut-il le regretter ? Cette attention portée à nos visages, épaules, ventres, mains ou genoux, nous aide, croyons-nous, à vaincre le temps en effaçant ses stigmates. Quand il nous arrive de quitter nos sociétés prospères pour celles, démunies, de l'autre moitié du monde, il nous semble lire aussitôt sur les visages rencontrés un autre étalonnage des âges de la vie. Ceux-ci sont déjà vieux à l'âge où nous ne le sommes pas encore.

5. Ajoutons que les revendications du corps lui-même ne nous paraissent plus condamnables. Ses désirs, estimons-nous, sont respectables ; ses pulsions, une preuve de vitalité ; ses appétits, un précieux trésor. Le procès jadis intenté à la concupiscence nous fait aujourd'hui sourire. Nous n'aimons rien tant que de valoriser notre part animale injustement calomniée, notre sauvagerie primitive trop enfouie sous le béton de la civilité. Cette part animale de nous-mêmes est même désignée comme pourrait l'être un peuple opprimé qu'il faut libérer de ses chaînes. Il faut « oser » obéir à son corps, répète le discours dominant. Cette obéissance sera jugée comme signe de courage, d'audace, de libération. Nous clamons notre adhésion solaire à la réalité du monde et de la vie. La reconquête de l'innocence passe bel et bien par une réhabilitation des exigences du corps que, symétriquement, elle rend légitimes. L'animalité humaine s'ébroue enfin dans le monde après avoir rompu la chaîne qui l'attachait à l'esprit.

La « grande sangsue de la conscience » a lâché prise. Nietzsche encore : « Ce sont les malades et les moribonds qui ont méprisé le corps et la terre[2]. » Le corps n'est plus la métaphore de l'esprit, c'est désormais l'inverse[3]. L'esprit devient un simple prolongement du corps. Revanche du corps. Il serait facile de montrer la place considérable qu'occupent, d'une façon ou d'une autre, ces retrouvailles avec le « physique » dans l'expression artistique contem-

---

2. *Ibid.*
3. *Gai Savoir*, « avant-propos ».

poraine, qu'il s'agisse de littérature, de cinéma ou de chanson.

6. Ce n'est pas tout. L'approche utilitariste et scientifique du monde, qui supplante désormais toutes les autres, localise dans le corps, dans ses organes et leurs composants moléculaires ou génétiques la « grande fabrique » de la pensée elle-même. Le physicalisme largement – et abusivement – triomphant fait de l'éthique, de l'idée, de l'inclination amoureuse ou de l'imagination les résultats de simples processus physico-chimiques[4]. Tous les phénomènes du comportement et de l'esprit deviennent analysables, dit-on, grâce aux concepts des sciences mathématiques et physiques. Il n'est plus besoin de métaphysique ni d'ontologie.

Nous sommes des « hommes neuronaux » dont les bouffées de désir sont affaire de phéromones et les tourments existentiels imputables à quelques déficits hormonaux. Un neurobiologiste comme Jean-Didier Vincent insiste constamment, dans ses livres, sur l'enracinement corporel de nos perceptions du plaisir ou du déplaisir, du bien et du mal, etc. Il dénonce l'hypothèse dualiste d'un « pur esprit » auquel s'opposeraient les trivialités de la chair. Dans la construction de nos émotions et de nos passions, la chimie du corps, rappelle-t-il, joue son rôle : notamment certaines substances comme la dopamine, la sérotonine et la testostérone[5]. En d'autres termes, l'impétueuse revanche du corps sur l'esprit n'est plus seulement affaire d'état d'esprit, de mode ou d'époque. Elle n'exprime pas un simple « cycle » de l'histoire des mœurs qui passerait, ces temps-ci, par l'hédonisme. Elle trouve dans la pensée contemporaine sa propre théorisation. La voilà parée d'une dignité expérimentale. Si le corps triomphe, c'est aussi parce qu'il abriterait désormais un *principe explicatif*. La chair peut se montrer joyeuse, elle est aux commandes.

4. J'ai développé cette notation dans *Le Principe d'humanité*, *op. cit.*
5. Jean-Didier Vincent, *La Chair et le Diable*, *op. cit.*

Face au « taureau »

Prend-on la vraie mesure de cet immense retournement ? Par bien des côtés, il est prodigieux. Il faut se souvenir d'où l'on vient… Pendant des siècles et des siècles, le corps a surtout été décrit comme un ennemi à tenir en respect. L'animalité qui grondait au tréfonds de nous-mêmes devait reculer coûte que coûte devant la puissance humanisante de l'esprit. La célèbre formule de Freud est à cet égard exemplaire : « Là où Ça était, le Je doit advenir » (*Wo Es war soll Ich werden*). Cela veut dire que le processus de transformation/sublimation des pulsions, le passage du principe de plaisir au principe de réalité correspondaient tout simplement à la construction du sujet humain et à son accession à la culture. Freud ajoutait d'ailleurs qu'il s'agissait là d'un « travail civilisateur comparable à l'assèchement du Zuyderzee[6] ».

Le corps, en un mot, pouvait assurément être tentateur et ses émois délicieux, mais *il n'était pas tout à fait recommandable*. Cette conviction plonge si loin ses racines qu'elle fut en quelque sorte chevillée à notre vision du monde ; elle fut l'axe autour duquel nous avons construit une certaine idée de la civilisation. Et ce « nous », on le verra, ne se limite pas à l'Occident helléno-judéo-chrétien. Il est planétaire.

On a évoqué au chapitre précédent le thème platonicien du « corps tombeau de l'âme ». Cette expression qu'on trouve notamment dans le *Gorgias* (493a) se présente comme un jeu de mots entre *sôma* (corps) et *sêma* (tombeau et signe). Mais, dans *Phèdre*, Platon est plus rigoureux encore lorsqu'il fait dire à son personnage : « Nous étions purs et ne portions pas la marque de ce sépulcre que, sous le nom de corps, nous promenons actuellement avec nous. » Dans *La République*, le même Platon met en scène un Sophocle questionné sur les désagréments de la vieillesse. Pour évoquer ses ardeurs corporelles désormais assagies, Sophocle a cette réponse : « Tais-toi, l'ami, je suis enchanté d'être échappé de l'amour, comme si j'étais échappé des mains d'un être enragé et sauvage. »

---

6. J'emprunte cette dernière citation à Patricia Palermini, *Misère de la bioéthique*, *op. cit.*, p. 49.

Georges Bataille et la chair

*Peu d'auteurs auront exprimé aussi bien que Georges
Bataille les rapports ambigus entre le « mouvement de la
chair » et les injonctions de la raison humanisante. Il voit
dans cette tension maintenue la définition de l'érotisme.*

« Ce que l'acte d'amour et le sacrifice révèlent est la *chair*.
Le sacrifice substitue la convulsion aveugle des organes à la
vie ordonnée de l'animal. Il en est de même de la convulsion
érotique : elle libère des organes pléthoriques dont les jeux
aveugles se poursuivent au-delà de la volonté réfléchie des
amants. À cette volonté réfléchie, succèdent les mouvements
animaux de ces organes gonflés de sang. Une violence que ne
contrôle plus la raison anime ces organes, elle les tend à l'éclatement et soudain c'est la joie des cœurs de céder au dépassement de cet orage. Le mouvement de la *chair* excède une limite
en l'absence de la volonté. La *chair* est en nous cet excès qui
s'oppose à la loi de la décence. La *chair* est l'ennemi né de
ceux que hante l'interdit chrétien, mais si, comme je le crois, il
existe un interdit vague et global, s'opposant sous des formes
qui dépendent des temps et des lieux à la liberté sexuelle, la
chair est l'expression d'un retour de cette liberté menaçante. »

Georges Bataille, *Œuvres complètes*, X,
L'Érotisme, Gallimard, 1987.

Sénèque, né en Espagne, définissait quant à lui la vertu
comme une énergie capable de dominer les passions ani-
males du corps, par analogie avec un taureau qu'il faut
savoir braver et vaincre. Dans la symbolique de la corrida,
il est vrai, le taureau incarne une énorme boule d'animalité musculeuse et violente, un concentré de force brute
qu'il s'agira de *faire passer par des normes*, d'intégrer à un
ordre décidé et choisi par le torero – celui des figures
savantes et des *véroniques* de la corrida –, c'est-à-dire par
l'esprit humain. Cette analogie permettra à Nietzsche d'ironiser sur Sénèque, qu'il appelle « le toréador[7] ».

7. Voir Éric Blondel, « Postface » à Nietzsche, *Crépuscule des idoles*,
Hatier, 2001, p. 183.

En réalité, la volonté de maîtrise de soi *contre* les pulsions du corps est omniprésente dans la pensée grecque. Elle fait partie du « souci de soi » (*epilemeia heautou*), auquel Foucault a consacré ses séminaires de 1981-1982, plusieurs fois cités dans les chapitres qui précèdent. Cette volonté de faire prévaloir l'esprit et la volonté sur les astreintes corporelles emprunte diverses techniques. Celle de la retraite, du détachement, de l'absence au monde extérieur que désigne le mot d'*anakhorêsis* (anachorèse), terme qui aura une longue postérité dans la spiritualité occidentale.

Chez les pythagoriciens, on trouve une autre pratique : celle très archaïque de « l'épreuve » consistant à se placer dans une situation tentatrice pour s'exercer à la résistance. Ces pratiques étaient très répandues dans l'Antiquité, et durablement. Dans un de ses dialogues intitulé *Le Démon de Socrate*, Plutarque, qui met en scène un pythagoricien, fait évoquer par celui-ci un apprentissage assez pittoresque de la résistance à la gourmandise. Affamé par des exercices physiques, le candidat se fait servir des mets somptueux, les regarde, médite, et s'abstient de les manger et finit par les donner aux esclaves. « Socrate, ajoute Foucault, pendant la guerre, était capable de rester seul, immobile, droit, les pieds dans la neige, insensible à tout ce qui se passait autour de lui. Vous trouverez aussi dans Platon l'évocation de toutes ces pratiques d'endurance, de résistance à la tentation. C'est, là encore dans *Le Banquet*, l'image de Socrate allongé à côté d'Alcibiade et arrivant à maîtriser son désir [8]. »

Pour les épicuriens et les cyniques eux-mêmes, l'éloge du plaisir est inséparable de l'idée de maîtrise de soi, de résistance aux « tyrannies de la passion » physique. Le très matérialiste Lucrèce, qui se pose résolument en disciple latin du Grec Épicure, ne cesse d'évoquer l'esclavage de la passion. Chez les amants, elle est décrite comme une « plaie secrète qui les ronge », ou encore « qui les prend à la gorge ». De cette passion corporelle, il faut essayer de se libérer [9]. Lorsque cette domination des pulsions se révèle

8. Michel Foucault, *L'Herméneutique du sujet*, *op. cit.*, p. 49.
9. J'emprunte cette remarque à André Comte-Sponville, *Lucrèce, poète et philosophe*, conférence du 5 octobre 1999 aux « Midis de la poésie », à Bruxelles, La Renaissance du livre, 2001.

impossible, c'est, pour les philosophes de l'Antiquité, à cause d'une faiblesse ou même d'une impuissance de la volonté qu'un mot qualifie : l'*akrasia*. Pour Socrate comme pour Aristote, il est clair que l'homme ne peut choisir volontairement le mal ou la méchanceté induits par les passions. S'il y consent, ce ne peut être que sous l'effet d'une défaillance de sa volonté, d'une infirmité particulière de la raison, devenue incapable de résister à d'autres forces, notamment corporelles. L'*akrasia* témoigne d'une impuissance à gérer ses appétits et ses désirs.

Dans tous ces exemples, comme on le voit, le corps est assimilé tantôt à un sépulcre, tantôt à un « être enragé », tantôt à une « sauvagerie » ou à une « tyrannie ». On mesure le chemin que nous avons parcouru par rapport à tout cela... Ajoutons que cette dévalorisation du corps ne fut pas l'apanage du platonisme, du stoïcisme, de la pensée grecque en général, ni du christianisme en particulier. On trouve son équivalent dans des sociétés fort diverses, orientales par exemple.

Si le bouddhisme a pu donner à certains observateurs pressés l'impression d'une plus grande mansuétude à l'endroit du corps, c'est parce que lesdits observateurs savaient à l'avance ce qu'ils *voulaient* trouver et se référaient à quelques pratiques très minoritaires. Certains systèmes tantriques, notamment les pratiques *shaktiques*, recommandent bel et bien l'orgie sexuelle et vouent à la sexualité un culte véritable, mais ce sont des exceptions dans le bouddhisme et même à l'intérieur du tantrisme. Pour le reste, bouddhisme, stoïcisme et christianisme sont assez proches pour ce qui touche à la nécessaire domestication des instincts corporels[10]. Loin d'être jugés avec bienveillance, le désir en général et le désir physique en particulier sont considérés comme la source même de la souffrance. La « noble vérité » du bouddhisme, tout en condamnant l'excès de mortification, invite chacun à faire « cesser cette soif », à y renoncer, à s'en libérer. Telles sont les paroles de Bouddha lui-même dans le fameux *Sermon de Bénarès*.

---

10. Je reprends ici une notation de Hans Küng (dir.), *Le Christianisme et les Religions du monde, op. cit.*, p. 573.

Cette défiance à l'endroit du corps est encore très répandue dans l'Asie d'aujourd'hui, contrairement à ce que suggèrent les clichés touristiques vantant les délices de l'Orient. Un spécialiste comme François Ponchaud en témoigne. Il reste aujourd'hui l'un des meilleurs connaisseurs de la culture khmère, et fut parmi les premiers, en 1975, à révéler au monde l'ampleur des massacres commis par les Khmers rouges. « D'une manière générale, dit-il, le corps est méprisé dans la culture khmère, parce qu'il est périssable – il n'y a pas de notion de sujet, ni d'une intégrité personnelle du corps. C'est un état d'esprit assez proche de celui où baignaient les premiers chrétiens d'origine grecque (le corps est pour la prostitution, leur fait dire saint Paul !), des gnostiques, pour qui tout ce qui relève du corps est mauvais en soi [11]. »

L'obsession mortificatrice

De la maîtrise des pulsions corporelles à la mortification volontaire de ce « corps mauvais », il y a cependant un pas. Ce pas sera franchi peu à peu, à mesure que s'imposera le thème chrétien – plus culpabilisateur – de la *concupiscence*, c'est-à-dire du corps carrément rebelle à l'esprit du fait de la « chute ». L'idée de concupiscence, on l'oublie parfois, est antérieure à saint Augustin, dont on a voulu faire l'unique et lugubre théoricien. Chez les Pères des premiers siècles, elle qualifie déjà la « perte de contrôle » de l'esprit sur le corps. Pour le bouillant apologiste Tertullien, né en Afrique au début du IIIe siècle, la désobéissance originelle d'Adam est responsable de la désobéissance ultérieure de ses sens. Les désordres de toutes sortes que provoque cette insurrection du corps contre l'esprit sont déjà regroupés sous le nom de concupiscence. Chez Grégoire de Nysse (IVe siècle), le péché est la preuve que « la raison a perdu le contrôle des passions, et l'esprit la maîtrise de la matière ». De la même façon, Ambroise (IVe siècle) estime que « la marque du péché d'Adam en nous est la concupis-

---

11. Propos recueillis par Catherine et Guy Coq à Phnom Penh en mars 2000, *Esprit*, janvier 2002, p. 50.

cence, cette révolte de la chair contre l'esprit, contre la raison, contre la volonté [12] ».

Ces approches patristiques des quatre premiers siècles de notre ère développent d'ailleurs un concept lui-même présent chez Paul trois siècles auparavant : celui de « l'homme intérieur » (l'esprit), en lutte permanente contre « l'homme extérieur », celui de la chair périssable et insurgée. Cette lutte a pour objectif de requalifier en quelque sorte le corps, de le faire accéder à un autre statut, à une autre condition que mortelle, puisque la résurrection promise est *aussi* celle du corps [13].

Mais une idée finira par s'imposer et obsédera pendant près d'un millénaire l'esprit européen : celle de *mortification*, c'est-à-dire la punition infligée au corps. Cette chair entrée en rébellion, il faut non seulement la discipliner mais aussi la mater, la punir sévèrement. Le corps désobéissant sera assimilé à un animal présent au cœur de l'homme ou même à un « démon » exubérant auquel il faut infliger un châtiment. Là vont s'enraciner toutes sortes de pratiques qui pourront, dans certains cas, tourner à la névrose anticorporelle. Des « macérations » que recommande – et s'inflige – Ignace de Loyola aux flagellations volontaires recommandées dès le XIe siècle dans les monastères par le bénédictin Pierre Damien, ces mortifications gagneront les milieux laïcs, comme ce fut le cas pour les flagellants de San Vincente de la Sonsiera, en Espagne. Elles susciteront parfois un tel engouement populaire, une fièvre de nature si extrême, que les papes devront intervenir pour ramener les chrétiens à plus de modération [14].

Comme exemple limite de cette obsession névrotique, on cite souvent le cas d'un jésuite du XVIIe siècle, le père Maillard, qui s'employa à organiser ce qu'il appelait lui-même « cette guerre civile que nous sentons en nous ». Il énonçait à cette fin les différentes méthodes utilisées pour mater la « révolte intérieure » dont nous étions l'enjeu. Cer-

---

12. Georges Minois, *Les Origines du mal, op. cit.*, p. 56, 60, 65.
13. Je reprends ici, en partie, les remarques de Didier Franck, *Nietzsche et l'Ombre de Dieu*, PUF, 1998, p. 65-66.
14. Voir sur ce sujet l'étude de Patrick Vandermersh, *La Chair et la Passion. Une histoire de foi : la flagellation*, Cerf, 2002.

taines de ses descriptions ne manquent pas de pittoresque.
« Plusieurs, écrit-il, se servent de jeûnes, de veilles, de
cilice, de haire, de fouets, de disciplines, de chaînes
de fer… D'aucuns couchent sur la dure, se retirent de la
conversation des hommes, s'emprisonnent, gardent le
silence pour éviter les saillies… Saint Benoît se vautre
parmi les épines, saint François se couche tout nu dans la
neige, saint Jérôme se meurtrit la poitrine à grands coups
de cailloux [15]. »

À partir du XIIᵉ siècle, et de façon très paradoxale, la
réconciliation avec la nature, la réhabilitation de notre sœur
la lune et de « nos amis » les animaux (saint François d'Assise), en brouillant la frontière entre l'animal et l'homme,
ne feront qu'exacerber cette crainte de la part animale présente en nous. Il s'agira donc de combattre plus sévèrement
encore la « bête » sommeillant dans nos entrailles, c'est-à-
dire les pulsions corporelles.

Cette obsession mortificatrice – reprise sous des formes
carrément violentes dans l'islam chi'ite – aura pour conséquence indirecte *d'encourager globalement une misogynie*
déjà présente chez Aristote (dans son *Livre de la génération des animaux*, il décrit la femme comme un être
inachevé et une créature viciée). Le corps est considéré
comme plus naturellement rebelle à l'esprit lorsqu'il s'agit
de celui d'une femme. Cette dernière figure la « tentatrice », d'autant plus redoutable qu'elle est elle-même
considérée comme prisonnière de ses appétits. Toute une
mythologie de la femme, variable selon les époques, se
développera autour de cette hantise de la mortification corporelle. Le principal traité du père Maillard cité plus haut,
publié en 1564, à Paris, porte d'ailleurs un titre sans équivoque : *De la bonté et mauvaiseté des femmes*. À peu près
à la même époque, en 1595, un philosophe allemand du
nom de Valens Acidelius diffusera une brochure intitulée
Mulieres homines non esse, dans laquelle il affirmait que
les femmes ne faisaient pas véritablement partie du genre
humain mais appartenaient à un stade intermédiaire entre
animalité et humanité. Il est vrai que devant le tollé général,

15. Cité par Pierre Darmon, *Mythologie de la femme dans l'ancienne
France*, Seuil, 1983, p. 34-35.

Acidelius expliqua que son livre n'était qu'un pastiche, une
parodie. Son existence n'en était pas moins révélatrice [16].

* *
*

Le corps est mauvais, le corps est à dompter, à punir, à
mortifier afin que l'esprit puisse assurer sur lui son emprise.
Une démonisation de la chair court comme un fil rouge
à travers les siècles. Elle n'empêchera, certes, ni la paillar-
dise médiévale ni les libertinages de la Renaissance ou du
XVIIIe siècle, leur ajoutera au contraire un parfum de soufre
et de sabbat, mais elle constituera un substrat culturel permanent auquel les meilleurs esprits seront sensibles.

Montaigne, par exemple, quoiqu'il recommande la « modération » en ces affaires, s'étonne de retrouver en son « intérieur » des sauvageries effrayantes. « Je n'ai vu monstre
ni miracle au monde plus exprès que moi-même, écrit-il.
On s'apprivoise à toute étrangeté par l'usage et le temps ;
mais plus je me hante et me connais, plus ma difformité
m'étonne, moins je m'entends en moi [17]. » Certains poètes
évoqueront, comme Aubigné, la « guerre civile » que se
livrent l'esprit d'humanité et les pulsions du corps, ou bien
Simon Goulard qui assimilera ces mêmes pulsions à « ces
chiens qui jappent contre [lui] [18] ». Montesquieu lui-même
– dont on connaît le goût pour la galanterie et la bonne
chair – invitera à se méfier des pulsions enracinées dans le
corps. La phrase est passée à la postérité : « Et il est heureux
pour les hommes d'être dans une situation où, pendant que
leurs passions leur inspirent la pensée d'être méchants, ils
ont pourtant intérêt à ne pas l'être [19]. »

On s'épuiserait à recenser les mille tristesses, les tour-

16. *Ibid.*, p. 19.
17. Montaigne, *Essais*, livre III, chap. 11, « Des boiteux », Arléa,
2002, p. 735.
18. Cité par Claude-Gilbert Dubois, *Le Bel Aujourd'hui de la Renaissance. Que reste-t-il du XVIe siècle ?*, Seuil, 2001, p. 116.
19. *De l'esprit des lois*, livre XI, chap. 20.

ments funèbres, les ombres glacées qui donneront pathétiquement au christianisme « cette odeur de confessionnal et de supplice » que nombre de théologiens sont aujourd'hui les premiers à prendre en horreur, tant ils dévoyaient la *bonne nouvelle* et l'espérance. Grisaille obsessionnelle, funeste refus du monde : pourra-t-on mesurer, un jour, le coût formidable de ce recroquevillement ? Soupir rétrospectif d'un de ces théologiens effarés : « On est dedans, jusqu'au cou. On est dans la "chair", entendez dans le désir sexuel exaspéré. On y est – négativement. On perd sur les deux tableaux : on n'a ni le plaisir ni la grâce [20]. »

Avec le recul, ce dévoiement nous paraît d'autant plus désastreux qu'il passait par pertes et profits l'une des spécificités les plus heureuses (et audacieuses) du christianisme : le *dogme de l'incarnation*. Dans l'Histoire, certes, le christianisme a subi l'influence puissante des traditions dualistes (qu'elles soient manichéennes ou gnostiques), toutes marquées par une dépréciation du corps. En revanche la théologie – centrale – de l'incarnation faisait au contraire du corps glorieux l'icône de Dieu, son temple admirable.

Il n'est pas abusif de voir dans les obsessions pudibondes du discours clérical (aux XVIIᵉ, XIXᵉ et XXᵉ siècles, par exemple) non pas un héritage du christianisme mais tout au contraire *une trahison de celui-ci*, une infidélité amnésique à cette intuition évangélique de l'incarnation [21]. Il n'empêche qu'elles ont souvent prévalu…

Je « suis » mon corps

La réconciliation avec le corps dont nous nous sentons aujourd'hui les bénéficiaires est l'aboutissement d'un très long parcours, d'un combat difficile. Jalonnée de mille vicissitudes, hésitations, errements, retours en arrière, cette réconciliation a commencé, pour l'essentiel, avec la Renaissance. La peinture italienne en fut la plus éclatante illustration, et notamment celle du Quattrocento florentin ou vénitien. Les représentations des Vénus de Botticelli, de Filippo

20. Maurice Bellet, *La Longue Veille*, *op. cit.*, p. 144.
21. J'ai développé cette idée dans *La Tyrannie du plaisir*, *op. cit.*

Lippi ou du Titien laissent transparaître sous la légèreté des
voiles et des drapés la splendeur du corps dévêtu. Aucune
époque de la chrétienté européenne n'aura mieux célébré la
joie sensuelle du corps livré, de la chair lumineuse, de l'ar-
rondi des épaules ou des phosphorescences de la peau,
comme représentation du « temple divin ». L'art du relief
porté à sa perfection par les sculpteurs de l'époque – Ghi-
berti ou Donatello, Della Robbia, Rossellino, ou Mino da
Fiesole – transposait dans la matière inerte – marbre ou
bronze – la même appétence charnelle.

L'idée de « proportion » qui prévaut alors est *considérée,
en elle-même, comme la marque de Dieu*. On est bien, cette
fois, dans le dogme – joyeux – de l'incarnation. Le fameux
homo ad quadratus de Léonard de Vinci, dessin qui inscrit
l'homme aux bras déployés dans un cercle, exprime lui
aussi ce désir d'une perfection « proportionnée » qu'on
retrouve aussi chez les vierges raphaéliques. Quant à toutes
les mousselines, soies, dentelles fines ou voiles permettant
un effet de transparence, elles s'inspirent directement des
drapés voluptueux et savamment organisés de l'Antiquité.
Il faut se souvenir à ce propos qu'un art plus modeste
comme celui de la couture joue son rôle dans la réhabilitation du corps à la Renaissance [22].

La médecine en progrès y contribue également. Ce corps
retrouvé n'est plus seulement l'enveloppe provisoire d'une
vie en attente du salut. Il est réinscrit dans une destinée terrestre et mérite du même coup d'être embelli, certes, mais
aussi protégé et soigné. Le concept de *santé*, s'il ne supplante pas encore complètement celui de *salut*, entre néanmoins en concurrence avec lui. Les progrès de la médecine
doivent s'analyser comme autant de victoires remportées
sur le mépris du corps, y compris la dissection, transgression capitale, qui sera peu à peu admise à la même époque.
Ce rôle libérateur joué par la médecine de la Renaissance
contraste avec l'influence incroyablement moralisatrice qui
sera celle des praticiens du XIXᵉ siècle, au nom d'un hygiénisme obsédé par l'idée de dégénérescence corporelle.

22. Je m'inspire ici des notations de l'historien Claude-Gilbert
Dubois, *Le Bel Aujourd'hui de la Renaissance, op. cit.*, p. 90, 92, 96,
97, 100.

(Songeons à la quasi-criminalisation du « plaisir solitaire » qui sera principalement le fait des médecins scientistes, émules du fameux docteur Tissot.)

Sur le terrain des idées, et concernant le corps, la route sera tout aussi longue qui conduira du premier humanisme d'un Pic de la Mirandole (1463-1494), attentif à l'homme de chair, jusqu'à la phénoménologie très « incarnée » d'un Edmund Husserl (1859-1938) ou d'un Maurice Merleau-Ponty (1908-1961). Concernant cette lente réhabilitation du quotidien et du corps, il paraît difficile de ne pas mentionner le rôle joué par le marrane d'Amsterdam, Baruch Spinoza, renié à l'époque par la communauté juive et condamné aussi bien par la Synagogue que par l'Église. Ce dissident magnifique, en opposant l'éthique à la morale, reprochera à cette dernière – qu'elle soit juive ou chrétienne – de *dévaloriser le réel au nom d'un idéal transcendant*. Spinoza entend réhabiliter le « principe de conservation de l'individu » et stigmatiser les « passions tristes ».

Pour lui, le vrai terrain de l'éthique, c'est celui de la vie ordinaire, y compris dans ses dimensions corporelles. Quant à la vertu et à la « vie droite », elles ne sauraient se ramener à un « dressage » du corps par un esprit supposé tout-puissant. Spinoza s'inscrit clairement en faux contre les pensées dualistes qui opposent le corps et l'esprit. Pour lui, ce ne sont pas deux entités distinctes mais deux aspects d'une même réalité. En d'autres termes, on ne peut pas dire : « J'ai un corps », car « je suis mon corps ». De ce point de vue, « Spinoza redonne une certaine force de *commencer* et il indique le lieu de ce commencement[23] ». Il est redevenu, pour cette raison, *notre contemporain*. Ce n'est d'ailleurs pas un hasard si le début des années 1990 a été marqué, en France, par une incroyable floraison d'ouvrages consacrés à Spinoza[24]. Chez ce dernier, en effet, certains concepts modernes de la phénoménologie sont annoncés ou du moins pressentis.

Avec Hegel, Husserl puis Merleau-Ponty, le mouvement

23. Guy Petitdemange, « L'effet Spinoza aujourd'hui », *Études*, septembre 1995, p. 202.

24. Citons-en quelques-uns pour mesurer l'ampleur de ce foisonnement : Leo Strauss, *Le Testament de Spinoza*, Cerf, 1991 ; Pierre Macherey, *Avec Spinoza. Études sur la doctrine et l'histoire du spinozisme*,

Une faim de loup

Sous les bonnes manières de la table se dissimule un mystère qu'on ose rarement interroger pour de bon. Le plus souvent, on ruse, on mégote, on louvoie dans les mille et une passementeries du commentaire ou de l'érudition historico-gastronomique. L'important n'est sans doute pas là. Il tient à ce que la culture humaine a surajouté au mécanisme alimentaire de la sustentation. Vaisselle en vermeil, verres à pied et carafes de cristal, rituels de l'argenterie ou des serviettes brodées ; mais aussi plans de tables diplomatiquement réfléchis, protocole compliqué du service, raideur convenue du maître d'hôtel, etc. Et qu'on ne s'imagine surtout pas que ces codes alambiqués ou ces raffinements subtils soient un privilège bourgeois ou voire aristocratique. Dans un modeste souper des bords de Marne, dans l'arrière-salle d'un relais routier de la Nationale 7, chez la tante Amélie elle-même lorsqu'en famille on passe à table chaque dimanche, sur le coup de midi et demi, dans tous ces cas, savez-vous, une multitude de coutumes, gestes appris, interdits assimilés sont à l'œuvre. Durant ce bref espace de temps *socialisé* qui va de l'apéritif au pousse-café chacun observera plus de rites qu'il n'en a lui-même conscience.

Nous sommes là – en Occident, en Chine ou sur les îles Aléoutiennes – dans l'essence même des civilisations. Un savoir immense, une sagesse immémoriale, une science de la vie se sont trouvés peu à peu comme distillés dans cet alambic du savoir manger. Quel est donc ce mystère dissimulé dans les plis de la nappe ? Les bonnes manières de la table ont beau différer selon les milieux et les cultures, elles n'en régissent pas moins, *dans tous les cas*, la procédure du repas.

s'amplifiera. La distance sera abolie entre l'observateur et son objet. Quant au rapport entre le corps et l'esprit, il sera

PUF, 1993 ; Catherine Chalier, *Pensées de l'éternité : Spinoza, Rosenzweig*, Cerf, 1993 ; Gabriel Albiac, *La Synagogue vide. Les sources marranes du spinozisme*, PUF, 1994 ; Pierre-François Moreau, *Spinoza, l'expérience et l'éternité*, PUF, 1994 ; Henri Laux, *Imagination et Religion chez Spinoza. La « potentia » dans l'histoire*, Vrin, 1993 ; Olivier Bloch (dir.), *Spinoza au XXᵉ siècle*, PUF, 1993 ; Myriam Revault d'Allonnes et Hadi Rizk (dir.), *Spinoza, puissance et ontologie*, Kimé, 1994.

On en repère l'existence – et l'empire tatillon – sous tous les cieux et dans tous les milieux. Jusques et y compris dans les communautés les plus attachées à l'égalitarisme et, donc, les moins discriminantes. Pensez un peu au réfectoire des moines ou à celui d'une caserne… Ne retrouve-t-on pas, ici comme là, une infinité de « façons » précisément codifiées qui toutes définissent un savoir-vivre particulier qu'on ne saurait enfreindre sans conséquences. Nul ne passe à table sans y asseoir aussi, et ses côtés, sa culture propre.

De ce secret, les textes les plus fondamentaux nous parlent quelquefois, mais à mots couverts. Le Talmud suggère au sujet du *cachrout* une explication qui vaudra pour tous, juifs ou non-juifs. La prohibition de certains mets ou substances ne saurait se ramener au souci très ancien de proscrire un danger (la viande de porc…) ou de se prémunir contre une « impureté ». Prescrire de manger *casher* et s'en tenir, des siècles durant, à cette injonction c'est en effet choisir de *tenir à distance une certaine part d'animalité*, consubstantielle à la nature humaine. Manger de telle façon, respecter certains codes, emprisonner cette activité dans une symbolique scrupuleuse, c'est veiller obscurément à ce que la *bête* en nous soit congédiée. C'est faire triompher l'esprit sur la matière ou si l'on préfère la culture sur la nature.

En dépliant ma serviette sur mes genoux, en tenant le pied de mon verre entre pouce et index, en interdisant à mes doigts de tremper dans la sauce, puis en raffinant à l'infini ces liturgies minuscules qui président au repas, je tiens en respect cette animalité affamée – cette faim de loup – qui, à l'intérieur de moi, réclame un rassasiement plus immédiat. Refusant les injonctions trop directes de la nature, je substitue en quelque sorte la discipline de l'esprit aux pulsions de la chair. L'art de la table est un humanisme…

largement refondé. Construite en réaction contre le réductionnisme scientiste du XIXᵉ siècle qui chosifiait le corps, la phénoménologie contemporaine donnera à ce dernier un statut éminent – et inatteignable – en tant que siège de l'expérience vivante et, donc, d'une élémentaire vérité. En dessous de l'esprit, il y a le « génie perceptif » du corps, qui lui confère une dignité particulière. Pour Merleau-Ponty, notre corps [est] « un moi naturel, un courant d'existence donnée, de sorte que nous ne savons jamais si les forces qui nous portent sont les siennes ou les nôtres, puisqu'elles ne sont jamais ni siennes ni nôtres entièrement [25] ».

Un nouveau catharisme ?

Affranchis aujourd'hui du dualisme, réconciliés avec notre corps, sommes-nous en paix avec lui ? Toute la question est là. Chaque médaille à son revers. C'est ce revers, cet étrange ascétisme inversé, qu'il s'agit maintenant de regarder en face.

On peut s'étonner, en effet, que cette célébration contemporaine du corps s'accompagne d'une haine étrange – et nouvelle – pour le « corporel » au sens premier du terme. Je pense à notre dégoût instinctif pour les odeurs ou les sécrétions, notre hantise de l'impureté ou du délabrement, notre hygiénisme paranoïaque qui fait du corps le lieu d'un danger permanent. Le corps véritable, ce sont aussi les rides, les dents déchaussées, les protubérances disgracieuses ou les calvities navrantes. Le corps « naturel », si l'on peut dire, avait rarement pâti d'une répulsion si tenace. Le vitalisme contemporain, s'il redonne toute leur dignité à nos envies, à nos pulsions, s'accompagne ainsi d'*une volonté de tenir le corps à distance*, de dissimuler sous un perpétuel labeur cosmétique ce qui émane trop directement de lui. Nous glorifions le corps, mais à condition qu'il soit parfait, lisse, sans remugles ni cicatrices.

Cette répugnance est plus générale encore. À force d'être obsédés par les germes ou les virus ; à force de traquer partout les odeurs et les imperfections ; à force de réclamer des normes et des « chaînes du froid » de toutes sortes, nous témoignons d'une horreur et d'une crainte qui n'osent pas dire leur nom. Une crainte de la vie et de la chair vivante, tout simplement. Une phobie étrange habite l'époque. Par essence, la vie du corps – comme la vie tout court – est imparfaite, odorante, transpirante, charnue, diverse, périssable. Elle grouille et elle criaille comme un marché. Elle est rebelle à la conformité, rétive à la norme. Elle est aussi

25. Maurice Merleau-Ponty, *Phénoménologie de la perception*, Gallimard (1945), « Tel », 1976.

– évidemment – porteuse d'aléas et « d'impuretés ». L'élimination programmée de tout cela est plus un fantasme hygiéniste de mort qu'une effusion de vie. On voit ainsi se reconstituer jour après jour un dualisme qui réinvente un projet de vie congelée, purifiée, désinfectée, sous Cellophane. Un projet dont c'est peu dire qu'il est funèbre.

Il faut se souvenir ici de la définition fameuse que donnait de la santé physique René Leriche, chirurgien célèbre et professeur de médecine de 1925 à 1940 : « La santé c'est la vie dans le silence des organes. » Si l'on prend au pied de la lettre cet aphorisme médical, force est de constater que, dans notre imaginaire quotidien, nos « organes » n'ont jamais été aussi bruyants, tapageurs, revendicatifs, renvoyant du même coup la paisible et heureuse santé au stade d'un projet inlassablement poursuivi mais inaccessible.

Dans un texte érudit, le philosophe belge Jacques Dewitte revient sur le rôle positif joué au début du XXe siècle en Allemagne par la culture naturiste et même nudiste (la *Freikörperkultur*), qui a contribué à réconcilier les Européens avec le corps en leur rappelant que le substrat corporel était la vraie nature de l'homme, et en opposant joyeusement la vérité de l'*existence nue* aux faux-semblants et aux artifices de la société puritaine. Mais il montre dans le même texte comment *cette réappropriation du corps a débouché sur un nouveau moralisme*. Le concept de « bien » a été simplement remplacé par celui de « santé ». Le « mal », de son côté, n'y est plus référé à un principe ontologique ou moral, il est investi lui aussi dans le corps, en désigne les défaillances. Il n'en est que plus sévèrement normatif[26].

Quant aux obsessions diététiques et cosmétiques qui sont désormais les nôtres, on ne peut pas dire qu'elles soient toujours joyeuses. Exacerbées par les ruses de la société marchande, elles obéissent tacitement à des idées de normes et d'obligations. Elles nous font accepter mille contraintes, sacrifices, efforts, souffrances même. Elles finissent par imposer des formes nouvelles d'ascétisme ou de mortification aussi contraignantes que celles, plus archaïques, dont

---

26. Jacques Dewitte, « L'homme, être d'antinature ? Notes pour une anthropologie », *Le Messager européen*, n° 9, Gallimard, 1996.

nous pensions avoir triomphé. Elles font, à la limite, du
« souci corporel » une religion implacable – et tarifée –, avec
ses prêtres, ses péchés cardinaux, ses bigots et ses paradis
lointains. Les magazines de mode ou de santé deviennent les
« pénitentiels » de la modernité. Le mot « pénitentiel »
désigne ces manuels à usage des confesseurs qui énumé-
raient, dans le haut Moyen Âge (XIᵉ-XIIᵉ siècle), toute une
hiérarchie de péchés avec, pour chacun, une échelle de pénitences. Il n'est pas sûr que les pénitences d'aujourd'hui
soient moins rigoureuses que celles d'il y a dix siècles…

Quant aux appétits corporels et aux pulsions que nous
nous faisons une gloire de ne plus réprimer au nom de
l'esprit, de la civilité ou du surmoi, nous acceptons dans
le même temps qu'ils soient régulés malgré tout *par le
biais de procédures médicales ou pharmaceutiques*. Face
aux pulsions désordonnées, la modernité dispose en effet
d'armes redoutables : la médecine et la pharmacie régu-
latrice. C'est par le biais du corps lui-même, en intervenant
sur sa propre substance, qu'on va normaliser les passions.
Cette nouvelle normativité médicale (déjà massivement à
l'œuvre, et pas seulement en psychiatrie – songeons aux
neuroleptiques), est une autre façon d'abolir l'antagonisme
entre le corps et l'esprit. La camisole chimique remplace
les disciplines de l'esprit ou la solidarité relationnelle.
Sommes-nous sûrs d'y gagner ? C'est la question politiquement très incorrecte que posent, de livre en livre, des praticiens avertis – et révoltés – comme Édouard Zarifian [27].

Qu'est-ce que tout cela veut dire ? Qu'il peut exister un
fondamentalisme du corps, et qu'il est loin de correspondre
à un apaisement de la « guerre civile » dont parlait le
père Maillard, le jésuite moralisateur du XVIIᵉ siècle. La
primauté reconnue au physique est légitimement vécue
comme une libération, comme une adhésion gourmande au
plaisir et au monde. Mais elle peut engendrer une nouvelle
façon d'incarcérer la liberté humaine, dans l'organique cette
fois. À l'obsession du *salut* de l'âme, succède dans ce cas
la hantise d'une impossible *perfection* corporelle, et cette
hantise est source d'inconsolables inquiétudes.

27. Voir notamment Édouard Zarifian, *Des paradis plein la tête*, Odile
Jacob, « Poches OJ », 2000.

L'emploi du mot « fondamentalisme » n'est pas exagéré. Pour évoquer cette haine d'un nouveau genre vouée au corps *tel qu'il est vraiment* – haine très présente dans l'œuvre de Jean-Paul Sartre ou de Simone de Beauvoir et entraînant un refus catégorique de la procréation –, certains sartriens ont pu parler d'un « catharisme à l'égard de la chair [28] ». On retrouve aujourd'hui une sensibilité proche de ce néocatharisme dans certains textes de la juriste d'origine latino-américaine, Marcela Iacub, qui accompagne son refus personnel de la maternité d'étranges plaidoyers en faveur de l'ectogenèse, c'est-à-dire du « droit de se passer de son corps pour procréer », grâce à la mise au point annoncée d'un utérus artificiel, sorte de couveuse machinique [29].

Singulier renversement de perspective : c'est aujourd'hui ce néocatharisme qu'il nous faut démasquer et tenir à distance partout où il se manifeste. Du moins si nous voulons éviter de remplacer une tyrannie par une autre, un dualisme par son image inversée. Rien n'est aussi simple qu'on le croit dans les nouveaux rapports que l'époque entretient avec le corps, tant s'y mêlent l'adoration et la détestation. Cette dernière peut favoriser ultimement une volonté d'instrumentaliser le corps, un acharnement de transformation, de remodelage harassant, rendu possible par les nouvelles techniques biologiques. « C'est ce corps de rêve, objet et sujet d'une thérapeutique globale, qui seul nous sauvera de la misère du monde, et que les nouveaux pouvoirs biomédicaux exaltent et façonnent à l'envi. Et si la bioéthique, autour des questions de la naissance, de la sexualité et de la mort, a pris la place à peu près entière de l'éthique, c'est qu'elle est la moins éloignée des obligations hygiéniques qui font la seule morale des nouveaux corps et leur bonheur tout médical [30]. » Dans cet acharnement, il y a bien, en

---

28. Michel Contat et M. Rybalka, notice de présentation de *La Nausée*, in *Œuvres romanesques complètes*, Gallimard, « Bibliothèque de la Pléiade », 1981, p. 1663. L'expression fait référence au refus de la procréation par les Cathares des XIᵉ et XIIᵉ siècles, eux-mêmes héritiers de la tradition gnostique.

29. Marcela Iacub, *Le crime était presque sexuel, et Autres Essais de casuistique juridique*, Flammarion, 2003.

30. Olivier Abel, « Le sujet à l'image d'un corps. Ni instrument ni idole », *Diogène*, n° 172, octobre-décembre 1995, p. 64-65.

effet, quelque chose comme une superstition panique et un désir illusoire de construire une réalité d'où la mort et « notre finitude tragique » auraient été bannies [31].

Le corps bricolé

Rien n'est plus éclairant à ce sujet que de comparer la peinture sensuelle et joyeuse du Quattrocento italien aux intentions perceptibles dans le *body art* contemporain, notamment pictural. Ce dernier met volontiers en scène les prothèses en silicone, les greffes ou ablations, la chirurgie esthétique, les *piercings* et transformations de toute nature. Il procède d'une volonté délibérée de subvertir les canons de beauté traditionnels et, en un certain sens, c'est ce qui le rend intéressant. Il n'en reste pas moins qu'il exprime tout sauf une adhésion heureuse à la matérialité corporelle. L'une de ses représentantes françaises, la femme peintre Orlan, originaire de Saint-Étienne, qui exposait en décembre 2002 à Clermont-Ferrand, a choisi de modifier sa propre image en se faisant implanter deux bosses en silicone au-dessus des sourcils [32].

Le détail est pittoresque, mais pas seulement. Il dit bien ce lent passage du corps retrouvé et célébré au corps dénié et *reconstruit*. On retrouve une même distanciation à l'égard du corps chez certains artistes familiers des nouvelles technologies et de l'ingénierie biologique. L'Australien Stelios Arcadiou, dit Stelarc, est sans doute l'un des plus militants. Adepte des « stratégies esthétiques alternatives », des systèmes informatiques et de la robotique, il a participé à de nombreux festivals internationaux. Pour lui, « le corps est une sorte de carapace anachronique dont il est urgent de se débarrasser ». Le corps traditionnel, en effet, fait de chair et de sang, n'est plus capable de s'adapter aux bouleversements technologiques. Il est comme pris de vitesse, et doit donc être reconstruit. L'avenir, ajoute-t-il, nous offre des possibilités infinies de « remanier notre corps ». Stelarc n'aime rien tant que s'exhiber lui-même, le

31. *Ibid.*
32. Voir l'article d'Élisabeth Lebovici, *Libération*, 31 décembre 2002.

corps bardé de capteurs, d'électrodes et de câbles, ou même équipé d'un squelette métallique[33].

La nouvelle esthétique du *piercing*, du tatouage ou des implants peut s'analyser, elle aussi, à la lumière de ce fantasme de reconstruction, un fantasme d'autant plus pressant que le naturalisme contemporain fait du corps lui-même – et non pas seulement de ses ornements, maquillages ou habillages – un support de l'identité individuelle. Le corps ainsi remodelé et mis en scène veut affirmer une singularité, un souci d'attirer le regard, un désir de reconnaissance, au-delà de la provocation[34]. « Aujourd'hui on bricole son corps sans états d'âme, avec le sentiment qu'en bricolant son corps on bricole son identité. À défaut de changer son destin, il est plus facile de se façonner une identité désirée, avec le fantasme que tout le reste va suivre[35]. »

Certes, on pourrait objecter que le corps humain a toujours fait peu ou prou l'objet d'un remodelage, d'une construction symbolique qui, dans une culture donnée, est une production du rapport social. Le corps humain n'a jamais été pure réalité charnelle ; il prend toujours forme à travers un *usage*, lui-même dicté par des représentations collectives. Le corps n'est certainement pas une nature brute et animale ; il fait l'objet de normes et même de transactions permanentes. Il est lui-même le produit d'une mémoire vivante, de cultures, de mœurs, de comportements dont nous héritons et que nous transformons. Cependant, ce remodelage social n'avait jamais obéi à un volontarisme aussi radical et, pourrait-on dire, chirurgical et technologique. De fait, ce tropisme de *transformation*, qu'il s'agisse du *body art* ou des pratiques quotidiennes, témoigne d'une nouvelle « folie » du corps, pour reprendre une expression de Freud. Il y a bien là l'expression d'un trouble, d'un désarroi directement lié aux mutations anthropologiques

33. On trouve sur l'Internet de nombreux sites évoquant le travail de Stelarc, y compris le site officiel de l'artiste.
34. C'est la thèse développée par l'anthropologue David Le Breton, professeur de sociologie à Strasbourg, dans deux livres : *L'Adieu au corps*, Métailllié, 1999, et *Signes d'identité, tatouages, piercings et autres marques corporelles*, Métaillié, 2002.
35. David Le Breton, « Le corps contemporain a perdu sa sacralité », *Libération*, 9-10 mars 2002.

d'aujourd'hui. La quête éperdue de la différence en est la traduction. « C'est la raison pour laquelle *le corps resurgit comme problème* lorsque l'histoire s'accélère[36]. »

Le corps comme problème ? Voilà qui ne correspond pas tout à fait au corps retrouvé et glorifié. Ici le vécu vient contredire le discours. Le « problème » corporel, en l'occurrence, est traditionnellement défini comme un balancement indécidable entre une haine du corps possiblement barbare et un naturalisme organique qui ne l'est pas moins. Ce dernier privilégie le corps, l'animalité, les instincts, et récuse à la fois la culture et la morale. Il nous promet, pour reprendre une formule de Nietzsche, de « retrouver la spontanéité amorale du vivant ». Tout en sachant fort bien jusqu'où il peut conduire, nous sommes confusément nostalgiques de ce vitalisme-là. « Nostalgie d'une vie non plus morale mais organique, n'obéissant qu'à la loi interne de son mouvement. Nostalgie de l'*élan vital* et de l'irresponsabilité. Rêve du retour à la nature[37]. » À l'opposé, la vieille haine du corps, même si c'est sous de nouveaux déguisements, resurgit une fois encore comme solution ou comme alternative. Une solution glaçante, une « passion triste » d'un genre nouveau.

Est-ce à dire que l'immémoriale « guerre civile » entre le corps et l'esprit continue et qu'il n'y a rien de nouveau sous le soleil ? Ce serait une erreur de le croire. Les mutations en cours ont changé subrepticement la donne sur ce terrain-là comme sur les autres. La tâche la plus urgente est de décrypter, autant que faire se peut, cette nouvelle donne. Le défi qui est dorénavant devant nous ne se résume plus à un choix entre sacralisation ou rejet du corps. Une hypothèse nouvelle est apparue, qui peut se définir en deux mots, ceux de *désincarnation* et de *déréalisation*.

36. Michel Meyer, *Petite Métaphysique de la différence*, *op. cit.*, 2000, p. 32-33.
37. Alain Finkielkraut, *La Sagesse de l'amour*, Gallimard, 1984, p. 146.

Du sexe vécu au sexe montré

Signes, images, mises en scène, spectacles, apparences, séductions, provocations : voici quelques-uns des mots qui reviennent le plus souvent aujourd'hui lorsqu'il est question du corps. Leur connotation est toujours la même et devrait nous alerter. N'ont-ils pas en commun de *se référer à un principe immatériel ?* N'expriment-ils pas, étrangement, des virtualités insaisissables là même où l'on croit parler de chair vivante et de réalité organique ? Une réflexion sommaire nous permet de repérer dans cette affaire une ambivalence énigmatique. Celle qui fait cohabiter dans l'air du temps une exaltation ostentatoire de la matière, du physique, du plaisir charnel, et une espèce d'évanouissement du réel au profit de sa pure et simple *représentation*. Contrairement à ce qu'on pourrait penser, le corps est moins sacralisé par les temps qui courent que *discrètement congédié au profit de son image*.

Le cas de la sexualité est exemplaire à ce sujet. On remarquera que les disputes récurrentes sur la pornographie généralisée, le trafic de photographies prohibées sur l'Internet, la censure des écrits ou le prétendu laxisme des médias concernent non pas vraiment le « corps vécu » mais le « corps représenté ». C'est ce corps fictif, cette sexualité fantasmée et imaginaire qui deviennent les véritables enjeux du débat. La sexualité quotidiennement en procès n'est plus vraiment celle de l'action mais celle de l'*expression*. « Nous assistons progressivement, souligne avec justesse un anthropologue, à la victoire de l'image sur le verbe, de la représentation sur le vécu, du fantasme sur la chair [38]. » Autrement dit, le processus est exactement l'inverse de celui qu'on décrit ordinairement. Loin de triompher de l'évanescence idéaliste, *c'est la chair elle-même qui s'efface pour faire place à son hologramme*.

Ce tour de prestidigitation explique la schizophrénie sociale qui prévaut aujourd'hui en matière de sexualité. La libération à peu près générale du sexe *montré* (érotisme,

38. Bruno Remory, « Pornographie et prostitution », *Le Monde*, 19 novembre 2002.

pornographie, etc.) coïncide avec une répression accrue – ou un refoulement – du sexe *pratiqué*. On célèbre ici les stratégies de séduction, mais on criminalise là-bas le « harcèlement » ; on s'insurge contre la censure, mais on judiciarise tout ce qui touche aux mœurs ; on érotise la société (*via* la publicité ou les médias), mais on réprouve la prostitution, même volontaire, etc. La liberté d'expression l'emporte sur la liberté d'action, l'immatériel relègue le matériel, tant et si bien que nos sociétés deviennent *de facto* plus répressives, tout en se grisant de rhétoriques libertines. Jamais, c'est un fait, les affaires de mœurs n'avaient occupé une telle place dans l'activité – dans le « rôle », comme on dit – de nos cours de justice : jusqu'à quatre-vingt pour cent de leur activité [39]…

Or cette ambivalence caricaturale de notre rapport au sexe n'est que la métaphore d'un phénomène plus général. Dans la plupart des domaines, le même processus de *déréalisation* est repérable. On peut y voir un effet pervers de la mutation technologique à laquelle nous sommes confrontés. « Acquise au paradigme numérique, la technologie n'a même plus l'obligeance de "prendre corps" et de se travestir en femme comme le robot de la *Metropolis* de Fritz Lang, et, nous tendant un écran en guise de miroir, condamne Narcisse dans sa contemplation à n'être plus qu'une hallucination sans corps [40]. »

Cette déréalisation aux mille visages, jamais sérieusement interrogée ni critiquée, renvoie au néant bien des lieux communs qu'on répète à satiété. Par exemple, celui qui annonce une irrésistible victoire du matérialisme sous l'effet des nouveaux savoirs. On prête en effet à ces derniers – et aux technologies qui en sont issues – le pouvoir de ramener la pensée, la morale, les idées elles-mêmes à leur substrat matériel ou organique, de « déspiritualiser » en somme la condition humaine en renvoyant aux poubelles de l'histoire l'idéalisme « naïf » d'autrefois. Les idées, dit-on, doivent dorénavant s'incliner devant la matière, comme doit le faire l'esprit devant le corps. C'est la thèse que

---

39. J'ai tenté d'analyser cela dans *La Tyrannie du plaisir, op. cit.*
40. Chantal de Gournay, « L'âge du citoyen nomade », *Esprit*, novembre 1992, p. 114.

défend par exemple François Ewald, un ancien leader maoïste, disciple de Michel Foucault, devenu l'une des têtes pensantes du patronat français. Les nouveaux savoirs, affirme-t-il, « bouleversent notre vision de la nature humaine » et « renforcent le poids des matérialités biologiques ». Il ajoute que les avancées de la science « font de l'homme un être plus matériel que spirituel »[41].

Pour répandue qu'elle soit, cette vision des choses est erronée, pour ne pas dire absurde. C'est tout le contraire qui se passe en vérité : non pas déspiritualisation mais dématérialisation. Et encore ce processus de déréalisation induit par les nouveaux savoirs n'en est-il encore qu'à son début. Aujourd'hui spectaculaire, il risque de devenir vertigineux. À ce stade, il n'est plus seulement question des images, du spectacle, du reflet médiatique, de la mise en scène permanente qui régissent notre rapport au monde. Il s'agit *des connaissances nouvelles et de la façon dont elles modifient peu à peu notre vision du monde*. On ne prendra que deux exemples, mais ils prêtent à réflexion.

Un matérialisme naïf ?

Sur le terrain de la biologie, d'abord : toutes les découvertes de ces dernières décennies concernant l'ADN, les gènes, le génome, le patrimoine génétique, les mécanismes de la transmission mettent en évidence l'importance du « code » ou du « programme » génétique. Il s'agit-là, pour le dire de manière très sommaire, de l'agencement des gènes, de leur séquençage particulier, transmettant une « information » capable de déterminer les caractéristiques d'un être vivant. Dans le mécanisme de transmission, le rôle principal n'est pas joué par la *substance* (protéine, etc.) qui constitue l'ADN, mais par le message, ou le programme. Cette métaphore du programme – qui a, certes, ses limites – traduit un changement de perspective assez radical dans l'analyse de la matière organique. « La biologie matérialiste ne peut plus se contenter de décrire le vivant seule-

41. François Ewald, « L'ère de l'homme biotech », *Enjeux. Les Échos*, décembre 2002.

ment à travers les lois mécaniques qui le régissent. Ses recherches ont abouti à la découverte d'un programme codé. Or le véritable mystère de l'organisation biologique, ce n'est plus le mécanisme de la matière elle-même, mais plutôt *la signification qui la traverse*[42]. »

En d'autres termes, les découvertes les plus récentes de la génétique conduisent à mettre en avant, non point la matière, mais ce qui « parle » en elle. Le concept immatériel de message, de langage, l'emporte dorénavant sur les approches étroitement matérialistes. Le rapprochement entre le codage génétique et le langage humain peut d'ailleurs être poussé assez loin. Aux vingt-six lettres de l'alphabet correspondent les quatre bases chimiques ; à la syllabe, le codon ; au mot, l'exon ; à la phrase, le gène ; au texte, le génome[43].

Tout cela, certes, n'autorise pas à tirer des conclusions lyriques et mystiques sur la réapparition du *logos*, du verbe, comme matrice originelle, ainsi qu'il est dit dans les textes bibliques de la *Genèse*. On doit se garder de toute interprétation échevelée, façon *New Age*. Il n'empêche que ce nouveau paradigme génétique *met à mal l'opposition traditionnelle entre matérialisme et spiritualisme*, au profit de ce dernier. Il annonce une sorte de rupture épistémologique, une crise du concept même de matière que certains physiciens sont les premiers à évoquer[44]. Cette rupture correspond à ce qu'on pourrait appeler un renversement de la charge de la preuve. C'est le matérialisme, dans ce nouveau contexte, qui apparaît comme « naïf ».

Le deuxième exemple touche aux conséquences d'une autre révolution annoncée : celle des nanotechnologies. De quoi s'agit-il ? On ne saurait entrer ici dans le détail de recherches complexes qui conduisent elles aussi au cœur de la matière. Combinant l'informatique, la physique moléculaire, la biologie, l'électronique et quelques autres disciplines, les nanotechnologies permettent un changement

---

42. Grégory Bénichou, *Le Chiffre de la vie*, Seuil, 2002.
43. *Ibid.*
44. C'est notamment le point de vue du Français Étienne Klein, physicien au Commissariat à l'énergie atomique, dans « Qu'est-ce que l'idée de matière ? », *Études*, juillet-août 1998.

d'échelle dans l'ingénierie humaine appliquée à la matière. Grâce à elles, le projet technologique s'ouvre à l'infiniment petit. Elles permettent en effet d'intervenir sur des objets dont la taille correspond à un milliardième de mètre, soit un millionième de millimètre. Cette échelle correspond à celle des atomes et des molécules. Ce sont cette fois les atomes et les molécules que l'homme se donne le pouvoir de manipuler, de recombiner, d'agencer en fonction d'un « projet ». Il le fera, nous disent les spécialistes, grâce à l'emploi de nanorobots, nanopuces, nanoassembleurs.

Les projets rendus réalisables par les nanotechnologies ne sont déjà plus du domaine de la science-fiction. Les recherches sont suffisamment avancées, semble-t-il, pour que les premières réalisations voient le jour dans les cinq à dix ans qui viennent. On commence peu à peu à deviner – et à décrire – les transformations incroyables que laisse entrevoir l'application de ces découvertes dans l'ensemble des activités humaines : informatique (avec une multiplication par un million des performances des microprocesseurs), communication, médecine, industrie, armement, stratégie, etc. Les promesses offertes – et les risques encourus – sont inimaginables, au point que les nanotechnologies représenteront sans doute une révolution ou une mutation aussi profonde que l'ont été, au cours des vingt dernières années, l'informatique et la génétique. D'ores et déjà des études et des livres sont publiés qui permettent au grand public de s'en faire une idée[45].

Or, ces futurs bouleversements ne sont pas exclusivement technologiques au sens étroit du terme. Ils touchent aussi à notre vision du monde, à l'idée que nous nous faisons de la connaissance elle-même, aux rapports entre l'esprit et la matière. C'est ce que Jean-Pierre Dupuy, auteur d'un rapport officiel sur l'état des connaissances en matière de nanotechnologies, appelle le « risque épistémologique ». En acquérant la possibilité d'intervenir sur les structures de la matière elle-même pour recombiner cette dernière ou

---

45. Pour un panorama purement descriptif des perspectives offertes par les nanotechnologies, voir notamment l'ouvrage de vulgarisation écrit par le physicien Jean-Louis Pautrat, *Demain le nanomonde. Voyage au cœur du minuscule*, Fayard, 2002.

même « fabriquer » de la matière, l'homme s'engage dans une révolution mentale prodigieuse. En effet, ce ne sera plus la matière qui gouvernera les idées – comme le soutenait le postulat matérialiste –, mais au contraire les idées qui *décideront* en quelque sorte de la matière. « Voici sans doute un domaine, écrit Dupuy, où, paradoxalement, *la thèse matérialiste en philosophie et en sociologie des sciences et des techniques se révélera fausse.* » Le rapport entre idées et matière est en effet inversé. Avec les nanotechnologies, « *les idées ont un pouvoir causal*, et ce sont elles qui deviennent l'"infrastructure" [46] ».

*   *
*

Tout comme la métaphore du programme génétique, la rupture épistémologique liée aux nanotechnologies va ainsi complètement à rebours des présupposés matérialistes encore dominants. Loin de se déspiritualiser, comme le soutient François Ewald, notre rapport au monde tend au contraire à se respiritualiser : l'esprit y retrouve sa prépondérance. L'immatériel – ce qui ne veut pas dire le « religieux » – supplante le matériel et l'idée rétablit très étrangement son empire sur la matière. Et sur le corps, évidemment... En un mot, tous les processus de déréalisation, de virtualisation que l'on évoquait plus haut à propos du corps ne sont pas des avatars de la société du spectacle. Ils s'inscrivent dans le cadre d'une mutation anthropologique infiniment plus vaste.

Là aussi, force est de constater que notre paysage mental est bouleversé, que les lignes bougent et que, du même coup, les polémiques auxquelles nous continuons, malgré tout, de nous abandonner ont beaucoup vieilli. Aucune réflexion sérieuse sur les relations entre le corps et l'esprit

---

46. Jean-Pierre Dupuy, *Impact du développement futur des nanotechnologies sur l'économie, la société, la culture et les conditions de la paix mondiale*, rapport ronéoté remis au Conseil général des Mines, été 2002.

ne peut plus négliger ces bouleversements conceptuels, sauf à se contenter de redites monotones.

Les lignes bougent ? La réhabilitation du corps et de l'animalité partout célébrée bute aujourd'hui, non plus sur je ne sais quelle bigoterie réactive mais sur des processus de déréalisation *qui attendent d'être véritablement déchiffrés*. À l'inverse l'idéalisme à l'ancienne et le spiritualisme incantatoire se réfèrent le plus souvent à des réalités disparues, à des « récits » obsolètes. Ces deux postures sont devenues caduques et leur opposition en miroir ne fait plus sens. Plus du tout.

Nous sommes humains, c'est-à-dire des « êtres d'antinature » par notre capacité de refus, contrairement à l'animal qui dit toujours oui à la réalité. Pour reprendre une formule de Max Scheller, l'homme est « l'être qui peut dire non ». Ce qui fonde son humanité, ajoute Scheller, c'est son pouvoir de « détachement existentiel par rapport à l'organique [47] ». En revanche, notre identité ne peut être ramenée au pur *logos*, à l'esprit, ou à une conscience affranchie du biologique. La grandeur de la condition humaine réside justement dans *cette tension maintenue entre l'un et l'autre, dans cet entre-deux problématique qui n'est jamais « ni pure identité ni pure différence »*. Cette relation complexe, cette incarnation paradoxale sont aujourd'hui à repenser.

Ce n'est pas une mauvaise nouvelle.

47. J'emprunte ces citations de Scheller et une partie de ces remarques à Jacques Dewite, « L'homme, être d'antinature ? Notes pour une anthropologie », *Le Messager européen, op. cit.*

CHAPITRE 8

Entre savoir et croyance

« Il croit qu'il sait, il ne sait pas qu'il croit. »

Alain Besançon (au sujet de Lénine).

Nous sommes sortis désenchantés du XXᵉ siècle. Nous avions quelques raisons de l'être. Les croyances collectives nous inspirent plus d'horreur que d'envie. Nous nous méfions des convictions entières, des messianismes lyriques ou de la foi révolutionnaire. Ils ont produit trop de massacres, engendré trop de tyrannies ; égaré trop de peuples pour que nous ne tenions pas le concept de croyance lui-même en suspicion. Les « masses populaires » ne furent d'ailleurs pas les seules à céder aux plus funestes d'entre les croyances. Nous avons encore du mal à comprendre comment tant d'esprits civilisés, universitaires ou savants, ont pu céder aux mêmes vertiges. Il est de fait que la plupart des intellectuels du siècle précédent auront adhéré à l'une ou à l'autre des folies totalitaires : nationalisme belliqueux, léninisme massacreur, hitlérisme barbare, colonialisme conquérant, etc. « Nous n'avons pas fini de nous interroger, note Claude Lefort, sur les formes de croyance qu'a connues notre siècle[1]. » Comment a-t-on pu être stalinien, pronazi ou maoïste ? Comment a-t-on pu *croire* sérieusement à ces choses-là ? D'une contrition à l'autre, d'un aveu à l'autre, il aura fallu plusieurs décennies pour que chacun tente de s'en expliquer et que l'intelligence européenne s'extirpe peu à peu de ses anciens envoûtements.

Le grand naufrage communiste de 1989 aura été l'étape terminale de ce long et douloureux désaveu de soi-même.

---

1. Claude Lefort, « Le XXᵉ siècle : la croyance et l'incroyance », Conférence aux Rencontres littéraires de Zagreb du 18 décembre 1994, *Esprit*, février 1995, p. 20.

Il a englouti dans ses tourbillons, pensons-nous, les derniers possédés. Il a marqué la défaite du « croyant » face au prudent sceptique, l'échec du militant face au circonspect. Nous sommes encore sous l'effet de cette sidération rétrospective. « L'énigme que nous lègue le totalitarisme, note encore Claude Lefort, réside dans la conjonction de la violence et de la croyance [2] ». Autour de nous, d'ailleurs, la croyance en tant que telle prend maintenant des allures plus grimaçantes encore : celle des fanatismes religieux ressuscités, des pathologies sectaires, des illuminismes ou des superstitions de pacotille. L'air du temps est habité par un non-dit précautionneux qui *désigne la croyance comme source possible de la violence*.

À la croyance exclusive, quelle qu'elle soit, nous préférons le scepticisme ou la dérision légère. Aux crédulités pourvoyeuses d'orages et d'intolérance, nous tentons de substituer le savoir rationnel et le pragmatisme expérimental. L'héroïsme du « connaître » doit remplacer la faiblesse du « croire ». C'est d'ailleurs l'indiscutable noblesse du scepticisme contemporain : récuser la clôture mentale et l'enfermement satisfait, s'interdire toute certitude non fondée, ne plus accepter qu'une croyance collective vienne *nous dispenser de penser*. La société occidentale assure préférer le fluctuant, l'indécis, l'inachevé, le négociable. Elle garde en elle, indélébile, le souvenir des anciennes certitudes qui conduisirent au meurtre. Elle s'effraie plus encore de voir émerger ces nouveaux croyants et ces adeptes fiévreux qui enrôlent les dieux dans leurs aventures et leurs combats.

On disait jadis – et ce fut répété pendant des siècles – que « celui qui demeure dans l'obéissance demeure en sûreté ». L'historien des idées Isaiah Berlin, s'interrogeant sur la postérité de la pensée contre-révolutionnaire, n'avait pas tort de voir dans cet éloge historique de l'esprit de soumission et dans la célébration de la foi contre la raison le « cœur de toutes les doctrines totalitaires [3] ». Nous ne voulons plus de cette sûreté-là. Ce n'est plus vraiment

---

2. *Ibid.*
3. Isaiah Berlin, *Le Bois tordu de l'humanité : romantisme, nationalisme, totalitarisme*, traduit de l'anglais par Marcel Thymbres, Albin Michel, 1992, p. 117-118.

l'homme de foi qui nous sert de modèle mais l'homme lucide, même s'il est désenchanté. Nous répétons volontiers qu'il n'y a de vérités que rationnelles, démontrables, vérifiables. Le rapport empressé que nous entretenons aujourd'hui avec la science trouve ici l'une de ses explications. Le savoir, répétons-nous, vaut toujours mieux que la croyance. Cette dernière n'est-elle pas le signe en creux d'un savoir qui fait – provisoirement – défaut ?

À la croyance, nous avons donc concédé un statut subalterne et un ultime refuge : celui de la vie privée, et à la condition expresse qu'elle n'engendre pas de prosélytisme. Notre nouvelle défiance à l'endroit du religieux, soit dit en passant, n'est qu'un aspect d'une mise à distance de la croyance en général et du « sens » lui-même. Comme le soulignait Michel de Certeau, « les affirmations de sens font aujourd'hui figure d'un "reste" dont on aurait désinfecté les champs scientifiques. [...] À une rationalisation du savoir semble correspondre une folklorisation des vérités d'antan [4] ». Cette relégation de la croyance prend d'ailleurs une allure discriminatoire sur laquelle il faudrait résolument s'interroger. Entre savoir et croyance, un nouveau hiatus paraît symboliquement s'approfondir. Il n'est plus seulement théorique mais *social*, et finalement *politique*.

La foi en tant que telle est toisée comme la survivance d'un archaïsme pittoresque et primaire. Les gens informés de l'hémisphère Nord se disent sceptiques, relativistes ou rationnels, quand les couches populaires et les peuples du Sud en sont encore à la croyance traditionnelle, à l'adhésion magique, à la crédulité *au premier degré*. C'est l'un des préjugés du moment. « Aujourd'hui une nouvelle conscience religieuse resurgit sur les bords de la modernité séculière, dans les franges sociales défavorisées, dans les secteurs de la population exclus des bienfaits de la civilisation occidentale. Elle réapparaît comme une parole extérieure : soit sous la forme d'un intégrisme brutal [...], soit comme expériences de type extatique ou comme grands pèlerinages [5]. »

---

4. Michel de Certeau, *La Faiblesse de croire, op. cit.*, p. 183.
5. Christophe Boureux, « La sécularisation, le "retour de Dieu", et après... Plaidoyer pour une culture religieuse », *Esprit*, juin 1997, p. 259.

La démocratie comme « lieu vide »

Dans nos sociétés développées, en tout cas, la distance prise à l'égard de la conviction n'est plus seulement un produit de l'époque ni l'effet d'un désenchantement particulier. Elle est devenue rien de moins qu'*un principe fondateur de la démocratie moderne*. Celle-ci, en effet, a inscrit symboliquement le pouvoir en un « lieu vide » de toute croyance. C'est ce qu'on appelle le nécessaire nihilisme de l'État. Ce vide inaugural représente la faiblesse mais aussi la grandeur de la démocratie. Lui seul est gage de tolérance. Le cœur de l'État démocratique est en marge de la foi, de toutes les fois. Il est un lieu d'indétermination, d'incertitude et d'arbitrage permanent et infini. Ce lieu est vide de croyances, en effet, mais il est précisément, grâce à cela, le garant de toutes les croyances. Il est inappropriable par l'une d'entre elles. Il est *laïc* au sens le plus sourcilleux du terme.

C'est en lui que doivent pouvoir converger et se retrouver les innombrables croyances particulières dont la démocratie pluraliste, en toute impartialité, assure la protection. Cet héroïsme du vide, c'est l'avers lumineux de la prétendue « médiocrité » démocratique que dénoncent tous les adversaires de celle-ci. Toute l'œuvre d'un philosophe comme Claude Lefort aura été consacrée à étayer théoriquement ce choix difficile. Le pouvoir démocratique défini comme « silence du croire », voilà en effet qui n'est pas facile à vivre. Cela implique que l'on renonce à toute idée de surplomb, d'extériorité ou de transcendance où s'enracineraient la croyance et la règle. Cette dernière ne sera plus fondée sur une foi unique et inébranlable – Dieu, le parti, la nation, etc. – que Lefort appelle « idéologie de granit ». Elle sera produite au contraire jour après jour et transformée par l'auto-organisation vivante de la société elle-même, qui, en démocratie, obéit à un principe d'indétermination. C'est en elle-même – et non au-dehors ou au-dessus – que la démocratie devra chercher le fondement prosaïque de la règle. Loin d'être assimilable à une tragique crise des valeurs, cette indétermination paradoxale est, pour Lefort, ce qui rend possible « une vie sociale dans laquelle l'idée de la légitimité ne soit pas perdue, mais devienne l'objet d'un incessant débat dans tous les domaines d'activité et de connaissance [6] ».

Dans une telle optique, la seule croyance nécessaire est *la croyance en la loi*, l'adhésion volontaire à ce « bien » immanent que représente la règle juridique démocratiquement élaborée. C'est cet attachement minimal – ce « patriotisme juridique », pour reprendre les termes de Habermas – qui permet de maintenir vivante et pacifique l'incertitude démocratique. La seule incroyance qui se révélerait menaçante pour la démocratie est celle qui « ferait perdre le sens de la loi et du droit [7] ».

Or les sociétés humaines répugnent d'instinct à cette indétermination concernant leurs valeurs et leurs croyances communes. Elles y voient, à terme, un mécanisme désintégrateur, un manque effrayant. C'est cet effroi qui s'exprime chaque fois que sont stigmatisées la perte des repères, l'absence de grand dessein, la médiocrité quotidienne, etc. Autrement dit, la nostalgie de la croyance commune, le regret de l'unité communautaire d'autrefois, la volonté – désespérée – de restauration de l'Un *continuent de hanter malgré tout l'univers démocratique*. Comme un ressac, comme un regret indicible... Nous sommes à la fois méfiants à l'endroit des fois collectives et hantés par un besoin de croire. Nous rêvons sans toujours l'avouer à une société qui ne serait plus écartelée par ses propres divisions, qui ferait corps avec elle-même. Tel est notre désarroi. Désenvoûtés des convictions collectives, rétrospectivement effrayés par celles du passé, nous pleurons parfois, malgré tout, sur ce qui nous apparaît comme la cohésion – et le sens – perdue. Cet inconfort est notre lot. Il est à la fois pathétique et dangereux.

Pour Lefort, c'est à cette nostalgie de l'Unité que risquent de venir s'abreuver les projets totalitaires d'aujourd'hui, comme ceux d'hier : nationalisme extrême et « purificateur » (qu'on a vu renaître dans les anciens pays communistes), intégrisme religieux, prosélytisme sectaire, etc. Que

6. Claude Lefort, « Le XXe siècle : la croyance et l'incroyance », *op. cit.*, p. 22.
7. *Ibid.*, p. 23.

le pouvoir totalitaire se soit édifié par la violence, explique Lefort, ne peut faire oublier qu'il a répondu à une *demande démesurée de croyance*. Comme le souligne justement un de ses disciples, « le totalitarisme est une tentative désespérée et contradictoire d'annuler l'incertitude qui est au cœur de l'expérience moderne [8] ».

L'interprétation moderne de la démocratie est celle qui entend tirer sérieusement la leçon des tragédies totalitaires du siècle passé afin de mieux combattre les tyrannies renaissantes. Elle conduit nécessairement à *relativiser la croyance au profit du savoir*. Elle nous adjure de ne pas écouter notre propre nostalgie. Elle nous met en garde contre nous-mêmes. Croire ne doit plus être qu'une affaire strictement privée, et, par conséquent, une adhésion de faible intensité. C'est le fameux concept de « l'ontologie faible » proposé par le philosophe italien de la déconstruction Giani Vattimo. Si toutes les croyances sont légitimes – également garanties par le vide ontologique du pouvoir –, alors cela signifie que le fait même de croire est relatif, qu'il doit être maintenu au second plan, marqué *a priori* d'un signe négatif. De fil en aiguille, le « croire » se voit implicitement rangé du côté du mal, tandis que le scepticisme devient un « bien », garant de la paix sociale et de la liberté. En d'autres termes, *un affaiblissement des croyances serait toujours préférable* en ce qu'il faciliterait la coexistence démocratique.

Là commence la difficulté, pour ne pas dire plus.

Du scepticisme au relativisme

Même celui qui souscrit sans réserve au présupposé démocratique et reconnaît la nécessité du « vide » comme lieu de pouvoir parvient mal à se convaincre que la croyance humaine, la conscience pleine et entière d'adhérer à la Vérité puissent être marquées d'un signe négatif. Quelque chose en nous résiste à cette idée. Il ne s'agit pas forcément de nostalgie, ni de tentation totalitaire. Notre résistance

---

8. Hugues Poltier, « Une pensée de la liberté », *in* Claude Habib et Claude Mouchard (dir.), *La Démocratie à l'œuvre*, *op. cit.*, p. 48-49.

instinctive s'enracine bien plus profond ; elle se révèle plus
forte que les désillusions qu'on évoquait plus haut. Derrière
un éloge aussi radical du scepticisme, nous flairons un
danger d'une autre espèce. Derrière cette idée de croyance
faible, nous sentons quelque chose d'absurde. C'est cette
résistance intuitive qu'il faut tenter de comprendre.

Qu'est-ce qui ne fonctionne pas dans ce scepticisme
démocratique, assez généreux pour faire cohabiter pacifiquement toutes les croyances, marquées du même coup
d'un signe d'équivalence ? Sans doute le fait qu'il conduise
irrésistiblement à ce qu'on appelle le *relativisme*. Or c'est
peu de dire que le relativisme est dangereux. Évacuons
d'abord une question de pure logique, celle de son absurdité de principe. Si le relativisme devient « intégral », alors
il se heurte à l'obstacle de l'autoréférence. Autrement dit,
il conduit à *relativiser le relativisme lui-même*, qui n'est
après tout qu'une *croyance comme les autres*. Si j'affirme
que toute croyance est « faible » et que toute vérité est relative, alors cette affirmation elle-même peut être récusée
au nom de ses propres postulats. On voit bien la circularité
un peu loufoque de cette logique. Si l'on pense que toute
conviction est dangereuse parce que toute vérité n'est
qu'illusion, alors qu'en sera-t-il du discours qui énonce
cette pensée ?

Le philosophe Jean-François Mattéi décrit fort bien le
syllogisme dans lequel nous enferme le relativisme. « En
bonne logique, celui qui pose comme *absolue* la thèse de
la *relativité* des points de vue interculturels ou intracultu-
rels doit reconnaître la validité des thèses qui récusent *son
propre point de vue*, c'est-à-dire l'universalité de la thèse
relativiste. Pour le dire d'un mot, si la thèse du relativisme
est vraie, alors elle est fausse, puisque d'autres thèses, dont
elle reconnaît par principe la validité, en nient la pertinence [9]. » Voilà bien une aporie difficile.

Certes, on objectera que le scepticisme ouvert qui fonde le
paradigme démocratique ne peut être totalement confondu
avec le relativisme. Le sceptique, dira-t-on, n'est pas forcément indemne de toute croyance, mais il choisit simplement d'assumer son propre doute ; il refuse d'absolutiser

9. Jean-François Mattéi, *La Barbarie intérieure*, *op. cit.*, p. 242.

ses convictions et accepte de les soumettre au débat. L'objection n'est qu'à moitié convaincante. Dans les faits, le scepticisme contemporain se confond le plus souvent avec un pur relativisme, c'est-à-dire un déni de l'universel. Dans le meilleur des cas, il finit par y conduire. Voici une vingtaine d'années, dans son livre *L'Âme désarmée*, Alan Bloom critiquait déjà les tendances au pur relativisme qu'il dénotait chez ses étudiants, prêts à admettre que les valeurs de chacun – quelles qu'elles fussent – étaient également respectables.

Déni de l'universel ? Si toutes les croyances sont faibles ou équivalentes, si l'idée de vérité est un leurre, si le bien et le mal ne sont qu'affaire d'interprétation individuelle, alors l'universalité humaine n'a plus de sens. C'est l'attitude extrême qu'adopte aujourd'hui un théoricien utilitariste comme Richard Rorty. Cette position l'autorise à articuler certains points de vue extravagants, notamment lorsqu'il avance que « les sentiments d'horreur que nous inspire Auschwitz » sont seulement « le produit d'un conditionnement historique ». Il veut dire par là que, si le régime hitlérien avait triomphé, nous ne penserions sans doute pas de la même façon[10]. Imprudence, folie… La prétendue tolérance qu'invoquent les tenants du relativisme, ce respect de la diversité des cultures qu'ils affichent revient bel et bien à choisir, contre l'universel, un différencialisme hasardeux[11].

Ce dernier mot n'est pas choisi au hasard. Le relativisme intégral, en effet, fut revendiqué par les théoriciens français de la contre-révolution, et notamment par Joseph de Maistre, qui ironisait sur l'universalité de la Déclaration des droits de l'homme de 1789. Il n'avait jamais rencontré, disait-il, une telle créature, mais seulement des hommes particuliers. Dans les années 1960 et 1970, le même relativisme, passé cette fois à l'extrême gauche, servit à justifier des barbaries exotiques au prétexte qu'elles ne s'inscrivaient pas dans le même système de valeurs que nous. Cette thèse faussement

---

10. Le point de vue de Rorty est dénoncé par Raymond Boudon, *Le Juste et le Vrai*, Fayard, 1995.
11. J'ai consacré un chapitre à cette question dans *La Refondation du monde*, *op. cit.*

généreuse – qui fut l'apanage d'un certain tiers-mondisme –
correspond à une vision *naturaliste* d'autrui et des cultures
primitives que l'on enferme ainsi, pour de fausses bonnes
raisons, dans leur différence ou leur exotisme. Paul Valadier n'a pas tort de hausser le ton pour dénoncer la superficialité de ce déni de l'universel façon Rorty. En vidant de
leur contenu les débats métaphysiques, écrit-il, ce relativisme « a convaincu nos contemporains que ne vaut que
ce qui est expérimentalement et pratiquement justifiable.
Le reste relève de l'idéologie, ou de l'opinion privée, mais
n'a nulle pertinence dans le domaine public ». Il est le fait,
ajoute-t-il, de « sociétés crépusculaires plutôt qu'aurorales,
prêtes à tout accepter parce que, pour elles, toute vérité est
échangeable contre une autre, et donc n'a pas plus de
valeur qu'une autre » [12].

Or la pensée relativiste est aujourd'hui plus généralisée
qu'on ne l'imagine, notamment sur le territoire des
sciences humaines. Raymond Boudon parle à ce sujet du
« chœur des relativistes », dont les analyses ont alimenté
outre-Atlantique quelques délires du « politiquement correct ». À force de dire que les notions de vérité et d'objectivité sont dépassées, à force de tout ramener à une représentation particulariste, et donc contestable, on en vient à
détruire l'idée même de culture. Pour lui, le relativisme
culturel est d'autant plus redoutable aujourd'hui qu'il a
conquis un nouveau bastion, celui de la science.

Au fond, cette question du relativisme, ainsi que l'a montré Charles Taylor, rejoint celle de l'autonomie et du lien
traité au chapitre 4 de ce livre. Pourquoi ? Parce que le relativiste est convaincu que les sources du « moi », les fondements de sa croyance se situent à l'intérieur de chacun
d'entre nous et nulle part ailleurs. Or le *moi* est indissociable du *lien*, faute duquel il ne peut exister ; le lien, c'est-
à-dire un espace moral partagé, un horizon commun, une
croyance minimale rattachant chaque homme à tous les
autres. La croyance dessine un territoire commun. Théoricien du multiculturalisme, Taylor ne cesse d'affirmer que
le respect des différences et de « l'authenticité » n'est pas

---

12. Paul Valadier, « La fausse innocence du relativisme culturel »,
Études, juillet-août 1997, p. 48 et 53.

incompatible, bien au contraire, avec une adhésion réfléchie à l'universel [13].

Or qu'est-ce donc que l'universel sinon une croyance ? Et pourrait-on renoncer impunément à cette croyance-là ?

Le syndrome munichois

La mise en cause du relativisme au nom de l'universel n'épuise pourtant pas, loin s'en faut, la question de la croyance opposée au savoir. La force du scepticisme contemporain exige d'approfondir la réflexion. Rappelons d'abord d'un mot les lointaines origines du scepticisme philosophique. La plupart des grands sceptiques contemporains – de Nietzsche à Cioran – revendiquent l'héritage de Pyrrhon d'Élis, le grand sceptique grec du IIIe siècle avant notre ère. Pyrrhon n'a laissé aucun texte, mais sa pensée nous est connue grâce aux témoignages de ses disciples ou commentateurs, parmi lesquels Timon de Philunte, Diogène Laërce, Énésidème ou Aristoclès.

Solitaire et peu loquace, fuyant les honneurs et le pouvoir, Pyrrhon professait que « rien n'est beau ni honteux, juste ni injuste, et que de même dans tous les cas rien n'existe en vérité, et que les hommes font tout en suivant la convention et l'habitude [14] ». En sceptique intégral, il déclarait que les choses « sont également indifférentes, non évaluables, indécidables. Pour cette raison, il ne faut en rien leur faire confiance, mais il nous faut être sans opinion, sans inclination, inébranlables, en disant à propos de chaque chose en particulier pas plus qu'elle n'est ou qu'elle n'est pas, ou à la fois qu'elle est et qu'elle n'est pas, ou que ni elle est ni elle n'est pas [15] ».

La pensée de Pyrrhon, à travers Timon ou Énésidème, puis par le biais d'une académie sceptique installée à Athènes, exerça une influence durable – quoique limitée – sur ce

13. Charles Taylor, *Les Sources du moi. La formation de l'identité moderne*, Seuil, 1998.
14. Diogène Laërce, IX, 61-62.
15. Aristoclès, cité par Anthony Long et David Sedley, *Les Philosophies hellénistiques*, 1, *op. cit.*, p. 38-41.

qu'on pourrait appeler l'intelligentsia hellénistique. Les sceptiques – et notamment Timon – exercèrent leur ironie aux dépens d'Aristote, des philosophes socratiques, des stoïciens et même d'Épicure. Ils furent à la Grèce antique ce que sont les adeptes de la dérision goguenarde à nos sociétés modernes. Tout en récusant leur point de vue, un grand helléniste comme Cornélius Castoriadis reconnaît cependant – non sans humour – l'importance théorique du scepticisme inspiré par Pyrrhon. « Le scepticisme est une doctrine philosophique qu'il faut refuser parce qu'elle prive tout de sens, écrit-il, mais elle est légitime parce qu'elle est de la philosophie [16]. » En mettant au premier rang des devoirs le refus de toute croyance, Pyrrhon se situe exactement à l'opposé de saint Paul, pour qui la foi était *la* vertu primant sur toutes les autres. Cioran, fils d'un pope orthodoxe de Transylvanie, l'avait d'ailleurs compris ainsi qui assurait : « Je me sens plus en sûreté auprès de Pyrrhon que de saint Paul [17]. » Nietzsche, lui aussi, trouvera chez Pyrrhon – ou chez le polémiste Celse – des raisons supplémentaires d'ironiser sur ceux qui croient à une vérité comme à un roc ferme, alors même qu'elle appartient tout entière au discours qui l'institue.

Le scepticisme radical, à ce stade, débouche sur le nihilisme, ce dernier étant entendu à la fois comme une tradition philosophique très ancienne, une posture éthique et un point de vue littéraire. La question est aujourd'hui de savoir si l'on peut parler avec détachement du nihilisme, *comme si rien ne s'était passé* au XXe siècle. La réponse est évidemment non. Mis en face des tragédies de l'Histoire contemporaine, le scepticisme radical apparaît comme une affectation désinvolte et, à terme, irresponsable. « La nuit d'Auschwitz domine désormais toute méditation du nihilisme, au point que le nom même d'*Auschwitz* en constitue la butée ultime [18]. » Dans sa fameuse conférence de 1941 sur le nihilisme allemand, Leo Strauss insiste sur la volonté

---

16. Cornélius Castoriadis, *Sujet et Vérité dans le monde social-historique*, Seuil, 2002.
17. Cité par Bujor Nedelcovici, « La leçon de scepticisme de Cioran », *Esprit*, octobre 1990, p. 23.
18. Denise Souche-Dagues, *Nihilismes, op. cit.*, p. 3.

des très jeunes Allemands des années 1930 de rejeter comme « poussiéreuses » les *vieilles idées* et les vieilles croyances de leurs parents, afin de jouir d'une « liberté totale de mouvement[19] ». On ne peut tenir pour négligeables de telles mises en garde.

Le retour du mal évoqué au début de ce livre et les suites guerrières du 11 septembre 2001 invitent à poser en termes nouveaux la question du nihilisme. Nietzsche avait souligné lui-même, dans *Le Crépuscule des idoles*, que le besoin d'une loi forte et d'une croyance absolue – même folle ou assassine – pouvait constituer l'envers calamiteux du nihilisme. Les mouvements fondamentalistes et terroristes du nouveau siècle en sont une nouvelle illustration. Loin d'être les héritiers d'une tradition et d'une foi vivante, ils sont les produits d'une révolte qui *procède de la modernité elle-même*, et de son nihilisme. Les spécialistes de l'islam comme Olivier Roy ont montré que les fondamentalistes façon Oussama Ben Laden, parfaitement intégrés à la modernité, fondaient leur refus de celle-ci sur un islam décomposé, une tradition dévoyée.

À l'inverse, il est clair que le scepticisme/nihilisme contemporain n'a *strictement rien à opposer à ce retour du mal* et aux manichéismes les plus primitifs qu'il fait renaître en Occident. Le sceptique est subitement aphasique et démissionnaire face à un mal dont il conteste d'ailleurs l'existence. *Il est mécaniquement « munichois »*. La leçon à tirer des premières années du nouveau siècle est sans doute celle-ci. Le retour de la violence terroriste et des kamikazes place les sociétés modernes devant la faiblesse de leurs propres croyances. La lutte contre ce nouveau chaos passe nécessairement, chez nous, par un raffermissement des convictions communes, et donc, *ipso facto*, par une réévaluation symbolique du statut de la croyance. La technique et le militaire ne suffisent pas pour combattre des idées folles. Aux idées folles, il faut être capable d'opposer des idées qui ne le sont pas.

D'un point de vue géopolitique, s'est ainsi trouvée confirmée la puissance « stratégique » des convictions au regard de la faiblesse relative des *intérêts*. L'Occident démocra-

---

19. Leo Strauss, « Le nihilisme allemand », *op. cit.*

tique, gagné par le relativisme et le scepticisme – quand ce n'était pas le nihilisme – est apparu comme étrangement vulnérable – malgré sa puissance, son savoir et sa technique – face à des croyances à la fois déraisonnables et mobilisatrices. Autrement dit, le monde développé a découvert qu'il ne pouvait continuer à abriter son relativisme derrière ses arsenaux, ses armées et ses avions sans pilote. Cette évidence fut opportunément rappelée, après le 11 septembre 2001, par une spécialiste de géopolitique chercheuse associée au Centre d'études internationales (CERI) et membre de l'Institut international d'études stratégiques. « On avait tendance à oublier, écrit-elle, que les êtres humains continuent de se battre et de mourir pour des idées. Si cette vérité nous revient sous une forme aussi effroyable, c'est peut-être le signe que la lutte est à conduire de ce côté [celui des croyances], et non sur le seul terrain militaire ou policier[20]. »

Les croyances invisibles

Lorsqu'on évoque une réévaluation du statut symbolique de la croyance, il faut comprendre de quoi on parle. Le problème n'est pas seulement celui du scepticisme ou du nihilisme. Il touche à la nature même du distinguo entre croyance et savoir, ou encore, pour reprendre une formulation traditionnelle, le rapport entre foi et philosophie. L'esprit du temps se persuade un peu vite qu'une telle opposition va de soi, qu'elle est nette et sans équivoque. Il y aurait d'un côté l'univers des affects, de l'émotion réactive ou consolatrice, du mystère accepté (« Je crois parce que c'est absurde », etc.), autant d'attributs qui caractériseraient la croyance et, de l'autre, l'espace de la pure connaissance – scientifique ou pas –, de la rationalité instrumentale, de la netteté indiscutable d'un savoir garanti par l'expérimentation. Lorsqu'il oppose l'une à l'autre ces deux attitudes, l'homme de la modernité le fait en termes binaires qui sont l'équivalent théorique de ce qu'est le manichéisme sur le terrain de la morale.

20. Thérèse Delpuech, *Politique du chaos. L'autre face de la mondialisation*, Seuil, « La République des idées », 2002, p. 61.

La chasse aux sorcières

Pour qui s'intéresse aux rapports complexes entre savoir et croyance, superstitions et raison critique, l'épisode de la « chasse aux sorcières » du XVIᵉ siècle est passionnant à examiner. On constate que, non seulement ladite chasse a coïncidé avec la Renaissance mais que les esprits les plus cultivés et les plus rationnels de l'époque ne furent pas les derniers à encourager ces persécutions fondées, pourtant, sur des accusations imaginaires. Le grand historien britannique Hugh Trevor-Roper a consacré à cette période une étude qui fait autorité.

« Même en tenant compte de la simple multiplication des témoignages due à la découverte de l'imprimerie, une chose est certaine : l'épidémie de sorcellerie augmenta, et de façon terrible, après la Renaissance. En haut lieu, la crédulité augmentait, ses moyens d'expression devenaient plus terribles, elle faisait plus de victimes. Les années 1550-1650 furent pires que les années 1500-1550, et les années 1600-1650 pires encore. Et cette épidémie n'était aucunement séparable de la vie intellectuelle et spirituelle de ces années-là. Les papes cultivés de la Renaissance, les grands hommes de la Réforme protestante, les saints de la Contre-Réforme, les érudits, les juristes, les clercs, les contemporains de Scaliger et de Lipse, de Bacon et de Grotius, de Bérulle et de Pascal, tous contribuèrent à aggraver cette épidémie. Si ces deux siècles furent une époque de lumière, il nous faut bien admettre que, au moins en un sens, l'ère des ténèbres (le Moyen Âge) était plus civilisée. […]

En réalité, les choses ne sont pas aussi simples. La frontière entre croyance et savoir ne suit pas toujours le tracé que l'on imagine ; elle réserve des surprises à quiconque s'y intéresse d'un peu près. Comprenons d'abord que l'on qualifie volontiers de « savoir » ce qui relève de la croyance. Sans nous en rendre compte, nous nous laissons berner par cette confusion. Elle est inséparable des mécanismes de la croyance elle-même. Cette dernière, en effet, ne peut se vivre que comme un savoir. Si je crois qu'une chose est vraie, alors de manière très concrète je *sais* que c'est vrai et je ne vivrai pas cette certitude comme aléatoire. C'est la fameuse « mauvaise foi », que Sartre avait mise en évi-

à la Renaissance

Jean Bodin est l'Aristote, le Montesquieu du XVIᵉ siècle ; précurseur de l'histoire comparative, de la théorie politique, de la philosophie du droit, de la théorie quantitative de la monnaie et de beaucoup d'autres, c'est pourtant lui qui, en 1580, écrivit le livre qui, plus que tous les autres, ranima les bûchers de sorcières dans toute l'Europe. C'est une expérience atterrante que de feuilleter le livre de Bodin : *De la démonomanie des sorciers*, et de voir ce grand homme, maître à penser incontestable de la fin du XVIᵉ siècle, qui réclame la mort sur le gril, non seulement pour les sorcières, mais aussi pour tous ceux qui mettent en doute un seul détail grotesque de la mythologie nouvelle. Après une telle expérience, on ne saurait ramener les aveux des sorcières à de simples fruits de l'imagination du clergé, arrachés par la torture à des victimes réticentes. [...]

En vérité, plus un homme était savant selon les normes de l'érudition traditionnelle de l'époque, plus il avait de chance d'être en accord avec les spécialistes de la sorcellerie. Nous constatons souvent que les princes les plus prompts au massacre des sorcières étaient aussi les défenseurs les plus cultivés du savoir de leur temps. »

Hugh Trevor-Roper, *De la Réforme aux Lumières*,
trad. de l'anglais par Laurence Ratier,
Gallimard, 1996.

dence. On ne peut pas à la fois croire et savoir existentiellement que l'on croit, sinon la croyance se désavoue elle-même [21].

La modernité a sans doute oublié Sartre, mais elle est habitée par quantité de croyances qui sont là, pourrait-on dire, *incognito* et avancent masquées. Il nous arrive de *croire* à notre insu, alors même que nous sommes persuadés de *savoir*. Certaines vérités dites objectives dissimulent des postulats éminemment subjectifs.

21. Jean-Paul Sartre, *L'Être et le Néant*, Gallimard, « Tel », 1992, p. 106.

Ce travestissement peut même prendre un caractère idéologique. On identifiera instinctivement comme « croyance »
ce qu'on refuse d'admettre chez l'autre. On prendra en
revanche pour des certitudes indiscutables ses propres
croyances ou celles qui habitent l'air du temps. Les autres
ne font que croire, affirme chacun, alors que moi, je *sais*.
On n'est pas loin des *Précieuses ridicules*.

Les plus flagrants exemples de cette confusion, on les
trouve sur le terrain de l'économie ou de la monnaie. Les
économistes ne sont pas les derniers à mettre en évidence le
phénomène suivant : derrière la rhétorique pseudo-scienti-
fique de l'économie, de la théorie libérale, de la mathémati-
sation des « modèles », se cache la vérité centrale du système : il repose entièrement sur la confiance – pas toujours
rationnelle – des acteurs économiques, c'est-à-dire sur une
croyance. C'est en ce sens que le discours libéral est *bien
plus religieux qu'il ne le pense*. La croyance et la foi ne
sont pas toujours où on les imagine. « Les valeurs [moné-
taires] ne procèdent d'aucune source structurelle produc-
tive, objective ; elles ne suivent aucun fil vertical qui les
nourrit et qui les légitime ! Aussi, la sphère financière
obéit-elle à ses propres lois. La conséquence est claire : tout
le système repose sur la confiance dans les affichages
qu'on devine fragiles. L'ensemble capitaliste appelle une
croyance inébranlable [22]. »

On pourrait ainsi montrer en détail comment les marchés
financiers, abusivement désignés comme lieux de parfaite
rationalité, obéissent en fait aux influences conjuguées de
croyances, d'émotivités fantasques ou même de superstitions, qui ne sont pas très différentes des crédulités propres
aux religions archaïques. (On pense à l'influence avérée
de l'horoscope chinois sur les places boursières asiatiques.) Ces dimensions souvent irrationnelles de l'économie
moderne sont mises en avant, avec raison, par les observateurs critiques du nouvel esprit du capitalisme. La théorie
néolibérale se veut scientifique, comme se voulait jadis le
marxisme de stricte obédience. Un sociologue d'Amiens,
élève de Pierre Bourdieu, a consacré une étude fort éclai-

22. Michel Henochsberg (professeur d'économie à l'université Paris X),
« La crise de foi du capitalisme », *Libération*, 31 juillet 2002.

rante sur le rôle invisible joué par la « croyance », par le préjugé social ou biographique dans le discours des économistes. C'est au nom de ces croyances cachées que se sont construites par exemple dans les années 1980 bien des apologies du libre marché [23].

C'est ainsi qu'on croit s'en tenir au vérifiable, au mesurable, au scientifique, *alors qu'on succombe à des crédulités nouvelles que nous ne voulons pas désigner pour ce qu'elles sont.* On est persuadé de savoir, alors qu'on ne fait que croire. Cette adhésion n'est pas toujours aussi innocente et naïve qu'il y paraît. Il y entre une part de ruse, puisque les phénomènes de croyance comportent toujours une dimension autoréalisatrice. Si je veux qu'une chose advienne, alors il me faut d'abord croire que son avènement est possible. Si je parie sur la domination totale des affaires du monde par le marché, alors je dois commencer par y croire, et y faire croire. Si l'on veut reprendre le langage des théologiens, on dira qu'à ce stade l'idéologie économiste est plus proche de l'idolâtrie que de la connaissance scientifique.

Le même raisonnement pourrait d'ailleurs être fait au sujet de la science elle-même. *A priori*, nous estimons qu'à la différence de la croyance, une théorie scientifique donnée est solide, indépendante des préjugés, objective quant à ses propres tâtonnements. Or ce n'est pas vrai. La science elle-même est pénétrée de croyances, d'engouements futiles ou d'obstinations tyranniques ; elle est soumise à des critères de jugement et d'évaluation qui ne relèvent pas tous, loin de là, de l'expérimentation. La plupart du temps, faisait observer Konrad Lorenz en 1975, ce qui a commencé par être une théorie scientifique devient bien souvent, au bout d'une ou deux générations, une idéologie ou un dogme [24]. De la même façon, un auteur comme le philosophe autrichien Paul Feyerabend (1924-1994), très critique à l'endroit du dogmatisme scientiste, soulignait que les prétendus « faits » scientifiques n'étaient jamais indépendants des opinions,

23. Frédéric Lebaron, *La Croyance économique. Les économistes entre science et politique*, Seuil, « Liber », 2000, p. 174-175.

24. Konrad Lorenz, *Entretiens avec Éric Laurent*, France Culture-Stock, 1975, p. 73.

des croyances et des appartenances culturelles. Il se moquait de notre adhésion naïve – voire puérile – à la science[25]. Il s'insurgeait contre l'espèce de prime en recevabilité dont bénéficiait aujourd'hui la science, au détriment des autres modes de pensée.

Ces critiques n'ont rien perdu de leur actualité. Ajoutons qu'elles sont le fait de scientifiques inattaquables quant au sérieux de leurs travaux. C'est un mathématicien qui écrit par exemple : « Prétendre tracer des démarcations entre croyances et théories est hasardeux, surtout sans le recul du temps. Que nous trouvions aujourd'hui ridicules les Byzantins échafaudant des théories sur le sexe des anges ne signifie pas qu'ils étaient stupides, mais que leur vision du monde a perdu sa pertinence. De même, les critères actuels de validité d'une théorie – par l'exemple l'objectivité – apparaîtront peut-être un jour comme des croyances[26]. »

Cela signifie que les théories scientifiques, elles aussi, *sont toujours plus ou moins engluées dans les croyances de leur temps*. Il est d'autant plus difficile de s'en extraire, même pour un savant, que l'on a du mal à les identifier. « Les certitudes communes à tous les hommes d'une même société leur sont tellement intimes qu'aucun d'eux ne les perçoit. Invisibles, elles vont de soi comme un organe en bonne santé, jusqu'à ce que, éventuellement, le temps écoulé les mette à mal, les remplace par d'autres et donne le recul nécessaire pour les expliciter *a posteriori*[27]. » On en veut pour preuve la difficulté qu'eut toujours la science à passer d'un paradigme à un autre, de la physique aristotélicienne à celle de Galilée ou, aujourd'hui, les résistances qu'opposent certains scientifiques – plutôt scientistes à l'ancienne mode – devant les conséquences théoriques déroutantes de la mécanique quantique.

---

25. Les deux principaux ouvrages de Paul Feyerabend sont *Contre la méthode. Esquisse d'une théorie anarchiste de la connaissance*, Seuil, 1975, et *Adieu à la raison*, Seuil, « Science ouverte », 1989.

26. Didier Nordon, *L'Intellectuel et sa croyance*, L'Harmattan, 1990, p. 101.

27. *Ibid.*, p. 19.

Les vrais fondements de la tolérance

Relativiser le savoir et réhabiliter la croyance : un tel programme est à la fois séduisant et périlleux. Il faut s'y engager mais on ne peut le faire qu'avec d'infinies précautions. Il importe d'abord de se tenir à distance des deux égarements symétriques que sont le fanatisme d'un côté et le scientisme de l'autre. Ils se valent. Ils sont l'envers ténébreux du scepticisme. Plus grave encore : aujourd'hui ils se trouvent parfois réunis pour configurer une nouvelle forme d'intolérance. On veut parler de ces manifestations gnostiques qui réapparaissent sous de nouveaux déguisements : ceux de l'idéologie. Or l'idéologie sous sa forme moderne, c'est *la réunion funeste d'une certitude empruntée à la science et d'une foi d'essence religieuse*. Si la Gnose traditionnelle apparaissait comme une corruption de la croyance par un pseudo-savoir, l'idéologie contemporaine, à l'inverse, est une corruption du savoir par la croyance. La première menaçait la foi, la seconde met en danger la raison. « L'idéologie demande à la science de garantir son système en la faisant sortir du domaine où elle est certaine et par conséquent scientifique [28]. » Précipité délétère de connaissance et de conviction, l'idéologie demeure à ce titre l'ennemie principale.

Ces réserves étant exprimées, à quoi peut bien correspondre, en termes sociaux et politiques, une volonté de réhabiliter la croyance *contre* le relativisme en vogue ? On ne peut répondre à cette question sans s'interroger d'abord sur la vraie signification de quelques termes courants, comme tolérance, pluralisme ou laïcité démocratique. L'erreur la plus répandue, en effet, ne concerne pas le fameux lieu vide qui doit demeurer, en effet, la caractéristique du pouvoir démocratique. L'erreur consiste à parier sur l'affaiblissement des croyances en tablant sur ce déclin pour que soit mieux garantie la paix sociale et que soit mis fin à la « guerre des dieux » dont parle Max Weber. On compte sur le scepticisme généralisé, le relativisme, voire le nihilisme ambiant pour désamorcer en quelque sorte les conflits

---

28. Alain Besançon, *Trois Tentations dans l'Église*, *op. cit.*, p. 79.

incessants, interprétés comme des guerres de religion. Une
société qui ne croirait plus en rien de précis connaîtrait,
espère-t-on, une sorte de paix par défaut. Si nos convictions
deviennent faibles, alors nous serons mieux à même d'accepter celles d'autrui. En dernière analyse, disent certains
défenseurs de l'ultralibéralisme, mieux vaudrait *obéir à nos
intérêts plutôt qu'à nos croyances.*

On caricature à peine. Tel est bien le non-dit assez
répandu aujourd'hui et dont la *dérision* est un symptôme
visible. Cet affadissement « souhaitable » des convictions
est même ouvertement évoqué à l'occasion de certaines
affaires de censure. Pour ne prendre qu'un exemple, on a
pu repérer une dérive de cette sorte à l'occasion de l'affaire
Rushdie, auteur frappé comme on le sait d'une *fatwa* par
les intégristes musulmans qui accusaient son livre, *Les
Versets sataniques*, d'être blasphématoire. Certains défenseurs de l'écrivain argumentaient en assurant qu'une œuvre
de fiction était chose anodine et que l'idée même de blas-
phème témoignait d'une mentalité archaïque. À leurs
yeux, aucune croyance ne pouvait mériter tant d'honneur et
tant d'indignité. À l'opposé, d'autres avocats de Rushdie
assuraient que les opinions exprimées dans son livre
avaient une réelle importance – y compris blasphématoire –, mais qu'elles méritaient *à cause de cela* d'être
défendues.

On voit bien quel était le dilemme. Pouvait-on accepter
que, au nom de la tolérance, on tînt pour négligeables les
croyances elles-mêmes ? La réponse est non. Il faut rejeter
l'idée d'un « libéralisme totalement indifférent aux contenus des croyances et des convictions » puisqu'une telle
tolérance tomberait elle-même, en effet, « sous le coup de
la critique du scepticisme [29] ». Konrad Lorenz, sous une
forme différente, exprimait le même point de vue : « Le
fait que la capacité innée et généralement humaine de
s'enthousiasmer pour certaines valeurs soit extrêmement
dangereuse *ne signifie pas pour autant qu'elle ne soit pas
indispensable* [30]. »

29. Joël Roman, « La tolérance, entre indifférence et engagement »,
Esprit, août-septembre 1996, p. 96-97.
30. Konrad Lorenz, *L'Homme en péril, op. cit.*, p. 164.

Si le pluralisme démocratique doit être défendu, cette défense ne peut être confondue avec une généralisation du scepticisme et une folklorisation des croyances. Le vrai pluralisme exige au contraire une vigueur des croyances tempérée par un rigoureux principe de tolérance. L'une des plus belles expressions de ce principe fondateur, on la doit à l'un des premiers théoriciens de la tolérance, le protestant Pierre Bayle (1647-1706). Ce fils de pasteur ariégeois avait été converti à vingt et un ans au catholicisme par les jésuites de Toulouse, mais revint dix-huit mois plus tard au protestantisme. Persécuté, réfugié à Genève puis à Rotterdam, il incarne depuis trois siècles la dissidence magnifique et la liberté de penser. Ses œuvres essentielles ont été réunies et rééditées en 2002 sous un titre qui prend aujourd'hui une valeur programmatique : *Les Fondements philosophiques de la tolérance* [31].

Pierre Bayle était hostile au principe d'une foi commune obligatoire et très critique à l'égard de saint Augustin, à qui il reproche d'avoir fait alliance, au Ve siècle, avec le pouvoir temporel pour lutter contre les hérétiques (en l'occurrence les donatistes, réprimés en Afrique avec l'aide de Rome). Il prônait le pluralisme des croyances. Ses analyses préfigurent et annoncent en somme celle d'un Claude Lefort sur le pouvoir démocratique comme « lieu vide ». Bayle dénonce courageusement la prétendue nécessité d'une religion officielle, d'une *doxa*, qui serait seule en mesure d'assurer la cohésion d'une nation, conception dominante au XVIIe siècle en fonction du fameux aphorisme *cujus regis ejus religio* évoqué plus haut [32]. En revanche, Bayle ne dénonce jamais la croyance en tant que telle, ni n'accepte qu'elle soit « relativisée ». Au contraire, il défend l'idée selon laquelle *c'est la force des diverses croyances qui assure la solidité de leur cohabitation volontaire*. La métaphore – superbe – qu'il utilise est celle d'une voûte gothique dont la robustesse est justement assurée par la pression exercée sur les différents piliers qui la soutiennent. « Ce qui

---

31. Pierre Bayle, *Les Fondements philosophiques de la tolérance* (3 vol.), sous la direction d'Yves-Charles Zarka, Franck Lessay et John Rogers.
32. Voir chap. 2.

258 *Six chemins à tracer*

fait la solidité de la tolérance chez Bayle, c'est précisément la force des diverses convictions religieuses : c'est le fait qu'elles s'opposent entre elles qui forme la solide et unique voûte de l'obligation à la tolérance civile [33]. »

Bayle va d'ailleurs plus loin en distinguant avec soin la « raison » et le « cœur », la conscience savante et la conscience morale, c'est-à-dire, au bout du compte, la connaissance et l'engagement moral volontaire, ce dernier étant défini comme *l'adhésion à une cause imparfaite*. En cela, Bayle est à la fois l'héritier d'une réflexion très ancienne et un précurseur qu'on devrait relire.

La « conversion intérieure »

En effet, nous donnons parfois l'impression d'être littéralement frappés d'amnésie. Pourquoi ? Parce que la question des rapports entre savoir et croyance est, depuis plusieurs millénaires, *au cœur de l'histoire occidentale*. Elle a littéralement obsédé certaines époques – généralement des moments de rupture : fin de l'Empire romain, essor de la scolastique médiévale et redécouverte de la pensée grecque, Renaissance et « virage » amorcé par Descartes, émergence des Lumières au XVIIIᵉ siècle ou encore, au XXᵉ siècle, période de l'entre-deux-guerres. Cette récurrence séculaire d'une même question a permis que s'affine une réflexion, que se dessinent des équilibres subtils, que s'esquissent des modes d'harmonisation entre le croire et le savoir. Le débat, dirait-on de nos jours, n'avait jamais cessé à ce sujet. Or nos sociétés semblent littéralement avoir perdu la mémoire à ce sujet. Dans leur hâte arrogante, elles interrompent cette quête obstinée d'un équilibre à laquelle la pensée européenne s'était attachée de siècle en siècle. Il serait absurde de prétendre retracer ici – même de façon très sommaire – l'histoire de cette longue méditation. On peut seulement poser quelques jalons.

Les Grecs, qui inventèrent la raison et la philosophie (dans les cités ioniennes au Vᵉ siècle avant notre ère), n'opposaient

---

33. Olivier Abel, « La condition pluraliste de l'homme moderne. Relire Pierre Bayle », *Esprit*, août-septembre 1996, p. 112-113.

pas celles-ci à la « croyance », bien au contraire. D'abord, ils croyaient à leurs propres mythes, mais surtout, ils jugeaient que l'accès à la vérité – c'est-à-dire au savoir – nécessitait une *conversion préalable d'ordre spirituel et éthique*. « Dans la spiritualité antique, c'est à partir d'une transformation de son être que le sujet peut prétendre à la vérité [34]. » Omniprésent chez Platon, ce thème de la conversion, du retour sur soi et du refus des trompeuses apparences afin d'être en mesure d'accéder à la vérité est désigné par le concept d'*epistrophê*. Le mot évoque l'éveil de la conscience, notamment par le truchement de la réminiscence (*anamnèsis*). Dans la tradition chrétienne, cette conversion intérieure – plus radicale encore puisqu'il s'agit cette fois d'une « nouvelle naissance » – sera appelé *metanoia*. Dans les deux modèles, la « croyance » est considérée comme la *condition de la connaissance*.

Les Romains évoquaient pour leur part deux concepts complémentaires, deux voies vers la connaissance et la vérité : l'*auctoritas* (l'autorité de la tradition) et la *ratio* (l'équivalent du *logos* grec). Saint Augustin reprendra cette distinction tout en marquant ses distances envers le joug de la tradition. Il juge que, si la croyance en la tradition met en mouvement la pensée rationnelle, celle-ci, dans un deuxième temps, peut (et doit) s'en libérer. Augustin se considérait lui-même comme le continuateur de la philosophie platonicienne qui l'avait inspiré dans sa jeunesse. Pour lui, « philosophie et christianisme ne représentaient pas des choix s'excluant l'un l'autre, mais bien une unité. L'absence du Christ dans les ouvrages platoniciens constituait certes une différence essentielle, mais, pour Augustin comme pour toute l'Église, le platonisme n'en restait pas moins le fondement philosophique de la compréhension et de l'explication de la foi ».

C'est aussi ce que rappelait Louis Dumont lorsqu'il écrivait : « Telle a bien été la prétention apparemment extravagante d'Augustin : philosopher à partir de la foi, placer la foi – l'expérience de Dieu – au fondement de la pensée rationnelle [35]. » On notera que, très paradoxalement, un

34. Frédéric Gros, « Situation du cours », *in* Michel Foucault, *L'Herméneutique du sujet*, *op. cit.*, p. 504.

35. Louis Dumont, *Essais sur l'individualisme*, Seuil, 1983.

polémiste antichrétien comme Celse reprochait aux premiers chrétiens non point de *croire*, mais au contraire d'être irreligieux. « Ils ne peuvent souffrir la vue des temples, des autels, ni des statues, écrivait-il. Ils ont cela de commun avec les Scythes, les nomades de la Libye, les Sères, qui n'ont pas de dieux, et les autres nations les plus impies et les plus sauvages [36]. »

Cette volonté augustinienne, puis thomiste, de conjuguer la raison et la foi ne va pas sans péril. Elle peut déboucher sur différentes formes de dogmatismes. Le premier consiste à enrôler de façon trop exclusive la vérité au service de la foi pour accoucher d'une « religion » au sens contraignant du terme. C'est ce péril et cette possible intolérance que mirent en évidence, au sein de la chrétienté, les tenants de ce qu'on appelle la « théologie négative » – dostoïevskienne avant la lettre – dont le protestant Karl Barth fut l'héritier moderne. Ladite théologie trouve sa source dans les réflexions d'un humaniste du XVe siècle, Nicolas de Cuse, qui fut cardinal légat à Constantinople. Pour lui, faire de Dieu une déduction de notre raison, c'est succomber à l'idolâtrie. C'est en réaction contre cette tentation que Cuse élaborera le concept de *Docta ignorantia* (docte ignorance), concept « modeste » dont il fait la source d'une tolérance ouverte aux autres croyances. Pour cette raison, Cuse est sûrement le penseur chrétien le plus cité (positivement) par les bouddhistes.

Le danger symétrique, c'est au contraire une mise à distance excessive de la connaissance au profit d'une foi simple, populaire et, pourrait-on dire, sentimentale (celle du charbonnier…). C'est dans cet esprit qu'Origène (185-254), polémiquant avec les savants grecs et païens de son temps, reprochait à ces derniers leur arrogance vis-à-vis des petits ou des « ignorants ». Pour Origène, on reconnaît le véritable apôtre de Jésus à ce qu'il « ne méprise pas les simples [37] ».

Son contemporain Tertullien (160-222) fut l'ardent défenseur d'une approche comparable. « Il faut chercher Dieu en

---

36. Celse, *Contre les chrétiens*, Phébus, 1999, p. 135 et 140.
37. Je puise ici – modestement – dans le travail monumental du cardinal Henri de Lubac, *Histoire et Esprit. L'intelligence de l'écriture d'après Origène* (1950), in *Œuvres complètes*, XVI, Cerf, 2002, p. 84.

toute simplicité de cœur, assurait-il. Tant pis pour ceux qui ont mis au jour un christianisme stoïcien, platonicien, dialecticien ; nous, nous n'avons pas besoin de curiosité après le Christ, ni de recherches après l'Évangile [38]. » C'est à Tertullien que l'on doit le fameux aphorisme, si souvent cité comme prétendue « preuve » de l'obscurantisme chrétien : *Credo quia absurdum* (Je crois parce que c'est absurde). En réalité, cette affirmation a été mal comprise. Même s'il se défie de la raison, Tertullien n'en refuse pas totalement le secours. « Il ne pratique pas le sacrifice de l'intelligence humaine, mais *il circonscrit celle-ci à ses propres possibilités*, dès lors qu'elle se confronte à un acte et une donnée spécifiques, en l'occurrence la foi et sa loi propre [39]. »

De la scolastique médiévale à Descartes

Dans cette articulation difficile entre croyance et savoir, sans cesse contestée et amendée, on peut repérer deux grands tournants dont il faut dire un mot : celui de la scolastique médiévale et celui du cartésianisme.

Au XIIIᵉ siècle, avec la création des universités, la théologie médiévale devient plus savante, plus spéculative. Elle redécouvre et propage les œuvres de l'Antiquité, se pique de science et de philosophie. La grande ambition de l'époque est d'unir la philosophie grecque (la connaissance) et la théologie chrétienne (la croyance). L'humanisme moderne, on ne le dit jamais assez, trouvera dans cette union plus ou moins achevée l'essentiel de son inspiration. C'est durant cette période que l'Église joue un rôle capital dans la naissance du système éducatif en Europe. Loin de combattre la connaissance, elle s'en fait l'avocate agissante. Contrairement à ce qu'avancent ceux qui parlent du Moyen Âge comme d'une époque obscurantiste, « la pratique intellectuelle du libre examen est un des acquis de l'Université médiévale, que le protestantisme et l'humanisme n'ont fait que reprendre à leur compte et généraliser au-delà même

---

38. Tertullien, *Praes.* 7, 10-11, cité par Philippe Capelle, « Philosopher et croire. Le témoignage des Pères », *Études*, octobre 1995, p. 373.
39. *Ibid.*

du système éducatif [40] ». Pour l'Université de la chrétienté
médiévale, les œuvres classiques de la philosophie grecque
sont considérées comme des références quasi scientifiques.
Le même auteur ajoute que la visée encyclopédique elle-
même, qui triomphera à l'époque des Lumières, sera une
conséquence directe de la scolastique chrétienne.

On est loin d'une opposition caricaturale entre croyance
et savoir.

La seconde étape intervient avec Descartes. Continuateur
de saint Augustin pour ce qui concerne l'intériorité fondatrice du « moi » (« je pense donc je suis »), Descartes va
libérer, si l'on peut dire, la connaissance de la foi originelle
qui la garantissait. Dans un premier mouvement, il reconnaît ce que l'accès à la vérité doit à la théologie, et plus
précisément à la « dogmatique ecclésiale de la foi chrétienne », qui a contribué à « la consolidation de la vérité
comme *rectitudo* ». Dans sa quatrième *Méditation*, il continue même d'associer l'erreur au péché. Mais il considère
néanmoins la distinction claire du bien et du vrai comme
une liberté souveraine. Il amorce une sécularisation de la
connaissance, qui sera le propre de la modernité. Il affirme
que l'essence de la liberté « implique le passage de la certitude de la foi à celle du savoir se sachant lui-même ».
Commentant au XXe siècle ce virage cartésien, Heidegger
parlera même de « dé-théologisation [41] ».

Ce virage n'est pas une rupture. La précision est d'importance. Elle permet de comprendre pourquoi la philosophie des Lumières, apothéose de la connaissance, sera plus
une laïcisation de la tradition théologique qu'un rejet de
celle-ci. L'anticléricalisme de la fin du XVIIIe siècle – ainsi
que Tocqueville le montrera – s'explique par le fait que
l'Église, liée au pouvoir monarchique, sera perçue comme
défendant trop exclusivement la tradition et la foi *contre* la
raison. Ce n'est pas la croyance à proprement parler qui fait
horreur aux encyclopédistes ou aux révolutionnaires (la
plupart d'entre eux sont d'ailleurs déistes), c'est l'instru-

---

40. Mark Sherringham, « Christianisme et éducation », *Commentaire*,
n° 96, hiver 2001-2002, p. 837.
41. Je reprends ici Didier Franck, *Nietzsche et l'Ombre de Dieu, op. cit.*,
p. 27, 29, 31.

mentalisation de celle-ci par l'Église au profit du trône, pour parler comme aujourd'hui.

C'est surtout au XIXᵉ siècle que va se creuser véritablement le fossé – présenté comme infranchissable – séparant le savoir de la croyance. Des deux côtés, les démarches semblent alors se durcir, les références se faire exclusives. La connaissance scientifique sacrifie davantage au réductionnisme scientiste, tandis que la croyance, retranchée dans les citadelles cléricales ou les délires du spiritisme, désigne la raison expérimentale et les « idées modernes » comme autant d'ennemies. Peu d'époques auront été marquées par un antagonisme aussi tranché, aussi querelleur, et si simpliste que Flaubert, Balzac et quelques autres s'en moqueront[42]. Cette hostilité batailleuse fera du XIXᵉ siècle un étrange mélange de scientisme arrogant, de cléricalisme régressif et de divagations paranormales. Là prendront leur source des refus symétriques et des mépris réciproques qui traverseront tout le XXᵉ siècle, jusqu'à aujourd'hui. L'idée s'imposera selon laquelle le *savoir* est nécessairement séparé de la *croyance* par une incompatibilité de principe et que la modernité correspond au choix délibéré du premier *contre* la seconde.

Pour prendre un seul exemple, Martin Heidegger sera l'un de ceux qui décréteront avec le plus de vigueur cette incompatibilité. Dans sa conférence de 1927 intitulée *Phénoménologie et Théologie*, puis dans son cours de 1935, *Introduction à la métaphysique*, il annonce en quelque sorte que les ponts sont désormais coupés entre la foi confortable et le questionnement philosophique plus risqué. La croyance pose la vérité comme « déjà là », tandis que la philosophie systématise le doute. Pour Heidegger, « la foi n'a pas besoin de la philosophie pour dévoiler son objet propre, et la philosophie n'a pas besoin de la foi pour aller à la question de l'être[43] ». En cela, il va plus loin que Max Weber, qu'on cite souvent de travers. Ce dernier évoquait, certes, le « désenchantement du monde » (c'est-à-dire l'épuisement inexorable des croyances), mais laissait une

---

42. J'ai évoqué cette période dans *La Refondation du monde*, *op. cit.*

43. Philippe Capelle, « Philosopher et croire. Le témoignage des Pères », *op. cit.*, p. 366.

place – centrale – à ce qu'il appelait le « charisme », autre
façon de réintroduire la croyance dans son analyse.

Un surgissement auroral ?

Aujourd'hui, bien sûr, rôde la menace d'une crispation
comparable. Il y a du XIXe siècle dans l'air... Crédulité obscure d'un côté, arrogance de « la rationalité instrumentale »
de l'autre. Nous courrons à nouveau le risque de jouer le
scénario noir qui voit se conjuguer « le dogmatisme scientiste et manipulateur [hérité] des Lumières et l'irrationalité
passionnée [héritée] du romantisme. Chaque tendance ren-
forçant l'autre dans ce qu'elle a de pire [44] ». Mais ce n'est
sans doute pas l'hypothèse la plus probable. Une fois encore,
les craintes de l'*achèvement* crépusculaire ne doivent pas
oblitérer les promesses du *surgissement* auroral.

On s'épuiserait à dresser la liste des penseurs, des
œuvres, des écoles qui s'emploient, depuis près d'un siècle,
à combattre ce divorce belliqueux entre savoir et croyance,
à redéfinir, entre l'un et l'autre, cet équilibre assumé, cette
tension créatrice qui définissent au fond notre culture, on
allait dire notre civilisation. De Franz Rosenzweig à Leo
Strauss ou Isaiah Berlin, d'Emmanuel Lévinas à Maurice
Blondel ou Fernand Dumont, de Sören Kierkegaard à Ludwig Wittgenstein, sans compter d'innombrables scientifiques
comme Max Planck, Albert Einstein, Werner Heisenberg et
tant d'autres, tous inscrivent leur réflexion dans le refus
d'une telle opposition à la fois réductrice et stérilisante ;
tous mettent en évidence – chacun avec sa problématique
particulière – *l'évidente complémentarité de la foi et de la
raison*.

Leo Strauss, qui fit une thèse sur Spinoza dans les années
1920, fut peut-être celui qui exprima avec le plus de vigueur
l'idée selon laquelle le conflit entre savoir et croyance
n'était pas une « affaire classée », comme le prétendaient
les positivistes, et qu'il devait être au contraire perpétué et
sauvegardé. Strauss articulait de cette façon sa critique de

---

44. Gil Delannoi, préface à la traduction française du livre de Isaiah
Berlin, *Le Sens des réalités*, Éditions des Syrtes, janvier 2003.

la modernité. Mais le cas le plus intéressant est sans doute celui de Ludwig Wittgenstein (1889-1951). Descendant par son père d'une famille juive convertie au protestantisme, de mère catholique et lui-même baptisé, Wittgenstein laissera, outre son œuvre, le souvenir d'un personnage assez fascinant, épris de solitude méditative (il passera plusieurs hivers dans une cabane en Norvège ou dans une ferme du Connemara irlandais), amoureux des oiseaux marins et auteur d'*Investigations philosophiques* ou d'un *Tractatus* dont la tonalité n'a pas d'équivalent dans l'histoire des idées. Grand lecteur de saint Augustin, Kierkegaard, Dostoïevski ou Tolstoï – mais résolument agnostique –, il fut un grand dynamiteur de l'arrogance rationaliste.

À ses yeux, la conviction et le savoir ne sont pas si différents l'un de l'autre, autrement dit les « états d'âme » qui leur correspondent peuvent être étrangement identiques. « Penser qu'aux mots "croire" et "savoir" doivent forcément correspondre des états différents, écrivait-il, serait équivalent à croire qu'au mot "Ludwig" et au mot "moi" doivent forcément correspondre des hommes différents parce que les concepts sont différents. [...] Pour douter, ajoutait-il, ne faut-il pas des raisons qui fondent le doute [45] », ou encore : « Le jeu du doute lui-même présuppose la certitude [46]. »

Dans un tout autre registre, l'œuvre de Franz Rosenzweig – dont Emmanuel Levinas fut le premier à souligner l'importance – participe d'une même contestation de l'autonomie « primordiale » de la rationalité. Dans *L'Étoile de la Rédemption*, œuvre inclassable, née de l'épouvante de la Grande Guerre de 1914-1918 que Rosenzweig vécut dans sa chair, on trouve des développements saisissants qui mettent en question les prétentions totalisantes du savoir rationaliste et de la philosophie. Horreur initiatique de la boucherie et des tranchées immondes où l'homme se terre comme un ver et où vacille la raison… « Face à toute cette misère, écrit Rosenzweig, la philosophie sourit de son sourire vide et, de son index tendu, elle renvoie la créature,

45. Ludwig Wittgenstein, *De la certitude*, Gallimard, « Tel », 1995, aphorisme 42.
46. *Ibid.*, p. 53-54.

dont les membres sont chancelants d'angoisse pour son ici-
bas, vers un au-delà dont elle ne veut absolument rien
savoir[47]. » Ce que reproche Rosenzweig à la philosophie
– qu'il oppose à la Révélation et à la Rédemption –, ce
n'est évidemment pas sa quête de la vérité, d'un « savoir »
réflexif sur le monde, c'est de n'avoir pas supporté – par
orgueil – qu'une « porte lui fût fermée » et que les mystères
de la Révélation lui demeurassent inatteignables.

Levinas reprendra le même constat, mais sous une forme
positive, en se réjouissant de ce qu'il appelle « l'échec » de
la philosophie ; un échec heureux. « Mieux vaut, assure-t-il,
que la philosophie ne réussisse pas à totaliser le sens – bien
que, comme ontologie, c'est justement ce qu'elle a essayé
de faire –, car cela la garde ouverte à l'irréductible altérité
de la transmission[48]. » À ses yeux, la grandeur véritable de
la quête philosophique – ce qu'il appelle sa « vitalité » –
consiste à s'ancrer à la rationalité pour mieux circonscrire
les domaines qui échappent à cette dernière : ceux de la foi,
de la poésie, de l'imaginaire, de l'amour.

Il faut nous convaincre aujourd'hui que la croyance n'est
pas une survivance résiduelle de la pensée magique, mais
qu'elle est au contraire, au même titre que la raison ou le
langage, constitutive du principe d'humanité. Peut-être
même est-elle, si l'on en croit certains neurophysiciens, *une
dimension de l'intelligence humaine*. C'est ce qu'à sa façon
voulait dire Kierkegaard, lorsqu'il assurait que le contraire
du péché n'était sûrement pas la vertu, comme le croient
les moralisateurs et les cléricaux, mais la foi[49].

Quelle foi ? Quelle croyance ? Telle est la question ultime
sur laquelle achoppe la restauration d'un rapport « dialo-
gique » entre conviction et savoir. À la modestie minimale
qu'on doit demander au savoir, doit correspondre, en effet,
une *transmutation de la conviction elle-même*. Qu'elle soit

---

47. Franz Rosenzweig, *L'Étoile de la Rédemption*, traduit de l'allemand par Alexandre Derczanski et Jean-Louis Schlegel, Seuil, 1982,
p. 11-13.
48. Emmanuel Levinas, « De la phénoménologie à l'éthique », entretien accordé en 1981, à Paris, à Richard Kearney, professeur de philosophie à l'université de Dublin et au Boston College, *Esprit*, juillet 1997,
p. 130.
49. Sören Kierkegaard, *Traité du désespoir*, Gallimard, 1967.

religieuse ou politique, la croyance ne peut plus être impériale, péremptoire et oppressive, comme elle le fut au temps des tyrannies. L'oppression survient toujours lorsque la croyance n'écoute plus ce qui la dérange, lorsqu'elle se dérobe au doute qui la travaille. Il nous incombe de repenser le statut de l'engagement comme celui de la foi. Toute vraie conviction ne peut être désormais qu'un *choix imparfait* – et volontariste – qui « embarque » héroïquement le doute dans ses bagages. Et cet aiguillon du doute, elle ne doit pas cesser de le regarder en face, de l'affronter et – peut-être même – de le chérir. La foi au prix du doute, le doute tempéré par la foi, c'est ce qu'on pourrait appeler une croyance « diasporique », qui ne jouit plus de la sécurité d'un Temple pour l'abriter, mais qui est *en chemin*.

L'homme contemporain doit réapprendre à être dissident de la raison au nom de la foi et dissident de la foi au nom de la raison [50]. Entre foi et doute, entre conviction et scepticisme, entre adhésion et critique se perpétuera ainsi la troublante dialectique qui définit sans doute ce qu'on appelle une civilisation.

---

50. J'emprunte cette image à Bruno Étienne, *Une voie pour l'Occident : la franc-maçonnerie à venir*, Éditions Dervy, 2001, p. 237.

Troisième partie

SORTIR DU DEUIL

Pourquoi ce mot « deuil » ? De quel deuil devons-nous sortir ? À ce stade, il suffirait de réunir dans une seule main, en les nouant ensemble, les tracés des six chemins qu'on a tenté d'ouvrir pour répondre à cette interrogation. De la *limite* refusée au *lien* rompu ; de la *transparence* au surcroît d'*innocence* ; de l'*esprit* humilié à la *croyance* en berne : une même impression semble rebondir d'un thème à l'autre. Six fois ! Cette impression évoque une obscure idée de renoncement, de reddition, d'abandon – résigné ou joyeux – à l'ordre des choses. Le deuil dont nous parlons, c'est celui du projet commun, du dessein mis en œuvre, de l'avenir choisi. Comme « l'Ange de l'Histoire » évoqué par Walter Benjamin à propos d'un tableau de Paul Klee[1], nous regardons derrière nous avec un tel effroi, nous ruminons l'histoire sanglante du dernier siècle avec une telle stupeur que nous préférons nous détourner du futur et renoncer aux sacrifices qu'exigerait sa « construction ». Toute entreprise prométhéenne visant à transformer le monde n'a-t-elle pas engendré la catastrophe ? N'est-elle pas forcément vaine ?

Habiter le présent, jouir innocemment de l'instant, s'abstenir dorénavant du détour aléatoire qu'impliquerait tout engagement – détour passant forcément par la limite, l'intériorité, la croyance : tel paraît être notre nouvel état. Nous choisissons de nous abandonner à ce qui *est*, plutôt que de nous astreindre au détour vers ce qui *sera*. On parle de « détour », mais il faut être plus précis : qu'il s'agisse de la limite opposée à la transgression, de l'intériorité préférée à

---

1. Peint en 1920, le tableau s'appelle *Angelus Novus*, musée de Jérusalem.

la transparence, de l'esprit tempérant les pulsions du corps, chaque fois un choix s'exprimait, qui *n'était intelligible que par rapport au temps de l'Histoire*. Informées par le passé, nos sociétés choisissaient de parier au moins partiellement sur l'avenir. Elles avançaient enrichies par l'expérience et mues par une volonté de changement. Il s'agissait d'« économiser » une part de présent au bénéfice d'un lendemain positivement imaginé, et délibérément préparé : maintenir une cohésion sociale, conjurer une violence rémanente, transmettre une culture, construire une humanité plus civile, maintenir un principe généalogique, etc. Le tout avec le dessein de rendre le monde plus habitable. Ainsi compris, le processus s'apparentait bel et bien à ce que les économistes appellent un détour productif : épargne-investissements-amélioration. C'est à ce détour que nous nous dérobons désormais. Ses résultats, jugeons-nous, sont trop aléatoires – et virtuellement désastreux – pour valoir le sacrifice d'une seule parcelle de présent.

Le deuil en question est celui d'une temporalité historique qui régissait des sociétés habitées par une *mémoire* et mobilisées par un *projet*. L'homme de la modernité serait-il devenu sans passé et sans avenir ? Il paraît en tout cas comme déployé dans le seul présent, voué à l'immédiateté du plaisir ou de la peine, livré aux urgences de l'instant. On dirait que *le temps s'est écroulé sur lui-même*, qu'il n'a plus ni profondeur ni étirement. Avec ses technologies et ses marchandises, le temps nous emporte aujourd'hui dans une cavalcade immobile, un tourbillon circulaire, un recommencement quotidien. Le temps n'est plus celui de l'Histoire mais du chronomètre. Il nous étourdit, il nous réjouit parfois, certes, mais il file toujours entre nos doigts, au point que sa brièveté nous angoisse ; il s'éparpille en mille fragments et *on dirait qu'il ne va plus nulle part*. Nous sommes réfugiés dans ce que les Grecs appelaient l'« épiphanie de l'éternel présent ». Dans ce lieu particulier, l'urgence des règles, des croyances partagées et des disciplines consenties se relâche. La *prévoyance* y fait naturellement figure de mystification [2].

---

2. J'ai consacré un chapitre au « futur évanoui » dans *La Refondation du monde*, *op. cit.*

Ce ne sont pas là des considérations abstraites. Songeons un peu à ce qui se dit et s'écrit depuis une quinzaine d'années. Il n'est question que d'effacement de l'avenir, de progrès en crise, de sacre du présent, de bonheur immédiat, de jour-le-jour, d'après-nous-le-déluge, de tout-tout-de-suite, de la fin de toute téléologie, etc. Ni le futur ni les « utopies », dit-on encore, ne nous reprendront plus jamais à leurs sortilèges. Nous voulons nous consacrer à cette saveur éphémère de l'instant, à cette joie modeste du quotidien que s'interdisaient, jadis, des sociétés tenaillées par la crainte et paralysées par l'interdit. Changer le monde ? Sûrement pas. Nous préférons réinventer un inespoir heureux, un stoïcisme ludique, une forme de paix, enfin. Épanouissement de soi-même, sagesse épicurienne, yoga et diététique, petits bonheurs célébrés, vie à petits pas, gorgées de bière savourées. L'époque, aux prises avec ses courses, ses hâtes et ses compétitions, promet de s'offrir en compensation des plaisirs minuscules. Une chose est sûre : nous n'avons plus de temps, si l'on peut dire, à consacrer à un « temps » qui dépasserait les limites de ce « nu-présent [3] ».

Derrière cet empressement pour une immédiateté, qui elle au moins, croyons-nous, « ne mentira pas », se devine un deuil, en effet : celui de l'avenir. Ou plus exactement du *choix possible de l'avenir*. Nous y avons assez largement renoncé. Sans vraiment nous l'avouer nous préférons, prudemment, « gérer » ou « réguler » le présent plutôt que d'édifier le futur. La vogue récente de ces deux verbes empruntés au vocabulaire de l'économie est en elle-même révélatrice. La volonté humaine nous inquiète, tandis que les « mécanismes » ou les « processus » nous apaisent. Ils ont ceci de rassurant qu'ils sont impersonnels et sans sujet. Ils nous délivrent de l'impéritie humaine. Le marché en est un exemple, processus auquel nous confions le pilotage automatique de nos destins. Ce dernier mot – destin – qui connaît lui aussi une fortune nouvelle est symptôme du même deuil. L'amour du destin est peut-être une sagesse individuelle, il est surtout un abandon de poste. Il nous convainc de déserter paisiblement l'Histoire.

3. J'emprunte cette expression à Françoise Le Corre, « Le nu-présent », *Études*, avril 2003, p. 483.

Peut-on s'y résoudre ? Sérieusement ? Bien sûr que non. Déserter l'Histoire, ce n'est pas seulement confier celle-ci à des mécanismes « sans sujet », c'est la livrer étourdiment à ce que le *Livre des psaumes* et la tradition juive appellent « l'Assemblée des méchants » ; c'est prendre son parti des dominations et de la puissance. Qui pourrait – durablement – accepter cela ?

Il est peut-être temps de sortir du deuil.

CHAPITRE 9

Retour de Nietzsche, acte IV…

> « Ce qui fait la force de Nietzsche,
> c'est d'affirmer des choses qui sont
> immédiatement réfutables, mais uni-
> quement par lui-même. »
>
> Pierre Klossowski[1]

Quiconque pose la question du *deuil de l'avenir* ne peut échapper à Nietzsche. Les références à ce dernier, on l'a vu, ont été nombreuses dans les chapitres qui précèdent. Ce n'est pas par hasard. En ce début de millénaire, l'œuvre du « philosophe au marteau » hante à nouveau l'époque. Livres publiés, dossiers rassemblés, enseignements dispensés, polémiques convenues, références omniprésentes jusque dans la grande presse : Nietzsche « revient », affirme-t-on partout. Le balancier s'est déplacé pour aller de Marx vers Nietzsche, deux contemporains antinomiques que séparaient deux perceptions antinomiques de l'Histoire. Cela signifie que quelque chose, dans l'œuvre immense de Nietzsche, *consone* avec ces temps d'achèvement et de surgissement entre lesquels nous tâtonnons désormais. Quelque chose mais quoi, au juste ? De quel besoin, de quelle quête ce retour à Nietzsche est-il le symptôme ? On songe immédiatement à l'épuisement de l'optimisme des Lumières, au retour insidieux des « hiérarchies » sur les ruines de l'égalité, à la valorisation des passions du corps, à la conversion au bonheur immédiat, au déni de l'universel, à la crise démocratique, au rejet du religieux : autant d'inclinations qui peuvent s'analyser comme une spectaculaire « revanche » et une actualité de Nietzsche. L'énumération est-elle suffisante ? Probablement pas.

---

1. *Nietzsche et le Cercle vicieux*, Mercure de France, 1991.

Il serait absurde de prétendre parler ici, doctement, de l'œuvre. Elle est assez monumentale pour mériter une vie entière de travail. On voudrait plus modestement réfléchir au « symptôme Nietzsche » et à ce qu'il révèle (ou dissimule) aujourd'hui, notamment dans un contexte français. L'imprécation nietzchéenne, proliférante et contradictoire, se prête en effet à des lectures infiniment diverses. Sa richesse même et les obscurités qui s'y cachent sous la limpidité de la langue expliquent qu'elle ait pu être sollicitée, interprétée, voire instrumentalisée de mille façons, y compris les pires, comme celle – infâme – qui fut celle des hitlériens. Il est clair, il est inévitable que Nietzsche soit toujours trahi ou *interprété*. En revanche, chacune de ces interprétations révèle en creux un certain état de la pensée, une requête collective particulière, un besoin identifiable. Elle caractérise une époque. Elle est toujours *symptomatique*.

Prêter attention au symptôme, c'est d'ailleurs être très exactement fidèle aux concepts de généalogie et au perspectivisme que Nietzsche lui-même ne cessa de mettre en avant. Cela vaut mieux que de renouer avec les querelles un peu théâtrales entre nietzschéens et antinietzschéens, querelles dont l'auteur du *Zarathoustra* s'était moqué par avance en rejetant l'idée qu'on pût être son disciple ou son partisan combatif. N'assurait-il pas qu'un vrai lecteur de ses livres devait être « actif » à l'égard du texte, y compris jusqu'à la « résistance ironique » ? Penser avec Nietzsche, c'est aussi – et peut-être surtout – penser *contre* lui. Pour cette raison, l'émergence d'une nouvelle orthodoxie nietzschéenne, celle des gardiens du temple, prête à sourire.

C'est pourtant bien ce qui arrive. On voit s'affirmer ici et là un nouveau « politiquement correct » nietzschéen, avec tendances et chapelles, excommunications et allusions codées, guérillas universitaires et érudition sourcilleuse, le tout constituant une manière d'Église avec laquelle Nietzsche lui-même eût sans doute été cruel. Certaines obédiences du nietzschéisme contemporain font immanquablement penser aux chapelles léninistes des années 1960 ou encore aux tendances – toujours péremptoires – entre lesquelles se répartissaient les « kremlinologues » du passé. Le répertoire a changé mais les postures sont les mêmes. Emportés par un zèle de croyants, les nietzschéens sourcilleux en viennent à camper sur des positions qui sont à mille lieues de Nietzsche lui-même. À leur intention on voudrait parfois retourner l'interjection fameuse de Zarathoustra : « Hommes supérieurs, apprenez donc à rire ! »

Nietzsche comme symptôme

D'un point de vue français, c'est la quatrième fois en un peu plus d'un siècle que Nietzsche « revient ». Comme l'a montré Vincent Descombes, l'un de ses exégètes, il y avait déjà eu – entre la parution de l'œuvre et les années 1970 – *trois moments Nietzsche dans l'histoire de la pensée française*[2]. Chacun s'inscrivait dans un contexte défini et trahissait des intentions assez différentes.

Le premier de ces moments coïncide avec la fin du XIXe siècle. Le contexte est alors celui du romantisme dressé contre l'héritage des Lumières, de la première crise des fondements et des avatars du scientisme, que Nietzsche pourfend au moins autant que le cléricalisme qui, à l'époque, en est un peu la caricature inversée. Scientisme ? Il qualifiera la science de « nouvelle piété », de « nouvelle idole », avant de s'y rallier stratégiquement – dans *L'Antéchrist* – pour mieux pourfendre la religion. Nietzsche opposera alors le scepticisme dissolvant de la science aux dogmes et aux préjugés imposés par les prêtres. La science néanmoins demeurera pour lui inséparable de l'idée de progrès et, à ce titre, *elle participe tout de même de l'illusion*. On a mille fois commenté ces chassés-croisés théoriques et stratégiques.

Le second moment correspond aux années 1920 et 1930, période où dominent le doute, la critique de la démocratie, le vacillement de la raison elle-même, fruits amers des épouvantes de la Grande Guerre, matrice infernale où vient de s'abîmer l'intelligence européenne. Les intellectuels non conformistes des années 1930 remettent en cause eux aussi, mais sur un registre plus politique, la croyance au progrès

2. Vincent Descombes, « Le moment français de Nietzsche », in *Pourquoi nous ne sommes pas nietzschéens*, Gallimard, 1991, et Livre de poche, 2002.

et l'optimisme rationaliste des Lumières. Ce dernier n'a-t-il pas été mis « au tombeau » par la boucherie de Verdun ou des Éparges, pour reprendre l'expression prémonitoire de Gershom Scholem ?

Le troisième moment – le plus important, à coup sûr – se situe trente ans et une guerre plus tard, dans les années 1960-1970. Il est l'œuvre des philosophes de la postmodernité. Les dates fondatrices de ce troisième retour appartiennent aujourd'hui à l'histoire intellectuelle : parution en 1962 d'un livre de Gilles Deleuze intitulé *Nietzsche et la Philosophie* ; colloque de Royaumont en juillet 1964 ; interview de Michel Foucault dans le *Magazine littéraire* du 1ᵉʳ mars 1968 dans laquelle il se dit « simplement nietz-schéen » ; rencontres de Cerisy-la-Salle en 1972. Notons que ce troisième moment Nietzsche s'accompagne d'une contestation symétrique de Sartre, en qui Foucault voit un penseur du XIXᵉ siècle, encore attaché à Hegel et – surtout – prisonnier d'une approche de la liberté impliquant une vision de l'homme « divinisé ». Adieu Sartre, bonjour Nietzsche...

Le contexte est alors celui – pesant – de la guerre froide et de l'engagement sartrien. Le marxisme, largement dominant depuis l'après-guerre, n'est déjà plus « l'horizon indépassable » qu'évoquait Sartre. Il est en crise. De cette crise, les réflexions du groupe Socialisme ou Barbarie de Claude Lefort et Cornélius Castoriadis, comme celles des situationnistes (dès 1959 !), seront des signes parmi d'autres. Au-delà du marxisme lui-même, la vision hégélienne et prométhéenne de l'Histoire est vigoureusement contestée. De la même façon, une certaine « philosophie de la conscience », qui servait d'assise à l'idéalisme traditionnel, perd de son attrait. Elle a été minée, il est vrai, par les trois « maîtres du soupçon » (pour reprendre l'expression de Paul Ricœur), que furent Marx, Nietzsche et Freud. À ces paramètres, il faudrait ajouter l'influence du paradigme cybernétique sur le structuralisme, et la contribution de ce postulat « machinique » à ce qu'on a appelé la fin du sujet ou la mort de l'homme[3].

La pensée française trouve en tout cas chez Nietzsche,

3. Voir plus haut, chap. 5.

associé un peu bizarrement au structuralisme, des armes théoriques pour s'émanciper des dogmatismes de l'époque ; dogmatismes qui ont fini par rendre suspect le concept de vérité. Le thème nietzschéen de « l'interprétation » apparaît de ce point de vue comme providentiel. L'auteur du « cinquième Évangile » (c'est ainsi qu'il définissait lui-même son *Zarathoustra*) fera figure de prophète aux yeux des disciples de Martin Heidegger et des auteurs français précités. Vincent Descombes a raison d'insister sur le fait que le recours à Niezstche *a aidé certains philosophes de l'époque à sortir de l'enrégimentement.* « Dans le "nietzschéisme", écrit-il, la résistance à l'enrégimentement prend la forme grandiose d'une théorie générale des signes, avec son ontologie (il n'y a rien que des interprétations, rien à interpréter qui ne soit déjà une interprétation) et son épistémologie (il n'y a pas de connaissance, rien que des discours, ou agencements de signes, produisant des "effets de vérité") [4]. »

Notons que ces trois « moments Nietzsche », étalés sur un peu moins d'un siècle, correspondent tous à des *ruptures avec un héritage*, à des mises en question des vérités établies. Pour le dire autrement, ils participent tous d'une *exténuation de la tradition.* Ce sont des périodes où la tradition, au sens large du terme, est subitement perçue comme illégitime et donc asservissante. Or y a-t-il plus flamboyante critique de la tradition que celle de Nietzsche ? Trouve-t-on ailleurs un appel aussi puissant à la « transvaluation » des valeurs ? Si Nietzsche est prophétique, alors sa prophétie est incandescente et capable d'illuminer les périodes crépusculaires pour réclamer la fin du « dernier homme » et saluer l'avènement d'un possible nouveau.

Aujourd'hui, à l'orée du XXIe siècle, nous sommes une fois encore dans un crépuscule au regard duquel ceux qui précédaient font pâle figure. La mutation anthropologique, on l'a dit, est cette fois plus considérable. Elle disqualifie plus brutalement encore la tradition, toutes les traditions. Crépuscule qui dure et surgissement qui tarde, désarroi confus et conversions nécessaires, pertes de toutes sortes et réévaluation : rien d'étonnant à ce que la pensée de

4. Vincent Descombes, « Le moment français de Nietzsche », *op. cit.*, p. 118.

Nietzsche apparaisse à certains comme une « chance » de faire de ce deuil l'annonce d'un *avènement*. Nietzsche prophète ? Reste à comprendre de quelle façon. Reste à déchiffrer ce qui se joue réellement dans ce *quatrième retour*.

Reste à se demander, surtout, s'il n'est pas lui-même mystificateur.

« Les convictions sont des cachots »

Par bien des aspects, ce nouveau recours à Nietzsche est ambivalent. On peut trouver dans l'œuvre plusieurs thèmes qui font directement écho aux débats d'aujourd'hui. On bute en revanche sur des proclamations obsessionnelles qui sont à l'opposé de la sensibilité contemporaine. Si l'on en croit les meilleurs analystes, plusieurs des « récupérations » médiatiques dont Nietzsche fait aujourd'hui l'objet sont le plus souvent biaisées. Certaines confinent même au ridicule. Prenons quelques exemples.

Nietzsche, assurément, se veut l'apologue de la transgression contre les morales radoteuses – la « moraline » –, en qui il voit des « ombres de Dieu », des idoles aussi vaines que peuvent l'être les concepts de valeur, de vérité ou de progrès. Lorsqu'il s'astreint à conformer sa vie à ces prétendues valeurs, l'homme ne fait que s'incliner devant des illusions qu'il a lui-même créées, des « idoles », en effet. Seule sa faiblesse craintive et son impuissance poussent l'homme à s'attacher à ces idoles démonétisées, qui sont autant de travestissements fantasmatiques des anciens dieux. Le tragique nietzschéen – celui de Dionysos – oppose le « oui » de la vie au « non » de la morale. « La morale, est-il écrit dans *La Volonté de puissance*, est l'instinct négateur de la vie. Il faut détruire la morale pour libérer la vie. » Pour Nietzsche, la morale – sur laquelle « il faut tirer » – n'est qu'une camisole étouffant l'énergie vitale.

Nietzsche entend ainsi réhabiliter les pulsions du corps, les affects, les instincts et le désir – qualifiés d'*affirmation dionysiaque* –, qu'il oppose aux disciplines de l'esprit assimilées à une *comédie de l'idéal*. Sur ce point, il se séparera de Schopenhauer, l'un de ses premiers inspirateurs, pour qui la liberté humaine passe au contraire par une renonciation (bouddhiste) au désir. Le désir, pour Nietzsche, est la vérité du corps. « Détruire les passions et les désirs, écrit-il, seulement à cause de leur bêtise, et pour prévenir les suites désagréables de leur bêtise, cela ne nous paraît être aujourd'hui qu'une forme aiguë de la bêtise[5]. » Il lui paraît également absurde de prétendre placer le corps sous l'emprise de la raison, comme le recommandait Socrate. Nietzsche voit dans cette discipline socratique une forme de « sadisme » ou de « névrose ». Socrate, répète-t-il sans relâche, marque la fin du tragique grec (celui de Thucydide, par exemple, en qui Nietzsche voyait un « réaliste », précurseur de Machiavel) et le début de la décadence hellénistique. Quant à Platon, il est beaucoup trop « juif » aux yeux de Nietzsche, trop marqué par la « bigoterie juive », trop « pré-chrétien » en somme.

Le corps, en tant que réalité organique, est la source véritable des abstractions, que l'on rattache mensongèrement à une prétendue essence de l'homme ou à un idéal. L'individu, bien qu'il se persuade du contraire, continue d'être un animal. L'essence humaine et les valeurs dont on nous dit qu'elles participent du bien ou du mal ne sont jamais qu'une *spiritualisation* de l'animalité. Elles permettent de satisfaire aux pulsions, mais de façon détournée ou hypocrite. « Là où vous voyez de l'idéal, assure Nietzsche dans *Ecce Homo*, je ne vois que des choses humaines, des choses, hélas, trop humaines. » Toute croyance, en d'autres termes, trouve son origine dans la réalité organique de la chair, y compris les préjugés qui gouvernent – mais en secret – la philosophie. On ne doit pas se laisser paralyser par la croyance. « Les convictions sont des cachots », écrira-t-il encore dans *L'Antéchrist*.

On pourrait noter la même ambivalence à propos de l'autonomie individuelle qui se veut aujourd'hui affranchie du « lien ». Le philosophe allemand Peter Sloterdijk – qui affirme avoir effectué lui-même un retour à Nietzsche – décrit ce dernier comme le prophète de « la vague indivi-

---

5. Friedrich Nietzsche, « La morale en tant que manifestation contre nature », *Le Crépuscule des idoles*, in *Œuvres*, Flammarion, « Mille et une pages », 2000, p. 1049.

dualiste qui, depuis la révolution industrielle et ses projec-
tions culturelles dans le romantisme, a irrésistiblement parcouru la société civile et ne cesse de la parcourir[6] ».
Nietzsche pressentait et annonçait une évolution qui aurait
eu lieu, de toute façon. Sloterdijk ajoute (avec aplomb !)
que l'individualisme n'est pas seulement une tendance
mais une véritable « coupure anthropologique » exprimant
« la troisième insularité posthistorique de l'être humain ».

Cet individualisme, ajoute-t-il, est encore capable de
conclure des alliances provisoires avec des postures identitaires modernes (féminisme, technophilie ou technopho-
bie, hédonisme ou ascétisme, avant-gardes, etc.), mais ces
alliances sont toujours « instables » et conjoncturelles. La
déliaison annoncée serait une bonne et irrésistible nouvelle.
En tout cas, la souveraine autonomie promise à l'homme
conduit Nietzsche à récuser toute idée de culpabilité et à
se moquer du « péché ». À la culpabilité de l'homme, à la
prétendue *dette* qu'il aurait contractée en naissant (dette
évoquée par Emmanuel Levinas, Sigmund Freud, Michel
Henry et d'autres), Nietzsche oppose ce qu'il appelle « l'innocence du devenir[7] ».

Le problème de l'individualisme, juge-t-il, ne vient pas
de ce qu'il s'émancipe témérairement du lien, mais tient
au contraire à la résistance des institutions, des Églises, des
États, ou même de la société marchande, qui sont autant
d'instruments de dressage et n'acceptent pas de dépérir.
D'où l'apparition, soulignée par Gilles Deleuze, d'un type
humain nouveau – et consternant – qui ne correspond pas
encore à l'individu souverain promis par Nietzsche, mais à
« l'homme domestiqué » en qui s'enracine « le fameux sens
de l'Histoire »[8]. (Ici l'allusion très datée à l'hégélianisme
et au marxisme est claire.)

Pour Nietzsche, en somme, la libération et l'autonomie
individuelles sont encore à conquérir. Là serait son véritable prophétisme.

    6. Peter Sloterdijk, *La Compétition des bonnes nouvelles*, *op. cit.*,
p. 82.
    7. Friedrich Nietzsche, « Les quatre grandes erreurs », *Le Crépuscule
des idoles*, *op. cit.*, p. 1063, § 8.
    8. Gilles Deleuze, *Nietzsche et la Philosophie*, PUF, 1962, p. 159.

Le « nietzschéisme de salon »

Transgression, pulsions vitales, autonomie, innocence : on voit déjà quelles sortes de tentations peuvent présider à ce quatrième recours à Nietzsche. De manière très significative, les thèmes mis en avant sont au cœur des problématiques examinées dans les six chapitres qui précèdent. Ils expriment tous le *tragique* de la condition humaine et confirment, si besoin en était, le caractère à la fois prémonitoire et dérangeant de l'œuvre de Nietzsche, dérangeante *parce que* violemment contradictoire. « Comme Pascal, [Nietzsche] livre à la fois la sentence et son contraire, en équilibre dansant sur la crête de ses contradictions[9]. » Lorsque Nietzsche dénonce le *ressentiment*, il exerce son courroux contre le sien propre (pensons à la douloureuse rivalité avec Wagner). Jamais l'imprécateur ne s'épargne lui-même, ce qui contribue à rendre ses colères plus puissantes encore. Et plus sympathiques. Que l'on se souvienne du magnifique apophtegme de Zarathoustra : « Il faut encore avoir du chaos en soi pour pouvoir enfanter une étoile qui danse. » Comme l'avait souligné Cioran, Nietzsche « tire ses ennemis de soi, comme les vices qu'il dénonce ». Pour cette raison, on peut presque toujours trouver « chez lui [...] une appréciation et son opposé » au point qu'il semble avoir « sur toutes choses deux opinions »[10].

C'est pourquoi le quatrième retour de Nietzsche soulève, une fois encore, la question de l'interprétation nouvelle – et souvent triviale – que l'on fait aujourd'hui de ses textes. Évacuant la question centrale du *tragique*, et de la folie qui lui fait escorte, une certaine vulgate voudrait faire de Nietzsche un doux hédoniste post-soixante-huitard, un *baba cool* avant l'heure. Elle ne veut retenir de l'œuvre tout entière qu'un aimable manifeste libertin, irénique, gourmand et vaguement californien, entrant en

---

9. Mona Ozouf, « Avant-propos » à Nietzsche, *Mauvaises Pensées choisies*, Gallimard, « Tel », 2000, p. II et III.

10. Karl Jaspers, *Nietzsche*, traduction française, Gallimard, « Tel », p. 18, cité par André Comte-Sponville, « La brute, le sophiste et l'esthète », in *Pourquoi nous ne sommes pas nietzschéens, op. cit.*, p. 40.

Nietzsche contre Paul

Dans une conférence prononcée en 1987, quelques semaines avant sa mort, le philosophe juif Jacob Taubes (1923-1987), qui fut longtemps titulaire de la chaire d'herméneutique, d'histoire et de philosophie de l'université de Berlin, évoquait ainsi Nietzsche.

« Je dirais qu'il existe deux modes du philosopher. Il y a tout d'abord le mode antique, qui dit, au fond, ceci : la vérité peut difficilement être atteinte, elle n'est accessible qu'à quelques-uns, mais elle existe toujours. C'est, en gros, le problème de Platon et d'Aristote. Il existe un autre mode du philosopher, que j'appellerai celui qui est passé par le Christ. Hegel dit que la vérité ne peut être atteinte que difficilement et qu'elle doit parcourir toute l'histoire, mais qu'ensuite la vérité est là pour tout le monde. Marx et le christianisme. L'indignation du christianisme au sujet de la philosophie antique est concentrée – à juste titre selon moi – sur la question : que signifie "pour quelques-uns"? S'il s'agit de vérité et si le salut de chacun dépend de cette vérité – c'est évidemment une radicalisation essentielle que le christianisme opère là (bien que, chez Platon, il y ait déjà quelques allusions allant dans ce sens) –, comment ne peut-elle être alors que pour quelques-uns? Elle doit être pour tout le monde ! Et maintenant, à la fin de l'arc qui part de l'Ionie et qui se termine à Iéna, voici que Nietzsche arrive.

rébellion contre les pères fouettards du moment. Elle voit, en somme, dans ces textes et ces aphorismes un anti-catéchisme purgé de sa tension, de ses contradictions, de son tragique. Il n'y manquerait que la guitare de Bob Dylan…

L'instrumentalisation est ici d'autant plus rocambolesque qu'elle laisse entendre, au surplus, que nos sociétés plient encore sous le joug d'une pudibonderie bourgeoise, comparable à ce qu'elle était au XIXᵉ siècle, du vivant de Nietzsche. Il y a là une transportation frauduleuse des réquisitoires nietzschéens visant à les appliquer sans vergogne à une réalité dont le moins qu'on puisse dire est qu'elle a changé. Il y avait en effet quelques très bonnes raisons, en plein XIXᵉ siècle, de stigmatiser le moralisme et

À la fin de cette histoire qui s'achève alors, resurgit de nouveau la question suivante : si l'impulsion chrétienne est épuisée, qu'en est-il de l'*humanum* de l'homme ? Et l'*humanum* de l'homme, c'est la sagesse, *sophian zetousin* (1 Co 1,22). C'est cela qui fait de l'homme un homme, sinon il n'est qu'un être bipède qui fait du bruit. Et là, Nietzsche dit : le sage n'est possible qu'à condition que d'autres travaillent. Le sage a nécessairement besoin de loisir. Et par loisir il faut entendre que d'autres travaillent pour lui, c'est-à-dire qu'il y a des esclaves. Et Nietzsche dit : *oui, ça vaut bien la peine pour que le sage existe et que l'*humanum *soit présent*, parce que si l'humain n'est pas possible, dans ce cas l'humanité n'est qu'une espèce zoologique et rien d'autre. Il faut du courage pour soutenir cette thèse jusqu'à ses ultimes conséquences. Et Nietzsche se demande alors : qui est l'adversaire de cette thèse ? Et là, à bon droit, il trouve Paul. Il est tout à fait exact, c'est évident, que c'est lui qui lui a gâché son concept. Il s'en rend compte et commence à frapper, jusqu'à prétendre obstinément être lui-même l'Antéchrist. Bon, il en a payé le prix fort. On ne dit pas impunément de telles choses, un homme comme Nietzsche devait payer très cher pour de tels propos. Je n'entends pas cela au sens d'une justice punitive quelconque. »

Jacob Taubes, *La Théologie politique de Paul.*
Schmitt, Benjamin, Nietzsche et Freud, Seuil, 1999.

« l'esprit bourgeois » – qu'ils fussent d'origine cléricale ou scientiste –, alors plus obtus qu'ils ne l'avaient jamais été dans toute l'histoire occidentale [11]. En revanche, transposer les colères nietzschéennes pour les plaquer sur une réalité contemporaine complètement différente relève de l'escroquerie.

Toute dévotion contient une part de ridicule, et c'est vrai aussi lorsque Nietzsche en est l'objet. Heidegger s'était moqué, jadis, du « besoin de petits bourgeois en quête de sauvagerie ». Jacques Derrida ironisait sur les « exubérances pseudo-transgressives » dont témoigne cet enrôlement hédoniste et consumériste de Nietzsche. François

11. J'ai développé cette analyse dans *La Tyrannie du plaisir*, *op. cit.*

Chatelet ne ménageait pas ses critiques à l'endroit de ce qu'il appelait le « nietzschéisme de salon [12] ». Quant au psychanalyste Paul-Laurent Assoun, il renchérit en observant qu'on « serait mal inspiré de s'en recommander [de Nietzsche] pour alimenter l'imaginaire d'un jouir-sans tabou moderne (expression dont l'inanité se démontre) [13] ».

Ajoutons que la récupération la plus ridicule est celle qui revient *de facto* à transformer Nietzsche en défenseur de l'individualisme contemporain dans sa version libéral-libertaire. À la limite, on verrait volontiers le philosophe promu « idiot utile » du système néolibéral. Il aiderait ses zélateurs à célébrer les désirs tarifés que ledit système s'emploie à satisfaire : ceux de la marchandise, de la consommation et de l'échangisme décomplexé. La remarque n'est pas excessive. Plusieurs économistes ont pointé la dimension nietzschéenne de la dérégulation économique libérale, de la compétition à tout crin, du culte de la performance, de la déculpabilisation des riches ou de l'ostracisme envers les pauvres. Récupération abusive ? Cela va sans dire, mais *cela est* (parfois).

S'il est pourtant un type humain à l'opposé du surhomme héroïque annoncé par Nietzsche, c'est bien l'hédoniste moutonnier du temps présent, l'être asservi à la société médiatique et marchande, manipulé par les vendeurs de « désirs », hypnotisé par les écrans de télévisions et converti par les camelots de l'épanouissement de soi. Cette récupération-là est d'autant plus ridicule – pour ne relever qu'un détail – que Nietzsche haïssait viscéralement la presse et ce qu'on appelle aujourd'hui les médias. Il y voyait une « *fausse alerte permanente* qui détourne les oreilles et les sens dans la mauvaise direction [14] ». Ajoutons qu'à l'inverse il ne paraît pas beaucoup plus sérieux de voir dans l'œuvre de Nietzsche une critique avant l'heure de la société de consommation et du spectacle ; une sorte de situationnisme originel. De telles déductions sont pourtant assez répandues.

---

12. François Chatelet, *Une histoire de la raison (entretiens avec Émile Noël)*, Seuil, « Points Sciences », 1992.

13. Paul-Laurent Assoun, « L'homme est-il un animal malade ? », hors-série du *Nouvel Observateur*, septembre-octobre 2002.

14. Friedrich Nietzsche, *Humain trop humain*, II, *Le Voyageur et son ombre*, § 321, Hachette Littératures, « Pluriel », 2002

Reste évidemment le plus embarrassant. On veut parler de cet étrange tour de passe-passe qui permet de lire Nietzsche comme si *rien ne s'était passé* depuis la fin du XIXᵉ siècle, en passant notamment par pertes et profits deux guerres mondiales, deux totalitarismes, mille chaos, ces bruits et ces fureurs d'essence plus dionysiaque qu'appolinienne. Comment oublier le rôle joué par le concept de *démesure* et d'*hubris* dans les guerres du XXᵉ siècle ? Dyonisos, l'instinct vital, la libération des appétits ? Le XXᵉ siècle n'a-t-il pas beaucoup « donné » à ce sujet ? C'est pourtant cette lecture impavide dont se réclament parfois les nietzschéens des années 2000. Un tel recyclage oublieux de l'Histoire implique une relecture de Nietzsche expurgée de toutes les pages ou paragraphes qui disqualifient d'une assez sinistre manière le volontarisme démocratique.

Les « tarentules de l'égalitarisme »

Si le Nietzsche célébrant la vie et la vitalité nous est précieux, si les textes fustigeant les moralisateurs et les hypocrites nous sont nécessaires, si les aphorismes au fer rouge nous stimulent, on a quelque difficulté à faire abstraction du « reste ». Quel reste ? Celui que les nietzschéens orthodoxes, au prix de mille admonestations, voudraient contourner ou relativiser ; celui que nous aurions tort de prendre naïvement au premier degré. Toutes les lectures pieuses ont pour point commun d'être à la fois sélectives et condescendantes à l'égard du contradicteur. Celui qui objecte sera prestement renvoyé à son incompétence, à sa candeur ou à sa mauvaise foi. Le schéma est connu. Il en allait déjà ainsi pour les œuvres de Marx ou de Lénine dans l'immédiat après-guerre. Il en va de même pour Nietzsche aujourd'hui.

Elle est pourtant interminable la liste des thèmes, des obsessions, des imprécations ou des refus nietzschéens qui ouvrent la voie aux principales tentations qui rôdent *pour de bon* sur l'époque. La question de l'inégalité est sans doute la plus criante. Nietzsche pourfend sans relâche l'égalitarisme moderne, hérité du christianisme et des Lumières – la « Judée », dit-il – et s'attache à promouvoir une « nouvelle hiérarchie », ou une « aristocratie ». « L'obsession

centrale de Nietzsche, c'est la *hiérarchie*[15]. » Cette obsession hiérarchique va plus loin qu'on ne l'imagine. Au
christianisme *et* au bouddhisme trop vulgairement éga-
litaristes à ses yeux, Nietzsche va jusqu'à opposer le système indien des castes. « L'ordre des castes, écrit-il, la loi
suprême, la loi dominante, n'est que la sanction d'un *ordre
naturel*, d'une légalité naturelle de premier ordre, sur
laquelle aucune volonté, aucune "idée moderne" n'a puissance[16]. »

La même obsession hiérarchique le conduit à reprendre à
son compte le délire eugéniste très virulent au XIXᵉ siècle, et
qui considère le soutien aux « faibles » comme une atteinte
à la vitalité des « forts ». Dans *Par-delà bien et mal*, on
trouve des notations insensées sur le souci – détestable aux
yeux de Nietzsche – de « conserver tous les malades et les
souffrants » au risque de « faire empirer la race européenne »[17]. Souvenons-nous que ces élucubrations eugénistes étaient très répandues, à l'époque, surtout chez des
théoriciens racistes comme Vacher de la Pouge (dans son
livre *Les Sélections sociales*, publié en 1896), ou encore
chez des tenants du darwinisme social comme Herbert
Spencer, pour qui les États ne devraient pas entraver le processus naturel de sélection biosociologique des « élites ».

Quant à l'antichristianisme de Nietzsche, il s'inscrit
parfaitement dans une tonalité propre au XIXᵉ siècle. En
France, on retrouve cette même musique dans le *Grand
Dictionnaire universel du XIXᵉ siècle* de Pierre Larousse,
publié entre 1866 et 1873. La plupart des thèmes nietzschéens concernant le christianisme mais aussi l'inégalité
et la « dégénérescence » y sont présents[18].

Cette haine que Nietzsche vouait aux « tarentules de l'égalitarisme » est en soi un sérieux problème, sauf pour qui
adhère aux discours contre-révolutionnaires ou à ce que
l'Américain Albert O. Hirschman appelle la rhétorique

---

15. Alain Boyer, « Hiérarchie et vérité », in *Pourquoi nous ne sommes
pas nietzschéens*, *op. cit.*, p. 12.
16. Friedrich Nietzsche, *L'Antéchrist*, § 57, in *Œuvres*, *op. cit.*,
p. 1191.
17. Friedrich Nietzsche, *Par-delà bien et mal*, § 62, *ibid.*, p. 687.
18. Voir l'analyse qu'en fait Jacqueline Lalouette, article par article,
dans *La République anticléricale*, *op. cit.*, p. 123 à 141.

réactionnaire[19]. Elle prend surtout un relief particulier, aujourd'hui, *dans un contexte marqué par un retour massif et planétaire de l'inégalité*, aussi bien dans les pays de l'hémisphère Sud que dans les sociétés prospères du Nord. On ne peut se contenter de minimiser l'inégalitarisme nietzschéen, comme le fait Sloterdijk, en y voyant une simple volonté de « défendre l'intensification de soi-même face au statut sans avenir de consommateur qui s'attache aux derniers hommes[20] ». Le choix délibéré de l'*homo hierarchicus* contre l'*homo aequalis* (pour reprendre les catégories de Louis Dumont) va bien au-delà d'une roborative provocation ou d'une simple insurrection allégorique contre la médiocrité des foules. Il est constitutif d'une philosophie. Quant à l'éloge nietzschéen de l'eugénisme, on voit bien quelle sorte d'entreprise *biopolitique* et quel « dressage » génétique de l'humain il peut encourager en 2003. Il est devenu difficile de parler innocemment de l'eugénisme, comme on le faisait au temps de son inventeur Francis Galton, cousin de Darwin et contemporain de Nietzsche.

La même remarque pourrait être faite au sujet de cette célébration récurrente de la force, de la violence, voire de la cruauté, qui court dans nombre de pages de Nietzsche. Sous sa plume, un éloge aussi appuyé ne se limite pas au rejet du fade amour du prochain ou de la douceur d'essence chrétienne, ni même au refus du *ressentiment* qui s'y trouverait dissimulé. Il s'exerce tout autant à l'encontre du droit, de l'État de droit dirait-on maintenant. Y faire dévotement référence aujourd'hui *revient à saper les fondements du credo démocratique, au moment même où celui-ci est menacé de dissolution*. Cette « actualité » ne fait pas sourire. Nietzsche hait en effet la démocratie, en qui il voit « le christianisme naturalisé[21] ». (Ce qui n'est pas faux.) À ce titre, on peut comprendre la réaction cinglante de certains intellectuels qui, comme Tzvetan Todorov, ont fait,

19. Albert O. Hirschman, *Deux Siècles de rhétorique réactionnaire : effets pervers, inanité et inopérance*, traduit de l'américain par Pierre Andler, Fayard, 1995.

20. Peter Sloterdijk, *La Compétition des bonnes nouvelles*, *op. cit.*, p. 90.

21. Friedrich Nietzsche, *Fragments posthumes* (1887), Gallimard, 1976, p. 419.

à titre personnel, l'expérience du totalitarisme. « Nietzsche est absent de mon parcours, concède Todorov. Je ne sais pas dialoguer avec les ennemis résolus de l'idée démocratique [22]. »

La lecture expurgée conduit à d'autres oublis. La célébration de la cruauté par exemple n'est pas réductible à une discipline exercée à l'égard de soi-même, de notre propre « faiblesse », de notre démission, de notre incapacité peureuse à embrasser le réel. Nietzsche, bien sûr, inclut cette auto-accusation dans son analyse. Dans *Le Gai Savoir*, il clame que « vivre […] c'est être cruel, c'est assassiner sans relâche ce qui est faible en les autres comme en soi ». Mais sa condamnation de la douceur ou de la civilité va bien au-delà. Pour Nietzsche, les choses sont claires : « Toutes les valeurs morales et philosophiques dominantes en Occident ont été des valeurs de malades, de décadents. Elles sont dangereuses, sournoises et débilitantes. Il faut les refuser et proposer une *réévaluation des valeurs*, instituer des valeurs qui aillent dans un autre sens que le refus et qui reposent sur une autre volonté que celle des malades vengeurs qui se sont impudemment institués modèles d'humanité en dissimulant leur faiblesse sous de grands mots [23]. »

Une fois encore, la question est la suivante : les forces et les tentations qui travaillent *aujourd'hui* nos sociétés – violence, mépris, domination, cynisme, terrorisme, etc. – n'éclairent-elles pas d'un jour particulier ce resurgissement du thème nietzschéen de la cruauté sur le terrain de la réflexion philosophique ? Le fait est qu'on ne trouve chez Nietzsche *aucune prise en compte convaincante de la souffrance*, surtout celle qu'on inflige à l'autre. Or ce thème de la souffrance, dont on a vu quelle place il occupait dans la réflexion et le désarroi contemporains, désigne cette contradiction majeure qui *oppose la vie à elle-même*. C'est d'abord le souci de la conjurer ou de la limiter qui fonde toutes les morales collectives, qu'elles soient chrétiennes ou non. Pour pouvoir se situer, comme le Zarathoustra nietzschéen, par-delà bien et mal, « *il faudrait pour cela*

22. *Magazine littéraire*, octobre 2002, p. 98.
23. Éric Blondel, « Postface » à Nietzsche, *Crépuscule des idoles*, *op. cit.*, p. 146-147.

que la souffrance ne soit pas elle-même un mal. Il faudrait, autrement dit, qu'elle ne soit pas en réalité ce qu'elle est pour la conscience qui l'éprouve [24] ».

Les barbaries nouvelles auxquelles nous faisons face voudraient évacuer – ou simplement ignorer – cette souffrance. N'y a-t-il pas dès lors quelque imposture à présenter comme subversive, dérangeante, voire dissidente une thématique qui s'accorde si paresseusement avec le nouvel ordre des choses et les fureurs qu'il annonce ? N'y a-t-il pas quelque extravagance à désigner l'antihumanisme de Nietzsche comme un appel héroïque à la résistance, au moment précis où un antihumanisme sans état d'âme est à l'œuvre, et peut-être à venir ? Certaines affectations du « politiquement correct » nietzschéen ne *déguisent-elles pas en rébellion gratifiante un frileux consentement à l'ordre des choses* ? La prise en compte d'un autre thème nietzschéen, celui de l'*amor fati* (l'amour du destin), permet de répondre sans hésiter à cette question.

Le consentement au monde

A priori, l'*amor fati* est revendiqué comme une protestation joyeuse contre les tourments idéalistes et les culpabilités absurdes qui empêcheraient l'homme de consentir à la vie et au monde. Lorsqu'il combat l'idéal ascétique hérité de Socrate, des juifs et du christianisme, lorsqu'il pourfend « la morale » (comme s'il n'y en avait qu'une !), Nietzsche entend dénoncer le refus de la vie et même le dénigrement continuel de celle-ci. L'homme moral serait un être « hémiplégique ». L'amour du destin, au contraire, induit un *consentement* courageux à l'entièreté de la vie, à ses passions, à ses pulsions, à ses cruautés, au mal lui-même qui en est la condition ineffaçable. Nietzsche le répète à satiété : il n'accepte pas que le monde soit « diffamé » ou « calomnié ».

Entendu ainsi, ce « grand oui » à la vie qu'exprime l'*amor fati* nietzschéen ne peut qu'emporter l'adhésion. Comment ne pas être enthousiasmé par cette invocation nietzschéenne

24. Jérôme Porée, *Le Mal. Homme coupable, homme souffrant*, Armand Colin, 2000, p. 14.

de la « grande santé », de la « belle humeur » et de la
« gaieté d'esprit », contre les tristes cafards de la rétention
ascétique ou les poisons suicidaires du nihilisme ? Il y a là
une joie revendiquée, une acceptation lucide et forte de la
réalité qui constituent sans doute la part la plus séduisante
de l'héritage nietzschéen. Sauf que…

Sauf qu'un tel consentement au monde implique chez
Nietzsche le refus symétrique de changer quoi que ce soit
à ce dernier. L'*amor fati* procède de ce qu'il appelle un « pessimisme de la force ». Il conduit à rejeter aussi bien le messianisme juif que l'espérance chrétienne ou le progrès des
modernes. Nietzsche renoue délibérément avec le temps
circulaire de l'éternel retour. Il ironise sur cette idée (d'origine hébraïque) de coresponsabilité humaine dans l'achèvement du monde, idée qui fonde notre engagement dans
l'Histoire. Dans un passage saisissant d'*Ecce Homo*, il s'en
explique sans détour : « Je suis l'opposé d'une nature
héroïque, écrit-il. "Vouloir" quelque chose, "tendre" à quelque
chose, avoir en vue un "but", un "souhait" – toutes choses
que je ne connais pas d'expérience. En cet instant même, je
regarde mon avenir – un avenir sans bornes ! – comme on
regarde une mer lisse : aucun désir n'en ride la surface. Je
n'ai pas la moindre envie de voir quoi que ce soit devenir
autre : moi-même, je ne veux pas devenir autre que ce que je
suis… Mais c'est ainsi que j'ai toujours vécu [25]. »

Une chose frappe : le fait que Nietzsche, dans ces quelques
lignes, semble reprendre à son compte le fatalisme exprimé
par le polémiste du IIe siècle Celse, qui reprochait déjà aux
chrétiens de vouloir « changer » le monde. Contre cette
folle *espérance* – héritée du prophétisme hébraïque –,
Celse opposait l'éternelle fixité du monde à laquelle il fallait *consentir*. « Il n'y a jamais eu, et il n'y aura jamais dans
le monde plus ou moins de maux qu'il n'en comporte
aujourd'hui, écrivait Celse. La nature de l'univers est une
et toujours identique à elle-même, et la somme des maux
reste constante [26]. »

On aura compris qu'un tel rejet de toute visée eschatolo-

25. Friedrich Nietzsche, *Ecce Homo*, in *Œuvres philosophiques complètes*, VIII, Gallimard, 1974, p. 272.
26. Celse, *Contre les chrétiens*, *op. cit.*, p. 82.

gique et même réformatrice *prend aujourd'hui un sens particulier*, quand la désactivation du volontarisme démocratique et l'exténuation du politique sont devenues des risques politiques majeurs. Peter Sloterdijk voit juste lorsqu'il souligne que Nietzsche rejoint ainsi directement le monde contemporain parce que ce dernier « a été forcé d'accorder la primauté à l'irrémédiable [27] ». Il voit juste mais il pense faux lorsqu'il ajoute – ironiquement ? – qu'on doit s'en féliciter. S'incliner devant l'irrémédiable, en effet, c'est *rendre tout simplement les armes à l'idéologie dominante* : la mécanique du marché et de la technoscience, substituée au « projet » politique. Capituler devant la fixité des choses, c'est diffamer à l'avance non plus le monde, cette fois, mais *la volonté humaine de le changer*. Toute proportion gardée, on retombe sur le désaccord qui oppose aujourd'hui les avocats de la fin de l'histoire aux foules prétendument naïves qui écrivent encore, sur leurs banderoles, qu'un « autre monde est possible ».

En souscrivant à l'*amor fati*, on en vient à faire métaphoriquement de Don Quichotte un pitoyable héros chrétien dont les échecs prouveraient l'infantilisme. À cet engagement utopique, il faudrait préférer le réalisme des capitaines d'industrie qui toisent désormais avec dédain les démarches « utopiques » de la piétaille citoyenne. Le multimilliardaire américain Ted Turner, patron de la chaîne de télévision CNN, ne disait pas autre chose lorsqu'il assurait qu'il détestait les utopies d'inspiration judéo-chrétienne parce qu'il s'agissait d'une « religion de perdants ». Voilà bien un nietzschéen orthodoxe, et qui s'ignore ! Simon Leys, qui rapporte ce propos, a raison d'ajouter ce commentaire pince-sans-rire pour souligner la stupidité d'un tel discours : « Les gens qui réussissent sont ceux qui savent s'adapter à la réalité. En revanche, ceux qui persistent à vouloir élargir la réalité aux dimensions de leur rêve échouent. Et c'est pourquoi tout progrès humain est dû en définitive aux gens qui échouent [28]. »

27. Peter Sloterdijk, *La Compétition des bonnes nouvelles*, *op. cit.*, p. 55.
28. Simon Leys, « L'imitation de notre seigneur Don Quichotte », in *Protée et Autres Essais*, Gallimard, 2001, p. 44.

Là est bien l'ambiguïté incroyablement actuelle de l'*amor fati* nietzschéen ; là est sans doute aussi l'explication véritable – mais inavouée – de ce quatrième « moment Nietzsche ». L'amour du destin a ceci de providentiel qu'il vient donner des couleurs flamboyantes à la désertion démocratique ; il offre un lot de consolation à tous les résignés de la postmodernité. Vouloir changer le monde exigeait que l'on « calomniât » celui-ci ? Alors choisissons de ne plus le faire et glorifions simplement *ce qui est*. Il y a finalement dans ce recours à l'*amor fati* nietzschéen une espèce de laïcisation de la théodicée leibnizienne, théodicée invoquée par Pangloss et dont à coup sûr se moquerait encore Voltaire : tout est pour le mieux dans le meilleur des mondes…

Jugera-t-on trop sévère cette interprétation du nietzschéisme actuel ? Qu'on se reporte alors à quelques textes ou commentaires. La présentation que l'on fait parfois de cette adhésion joyeuse aux petits plaisirs du monde – préférés aux utopies calamiteuses de la politique – fait apparaître Nietzsche comme un diététicien *new age* prônant la « sagesse » contemplative et le jogging quotidien. Dans *Ecce Homo*, nous dit-on par exemple, Nietzsche « parle des "*petites choses de la vie*", celles qui ont toujours été négligées par les philosophes, acharnés selon lui à nier le vouloir-vivre plutôt qu'à expliquer comment on peut devenir ce que l'on est, c'est-à-dire se surmonter soi-même : le climat, l'alimentation, la digestion, les fréquentations, les lectures, l'écriture et le style, la façon de régler son agressivité, sa mémoire ou ses échecs [29] ».

Pour un peu et avec les meilleures intentions « nietzschéennes », on finirait par rétrograder l'auteur de *L'Antéchrist* au rang de pigiste pour périodique de loisir.

L'improbable « nietzschéisme de gauche »

On n'a pas envie de sourire d'un tel enrôlement de la « joie » nietzschéenne au service de l'ordre établi. Cette droitisation moderne de Nietzsche touche en effet à quelque

---

29. Éric Blondel, « Faut-il "tirer sur la morale" ? », *Le Nouvel Observateur*, septembre-octobre 2002.

chose d'essentiel. Refonder la politique, réinventer la citoyenneté, retrouver le goût de l'avenir est difficilement compatible avec un acquiescement au destin. Le ressort de l'engagement politique consiste précisément en un refus du destin et de la fatalité historique. S'il est un aspect du nietzschéisme contemporain, un point aveugle, une incompatibilité radicale qui mériteraient d'être discutés plus au fond, ce sont bien ceux-là. Or, de façon étrange, les sempiternelles réhabilitations de Nietzsche – contre les lectures mal intentionnées de son œuvre – font l'impasse sur cette question. Prenons quelques exemples.

Le passage obligé du nietzschéisme contemporain consiste d'abord à innocenter Nietzsche de toute responsabilité fondatrice dans le délire nazi. On a raison de le faire et de le refaire sans cesse. À bien des égards, c'est vrai, la nazification de Nietzsche est une imposture. Peter Sloterdijk – après bien d'autres – rappelle utilement le rôle désastreux joué dans cette affaire par Elisabeth Förtser-Nietzsche, sœur du philosophe, qui « caviarda » les textes de son frère et lui attribua même certains développements de son cru. « La clique de Hitler, écrit-il, a travaillé Nietzsche aux ciseaux et l'a recollé pour en faire un évangile collectiviste – un peu plus tôt, du reste, les ciseaux de la sœur du penseur avaient déjà réalisé un *ready made* de la marque Nietzsche [30]. » Bien avant lui, en 1937, Georges Bataille avait tenu à innocenter la pensée de Nietzsche de toute accointance avec le nazisme dans un article resté célèbre de la revue *Acéphale*.

L'acquittement de Nietzsche sur ce point précis est d'ailleurs prononcé « environ tous les dix ans », comme si le plaidoyer n'était jamais entièrement probant. Nietzsche théoricien du nazisme ? Certainement pas. Nietzsche inspirateur, malgré lui, du nihilisme allemand des années 1920-1930 – nihilisme qui servit de toile de fond à la montée du nazisme ? Cela, en revanche, est plus difficile à nier. Pourquoi ? Parce que les faits résistent ; ils sont têtus, disait Lénine. Or la réalité « factuelle », c'est qu'à l'époque de la République de Weimar, malgré tout, « la droite allemande

---

30. Peter Sloterdijk, *La Compétition des bonnes nouvelles*, *op. cit.*, p. 88-89.

fait de l'auteur de *Par-delà bien et mal* le parangon du nationalisme, de l'antidémocratie, de l'antisémitisme. Comme son vieil ennemi Wagner, Nietzsche fait l'objet, à Weimar, avec la caution de sa sœur Elisabeth, d'un culte officiel, que Hitler officialisera [31]... ». Il est vrai que les idéologues nazis articulent à l'endroit des judéo-chrétiens trois reproches fondamentaux (le mot est faible), qui ne sont pas sans rapport avec les accusations formulées par Nietzsche lui-même : le principe d'universalisme, le concept de culpabilité, la judaïsation du christianisme sous l'influence de Paul [32].

Au dédouanement empressé du philosophe, on peut donc préférer le jugement circonspect – et informé – de Leo Strauss, qui date de février 1941. « De tous les philosophes allemands, et en fait de *tous* les philosophes, écrit Strauss, aucun n'a exercé une plus grande influence sur l'Allemagne de l'après-guerre [celle de 1914-1918], aucun n'a eu plus de responsabilité dans l'émergence du nihilisme allemand que Nietzsche. La relation de Nietzsche à la révolution allemande nazie est comparable à la relation de Rousseau à la Révolution française. Cela revient à dire qu'en interprétant Nietzsche à la lumière de la révolution allemande on est *très* injuste envers Nietzsche, mais on n'est pas *absolument* injuste [33]. »

De la même façon, le fait que Nietzsche n'ait *jamais versé dans l'antisémitisme moderne* est avéré. On trouve même dans ses livres des condamnations sans équivoque de l'antisémitisme racial du XIXe siècle. Sous sa plume, la « bêtise antijuive » et les « bassesses de la persécution des juifs » sont explicitement stigmatisées. La moindre des choses est de lui en donner acte. Il n'empêche que les condamnations du judaïsme et de « l'esprit juif » sont présentes dans plusieurs textes. Nietzsche voit en eux les premiers artisans d'une *vengeance spirituelle* qui a précipité le renversement des « valeurs aristocratiques », et qu'il juge

31. Daniel Lindenberg, « Le panthéisme noir », *Esprit*, janvier-février 1996, p. 165.

32. Je reprends les remarques de l'historien François Bédarida, « Kérygme nazi et religion séculière », *Esprit*, janvier-février 1996, p. 98-99.

33. Leo Strauss, « Le nihilisme allemand », *op. cit.*, p. 323.

donc responsable de l'avènement du christianisme. Un seul exemple : « Ce sont les Juifs, écrit-il, qui, avec une effrayante logique, osèrent renverser l'équation des valeurs aristocratiques (bon = noble = beau = heureux = aimé de Dieu) et qui, avec la ténacité d'une haine abyssale (la haine de l'impuissant), ont maintenu que "seuls les misérables sont les bons"[34]. » Jusqu'à Socrate à qui il reproche d'avoir subi, en Égypte, l'influence des juifs.

Imaginons un philosophe qui, aujourd'hui, s'exprimerait ainsi...

Lorsqu'on débat de cette question brûlante, on oublie d'ailleurs d'évoquer un détail qui a son importance : l'inspirateur de Nietzsche que fut le pamphlétaire antichrétien Celse, plusieurs fois cité dans ce livre, nourrissait une haine toute païenne à l'endroit des juifs. Il les décrit comme des « gardeurs de chèvres et de brebis », dénonce la « rusticité des juifs ignares » et la « puérilité de leur cosmogonie », évoque les « impostures de Moïse » et stigmatise « l'esprit de sédition » des communautés juives d'Égypte. (Des phrases que les zélotes contemporains de Celse oublient toujours de citer.) Celse conclut même, comme dans un soupir : « Telle est la lignée d'où sont issus les chrétiens[35]. » Il ne reconnaît aux juifs qu'un seul mérite : l'ancienneté de leur foi, alors que celle des chrétiens lui semble ridiculement « récente ». Pour le reste, Celse récuse toute idée d'universalisme, ironise sur la faiblesse ou le « populisme » de Jésus, et souligne, en multipliant les exemples qu'il veut pédagogiques, l'étroite parenté entre l'homme et l'animal. Tout y est ! Composé durant l'été 178, le pamphlet de Celse, *Discours vrai contre les chrétiens*, avec mille sept cent dix ans d'avance, *préfigure jusque dans les détails* L'Antéchrist *de Nietzsche* (1888).

Brûlante question : peut-on imaginer un nietzschéisme aujourd'hui fréquentable et surtout de gauche ? Quelques nietzschéens indiscutablement ancrés à gauche, comme Clément Rosset[36] ou Michel Onfray, s'emploient vaillam-

34. Nietzsche, *La Généalogie de la morale*, 1, § 7.
35. Celse, *Contre les chrétiens*, op. cit., p. 42-43 et 65-66.
36. Voir notamment Clément Rosset, « Notes sur Nietzsche », *La Force majeure*, Minuit, 1983.

ment à démontrer que non seulement c'est possible, mais
que c'est la « bonne » interprétation de Nietzsche. À les
lire, on est tenté de saluer leurs efforts et la vigueur de leur
conviction, mais on a du mal à se laisser convaincre. Faire
de Nietzsche un théoricien anarcho-socialiste implique une
relecture encore plus sélective de son œuvre. On a beau s'y
essayer, on n'y arrive pas. Que faire des derniers textes de
La Volonté de puissance ? Que faire de certains délires de
Zarathoustra ? Que faire de *Par-delà bien et mal* ?

Nietzsche à gauche ? Historiquement, il est vrai, certaines
époques ont connu quelques manifestations d'un « nietzschéisme rouge ». Avant 1914, en Allemagne, l'œuvre du
philosophe – alors non reconnu – a pu être revendiquée par
des courants anarchistes ou par la bohème munichoise.
En France, la figure emblématique de Georges Palante
(1862-1925), professeur de philosophie et premier maître
de l'écrivain breton Louis Guilloux, incarnera cette tendance. Défenseur résolu de *L'Individu en détresse* (titre
d'un de ses livres), Palante, qui se suicidera en 1925, ne
cessera de se réclamer de Nietzsche [37]. On trouve également
des hommages à Nietzsche parmi les héritiers de Proudhon,
et notamment Édouard Berth, animateur des *Cahiers du
Cercle Proudhon*, publiés juste avant la Première Guerre
mondiale. Il faut reconnaître néanmoins que ce « nietzschéisme de gauche », pour intéressant qu'il soit, a toujours
été marginal et son contenu assez flou. Il est vrai que l'influence de Nietzsche tient plus à une posture, à un style,
à une musique qu'à une doctrine au sens strict du terme.
Jürgen Habermas a souvent souligné, en tout cas, que
Nietzsche n'était pas un auteur qu'on pût aisément trans-
planter à gauche. Et pour cause !

L'inspiration nietzschéenne, en revanche, a été ouvertement revendiquée en France par nombre d'auteurs qui se
rattachent clairement à l'extrême droite. Le journal intime
de l'intellectuel fasciste Lucien Rebatet (1903-1972), par

---

37. Louis Guilloux a consacré à son maître un livre aujourd'hui
réédité, *Souvenirs sur Georges Palante*, Calligrammes, 1987. Michel
Onfray, de son côté, a publié et commenté les textes les plus significatifs
de Georges Palante sous le titre *L'Individualisme aristocratique*, Belles
Lettres, 1995.

exemple, contient de claires références à la « volonté de puissance », à la fécondité de la « force », etc. [38]. Rebatet n'est pas le seul. Paradoxe des paradoxes, l'adversaire obsessionnel du christianisme que fut Nietzsche *a puissamment influencé en France les courants catholiques traditionalistes, proches de l'Action française*. Le « catholique athée » Charles Maurras (1868-1952) dénonçait lui aussi – en termes très nietzschéens – « le mysticisme égalitaire des prophètes » et « l'évangile inorganique et anarchique » que représentait à son avis le Nouveau Testament. La même remarque peut-être faite au sujet de l'essayiste et académicien Jacques Bainville (1879-1936), autre figure de l'Action française, qui définissait le catholicisme non point comme une foi mais comme une « force ». D'autres théoriciens royalistes comme Albert Bertrand-Mistral feront crédit à Nietzsche d'avoir critiqué une certaine interprétation du christianisme, fondée sur une conception « romantique » de la charité.

Entre Nietzsche et ces catholiques d'extrême droite, l'étrange rencontre a bel et bien eu lieu. On retiendra à son sujet le commentaire pertinent de Pierre-André Taguieff : « Dans son style néotraditionaliste, Nietzsche retient de l'héritage dogmatique la "dureté", mais par son esprit antithéologique il insuffle au traditionalisme une passion positive que celui-ci ne connaissait pas : il rend le traditionalisme joyeux [39]. »

Nietzsche aurait sans doute été troublé de se retrouver en si catholique compagnie…

L'Évangile subversif

Mais venons-en à l'aspect le plus étrange – et le plus intéressant – des relectures contemporaines de Nietzsche. Ce quatrième « retour » s'accompagne d'une réflexion néo-

38. Je me fonde ici sur un article de Robert Belot, « Lucien Rebatet. De l'intellectuel fasciste », *Esprit*, mai 1994, p. 90.

39. Pierre-André Taguieff, « Nietzsche dans la rhétorique réactionnaire », in *Pourquoi nous ne sommes pas nietzschéens*, *op. cit.*, p. 242. J'emprunte à Taguieff les références à Rebatet, Bainville et Proudhon.

chrétienne qui est à l'opposé des accointances traditionalistes assez lugubres qu'on vient d'évoquer. On veut parler
de la singulière « connivence conflictuelle » (si l'on peut
employer une telle expression) qui s'établit aujourd'hui
entre l'auteur de *L'Antéchrist* et quelques philosophes ou
essayistes chrétiens, attachés à la « subversion évangélique », et qui sont, eux, en rupture avec le conservatisme
catholique du début du XXe siècle. *A priori*, l'emploi du mot
connivence paraît surprenant. Quelle sorte de proximité
est-il possible d'établir entre le christianisme et celui qui
passa une vie entière à le pourfendre ? Cette proximité
paradoxale existe pourtant. Elle n'a pas échappé à certains
commentateurs de Nietzsche. « Quand il retourne *contre* le
christianisme les accusations d'idolâtrie, écrit par exemple
Éric Blondel, quand il attaque la morale légaliste des chrétiens, Nietzsche reste étrangement très proche de la tradition biblique : celle qui, avec les Prophètes et Jésus, met
en question le *moralisme* [40]. »

Le jésuite Paul Valadier, qui a consacré deux ouvrages
et quantité d'articles à Nietzsche [41], est sensible lui aussi
à la dénonciation par ce dernier du dogmatisme clérical et
du moralisme systématisé par l'Église. On peut voir dans
ce cléricalisme, dit-il, l'aveu d'une faiblesse, un carcan qui
voudrait enfermer l'homme sur lui-même jusqu'à l'obsession de la faute. Se trouve ainsi mis en cause par les chrétiens eux-mêmes ce retournement punisseur du christianisme, cette terrible inversion du message évangélique, que
le théologien Maurice Bellet appelle le « processus pervers », processus qu'il dénonce avec une véhémence polémique qui n'a rien à envier à celle de Nietzsche ou des
nietzschéens. Qu'on en juge.

« Voici que leur religion d'amour se révèle être un système de la cruauté, écrit-il, le Dieu qui aime n'aime pas du
tout, le salut qui vient par sa grâce n'est qu'un enfoncement
dans la tristesse, le ratage, le désespoir, etc. Effet d'une
éducation rigoriste ? L'explication est trop courte. Il arrive

---

40. Éric Blondel, « Postface » à Nietzsche, *Crépuscule des idoles*,
op. cit., p. 140.
41. Paul Valadier, *Nietzsche : cruauté et noblesse du droit*, Micha..on,
1998, et *Nietzsche l'intempestif*, Beauchesne, 2000.

que ce renversement de sens atteigne un christianisme qui se voulait au contraire épanoui, libéré, généreux. C'est l'amour qui empêche l'amour ; c'est la vérité, l'authenticité tant réclamées qui sont aveuglement [42]. »

Le théologien franciscain Arnaud Corbic, pour prendre un autre exemple, propose à sa manière une analyse relativement bienveillante en observant que Nietzsche pourfend surtout un « christianisme perverti », et que sa « constance dans l'agressivité fait beaucoup plus penser à un prophète de l'Ancien Testament qu'au mépris glacial ou à l'indifférence d'un incroyant ». Il ajoute que la plupart des invectives nietzschéennes « sont très inspirées de formules bibliques » [43].

Mais c'est sans aucun doute le travail interprétatif de René Girard qui justifie le mieux cette relecture « chrétienne » de Nietzsche. Dans son cas, on n'ira pas jusqu'à parler de complicité, dans la mesure où le philosophe de Stanford (Californie) reste le plus conséquent des anti-nietzschéens contemporains ; il n'empêche que sa familiarité avec l'œuvre et l'interprétation qu'il en fait perpétuent une féconde « intimité ». On en veut pour preuve deux textes sur Nietzsche (« Le surhomme dans le souterrain » et « Nietzsche contre le crucifié ») inclus dans l'un des derniers livres de Girard [44]. Ses analyses, sur bien des points, sont plus utiles à qui s'intéresse au « philosophe au marteau » que bien des gloses enflammées et soigneusement apologétiques.

Aux yeux de René Girard, la prodigieuse intuition de Nietzsche le conduit à ne jamais minimiser la profondeur de la rupture évangélique. Rupture qu'il passera sa vie à stigmatiser, certes, précisément parce qu'il en a compris la stupéfiante radicalité, mieux en tout cas que beaucoup de théologiens timorés ou de mièvres dévots. Il est évident que Nietzsche *a pris la vraie mesure du caractère subversif du message*, qui « transmute », pourrait-on dire, toutes les valeurs anciennes. De ce point de vue-là, écrit Girard,

---

42. Maurice Bellet, « Le Dieu-monstre », *Nouvelle Revue de psychanalyse. Le Mal*, *op. cit.*, p. 267-268.

43. Arnaud Corbic, *L'Incroyance. Une chance pour la foi ?*, Labor et Fides, 2003, p. 35 et 37.

44. René Girard, *La Voix méconnue du réel. Une théorie des mythes archaïques et modernes*, Grasset, 2002.

« Nietzsche est un merveilleux antidote à toutes les tentatives […] pour dissoudre la Bible dans la mythologie ». Pas question, avec Nietzsche, de ramener le Nouveau Testament à une vague sagesse qui ne ferait que reprendre, en les reformulant, des traditions plus anciennes, qu'elles soient sumériennes ou pharaoniques (on pense à la fondation du monothéisme par le pharaon Aménophis IV, dit Akhenaton, qui a vécu de 1372 à 1354 avant J.-C.).

On ne saurait combattre que ce que l'on comprend. Or il est évident que Nietzsche, fils de pasteur et ancien étudiant en théologie, a beaucoup lu la Bible et qu'il la connaît assez pour la *prendre terriblement au sérieux*. À ses yeux, le message christique introduit une rupture fondamentale dans l'histoire humaine. Il la juge funeste mais jamais ne la minimise. De sorte que Girard peut ajouter à bon droit : « Rien, chez Nietzsche, qui rappelle l'idéalisation douceâtre de la culture primitive qui a commencé à la fin du XVIIIᵉ siècle et que nous avons fait revivre avec tant de succès. Alors que triomphait la grande confusion syncrétique de la modernité, Nietzsche a attiré l'attention sur *l'irréductible opposition entre la vision mythologique fondée sur le point de vue des persécuteurs et le souci biblique des victimes* dont les effets divergent radicalement sur le plan moral aussi bien qu'intellectuel [45]. »

Deuxième remarque – et deuxième pierre dans le jardin des (trop) fervents nietzschéens d'aujourd'hui : l'interprétation que donne Girard du fameux aphorisme 125 du *Gai Savoir*, sans doute le texte de Nietzsche le plus connu, celui où il annonce la « mort de Dieu ». Contrairement à ce que l'on croit d'ordinaire, ce n'est pas une disparition de Dieu, heureuse et libératrice, la simple dissipation d'un archaïsme, que constate Nietzsche, c'est un meurtre qu'il décrit. « La disparition de Dieu, loin de s'être faite en douceur, sans violence ni drame particuliers, est un meurtre horrible où tous les hommes sont impliqués. ("Nous l'avons tué – vous et moi ! écrit Nietzsche. Nous sommes tous ses meurtriers.") Mais s'il n'y a pas de Dieu, observe Girard avec une feinte naïveté, comment pouvait-il être tué [46] ? »

45. *Ibid.*, p. 163.
46. *Ibid.*, p. 172.

Toutes ces relectures, évidemment, ne valent pas adhésion. C'est même tout le contraire. Elles permettent simplement de situer, par-delà les polémiques de surface, le *lieu exact* de l'opposition, irréductible en effet, entre la vision mythologique, fondée sur le point de vue des persécuteurs, et le souci biblique des victimes. Elles permettent du même coup de mieux comprendre la véritable signification du choix à faire entre l'*amor fati*, qui induit un consentement au monde, et la conviction – tenace – qu'un autre monde est possible.

* *
*

Ce quatrième « moment Nietzsche » est un symptôme, en effet. On a montré qu'il y avait mille raisons de le juger alarmant.

CHAPITRE 10

Repenser le religieux

> « Les religions divisent. Mais la foi qui
> unit rend à l'essentiel son importance.
> Il semble que nous soyons désormais à
> l'âge dur de la foi nue et retrouvée. »
>
> Stanislas Breton [1].

Tout nous ramènerait-il à la religion, ou plutôt au religieux ? La question s'impose. Elle est partout. Nous vivons en effet un renversement si extraordinaire que nul ne sait plus très bien comment le qualifier. Retour du refoulé ? Rémanence d'un archaïsme ? Déraison collective ? Une chose est certaine : en ce début de millénaire, la question religieuse est à nouveau omniprésente sur la planète. Elle l'est parfois de la pire façon : fanatismes affrontés, intégrismes égorgeurs, enrôlement du divin au service du crime, etc. Voilà que l'Amérique elle-même, territoire du futur et patrie de la technologie, convoque le Dieu du Nouveau Testament pour combattre Allah et légitimer les expéditions militaires de son président. Dans le pays des sciences cognitives, de l'intelligence artificielle et de la Silicon Valley, des prières officielles et des cantiques fusent à l'heure du journal télévisé. La Bible des baptistes du *Deep South* vient prêter main-forte aux bombardiers lourds B 52 et aux ordinateurs géants du Pentagone… Le monde est brusquement sommé de se rappeler que l'Amérique moderne et surarmée est d'abord une nation religieuse, qu'elle sort tout entière de l'alliance conquérante de la Bible et du colt.

Le mot renversement s'impose, tant les choses semblent à l'opposé de ce qu'elles avaient été tout au long du XXᵉ siècle. Les totalitarismes d'alors, les hécatombes et les tueries trouvaient leur origine dans des idéologies anti-

---

1. *L'Avenir du christianisme*, Desclée de Brouwer, 1999, p. 218.

religieuses. Toutes voulaient en finir avec Dieu, pacifiquement ou pas. Du « socialisme scientifique » de Staline au
paganisme de Hitler, des Gardes rouges de Mao Zedong,
fervents liquidateurs du confucianisme, aux génocidaires
du Kampuchéa démocratique, rien ne semblait plus urgent
que d'arracher les peuples du monde à « l'opium » des
croyances religieuses. Au service de cette fin, tous les
moyens semblaient bons.

Pagodes ou lamasseries incendiées en Extrême-Asie,
églises orthodoxes démolies ou transformées en étables par
les soviets, synagogues détruites et torahs profanées sur les
bords du Rhin, couvents désaffectés et nonnes passées par
les armes en Ukraine, prêtres et pasteurs envoyés dans les
camps hitlériens (à la Libération, en 1945, les soldats alliés
trouveront quelque huit cents prêtres à Dachau [2]) : sous
toutes les latitudes, la même haine du religieux armait le
bras des bourreaux. « Nous gratterons le vernis chrétien,
jurait Hitler, et nous retrouverons la religion de notre
race [3]. »

Dans la Russie de Lénine, on lançait en 1930 – sous la pré-
sidence de Kalinine – un « quinquennat sans Dieu » pour
extirper enfin l'imposture divine. À s'en remettre à la simple
arithmétique des massacres, à compter par tranches de
dizaines de millions de morts, il semblait que les dieux
étaient le plus souvent *du côté des suppliciés*. Le « religieux », comme on ne disait pas encore, semblait plus souvent l'ultime consolation des assassinés que l'allié des assassins. Les jours du divin semblaient d'ailleurs comptés. La
raison raisonnable n'en finirait-elle pas bientôt avec ces
fables ?

Or voilà que tout paraît s'inverser. Les siècles se suivent
mais ne se ressemblent pas. Celui dans lequel nous entrons
renvoie l'athéisme universel à plus tard et enrôle, dit-on, la
foi religieuse au service de la violence. À l'athéisme exterminateur de Lénine, de Hitler ou de Pol Pot, succéderait
une infinité de bigoteries terroristes ou impériales, dressées
les unes contre les autres au nom de leurs dieux, et toutes

2. Rapporté par René Rémond, *Religion et Société en Europe*, Seuil,
1998, p. 162.
   3. Hermann Rauschning, *Hitler m'a dit*, Hachette, « Pluriel », 1996.

ensemble contre la modernité démocratique. Djihad halluciné et « Groupes islamistes armés » d'un côté ; téléévangélistes va-t-en-guerre, curés bénisseurs de canons et rabbins en armes de l'autre. Crispées sur elles-mêmes, les religions – celles du Livre comme les autres – donnent l'impression de mettre le feu à la planète. Les rôles sont comme redistribués et la religion, loin de s'effacer peu à peu du paysage, effectue un « retour » équivoque.

Sa réapparition au premier plan balaie du même coup les hypothèses rationalistes d'avant-hier. Le religieux figurerait ainsi non point un archaïsme en voie d'extinction, mais « une propriété fondamentale de l'esprit humain [...] l'énigmatique capacité à se déterminer par rapport à un dehors de soi[4]... ». Oui, le renversement de perspective a de quoi troubler. Se trouve ainsi vérifiée l'intuition de Tocqueville, plus lucide sur ce point que les libres-penseurs militants. « La religion, écrivait-il, n'est qu'une forme particulière de l'espérance, et elle est aussi naturelle au cœur humain que l'espérance elle-même... L'incrédulité est un accident ; la foi seule est l'état permanent de l'humanité[5]. »

Prophétie vérifiée, certes, mais quel sens donner à tout cela ? Comment faire prévaloir un peu de calme dans un tel paysage ? Une nouvelle interrogation inquiète s'est répandue dans le monde : la croyance religieuse serait-elle, en tant que telle, pourvoyeuse de violence et d'intolérance ? La religion « revenue » – et dogmatisée – constituerait-elle dorénavant la principale menace pesant sur les droits de l'homme et ce qu'il reste de l'optimisme démocratique ? Symptôme parmi d'autres : nombre de livres ont été écrits et édités, depuis le début des années 2000, qui examinent cette question ; les plus réfléchis étant sans conteste les deux gros volumes sur Dieu et sur la religion publiés par Régis Debray[6].

À ces considérations générales, on pourrait en ajouter une, plus particulière, mais qui vaudrait un livre entier à

4. Marcel Gauchet, *Un monde désenchanté ?*, Cerf, 1988, p. 73 (épuisé).

5. Alexis de Tocqueville, *De la démocratie en Amérique*, Garnier-Flammarion, 1981, p. 403.

6. Régis Debray, *Dieu, un itinéraire*, Odile Jacob, 2001, et *Le Feu sacré*, Fayard, 2003.

elle seule. Lorsque la modernité invoque son athéisme sourcilleux et se flatte étourdiment d'en avoir fini avec le religieux, elle oublie de s'interroger sur toutes les idoles qui bénéficient d'un culte plus proche des religions à mystère que de la raison raisonnable. Une religiosité archaïque et sacrificielle imprègne l'air du temps et donne parfois à penser que la modernité tout entière est une formidable machine à fabriquer des idoles : argent, bourse, médias, profit, tribus, etc. Ces idoles-là, simplement, ne sont pas reconnues pour ce qu'elles sont en vérité.

Une évidence s'impose désormais : aucune réflexion sur l'avenir du monde, aucune analyse des ruptures anthropologiques que nous vivons *ne peut plus faire l'impasse sur ce qu'on appelle pudiquement le fait religieux*. La religion ne peut plus être tenue pour une survivance pittoresque de la pensée primitive. Elle ne peut pas davantage être désignée comme une abomination qu'il faudrait éradiquer à tout prix. Elle est *devant nous*, aussi bien pour nos sociétés occidentales irrésistiblement « communautarisées » que pour celles du dehors. Que nous soyons au-dehors ou au-dedans, elle est constitutive de notre présent et, sans doute, de notre avenir. Que nous le voulions ou non, nous voilà contraints de « penser » (ou de repenser) le religieux et d'imaginer la place qui pourrait être la sienne dans le monde imprévisible qui surgit.

Vraies et fausses guerres de religion

Repenser le fait religieux, mais comment ? Peut-être faut-il commencer – et même si cela ne suffit pas – par remettre à leur place quelques fantasmes. Dans le discours courant, le religieux hante à ce point le langage qu'il est mis en exergue de manière abusive. Il entre une part d'obsession dans tout cela. La paresse médiatique conduit à voir un peu partout des « guerres de religion », même là où il n'y en a pas. On use de cette référence comme d'un raccourci permettant de faire l'économie d'une analyse géopolitique ou historique. La religion, hier encore dédaignée, ou reléguée, devient une catégorie explicative passe-partout. À lui seul, le mot rameute, il est vrai, un lot de souvenirs et d'images fortes – La Mecque, les croisades, la Saint-Barthélemy, les inquisitions – qui conviennent parfaitement à la théâtralisation médiatique.

Ainsi confessionnalise-t-on à la hâte des conflits qui procèdent à l'évidence d'autres logiques. Les guerres survenues dans l'ex-Yougoslavie (Serbes orthodoxes contre Albanais ou Bosniaques musulmans, mais aussi contre Croates catholiques) étaient plus le fait de micro-nationalismes exacerbés que de croyances antagonistes. La guerre infinissable qui oppose depuis plus d'un demi-siècle Israéliens et Palestiniens voit s'affronter *deux peuples revendiquant une même terre*, bien plus qu'elle ne dresse l'islam contre le judaïsme. (L'origine du mouvement national palestinien n'est pas à rechercher dans l'islam, pas plus que celle du baasisme arabe, comme on le sait.) En Irlande du Nord, la guerre civile apparaît plus comme un ultime avatar du processus colonial britannique que comme le résultat d'une incompatibilité théologique entre catholiques et protestants. De la même façon, la guerre de dix-sept ans qui ensanglanta le Liban entre 1975 et 1992 n'était que très secondairement confessionnelle.

Au Kosovo, il faut se souvenir qu'en 1999 les Slaves et les Tziganes islamisés ont fait cause commune avec les Serbes orthodoxes contre les Albanais, qu'ils fussent musulmans ou chrétiens. La ligne de partage n'était donc pas confessionnelle. Cette liste pourrait être allongée à l'infini. Que l'on songe aux conflits d'Indonésie – y compris celui des Moluques – qui sont évidemment ethniques avant d'être religieux ; que l'on pense à certains affrontements africains (Érythrée, Soudan, etc.) présentés eux aussi, mais à tort, comme de pures affaires religieuses. Quant aux attentats terroristes du 11 septembre et aux interventions américaines subséquentes en Afghanistan puis en Irak, il est difficile d'y voir une simple reprise de l'antagonisme séculaire entre la chrétienté et l'islam. Bien d'autres logiques y furent à l'œuvre, qu'elles fussent économiques, idéologiques, pétrolières ou relevant du pur ressentiment nihiliste évoqué au début de ce livre.

Les spécialistes de la géopolitique s'insurgent contre une lecture strictement confessionnelle de toutes ces violences. Ils s'inquiètent du caractère simplificateur – et redoutable à longue échéance – des analyses en termes de « choc des civilisations » proposées par Samuel Huntington et quelques autres. « Si l'Occident n'est pas le christianisme, demande-t-il, pourquoi l'islam devrait-il être l'Orient [7] ? » En réalité la plupart de ces conflits dont l'origine est ailleurs finissent par entraîner une *instrumentalisation du religieux* comme ressort mobilisateur des foules. C'est grave, assurément, mais ce n'est pas tout à fait la même chose qu'une guerre de religion. Dieu est *convoqué* par des belligérants déjà aux prises les uns avec les autres. Il n'est pas à l'origine de leurs différends. On pourrait même dire que la religion est alors la première victime d'une *confiscation* idéologique, pour ne pas dire plus. « L'extrémisation devient proprement démentielle lorsqu'elle réussit finalement à embrigader *la référence divine*. Cette capture réduit l'idée de Dieu à un pur et simple "absolutiseur" de l'idée de l'État ou de l'action politique en œuvre [8]. »

Il y a donc une part de mensonge – ou de panique – dans l'évocation si souvent ressassée d'un embrasement général du monde sous l'effet de religions devenues folles. Ces paniques nous en apprennent autant sur l'analyste que sur la réalité analysée. Ajoutons une brève remarque. L'historien Jean Flori, bon connaisseur des périodes de violence, récuse l'interprétation elle aussi rabâchée qui consiste à voir dans le monothéisme abrahamanique un facteur d'intolérance belliqueuse qui aurait battu en brèche les doux polythéismes de jadis. La thèse est connue. Les civilisations qui honoraient plusieurs dieux, dit-on, étaient plus naturellement portées à accepter l'existence d'autres divinités, d'autres croyances, à leur faire pacifiquement une place. Elles étaient donc mieux disposées à la tolérance que ne peuvent l'être les cultures monothéistes, convaincues d'honorer le seul et unique Dieu véritable. L'ennui de cette thèse accusatrice à l'endroit du monothéisme est qu'elle ne résiste pas à l'examen.

---

7. Olivier Roy, « L'islam est passé à l'Ouest », *Esprit*, août-septembre 2002, p. 123.
8. Francis Jacques, « Barbarie et civilisation à l'âge du pluralisme », *in* Jean-François Mattéi et Denis Rosenfield, *Civilisation et Barbarie*, *op. cit.*, p. 74.

Pour qui s'intéresse à l'Histoire, rien ne permet d'opposer un paganisme facteur de tolérance et de paix à un monothéisme fauteur de guerre. Attila et Gengis Khan étaient-ils monothéistes ? Les cités grecques incroyablement belliqueuses n'étaient-elles pas polythéistes ? « Il est tout à fait faux, écrit Flori, de soutenir que le paganisme s'est montré par nature et dans l'histoire plus tolérant que le monothéisme. » Et il prend l'exemple de Rome : « En faisant des innombrables dieux les protecteurs de l'Empire romain, et plus encore en divinisant Rome et en établissant le culte impérial, les Romains assimilaient religion et civisme, faisant du même coup de toute guerre livrée pour l'empire un acte sacré [9]. »

Le monothéisme n'a donc rien changé en la matière.

Un passé chrétien « de terreur et de sang » ?

Ces réserves faites – elles sont d'importance –, il n'en reste pas moins que les religions ont – aussi – à leur passif un « passé de terreur et de sang », pour reprendre l'expression de Stanislas Breton. C'est incontestable. Ce passé, nul homme sensé ne peut l'ignorer. Un croyant, en particulier, doit être capable de le regarder en face afin de mieux questionner sa propre foi. Il rend légitimes les craintes qu'inspire aujourd'hui le fameux « retour » des dieux, et d'autant plus nécessaire un surcroît de vigilance. « Les chrétiens doivent avoir le courage de la lucidité, observe Jean Delumeau, et notamment comprendre pourquoi tant de nos contemporains éprouvent vis-à-vis de l'Église répulsion et rancune. Dans la mesure où elle a été pouvoir, elle a constamment démenti l'Évangile [10]. » Quelque chose est advenu dans l'histoire religieuse de l'humanité, dont il faut se ressouvenir. Chaque religion a connu une dérive particulière, chacune d'entre elles, à un moment ou à un autre, a consenti indiscutablement à exalter la violence prosélyte.

9. Jean Flori, *Guerre sainte, jihad, croisade. Violence et religion dans le christianisme et l'islam*, Seuil, « Points », 2002, p. 241, 244.

10. Jean Delumeau, *Le christianisme va-t-il mourir ?*, Hachette, 1977, p. 9-10.

Reste à comprendre pourquoi et comment. À ce sujet, un rappel historique – même s'il est sommaire – s'impose.

Commençons par le catholicisme. Dès le IVe siècle, le pacifisme chrétien originel – cette « douceur » incivique dont se moquaient les pamphlétaires païens prompts à tourner en dérision le message évangélique – s'est mué en cléricalisme guerrier après la conversion de Constantin, en 312, et la christianisation de l'Empire. Contre les menaces d'invasion, saint Augustin élaborera la théorie de la « guerre juste ». L'objection de conscience ne sera plus à l'ordre du jour dès lors que l'empire est devenu chrétien et que son *limes* est assiégé. « Tout [alors] a été forcé de se revêtir du manteau militaire », note mélancoliquement Charles Péguy[11]. Cette alliance ambiguë, contre nature même, entre le temporel et le spirituel se renforcera durant le Haut Moyen Âge, à mesure que s'imposeront les valeurs guerrières en vigueur chez les peuples « barbares ». L'idée d'un Dieu vaincu et crucifié est étrangère aux mentalités des Francs, des Burgondes ou des Wisigoths. En convertissant ces peuples, le christianisme lui-même se « barbarise ». « Les guerriers sont désormais beaucoup mieux considérés qu'auparavant. Par voie de conséquence, le message chrétien s'infléchit jusqu'à s'éloigner définitivement du pacifisme originel[12]. » Une aristocratie militaire émerge bientôt, qui s'allie – ou même se confond – avec l'aristocratie religieuse des royaumes francs. Tout se met en place pour une alliance durable – et désastreuse – entre « le sabre et le goupillon ».

On verra apparaître, aux Xe et XIe siècles, des « saints militaires » qui fonderont la chevalerie médiévale ; on verra se généraliser des liturgies qui sacralisent le combat et canonisent les guerriers morts l'épée à la main ; on privilégiera de plus en plus les cultes et les prières qui exaltent la lutte armée contre les « ennemis du Christ ». Le vocabulaire lui-même se transformera avec l'apparition d'expressions comme « soldats du Christ » ou « *ost* Notre-Seigneur » (*ost*, pour armée en vieux français). Les croi-

11. Cité par Simone Fraisse, *Péguy*, Seuil, « Écrivains de toujours », 1979, p. 98.
12. Jean Flori, *Guerre sainte, jihad, croisade, op. cit.*, p. 53.

L'Église nous a délaissés

Accusant, en 1877, l'Église de s'être ralliée depuis des siècles aux puissants, un ouvrier du nom de Corbon adressait cette lettre magnifique au sénateur-évêque Mgr Dupanloup.

« Monseigneur, vous nous avez lancé cette apostrophe : "Qui donc me dira pourquoi ce peuple nous délaisse ?"… Nous vous délaissons aujourd'hui parce que depuis des siècles vous nous avez délaissés. Quand je dis que vous nous avez délaissés, je n'entends pas dire que vous nous avez refusé "le secours de la religion", non : votre intérêt sacerdotal vous commandait même de nous le prodiguer. J'entends que, depuis des siècles, vous avez abandonné notre cause temporelle, votre influence s'étant même exercée à empêcher plutôt qu'à favoriser notre rédemption sociale… Depuis l'époque où commence la décadence de l'art chrétien, l'enseignement se modifie, surtout celui qui s'adresse aux masses inférioriséees. Il les détourne expressément de toute pensée de rédemption en ce monde. Il ne leur recommande plus que la soumission la plus absolue aux puissances établies – si toutefois elles sont à la dévotion de l'Église ! Il leur présente comme agréable à Dieu la résignation la plus entière à leur misérable sort. Il s'évertue à leur faire accroire que plus elles se résigneront à être humiliées, pressurées, écrasées en ce monde, plus elles se ménageront une heureuse compensation en l'autre monde. »

Citée par Bruno Chenu, *Panorama*, avril 2000.

---

sades et les « guerres saintes » menées contre les infidèles, la lutte sans remords contre les hérétiques seront l'aboutissement de cette lente et funeste transmutation de la foi en religion d'État.

Du côté des protestants, on ne sera pas en reste. La dérive – terrible – commence dès Luther lui-même, c'est-à-dire au tout début de la Réforme. Au printemps 1525, l'Allemagne est le théâtre d'une révolte paysanne qui inquiète les princes et l'aristocratie. Elle est menée par le théologien Thomas Münster, qui se bat pour qu'une réforme sociale concrète accompagne la réforme religieuse. Défenseur des

paysans pauvres, et toute proportion gardée, Münster préfigure la théologie de la libération, active en Amérique latine
dans les années 1960-1970. Or, face à cette insurrection,
Luther choisit explicitement le parti des princes, la défense
de l'ordre et du pouvoir temporel. Il rédige un manifeste
d'une incroyable violence, un appel à la répression dont le
titre parle à lui seul : *Contre les bandes pillardes et meur-
trières des paysans*. Dans ce libelle, on peut lire des objurga-
tions comme celle-ci : « Chers seigneurs, poignardez, pour-
fendez et égorgez à qui mieux mieux. Si vous y trouvez la
mort, tant mieux pour vous ; jamais vous ne pourrez trouver
une mort plus bienheureuse, car vous mourrez dans l'obéissance au commandement de la parole et de Dieu [13]… »
   Foin de la douceur évangélique ! Ce choix initial de
Luther marquera durablement l'histoire du protestantisme.
Il pèsera sur son imaginaire, en dépit des persécutions dont
les protestants seront victimes en France, persécutions qui
feront d'eux une minorité pourchassée. Quatre siècles plus
tard, en 1939, Karl Barth, le plus grand théologien protestant du XXᵉ siècle, voudra voir dans cet « héritage » et dans
le choix répressif de Luther au XVIᵉ siècle, deux faits qui
expliquent l'étrange fascination qu'exerça le nazisme sur
certains protestants d'outre-Rhin qui s'appelaient eux-
mêmes *chrétiens allemands*. Pour Barth, le peuple allemand, outre un paganisme spécifique qui l'habite encore,
souffre alors « de l'erreur de Martin Luther au sujet du
rapport entre loi et Évangile, entre pouvoir temporel et
spirituel, par quoi son paganisme naturel ne fut pas tant
limité et endigué que plutôt idéologiquement transfiguré,
confirmé et renforcé [14]… »

La « maladie » de l'islam

   Alliance contre nature entre message biblique et traditions païennes, dérives théocratiques et dominatrices d'une
foi originellement non violente, ralliement des clergés aux

---

13. Cité par Jacques Rollet, *Religion et Politique*, *op. cit.*, p. 76.
14. Karl Barth, « Lettre de décembre 1939 », citée par Jacques Rollet,
ibid., p. 77.

monarchies et aux classes dominantes : ce schéma chrétien est-il applicable à l'islam ? Oui et non. Oui, dans la mesure où lorsque Mahomet scelle une alliance, en 629, avec Abou Sofyân, qui représente les chefs païens venus de La Mecque, on peut dire que l'islam reprend à son compte les traditions belliqueuses des « idolâtres » prestement convertis. Une sorte de contagion est à l'œuvre là aussi. L'armée de dix mille hommes aussitôt levée entrera bientôt dans La Mecque, sabres brandis, abattra les idoles païennes et « islamisera » l'ancien sanctuaire païen de la Ka'aba. L'aventure commence donc bien par une guerre.

Très vite, l'expansion de la nouvelle religion prendra l'allure d'une chevauchée guerrière. Elle permettra aux musulmans de conquérir en vingt années un immense empire allant d'un bout à l'autre de la Méditerranée. Ce bellicisme des premiers temps se renforcera encore à partir du IXe siècle, au moment de l'assaut livré à l'Empire byzantin par les Turcs seljoukides. Cette militarisation et ces conquêtes s'appuieront, comme on le sait, sur une réinterprétation du concept de *jihad*, qui, à l'origine, n'avait pas forcément de signification agressive. Disons, pour être plus précis, qu'on trouve dans le Coran plusieurs acceptions du mot *jihad* (« effort accompli dans la voie de Dieu »), dont une bonne moitié n'a aucun rapport avec la guerre. Au long des siècles – et jusqu'à aujourd'hui –, le mot *jihad* fera l'objet d'extrapolations contradictoires, les unes délibérément spirituelles (le *jihad* intérieur, l'effort sur soi-même), les autres carrément militaires et offensives.

Nous en sommes là aujourd'hui. L'importance nouvelle – et inquiétante – donnée au *jihad* guerrier dans la mouvance islamiste moderne remonte pour l'essentiel aux années 1950 et 1970, et doit beaucoup à l'influence de théoriciens de la « guerre sainte », comme Saïd Qotb (mort en 1966), ou l'Égyptien Mohammad Abd al-Salam Farrag. En tout cas, l'interminable conflit d'interprétation du *jihad* est à nouveau au-devant de la scène, mais cette fois sur fond de terrorisme et de crimes. À y bien réfléchir, il est même *au cœur des relations entre les pays musulmans et le reste du monde*. C'est par ce conflit de nature théologique que passera – ou ne passera pas – la possible conciliation

entre une foi musulmane rénovée et une modernité démocratique conséquente avec elle-même, c'est-à-dire opposée
à l'agression.

Une telle conciliation n'est pas inimaginable, mais elle
pose un problème particulier. Dans le catholicisme ou le
protestantisme, le recours à la violence était clairement
identifiable à une *dérive* ou à une *trahison* temporelle. Sa
condamnation et son rejet ne posent pas de problèmes
doctrinaux particuliers. Quoiqu'on dise, et en dépit des formules et métaphores guerrières qui abondent dans la Bible,
les chrétiens des premiers siècles étaient indubitablement
des pacifistes. Leur pacifisme s'inspirait directement de
l'Évangile. Refusant de porter les armes et de s'engager
dans les légions romaines, ils furent souvent persécutés à
cause de cela.

Il n'en va pas de même pour l'islam qui, dès l'origine,
comme le souligne justement Jean Flori, ne manifeste
aucune réticence à l'égard de la guerre. Cette dernière
« n'est condamnée ni par la révélation coranique ni par le
comportement réel de son fondateur. Non seulement Mahomet (contrairement à Jésus) n'a pas rejeté l'usage de la violence armée, mais il l'a lui-même pratiquée comme chef de
troupes, l'a prêchée en plusieurs circonstances et n'a même
pas hésité à faire assassiner quelques-uns de ses adversaires [15] ». La « pacification » du terme *jihad* et l'acceptation par l'islam du principe de laïcité sont par conséquent
problématiques, ce qui ne veut pas dire inconcevables à
terme. Dès le départ, en effet, l'islam a considéré que l'autorité politique devait être placée sous l'autorité du religieux, de sorte que fût assurée l'application d'un droit
d'origine divine. Le christianisme au contraire avait mis
l'accent sur l'intériorité et l'affrontement du mal présent
dans l'être lui-même. Rendez à César ce qui revient à
César, etc. « Or, par l'effet d'une ruse de l'histoire ou de
l'inconscient, l'échec de l'islam se réalise dans le politique
et sa réussite dans l'expérience de l'être tandis que se produit le contraire pour le christianisme [16]. »

15. Jean Flori, *Guerre sainte, jihad, croisade, op. cit.*, p. 72.
16. Abdelwahab Meddeb, « Entre l'un et l'autre », *Esprit-Les Cahiers
de l'Orient*, juin 1991, p. 82.

Là trouve son origine ce que l'auteur des lignes ci-dessus, le Tunisien Abdelwahab Meddeb, appelle « la maladie de l'islam ». Elle n'en rend que plus méritoire l'effort opiniâtre de quantités d'intellectuels musulmans pour arracher leur religion à la fatalité de cette « maladie ».

Un pèlerinage aux sources ?

Repenser le religieux : quelle signification peut donc revêtir aujourd'hui une telle démarche ? Si la religion et la foi sont encore devant nous, il reste à s'interroger sur le nouveau visage qu'elles peuvent – et doivent – prendre, de sorte que la croyance n'ajoute plus jamais la guerre à la guerre ni l'intolérance à l'intolérance. Il reste à imaginer *quelle sorte de cohabitation peut s'établir entre le religieux et la démocratie moderne*. Pour être juste, cette quête est déjà en cours. Elle est même souterrainement active dans quantité de lieux, revues, instances ou communautés dont on ne parle guère. Elle n'est pas l'apanage d'une confession en particulier mais les concerne toutes. Ce débat touche évidemment l'islam, qui « cherche sa voie entre modération et retour aux ancêtres. Bien plus, cette alternative est [aussi] présente dans le christianisme et dans le judaïsme et elle intéresse tout laïc qui a pris la mesure du vide spirituel qui affaiblit notre civilisation [17] ».

Là encore, des chemins nouveaux sont à chercher, ou à ouvrir. Constatons qu'une telle entreprise implique un travail d'*anamnèse*, c'est-à-dire de retour aux textes aux fins de réexamen. On a tort de sous-estimer l'importance de cet effort de relecture biblique ou coranique à l'œuvre dans nos sociétés. Du côté chrétien, la crise des institutions et le déclin des pratiques religieuses s'accompagnent d'un singulier renouveau des recherches scripturaires et de l'exégèse biblique. Jamais, semble-t-il, on ne s'était autant intéressé aux écrits testamentaires qui appartiennent à l'inconscient

---

17. Corine Pelluchon, « Islam, islamisme et démocratie » [à propos du livre d'Alexandre Del Val, *Le Totalitarisme à l'assaut des démocraties*, Éditions des Syrtes, 2002], *Commentaire*, n° 100, hiver 2002-2003, p. 997.

collectif occidental. Au vide relatif des églises, des temples et des synagogues, correspond un « plein » des bibliographies exégétiques. Pour les catholiques, c'est assez nouveau. On songe ici à la remarque ironique de Péguy : « Les juifs lisent [leurs textes] depuis toujours ; les protestants depuis Calvin ; les catholiques depuis Ferry [18]. »

Du côté musulman, seule la sottise et le dédain expliquent l'ignorance dans laquelle est tenue la réinterprétation qui s'élabore, notamment dans les communautés installées en Europe. L'inusable présentation médiatique de l'islam en terme de « prédications » enflammées ou de sectarisme communautaire ne traduit pas la réalité quotidienne. Nombreux sont les intellectuels qui pensent que le temps est venu de « réinterroger les sources, de remettre en cause certaines interprétations du texte coranique », et cela « avec la plus grande rigueur, en utilisant notamment les outils des sciences humaines [19] ». Ils se disent prêts, pour cela, à braver la sacralité du texte.

Première remarque : cette volonté de ressourcement, de relecture à frais nouveaux, ne se confond pas avec les tendances « littéraristes » qui, surtout dans l'islam, mais aussi dans certains cercles créationnistes chrétiens ou fondamentalistes juifs, conduisent à considérer les textes religieux comme des messages immuables, à prendre au pied de la lettre. Le fondamentalisme consiste à refuser ce qu'on appelle l'herméneutique (du grec *hermêneutikos* : interprétation). Il est difficilement soutenable dans la mesure où la « Révélation » contenue dans les livres est tributaire de la *tradition* qui les a transmis et du travail exégétique qui, sans relâche, les interprète. Cela revient à dire que les textes sont *vivants* et qu'il appartient aux croyants de les questionner d'une génération à l'autre. Le message évangélique, par exemple, n'est-il pas dès l'origine – c'est-à-dire dans les quatre Évangiles – une *interprétation* par des témoins identifiables d'événements survenus sous leurs yeux et de paroles entendues par eux ? La Révélation, en somme, non seulement est inséparable de la tradition interprétative,

18. Charles Péguy, *Notre conjointe*, Gallimard, 1935 (épuisé).

19. Texte de présentation du site « Études musulmanes » sur l'Internet. Adresse : redaction@etudes-musulmanes.com

mais elle est en elle-même un *processus*, un cheminement jamais achevé ni clos sur lui-même.

« Rien n'est plus extérieur au génie chrétien qu'un devenir immobile ou un langage figé. Même si cela dérange, il faudrait parvenir à penser le christianisme comme une tension *dans le devenir même des cultures* [20]. » Cette remarque de Frédéric Boyer rejoint la belle idée de Paul Ricœur, pour qui tout n'est jamais révolu dans le passé qui nous constitue et où nous devons rechercher les promesses non tenues, pour enfin les faire vivre. « Ce sont principalement les événements fondateurs d'une communauté historique qu'il faut soumettre à cette lecture critique, de manière à libérer la charge, l'espérance parfois de révolution, qu'ils portaient et que le cours ultérieur de l'Histoire a trahies [21]. » Pour ce qui concerne le judaïsme, la tradition talmudique ne dit pas autre chose.

Du risque à la promesse

Bien sûr, tout retour au texte porte le risque d'aboutir au résultat inverse, c'est-à-dire à une « archaïsation » de la foi. C'est ce qui s'est parfois passé dans les milieux chrétiens, après que les groupes bibliques, vivement encouragés par le Concile Vatican II, se furent multipliés à partir des années 1970. Pour certains fidèles, un tel retour à la Bible, ce « second baptême », a pu déboucher sur une redécouverte rafraîchissante et créatrice, à mille lieux de celle, jugée desséchante, des experts. D'autres en revanche ont sacrifié à une lecture « spontanément fondamentaliste », pour reprendre l'expression du théologien Claude Geffré. Ils se sont attachés à la lettre du texte, croyant raffermir ainsi leur foi. Confronté à de tels enthousiasmes, le théologien a fort à faire pour rappeler à ces enthousiastes qu'une « lecture critique de la Bible peut être, au contraire, une exigence de la foi qui respecte mieux le

---

20. Frédéric Boyer, *Le Monde de la Bible*, n° 140, janvier-février 2002.
21. Paul Ricœur, « Identité narrative et communauté historique », *Cahiers de Politique autrement*, octobre 1994.

régime d'incarnation de la Parole de Dieu dans une parole
humaine [22] ».

Le risque est là. Il mérite sûrement d'être couru dans la
mesure où la relecture peut apparaître, à l'inverse, comme
un gage de rajeunissement et de refondation. Souvenons-
nous, d'ailleurs, qu'une même volonté de revenir aux
sources s'est manifestée, sous diverses latitudes, dans les
périodes de rupture ou de crise. Elle a souvent accompagné
et favorisé ces grandes mutations instauratrices. La Renaissance européenne, après tout, s'est appuyée sur un *retour*
aux textes grecs et sur le rapatriement de la raison, du
logos. La Réforme protestante, elle aussi, a commencé par
la volonté de dépoussiérer les textes de l'Église, en les
débarrassant des accaparements, travestissements ou trahi-
sons dont ils avaient fait l'objet. (C'est le *sola Scriptura*,
l'appel à la seule Écriture.) Songeons au sens second induit
par les mots : « protester », c'est refonder… Le renouveau
d'une société ou d'une civilisation passe ainsi, presque toujours, par la relecture critique qu'elle fait de ses textes inau-
guraux, et cela *au fur et à mesure qu'elle change elle-
même*. Il faut rappeler la réflexion de Raymond Aron à ce
sujet : « Le passé n'est définitivement fixé que quand il
n'a plus d'avenir [23]. »

Cette application dans l'*anamnèse* n'est d'ailleurs pas
l'apanage des religions occidentales. On la retrouve dans
l'hindouisme ou le bouddhisme. La naissance, en Asie
(surtout au XIXᵉ siècle), de ce qu'on a appelé le « néohin-
douisme » et le « néobouddhisme » a marqué tout à la fois
la modernisation d'une foi, d'une culture, d'une tradition,
et un retour critique aux textes (grâce notamment aux
recherches de l'orientalisme occidental). « Le bouddhisme
traditionnel, souligne un spécialiste, s'était encombré, au
fil des siècles, de représentations cosmologiques désuètes
et d'autres modes de pensée inadaptés au temps présent.
[…] Les bouddhistes comblèrent le retard et, ce faisant,

---

22. Claude Geffré, « La lecture fondamentaliste de l'Écriture dans le
christianisme », *Études*, décembre 2002, p. 635 à 645.
23. Raymond Aron, *Dimensions de la conscience historique*, Plon,
1954, p. 18.

Redécouverte du biblique

Venant de la psychanalyse, Marie Balmary appartient aujourd'hui à un groupe de lecture biblique. Dans ses livres, elle évoque parfois ces croyants qui, découvrant la psychanalyse, en sont à ce point fascinés qu'ils se détachent du texte biblique. Elle dit avoir fait « le chemin inverse ».

« Sur le seuil des lieux d'où ils sortent, nous nous croisons : puisque nous, les non-religieux, nous qui n'avions pas prévu d'arriver là, nous qui venons le plus souvent de la science et de divers milieux et mouvements au plus loin des Églises, nous entrons dans ces textes avec intérêt et respect. Méfiants envers leurs traducteurs et commentateurs, nous sommes, après des années de lecture, confiants en leur lettre même, persuadés qu'ils en disent plus sur l'homme qui parle que les théories scientifiques ou les doctrines politiques auxquelles nous avions d'abord adhéré. Nous ne cherchons pas à banaliser l'extraordinaire de la Bible pour qu'il rejoigne la condition humaine telle que nous la connaissons. Nous recevons au contraire cet extraordinaire même comme disant l'invisible, l'inaccompli, l'irrévélé de l'homme, que la science ne saurait expliquer et encore moins faire advenir. »

Marie Balmary, *La Divine origine*, Grasset, 1993.

---

ils redécouvrirent l'enseignement originel du Bouddha[24]. » Dans cette hypothèse – comme pour le christianisme –, le retour aux sources fut tout à la fois porteur de menaces et de promesses. Les premières valaient sûrement la peine d'être courues dans l'espoir des secondes.

Quelles menaces ? Prenons à titre d'illustration l'exemple, très actuel, du confucianisme asiatique. L'enseignement originel de Confucius, dispensé entre les VIe et Ve siècles avant notre ère, a été à l'origine d'une riche réflexion philosophique, étalée sur vingt-quatre siècles. Dès le IIe siècle avant J.-C., cependant, les textes d'origine avaient été

---

24. Heinz Bechert, « Bouddhisme et société : le bouddhisme en notre temps », *in* Hans Küng (dir.), *Le Christianisme et les Religions du monde, op. cit.*, p. 352.

instrumentalisés par le pouvoir temporel qui en avait fait *un catéchisme obligatoire pour tous les fonctionnaires de l'État centralisé*, c'est-à-dire une idéologie. Cet avatar est assez comparable à celui qui, cinq siècles plus tard, affectera le christianisme transformé en religion officielle de l'Empire romain.

Aujourd'hui, dans le vide laissé par la disparition du communisme asiatique, dans un contexte de rivalité-fascination à l'endroit de l'Occident, le retour au message de Confucius est parfois encouragé par des régimes autoritaires qui tentent d'y puiser une nouvelle légitimité culturelle. Cela participe de ce qu'on appelle l'*asiatisme*. L'exemple le plus flagrant est celui de l'idéologue et dirigeant singapourien Lee Kwan Yew. Dans les années 1970, ce dernier entreprit de reprendre à son compte « des valeurs confucéennes garantes de stabilité, de discipline et d'ordre social, par opposition à un Occident-repoussoir dont le déclin s'expliquerait par son parti pris d'individualisme [25] ». De la même façon, le recours – biaisé – à des images ou métaphores puisées dans l'héritage de Confucius est constitutif du « kimilsungisme » dictatorial en Corée du Nord. On voit bien le danger d'un tel retour aux sources.

Si l'on en croit les spécialistes de l'Asie et les sinologues, la contagion de l'asiatisme n'a pas épargné Hong-Kong, la Corée du Sud, Taiwan et la Chine elle-même. En Chine, « le confucianisme, vilipendé depuis deux générations et attaqué, voire physiquement détruit, avec un comble de violence pendant la révolution culturelle […], fait l'objet en 1978 d'un premier colloque visant à sa réhabilitation. À partir de cette date, il ne se passera pas une seule année sans la tenue de plusieurs colloques internationaux sur le confucianisme ». Ajoutons que le recours intéressé aux traditions religieuses ou spirituelles orientales pour remettre en question la modernité occidentale fut parfois le fait d'Occidentaux. L'exemple le plus intéressant est celui du philosophe français René Guénon (1886-1951), grand

25. Anne Cheng (sinologue, professeur à l'Institut national des langues et civilisations orientales), « Confucianisme, postmodernisme et valeurs asiatiques », conférence à l'Université de tous les savoirs, 30 octobre 2000.

défenseur de la tradition et de l'ésotérisme spiritualiste. Initié au taoïsme, puis à l'hindouisme, Guénon se convertira à l'islam et au soufisme en 1912 et finira sa vie au Caire, en pieux musulman. Le repli traditionaliste, pour Guénon, l'avait manifestement emporté sur le goût de l'avenir.

Promesses et risques mêlés, le retour vers les sources s'impose néanmoins à quiconque tente de repenser le religieux. Un tel réexamen n'est-il pas un détour préalable qui permet d'ouvrir un chemin vers la liberté, c'est-à-dire vers l'avenir ? L'alternative nous est offerte, aujourd'hui plus que jamais.

Des sociétés « post-judéo-chrétiennes »

Repenser le religieux ? Au sujet du judéo-christianisme, on doit convenir que les perspectives sont un peu plus compliquées. Dans une large mesure, *la modernité elle-même est un phénomène post-judéo-chrétien*. Cela signifie que la plupart des valeurs démocratiques (égalité, solidarité, individualisme, idée de progrès, etc.) *ont partie liée avec l'héritage juif et chrétien, laïcisé à l'époque des Lumières*. Dans une telle perspective, le christianisme contemporain connaît un destin étrange : il est en crise alors même que ses valeurs triomphent. Il est confronté à cette situation paradoxale de « crise triomphante » ou de « disparition hégémonique ». Il est moins récusé que dissous en quelque sorte dans une modernité postchrétienne. (Il en va de même pour le judaïsme dont la crise, en termes de pratique et d'institution, est comparable.) À la limite, la croyance, en devenant sans objet, en arrive à se défaire. Le messager devient inutile dès lors que le message est reçu. C'est en ce sens que Marcel Gauchet définissait – peut-être un peu vite – le christianisme comme la religion qui nous permet de « sortir du religieux ».

Étrange situation, en vérité. Elle appelle immédiatement deux remarques. La première concerne la réalité de cette filiation qui rattache la modernité à ses lointains fondements juifs et chrétiens. Elle fut longtemps un thème polémique. Ce n'est plus tout à fait vrai aujourd'hui, sauf à l'occasion de querelles assez consternantes, comme celle qui concernait, au début des années 2000, les « valeurs d'origine religieuse » mentionnées dans le projet de Charte européenne. Pour le reste, et entre mille autres, la remarque de Jean-Toussaint Desanti paraît refléter un assez large consensus lorsqu'il écrit : « À partir du moment où il a commencé à se développer comme philosophie – disons à partir d'Augustin –, le christianisme est devenu le lieu dans lequel tout l'acquis culturel s'est ressourcé et a été repensé. En ce sens, il fait partie du terreau sur lequel toute la réflexion de l'Occident s'est déployée, y compris l'inter- prétation des Anciens [26]. »

Il ne se passe d'ailleurs plus guère d'années, de mois, aujourd'hui, sans qu'un historien ou un essayiste vienne étayer et approfondir cette évidence [27]. Observons en outre que, si cette filiation est encore contestée par les tenants d'un athéisme de combat, le phénomène est propre à la France. Il est le produit des crispations consécutives à la longue et nécessaire lutte menée chez nous pour la sépara- tion de l'Église et de l'État. Dans des pays comme les États-Unis ou la Grande-Bretagne, la question ne se pose pas. Rares sont les présidents américains qui n'ont pas, à un moment ou à un autre, revendiqué cette filiation dans leurs « messages sur l'état de l'Union ». « La démocratie est la seule expression politique véritable du christia- nisme », clamait le vice-président Henry A. Wallace en 1942, en pleine offensive contre le nazisme [28].

Il faut savoir que la réappropriation paradoxale des valeurs juives et chrétiennes par les philosophes des Lumières et par les théoriciens de la Révolution *avait été perçue dès le début du XIXᵉ siècle par certains historiens ou essayistes*. Philippe Buchez et Prosper-Charles Roux, auteurs d'une « somme » en plusieurs volumes publiée en 1834 – *Histoire parlementaire de la Révolution fran- çaise* –, notaient par exemple dans leur introduction : « La Révolution française est la conséquence dernière et la plus

26. Jean-Toussaint Desanti, « Quand la croyance se défait », *Esprit*, juin 1997, p. 171.

27. Parmi les ouvrages récents, citons le travail de l'historien Dale K. Van Kley, *Les Origines religieuses de la Révolution française (1560- 1791)*, Seuil, 2002.

28. Cité par Jacques Rollet, *Religion et Politique, op. cit.*, p. 122.

avancée de la civilisation moderne, et la civilisation moderne est sortie tout entière de l'Évangile. C'est un fait irrécusable. » À peu près à la même époque, Joseph Proudhon formulait la même remarque, mais en la complétant. Pour lui, la Révolution était à la fois fille de l'Évangile et émancipation par rapport à ce dernier. « Après avoir connu Dieu par le cœur, par la foi, écrivait-il, le temps était venu pour l'homme de le connaître par la raison. L'Évangile avait été pour l'humanité comme une instruction primaire ; maintenant adulte, elle avait besoin d'un enseignement supérieur que la Révolution apporterait, à peine de croupir dans l'idiotisme et la servitude [29]. »

Il faut ajouter que, paradoxalement, ce « passage de relais » entre les valeurs judéo-chrétiennes et la modernité s'est souvent effectué *contre les institutions ecclésiales ou synagogales*. En d'autres termes, la transmission du message a été *souvent le fait des dissidents, des marginaux ou des proscrits*. Leur liste est longue, qui inclut Jean de la Croix ou Thérèse d'Avila, Baruch Spinoza ou Moses Mendelssohn – le père des Lumières juives, la *Haskala* – et bien d'autres. Quantité de libertés ont même été conquises par des hommes et des femmes qui se situaient carrément « audehors ». Ils contestaient de manière frontale – et avec raison – le magistère des institutions religieuses et l'aveuglement de ces dernières. Autrement dit, ce qui nous apparaît rétrospectivement comme un passage de relais a pu être vécu, sur le moment, comme un affrontement irréductible. C'est ce que Hegel appelait une ruse de la raison. Les droits de l'homme sont sans doute « biens d'Évangile », ils ne sont pas pour autant « bien d'Église » [30]. Curieusement, le processus a été à peu près le même pour les valeurs révolutionnaires du XVIIIe siècle. Ce sont les dissidents du moment, ceux-là mêmes qui dénonçaient la terreur, qui ont permis que fût sauvé et transmis le meilleur de l'héritage de 1789. Les deux auteurs les plus communément cités sont Benjamin Constant (1767-1830) et Germaine de Staël (1766-1817).

---

29. Pierre-Joseph Proudhon, *Le Peuple*, 17 octobre 1848.
30. Stanislas Breton, *L'Avenir du christianisme, op. cit.*, p. 245.

Haro sur le judéo-christianisme ?

La réapparition, dans les médias, d'une mécanique, récurrente, bavarde à l'endroit du judéo-christianisme est une évidence assez troublante. Il rappelle étrangement celui qui marqua le début du siècle en France, avant et après la loi de séparation de l'église et de l'État. Certes, il n'est pas aussi violent ni obsessionnel. Mais il est là. Pourquoi apparaît-il aussi insistant alors même que l'influence de l'Église ou celle de la Synagogue a rarement été aussi faible, que les séminaires et les écoles hébraïques sont dépeuplés et que les institutions religieuses sont tout sauf triomphantes ? Pourquoi, en somme, cette dérision rigolarde qui se bat surtout contre le vide, affronte des ennemis imaginaires et n'est pas sans rappeler cet étrange phénomène polonais que constitue l'antisémitisme sans juif ?

Une première explication, la plus simple, peut-être. La laïcité elle-même, angoissée par sa propre crise et son propre vide, consciente de la ruine de sa morale républicaine, celle d'un Jaurès ou d'un Jules Ferry, conduit ses héritiers à ressusciter le vieil ennemi clérical d'avant-hier. C'est la thèse avancée par Marcel Gauchet. Elle est peu contestable mais pas forcément suffisante. Est-ce alors, pour ce qui concerne le catholicisme, la rançon du pontificat de Jean-Paul II et de la raideur conservatrice manifestée par le Vatican dans le domaine

La nouvelle « question arienne »

La deuxième remarque concerne cette position étrange qui est maintenant celle du judaïsme, et surtout celle du christianisme en tant que « religion ». Celui-ci, en effet, se sent tout à la fois comblé et dépossédé. Si la modernité est postchrétienne, si la démocratie et le christianisme constituent « une sorte de pléonasme de l'Histoire[31] », alors que reste-t-il de la *foi* religieuse, quel *plus* peut-elle encore apporter ? Pas question en effet pour les chrétiens d'exercer un quelconque droit de propriété, ni même d'antériorité, sur

31. L'expression est d'Alain Besançon, *Trois Tentations dans l'Église, op. cit.*, p. 212.

des mœurs ? Peut-être. Mais on oublie que, sur les mêmes questions (préservatif, homosexualité, fidélité, etc.), les institutions juives et musulmanes et le bouddhisme lui-même ont des positions voisines. Le judéo-christianisme, comme matrice de la modernité, est-il victime de l'obscure sentiment d'une « dette » ? C'est ce qui subsiste de judéo-christianisme au cœur même de la modernité, c'est ce qui bourdonne et « sonne » dans l'air du temps, c'est cet obscur sentiment de dette qui expliquerait l'étrange hostilité perceptible d'aujourd'hui dans des sociétés largement déchristianisées. On s'acharne souvent contre les héritages dont on n'arrive pas à se défaire.

Il n'est pas interdit d'avancer une autre hypothèse. Dans les dérives actuelles de la modernité (loi de la jungle, mépris des faibles, inculture des élites, triomphe de l'argent, augmentation des inégalités, etc.), quelque chose s'exprime qui est à l'opposé de l'héritage juif et chrétien. Cette modernité-là est – aussi – porteuse d'anti-valeurs, de délires eugénistes et solipsistes qui rompent avec cette culture judéo-chrétienne dont l'Europe était jusqu'alors peu ou prou imprégnée. Face à ce nouveau cynisme technoscientifique et marchand, le judéo-christianisme – même affaibli – peut redevenir, au meilleur sens du terme, une force de refus. L'étrange harcèlement dont il fait quotidiennement l'objet ne serait pas si illogique que cela.

---

des valeurs qui ne leur appartiennent plus. Là est toute l'ambiguïté de la situation. « En fait, concède Claude Geffré, il est devenu très difficile de témoigner de l'Évangile dans une société postchrétienne qui est pétrie de valeurs chrétiennes qui se sont sécularisées. Le message des Églises n'est pas très original par rapport à ce que vivent déjà beaucoup de gens au nom d'un certain idéal moral, devenu le bien commun de tout honnête homme [32]. »

Ni le judaïsme ni le christianisme ne sauraient pourtant être ramenés à une aimable philanthropie, globalement identique à l'humanisme contemporain, à une sorte de « droit-de-l'hommisme » à peine différencié du consensus

---

32. Claude Geffré, « Plus Dieu sera grand, plus les hommes seront grands », *Vingt Idées pour le xxe siècle*, Albin Michel, 2001, p. 64-65.

majoritaire, si ce n'est par un langage codé et une vague
liturgie. (Mais, après tout, l'humanisme franc-maçon a lui
aussi son langage et sa liturgie.) Ni l'Église ni la Synagogue ne peuvent être durablement confondues avec les
succursales d'une institution charitable ou d'un organisme
mondialisé de bienfaisance. C'est ce que Michel de Certeau
appelait le « réemploi social » du religieux, un réemploi
sûrement utile mais qui n'a pas grand-chose de commun
avec la foi.

On comprend bien le rôle ambivalent que l'État moderne
souhaite assigner aux diverses confessions religieuses, ou
aux « communautés », comme on dit. Elles figureraient – et
figurent déjà – des *instances productrices de croyances*,
des organismes consultatifs et quasi techniques, chargés de
veiller – de façon pluraliste – à la conformité des valeurs
collectives. Le religieux dans son ensemble devient ainsi
une sorte d'extension du Conseil constitutionnel. La religion (mise au pluriel) n'est plus combattue par l'État laïc,
mais sollicitée par lui – avec de plus en plus d'insistance –,
afin de fournir à la modernité ce qu'elle ne sait pas produire : le sens[33]. Il est évident que ce « réemploi » social ou
républicain du religieux est un épiphénomène. Il laisse
entière, inentamée pourrait-on dire, la tâche bien plus fondamentale consistant à *repenser* le religieux et, pour les
croyants, à *refonder* leur foi.

Au risque de surprendre, on voudrait montrer que cette
situation particulière dans laquelle se trouve le judéo-christianisme par rapport à la modernité, loin de mettre la foi en
péril, pourrait lui être éminemment favorable. Elle donne
même tout son sens à ce retour aux textes fondateurs, à ce
travail herméneutique, à cette volonté de ressourcement
évoqués plus haut. Pourquoi ? Au sujet du christianisme, on
ne peut répondre à cette interrogation sans dire d'abord un
mot de ce qu'on pourrait appeler la « nouvelle question
arienne », du nom d'un prêtre d'Alexandrie du début du
IVe siècle : Arius.

Dans le discours dominant, le *credo* chrétien est souvent
désigné comme une « croyance » archaïque, une supersti-

---

33. C'est l'analyse que propose Marcel Gauchet, *La Religion dans la
démocratie. Parcours de la laïcité*, Gallimard, 1998.

tion, une « fable ». En revanche, la personne même de
Jésus et le contenu de son enseignement recueillent très
majoritairement l'adhésion. Jésus, d'une certaine façon, n'a
jamais été aussi « populaire » dans l'opinion. Jusque dans
les médias, il est désigné comme un sage, un pacifiste
incompris, une sorte de *hippie* précurseur de la tolérance
démocratique. Sa divinité, en revanche, est récusée par les
hommes de la modernité. Il est vu comme un ancêtre esti-
mable, un aïeul exemplaire, mais pas comme un dieu. Or il
faut se souvenir que cette approche était très exactement
celle des « arianistes » de l'Antiquité tardive et du Haut
Moyen Âge. Arius récusait le dogme de la Trinité, et refusait de reconnaître la divinité de Jésus, mais il adhérait,
pour l'essentiel, au message évangélique. La religion fondée par Arius ne fut pas un simple « accident » momentané.
Elle connut une expansion considérable puisque la plupart
des chefs « barbares » à demi convertis – les rois wisigoths,
vandales ou francs saliens, et Clovis lui-même avant sa
conversion – se disaient ariens.

Considéré comme une hérésie par l'Église primitive, l'arianisme fera l'objet d'une longue, très longue querelle théologique, relancée d'un concile à l'autre jusqu'au VIIIᵉ siècle.
Or cette dispute « trinitaire » fut l'occasion d'un formidable effort de réflexion et d'approfondissement théologique. Il est vrai qu'à travers elle *chacun se trouvait ramené
à l'essentiel*. Elle touchait au cœur même de la foi. Ces
siècles-là – qui virent également se développer le monachisme
oriental – furent du même coup *l'une des plus fécondes
et riches périodes de toute l'histoire de la chrétienté*. « Touchant Dieu, l'homme, le salut, tout : une période intense de
réflexions fondamentales s'instaure. De très grands noms
s'illustrent. C'est l'âge d'or de la patristique, un âge – nous
l'avons souligné – extrêmement problématique et douloureux.
Que de peines en cet or [34] ! »

Mutatis mutandi, la modernité présente bien des traits
comparables. Elle peut s'analyser comme la réapparition
d'une forme d'arianisme : accord sur le message, désaccord
sur la nature divine du messager. Les mêmes causes pro-

34. Dominique Bertrand s.j., « Qui est ton Dieu ? Tradition de l'Église
et mondialisation », *Études*, n° 3975, novembre 2002, p. 495.

duisant les mêmes effets, elle oblige les chrétiens à se concentrer sur l'essentiel, c'est-à-dire le *contenu même de leur foi*. Pour reprendre une expression assez répandue, elle favorise une « purification de la foi », laquelle ne peut plus s'identifier avec la religion au sens institutionnel et normatif du terme. Ce qui vaut pour les chrétiens vaut également pour les juifs et les musulmans. « Il faut désormais que les religions, dans leur promiscuité sans cesse accrue, *déclarent qui est leur Dieu*. Les chrétiens, pour leur compte, ne peuvent pas se dérober à une telle déclaration. Il leur faut s'expliquer sur le Dieu Un, Père, Fils, Esprit. Comment ? Comme ils ont été amenés à le faire aux temps patristiques [35]. »

Ajoutons que ce n'est sûrement pas un hasard si l'un des plus ardents théologiens du Ve siècle, Hilaire de Poitiers, attaché à défendre la Trinité contre l'hérésie arienne, est aujourd'hui redécouvert et étudié. La totalité de ses textes vient d'être rééditée (après quinze années de travail mené par une équipe internationale) et un colloque lui a été consacré en novembre 2002 au… Futuroscope de Poitiers. Le symbole est fort.

Un « livre dangereux » ?

La volonté de repenser le religieux, ne serait-ce que pour l'arracher à ses vertiges temporels, doit emprunter ce chemin, cela ne fait aucun doute. On ne peut cependant s'en tenir là. Si la *foi* est dorénavant à distinguer de la *religion*, il faut comprendre ce que cela signifie. Une fois encore, le recours à Franz Rosenzweig et à *L'Étoile de la Rédemption* nous sera précieux. Pour Rosenzweig, le propre du judaïsme, c'est qu'il était capable de progresser par soustraction et non point par addition. Autrement dit, l'approfondissement d'une foi n'avait aucun rapport avec une considération statistique ou quantitative. Il pouvait même se trouver favorisé par une crise des institutions et un essoufflement de la pratique religieuse. À tout prendre, disait en substance Rosenzweig, mieux valait moins de

---

35. *Ibid.*, p. 492.

juifs mais de meilleurs juifs. Ce n'est pas tout : en raison-
nant ainsi, Rosenzweig mettait en évidence le concept de
reste, concept que reprendra Jacques Derrida. La foi est
précisément ce qui *reste*, la trace indélébile, indicible, mais
qui demeure contre vents et marées, attestant du sens. Le
reste est la parcelle qui demeure intacte, en dépit de tout ; la
lueur qui témoigne sans imposer. Ce *reste* fait fond sur la
seule puissance du message.

Le protestant Karl Barth, déjà cité, affirmait des choses
comparables en 1919, dans un commentaire de l'Épître aux
Romains : « La foi n'est foi que dans la mesure où elle ne
revendique aucune réalité historique et psychologique, où
elle est ineffable réalité divine. » En d'autres termes, il
refusait toute religion qui s'instituerait en pouvoir et s'em-
parerait de Dieu et du divin. Pour lui, « seule la foi est efficace pour démasquer la religion comme projet de l'homme,
comme volonté d'utiliser Dieu à son profit [36] ». Un autre
protestant, le pasteur Dietrich Bonhoeffer, assassiné par les
nazis en 1945, affirmait lui aussi que le christianisme
devait être « non religieux » et posait carrément la question : « Comment penser Dieu sans religion [37] ? » D'autres
voix se sont élevées, tout au long du XXe siècle, pour énoncer cette même idée. Citons l'exclamation, magnifique, du
psychiatre et philosophe existentialiste allemand Karl Jaspers (1883-1969) : « Jésus reste la puissance qui s'oppose
au christianisme issu de lui [38]. » Citons aussi Claude Geffré
lorsqu'il souligne que le message de Jésus « rejoint en tout
être humain l'aspiration à se libérer de la violence du
sacré ».

Toutes ces phrases sont belles, mais que signifient-elles
concrètement ? D'abord, à coup sûr, que ni le judaïsme, ni,
surtout, le catholicisme *ne peuvent plus apparaître comme
des instances organisatrices*, des institutions régnant sur
l'âme collective de nos sociétés, des autorités légiférantes,
chargées de dispenser une dogmatique disciplinaire. Le

36. Jacques Rollet, *Religion et Politique*, *op. cit.*, p. 179.
37. Je reprends ici une notation d'Arnaud Corbic, *Dietrich Bonhoeffer. Résistant et prophète d'un christianisme non religieux*, Albin
Michel, « Spiritualités vivantes », 2002, p. 67.
38. Vincent Triest, *Plus est en l'homme*, *op. cit.*, p. 142.

catholicisme européen ne peut plus être « religion » à proprement parler, pas plus que la démocratie israélienne ne
pourrait être durablement une théocratie juive. Au-delà de
la crise « quantitative » – celle des vocations et de la pratique –, le changement le plus radical est bien celui-ci :
l'Église n'a plus vocation à exercer, à elle seule, une autorité *normative* dans des sociétés désormais plurielles. Il est
clair que repenser le religieux n'équivaut pas – surtout
pas – à *restaurer* la religion.

Si l'on reprend la terminologie en usage dans les milieux
chrétiens, cela signifie qu'une « théologie de la Croix »
(*theologia crucis*) se substitue irrésistiblement à la « théologie de la Gloire » qui fut longtemps en vigueur. Cette dernière proclamait, convertissait, imposait, au lieu que la première témoigne et *propose*. La théologie de la Croix
renvoie non pas à la toute-puissance de Dieu mais à sa
souffrance, à sa faiblesse offerte et agissante, c'est-à-dire à
la *kénose* chrétienne. Seule cette substitution permettra de
conjurer « cette soif de domination possessive, ce trop
humain dont témoigne l'histoire des religions ». Dans cette
perspective, il est clair que la théologie de la Croix et la
théologie de la Gloire s'excluent mutuellement comme
s'excluent foi et religion [39].

Le prix à payer, assurément, est élevé, du moins si l'on
raisonne en termes de pouvoir institutionnel ou d'influence
immédiate. L'erreur serait cependant de croire qu'un tel
changement d'optique puisse correspondre à un affadissement de la croyance, à une relecture *a minima* du message.
C'est tout le contraire. Lorsqu'on prête attention à ce
qu'écrivent ici et là les auteurs contemporains engagés dans
cette aventure théologique, on est frappé par l'incroyable
vivacité – on allait dire modernité – des formulations, par la
vigueur subversive des intentions qui s'expriment. D'un
écrasant magistère doctrinal, on passe à l'incandescence
d'une subversion retrouvée ; celle-là même qu'annonçait
Michel de Certeau dans ses derniers textes, lorsqu'il assurait qu'on passait du *corps* (l'institution) au *corpus* (le message). « Le "nouvel Israël" chrétien, ajoutait-il, semble
rejoindre l'ancien Israël en exil et dans la diaspora. Comme

---

39. Stanislas Breton, *L'Avenir du christianisme*, *op. cit.*, p. 54.

les juifs privés de pays, sans lieu propre et donc sans histoire (il y a histoire là où il y a un lieu), après la destruction du Temple, les croyants sont livrés à la route avec des textes pour bagages [40]. »

Si « reste » il y a, alors il est possiblement fulgurant. La Bible vers laquelle on se retourne *redevient un livre dangereux*. « Nul doute que la Bible possède un redoutable pouvoir de contestation, qui débusque les fuites dans l'imaginaire, les satisfactions mythologiques. Elle a bien pu, au fil des siècles, avoir été lue elle-même selon les réflexes mythologisants qu'elle dénonce, elle n'en garde pas moins un formidable pouvoir critique sur les sociétés qui la lisent [41]. » Cette voix, qui est celle d'une femme, n'est pas isolée, loin de là. D'autres assurent qu'il s'agit de redécouvrir le « caractère dramatique » de l'Évangile et adjurent l'Église de se « convertir à elle-même » [42].

Dans son dernier livre (posthume), Michel Henry ne disait pas autre chose lorsqu'il assurait qu'une relecture contemporaine et informée de la « parole » permettait de voir se fissurer et même se décomposer cette approche routinière et paresseuse, qui faisait du christianisme une sagesse ou une spiritualité *parmi d'autres*. À ses yeux, si la « folie » évangélique peut atteindre l'homme jusqu'au cœur de lui-même, c'est parce qu'une « autre raison, un autre *logos*, y est à l'œuvre ». Lorsque Henry parle de « folie », il évoque principalement le refus biblique de la *réciprocité* calculatrice qui gouverne non seulement la société marchande mais aussi les religions dites sacrificielles [43]. Nouveau *logos*, en effet, dont la prise en compte fait étrangement écho aux réflexions sur la gratuité et sur le don évoquées plus haut dans ce livre [44].

L'observateur extérieur, certes, n'entre pas forcément – ni facilement – dans cette façon nouvelle d'exprimer la foi. Mais nul ne peut nier qu'elle rompt de façon fracas-

40. Michel de Certeau, *La Faiblesse de croire*, op. cit., p. 303.

41. Anne-Marie Pelletier, « Pour que la Bible reste un livre dangereux », *Études*, n° 3974, octobre 2002, p. 344.

42. Je reprends ici Serge Cantin, « La technique et son autre. Philosophie de Fernand Dumont », *Esprit*, juillet 2001, p. 92.

43. Michel Henry, *Paroles du Christ*, op. cit., p. 31-33.

44. Voir le chap. 4.

sante avec les récitations habituelles. Elle donne du christianisme une image qui, assurément, n'est pas celle d'une
religion fatiguée. Ou finissante.

Le dialogue des dieux

Une question demeure. Elle est capitale. Si une telle purification de la foi peut permettre de raffermir cette dernière
en faisant de la crise religieuse une promesse de renouveau,
si l'effort consenti pour repenser le religieux dans la
modernité fait bouger utilement les lignes, il n'en reste pas
moins qu'aucune croyance ne peut plus se prétendre exclusive des autres. Jamais. Nulle part. Ce qu'on a décrit plus
haut concerne les chrétiens, mais *quid* des autres ? La
configuration des sociétés modernes est déjà – et sera de
plus en plus – nécessairement plurielle. Le monolithisme
confessionnel appartient au passé. Cela veut dire que la
cohabitation est, de toute façon, la seule hypothèse imaginable pour l'avenir. Toute la question est de savoir quelle
forme cette dernière peut prendre. Conflictuelle ? Gouver-
née par l'indifférence ? Mollement syncrétiste ?
Au rebours de ce qu'on avance parfois, on pourrait dire
que la situation est aujourd'hui plus favorable au dialogue
interreligieux que jamais. La raison en est simple : *des
croyances raffermies dialoguent plus aisément entre elles
que des « religions » inquiètes* ; la foi s'ouvre d'autant plus
naturellement à l'autre qu'elle est vivante, non routinière et
mieux assurée d'elle-même. Le dialogue véritable – celui
qui ne se confond pas avec une « gentillesse » mièvre et
démagogique – exige que chacun définisse préalablement,
à visage découvert pourrait-on dire, la nature de sa foi, de
son agnosticisme ou de son athéisme. On est loin d'on ne
sait quelles retrouvailles « babéliennes » dans une vague
religiosité ou un « humanisme » syncrétique et flou. Dans
cette hypothèse – et seulement dans cette hypothèse –, le
fameux échange interreligieux rejoint le principe de tolérance, tel que le définissait Pierre Bayle. Il fait de chaque
conviction l'arc-boutant, solide, d'une voûte gothique,
c'est-à-dire d'une *maison commune*. Mieux encore, il rend
imaginable, non point la simple cohabitation mais *l'enri-*

chissement réciproque, grâce à (et non pas malgré) une *différence clairement affichée.*

À ce sujet, le tintamarre médiatique autour des « guerres de religion » fait trop souvent oublier ce qui se passe, silencieusement, au quotidien, jour après jour, dans les tréfonds de nos sociétés, et qui en est l'image inversée. Nul ne peut oublier qu'au sujet des rapports entre juifs et chrétiens les dernières décennies comptent parmi les plus positives qu'on ait jamais connues depuis longtemps. S'il est un progrès qui marquera le pontificat de Jean-Paul II, c'est bien celui-là. À tel point qu'il invite à se souvenir du prodigieux dialogue épistolaire qui avait réuni, au début du siècle, Franz Rosenzweig et le protestant Eugen Rosenstock. Dans ce dialogue sans compromission, dont l'actualité redevient saisissante, fut évoquée l'idée – assez extraordinaire – d'une possible complémentarité entre judaïsme et christianisme [45]. « L'existence religieuse du peuple juif, centrée autour de l'anticipation symbolique – mais symbolique seulement – de la Rédemption, et le christianisme, qui vise la Rédemption à travers les aléas de l'histoire, apparaissent en effet, chez Rosenzweig, comme essentiellement *complémentaires* [46]. » Aujourd'hui, après la Shoah, peut-être est-on en train de sortir de ce que Paul Thibaud appelle le « drame judéo-chrétien [47] ».

Nul ne peut négliger non plus la qualité du dialogue qui s'instaure aujourd'hui non seulement avec l'islam, mais aussi avec les religions orientales, qu'il s'agisse du bouddhisme ou de l'hindouisme. Or, dans tous ces échanges, et même si cela peut sembler surprenant, le *bénéfice* est toujours réciproque. Les croyances se rencontrent d'autant mieux qu'elles sont claires et fortes. Comment une telle chose est-elle possible ? Grâce à l'effet de cette jubilation particulière évoquée par Stanislas Breton, jubilation rare, providentielle, presque indicible, et à laquelle tout se ramène

45. On trouvera une substantielle analyse de ce dialogue dans l'ouvrage de Stéphane Mosès, *L'Ange de l'Histoire. Rosenzweig, Benjamin, Scholem*, Seuil, « La couleur des idées », 1992, p. 35, 38, 45.

46. *Ibid.*, p. 86.

47. Émission « Répliques », dialogue avec Gérard Israël et Alain Finkielkraut, France Culture, 26 février 2000, republié sous le titre *Judaïsme et Christianisme*, Genève, Éditions du Tricorne, 2000.

peut-être. Au-delà du simple respect, au-delà de la stricte tolérance ou même de l'acceptation d'une différence, elle accompagne toute prise de conscience de la vertu humanisante de l'*altérité*. L'irréductible différence du vis-à-vis m'est bien plus que « supportable » puisque, en définitive, elle me permet d'exister. Il devient ainsi tout simplement logique de *se réjouir que l'autre existe*.

CHAPITRE 11

Le principe espérance

> « À quoi servirait un lever de soleil si
> nous ne nous levions pas ? »
>
> Georg Christoph Lichtenberg [1].

Pour sortir du deuil, il est nécessaire de bien comprendre de quelle façon nous y sommes entrés et *pourquoi nous l'avons fait avec un tel enthousiasme*. Souvenons-nous. C'était hier.

L'année 1989 voit s'effondrer le communisme. Cette cassure planétaire ne marque pas seulement la vraie fin de ce « court XXᵉ siècle » commencé véritablement en 1914, elle coïncide significativement avec l'année du bicentenaire de la Révolution française. On n'a pas prêté une attention suffisante à cet incroyable effet d'écho. Deux siècles ! Deux siècles exactement ! En 1989, on dirait qu'un cycle se referme subitement : celui du mythe révolutionnaire. En France, les cérémonies du bicentenaire, voulues délibérément consensuelles par François Mitterrand, illustrent cette volonté – pas toujours avouée – de liquidation. Exit la Révolution…

Il est vrai que l'analyse qui prévaut alors – et qui n'est pas infondée – consiste à saluer l'engloutissement heureux d'un totalitarisme et la victoire de ce que qu'on appelle le « génie de la liberté ». La liberté l'emporte, c'est incontestable, sur les polices, les dogmes autoritaires, les camps ou les massacres, et qui ne s'en réjouirait ? Un cycle historique s'achève du même coup. Ce cycle, il n'est pas faux de dire qu'il a commencé – pour le meilleur mais aussi pour le pire – en 1789. Pour caractériser cette clôture d'une période de deux siècles d'histoire eurasiatique, François Furet propose à l'époque le néologisme de « dérévolution ». Le mot

---

1. *Le Miroir de l'âme*, traduit par Charles Le Blanc, José Corti, 1997.

parle de lui-même. Nous sommes en deuil, assure-t-on alors, mais ce deuil est une délivrance.

Furet connaît d'ailleurs à ce moment-là une sorte de sacre intellectuel. Il est, en France, le génie tutélaire du bicentenaire de 1789 et des cérémonies subséquentes. L'historien part du constat que les deux révolutions – française et soviétique – ont été tellement « emboîtées » que l'échec de 1917, après soixante-quinze années de désastre, entraîne mécaniquement la remise en question de 1789. « Non seulement, écrit-il, la Révolution française est terminée en France, pour des raisons qui tiennent à l'état social et politique de notre pays en cette fin de siècle. Mais, dans les régimes qui avaient fait depuis 1917 un dogme de la nécessité de son recommencement, l'opinion se retourne désormais vers les principes de 1789 pour tenter d'effacer, ou d'oublier, ou de réparer, les désastres et les tragédies nés de l'illusion révolutionnaire marxiste-léniniste [2]. »

Francis Fukuyama, pour sa part, reprend bientôt dans un article publié en 1993 par *Foreign Affairs* le thème de la « fin de l'histoire » qu'avait déjà proposé Hegel après la victoire d'Iéna, le 14 octobre 1806. Dans une analyse si souvent citée qu'elle deviendra le lieu commun le plus galvaudé de la décennie, l'universitaire américain croit pouvoir annoncer l'achèvement providentiel du débat idéologique concernant la démocratie et les droits de l'homme, au profit de ces derniers bien sûr. La cause paraît dorénavant entendue. Les idées de dépassement de l'univers individualiste, de messianisme prométhéen, d'autorité sociale ou de disciplines collectives sont définitivement mortes. Quoi qu'il arrive, l'événement inaugural de la Révolution française ne rayonnera plus sur le monde comme il l'avait fait – dangereusement – pendant deux cents ans [3]. Son image n'incarnera plus le « *credo* du nouvel âge » dont parlait Michelet. Le monde est « désenchanté » mais rendu par là même à la circonspection pacifique. Politiquement parlant, l'avenir est à la tolérance démocratique, à la « société des

---

2. François Furet, *Le Monde de la Révolution française*, n° 7, juillet 1989.

3. Je reprends ici, en substance, un commentaire de Marcel Gauchet dans sa préface à l'anthologie dirigée par Antoine de Baecque, *Pour ou contre la Révolution. De Mirabeau à Mitterrand*, Bayard, 2002, p. IV et V.

individus », et donc à l'optimisme libéral. « Après les totalitarismes, l'Histoire semble avoir atteint son *happy ending* :
le capitalisme et la démocratie libérale n'ont plus de rivaux
et règnent en fixant l'horizon indépassable d'une humanité
soulagée et heureuse après les horreurs du XXᵉ siècle [4]. »

Ce que le temps promettait

Avec le recul, on peut se demander si cet optimisme
n'était pas un peu myope ou hâtif, pour ne pas dire manipulateur. La fin du cycle révolutionnaire marquait, assurément, la défaite du totalitarisme, mais elle entraînait, du
même coup, *la fin d'une espérance*. Or, à trop célébrer la
sortie d'une nuit totalitaire, ne risquait-on pas de sous-estimer les effets induits par l'enterrement de cette défunte
espérance, que Furet assimilait un peu vite à une « téléologie naïve » ?

Rares furent en tout cas, à l'époque, ceux qui, à l'instar
d'Emmanuel Levinas, tentèrent d'imaginer les conséquences à plus long terme de cette liquidation. Levinas le
fit en se plaçant sur un terrain qui n'était pas véritablement
politique : celui de notre rapport à la temporalité. Le temps,
c'est évidemment lui qui était en jeu dans cette affaire ; le
temps qui, jusque-là, « promettait quelque chose », pour
reprendre l'expression du philosophe. Dans un texte de
1992, Levinas prend acte du fait que la chute du communisme a effectivement provoqué l'effondrement du mythe
révolutionnaire. Il ajoute cependant qu'en chassant de notre
paysage mental tout messianisme séculier cet effondrement
*ébranle très profondément les catégories de pensée qui
soutenaient la réflexion politique elle-même*. Nous avons
vu, écrit-il, « disparaître l'horizon, qui apparaissait derrière
le communisme, d'une espérance, d'une promesse de délivrance [5] ». L'ébranlement évoqué par Levinas n'atteint
pas seulement la Révolution ou le mythe révolutionnaire,
mais aussi, de proche en proche, le principe démocratique
lui-même.

4. Enzo Traverso, *Le Totalitarisme*, *op. cit.*, p. 87.
5. *Le Monde*, 2 juin 1992.

À la même époque, le grand juriste René-Jean Dupuy, ancien secrétaire général de l'Académie de droit international de La Haye, formule des remarques assez proches. « L'échec du communisme, dit-il, consomme le divorce du couple Histoire-progrès. L'Histoire n'est plus messianique. *Le devenir est mort.* » Il ajoute que « cette mutation implique, si elle se confirme, une *nouvelle pensée sur le monde* » [6].

Un peu plus d'une décennie plus tard, on attend encore la nouvelle pensée, mais les questions posées sont toujours devant nous. En l'absence de tout messianisme séculier, sur quoi pourrons-nous asseoir un projet, une volonté de peser sur le cours de l'Histoire, un refus des fatalités mécaniques du destin ? Comment justifierons-nous le simple souci de construire l'avenir ? Après 1989, l'Histoire n'était peut-être pas « finie », mais, aujourd'hui, c'est la politique qui risque de l'être pour de bon. Le nouveau quant-à-soi démocratique a toutes les chances de correspondre à un retrait progressif, un désengagement général, un refus de civiliser ou de corriger le monde. On se contentera dorénavant d'échanger des marchandises, de gérer le présent, d'y maintenir un ordre légal, de réguler au jour le jour les contradictions ou de contenir les violences qui rôdent. Le « renoncement aux lendemains qui chantent ne fait que confirmer l'état de deuil dans lequel se trouve la pensée occidentale, deuil de l'Idéal et des recettes de Salut. Du robinet qui alimentait le discours politique en énergie rhétorique ne s'écoule plus aujourd'hui qu'un mince filet de bons sentiments [7] ».

C'est donc sur le mot *espérance* qu'il faut s'arrêter. L'expression *le principe espérance* qu'on a choisi pour titre de ce chapitre est empruntée à Ernst Bloch (1885-1977), philosophe marxiste. Bloch avait appelé ainsi une œuvre monumentale publiée en Allemagne à la fin des années cinquante [8]. Dans cette somme, il entendait montrer qu'une « espérance »

---

6. René-Jean Dupuy, *L'Humanité dans l'imaginaire des nations*, *op. cit.*, p. 122.

7. François Flahaut, « À l'épreuve de la morale », *Esprit*, janvier 1993, p. 123.

8. La traduction française du livre d'Ernst Bloch a été publiée en trois gros volumes de six cents pages chacun : *Le Principe espérance*, t. 1, Gallimard, 1976 ; t. 2, *Les Épurés d'un monde meilleur*, Gallimard, 1982 ; t. 3, *Les Images-Souhaits de l'instant exaucé*, Gallimard, 1991.

minimale était ontologiquement nécessaire à tout homme qui entend maîtriser sa propre histoire, qui veut « faire de la politique », au sens noble du terme. Si le « goût de l'avenir » définit la politique, n'est-ce pas une autre façon d'évoquer l'espérance ? Affirmer qu'un « autre monde est possible » ne revient-il pas *espérer* qu'il le soit effectivement ?

Pour cette raison, le deuil joyeux de 1989 mérite aujourd'hui une autre sorte de réflexion que les rétrospectives historiques de François Furet. Au sujet de ces dernières – et sauf le respect que l'on doit à l'éminent historien –, on peut d'ailleurs noter que la célébration sans nuance de la « dérévolution » fait penser aux analyses très abruptes proposées, dès la fin du XVIII siècle, par les premiers adversaires de la Révolution française. À deux siècles de distance, les accents sont comparables. Pour un peu, on voit ainsi François Furet se substituer à Edmund Burke (*Réflexion sur la Révolution de France*, 1790) ou à Antoine Barnave (*Introduction à la Révolution française*, 1791). Avocat du libéralisme intégral, Jean-François Revel, quant à lui, fait parfois songer à François-Pierre Maine de Biran (*Sur un discours de Robespierre*, 1795), lequel ironisait sur certaines envolées de Robespierre promettant « l'âge d'or et le siècle d'Astrée ». La droite la plus conservatrice enfin retrouve spontanément les accents – et l'indéniable brio – d'un Joseph de Maistre (*Considérations sur la France*, 1797), voire d'un Louis de Bonald (*Législation primitive considérée par la raison*)[9].

Il n'entre aucune volonté polémique dans cette comparaison. Elle vise à montrer le risque inhérent à tout naufrage d'une utopie. Ce risque, c'est celui de la restauration inavouée d'un ordre ancien, d'une résignation ostensiblement réaliste, d'une « refatalisation » du monde. Or cette tentation accompagna bien comme un bruit de fond, comme un sanglot étouffé, les cérémonies du bicentenaire de 1789. Dans les plis du linceul enveloppant le cadavre de la Révolution, on mettait subrepticement en terre *autre chose*. Chacun le pressentait confusément, mais certains en furent

---

9. Je me fonde ici sur une lecture attentive des textes rassemblés dans l'anthologie dirigée par Antoine de Baecque, *Pour ou contre la Révolution*, *op. cit.*

plus conscients que d'autres. « Évacuer ou dévitaliser 1789, objectait François Dosse, c'est dissoudre l'avenir, le verrouiller à jamais à partir d'un présent pensé comme étale. Évidemment, une telle entreprise implique une société objet et non sujet de sa propre histoire [10]. »

Pour vivre ensemble, est-il d'autres horizons imaginables que cette foi en l'avenir qui tire une société vers l'avant ? Telle est bien l'ambiguïté qui reste à lever.

Peut-on renoncer à l'histoire ?

Quinze ans après ce bicentenaire, nous avons mieux pris conscience du fait que la question essentielle était *celle de notre perception du temps*. Nous comprenons mieux la nature des *menaces invisibles* qui pèsent aujourd'hui sur la démocratie, et qui s'ajoutent aux adversités venues du dehors (tyrannies, terrorisme, totalitarisme, etc.). Ces menaces sont celles d'une implosion lente et silencieuse, d'une désactivation subreptice, d'une progressive rétrogradation du citoyen au rang de consommateur-spectateur. Un tel *citoyen destitué* incarnerait pour de bon le fameux *homme unidimensionnel* dont le philosophe américain d'origine allemande Herbert Marcuse (1898-1979) redoutait l'avènement à la fin des années 1960 [11]. On a oublié que Marcuse – l'auteur culte des révoltés de mai 1968 – avait évoqué lui aussi, trente ans avant Fukuyama, une possible « fin de l'Histoire », mais pas du tout dans le même sens. Marcuse voulait voir dans cette « fin » le signe annonciateur d'un monde tellement nouveau qu'il ne serait plus justiciable des analyses et des projets du passé. « Cette fin de l'utopie, écrivait-il, peut être comprise comme fin de l'histoire, en ce sens très précis que les nouvelles possibilités d'une société humaine ne peuvent plus être conçues comme le prolongement des anciennes [12]. »

---

10. François Dosse, « 1789-1989. Sous le linceul la Révolution », *Permanence de la Révolution : pour un autre bicentenaire*, La Brèche, 1989.

11. Herbert Marcuse, *L'Homme unidimensionnel : étude sur l'idéologie de la société industrielle*, Minuit, 1968.

12. Herbert Marcuse, *La Fin de l'utopie*, Seuil, 1970 (épuisé).

L'homme unidimensionnel portraituré par Marcuse apparaissait justement comme celui qui, trop rivé à une logique consumériste, n'est pas capable de prendre en charge ces « nouvelles possibilités » ; celui qui renonce à ouvrir de nouveaux chemins et préfère confier aveuglément son destin aux mécanismes du marché et de la technoscience. Cet homme-là, abasourdi par ce que le psychanalyste Jacques-Alain Miller appelle une « pluie d'objets [13] », s'en remet peureusement aux nouvelles oligarchies, seules capables, dit-on, de gérer ces mécanismes mondialisés et ces complexités technologiques. Il prend congé de l'Histoire. Tacitement, il accepte la perspective d'une disparition de la politique et, donc, de la démocratie. Sans le savoir, cet ex-citoyen est déjà en deuil de lui-même.

Mais qu'on ne s'y trompe pas : mesurer et désigner ce risque, poser cette question n'implique pas qu'on veuille ressusciter la Révolution ou revenir en arrière pour retrouver les promesses mirifiques d'un « avenir radieux ». On ne réenchante pas ce qui a été désenchanté ; on ne réhabilite pas ce qui a été déshonoré par l'échec ; on n'acquitte pas après coup ce qui a été condamné par l'Histoire. On ne peut pas davantage se contenter d'exiger — comme on le fait comiquement lors de chaque péripétie électorale — une vague « refondation » de la politique, de la droite, de la gauche ou du centre. La question est bien plus fondamentale. Il s'agit de retrouver *l'endroit théorique de la bifurcation* ou, si l'on préfère, du déraillement. À quel moment et pour quelle raison le principe espérance a-t-il été transmué en projet totalitaire ? De quelle façon un certain rapport à l'Histoire a-t-il abouti à une justification — directe ou indirecte — du totalitarisme ? Pourquoi, comme le disait Hannah Arendt, « tout effort en vue de rendre la bonté manifeste à des fins publiques » s'est-il si souvent traduit par « l'apparition du crime et de la criminalité sur la scène politique [14] » ? Si l'on veut user d'une expression courante, on dira que notre rapport à la temporalité doit être — posément — remis à plat.

Les débats sempiternels et souvent confus concernant la

13. *Le Monde*, 4 décembre 2002.
14. Hannah Arendt, *Essai sur la Révolution*, Gallimard, 1967, p. 140.

mondialisation n'ont pas toujours permis de comprendre
que, derrière les apparences, la question du volontarisme
historique *et*, *donc*, *la représentation du temps* en étaient
devenues l'enjeu principal. Non point seulement parce que
ladite mondialisation serait « sans projet », comme on le
répète, mais parce que l'idéologie invisible qui accompagne la mondialisation, du moins dans sa version marchande, *semble exclure l'idée même de projet.* Elle conduit
à présenter le processus mondial comme une mutation
mécanique aussi impérieuse que la gravitation universelle.
Cette idéologie, infusée peu à peu dans le discours dominant tout au long des années 1980 et 1990, charrie avec elle
une idée d'*inéluctabilité.* Elle procède par intimidation.
L'expression la plus explicite en fut donnée par Margaret
Thatcher qui utilisait dans les années 1980 une formule
brocardée par ses adversaires travaillistes : *There is no
alternative*, formule ramenée à son acronyme : TINA.

Nous sommes ainsi entrés dans le règne équivoque du
TINA… La plupart des débats politiques butent désormais
sur cette inusable objection, référée à cette idée d'inéluctabilité, de fatalité, de destin obligatoire que seuls les ignorants et les naïfs oseraient encore contrecarrer. (On se souvient des expressions en usage en France : « Il n'y a pas
d'autre politique possible », « Nous n'avons pas le choix »,
etc.) Sans entrer dans la discussion sur le contenu des politiques libérales ou les modes de régulation économiques
imaginables, il faut insister sur la force persuasive de cette
symbolique de l'*inévitable.* Elle annonçait, de fait, une
dépolitisation diffuse (sporadiquement interrompue par de
brèves poussées de populisme), *une fin de l'historicité,
c'est-à-dire une privatisation de l'avenir lui-même.* Tout
s'est passé durant ces années-là, note le Québécois Michel
Freitag, comme si on avait « inscrit au programme l'abandon volontaire ou contraint des capacités d'intervention
politique déjà existantes [15] ».

Sur le terrain des idées (si l'on peut dire), ce renoncement
inavoué à la politique a reçu le renfort objectif d'une frac-

---

15. Michel Freitag, « Ne pas se laisser envahir par le marché », entretien avec Daniel Dompierre, bulletin de la librairie Pantoute, Montréal,
2002.

tion notable de la pensée technoscientifique, celle qui se fonde sur le paradigme cybernétique[16]. Contrairement à ce qu'on pourrait imaginer, les textes rédigés aujourd'hui par les prophètes du cyberespace, de l'intelligence artificielle et de la posthumanité mêlent curieusement un radicalisme technologique échevelé au conservatisme politique le plus dur. Ralliés aux théories de l'auto-organisation et de l'auto-régulation machinique, leurs auteurs témoignent d'une grande méfiance à l'endroit d'un quelconque idéalisme qui viendrait perturber le libre fonctionnement de ces ajuste-ments technoscientifiques. Pour eux, il faut faire confiance à la « co- évolution entre humain et machine[17] », et donc se détourner des projets humanistes qui s'expriment par le tru-chement de la démocratie. Leur point de vue est parfaite-ment en phase avec celui des libéraux-libertariens de stricte obédience : surtout ne cherchons plus à orienter ni à corri-ger la marche du monde au nom d'un avenir imaginé ! Sans le savoir, ces scientifiques et ces libéraux s'expriment comme ce personnage désespéré de l'*Ulysse* de James Joyce qui assure que l'histoire humaine est un cauchemar dont il faut se réveiller.

On comprend que la discussion déborde largement du cadre politique dans son acception étroite. C'est à un tout autre niveau qu'elle mérite d'être conduite : *celui du temps et de l'Histoire*. Le philosophe italien Remo Bodei définit bien le défi théorique auquel nous sommes confrontés lors-qu'il écrit : « Quand les grandes philosophies de l'histoire sont devenues inacceptables rationnellement, la croyance en une histoire dont la logique pouvait donner forme à la politique s'est éteinte. *L'avenir est devenu obscur*, comme le disait déjà Tocqueville, car le passé ne jette plus son ombre sur le présent[18]. »

---

16. Voir plus haut, chap. 5.
17. Je reprends ici l'analyse de Céline Lafontaine, *Cybernétique et Sciences humaines*, *op. cit.*
18. Remo Bodei, « La peur nous lie à l'avenir », *op. cit.*, p. 7.

Le présent permanent

Une image est souvent plus utile qu'un discours. Celle du
sablier peut nous être d'un grand secours. Non point pour
gloser comme à l'ordinaire sur la tristesse insondable des
jours enfuis ou l'impermanence des choses, mais pour se
représenter visuellement la rupture advenue. Hier encore,
le sablier, étranglé en son milieu mais élargi dans ses deux
extrémités, figurait assez bien notre rapport au temps.
L'étroit passage médian correspondait au présent tandis
que les deux masses sphériques désignaient le passé (au-
dessus) abouté à l'avenir (au-dessous). Le présent, mince
rétrécissement du sablier, n'avait droit qu'à la portion
congrue. Il n'était que l'espace insaisissable de l'écoule-
ment du temps. En clair nous étions surtout habités par la
mémoire et mus par le projet. Nos vies étaient principalement gouvernées par le souvenir et par l'attente. Elles
étaient comme emplies par le passé et par le futur.

Or cette représentation n'est plus pertinente. L'étroit gou-
lot du présent s'est élargi au détriment des deux « bulles »
de l'ancien sablier. *Le présent a pris toute la place.* Ainsi
notre image du temps ne ressemble-t-elle plus à un sablier
mais à un œuf, renflé en son milieu, étroit à ses deux extrémités, celle du passé et celle du futur. La métaphore est par-
lante. Le passé, c'est-à-dire *la mémoire* humaine, n'a plus
la même emprise, au point que nos sociétés sont livrées à
la versatilité de l'opinion, à l'émotion changeante, à l'urgence, toutes trois instantanées. Elles sont ainsi perpétuellement guettées par l'amnésie. Symétriquement, la part du
futur, c'est-à-dire du *projet*, est réduite à peu de chose, pour
ne pas dire à rien. Le futur ne *vaut* plus ce qu'il valait. Il est
dévalué, au sens monétaire du terme, de sorte que nous
avons chassé son image de notre présent.

Cette métamorphose du sablier qui prend une forme
ovoïde a fait naître chez quelques esprits imaginatifs des
projets technologiques amusants mais révélateurs. L'inventeur des montres Swatch, par exemple, propose de changer
de fond en comble la méthode que nous employons pour
décompter le temps. À la mesure traditionnelle en secondes,
minutes et heures, au système complexe des fuseaux

horaires, on substituerait une nouvelle division de la journée en mille *Swatch Beats* d'une minute, vingt-six secondes et quatre dixièmes chacun. Ce nouveau temps universel, affranchi des décalages horaires et des saisons, inaugurerait ainsi une nouvelle temporalité : *le présent permanent*[19].

Pour excentrique qu'il paraisse, ce projet traduit notre nouvel état d'esprit. Nous n'acceptons plus d'échanger une seule parcelle du présent contre la promesse d'un futur radieux. Nous nous glorifions d'habiter l'instant et d'y prendre enfin nos aises. Nous adhérons à ce que Charles Taylor appelle « l'ethnocentrisme du présent », et que d'autres assimilent à une « fin de l'ère téléologique[20] ». Nous avons renoncé à l'orgueil prométhéen de construire l'avenir, ce « constructivisme » dont l'économiste britannique d'origine autrichienne Friedriech August von Hayek (1899-1992) disait qu'il nous engageait fatalement sur « la route de la servitude[21] ». Toute la question est de savoir si cette sacralisation du présent est sans conséquences, et si le présent réduit à lui-même est habitable.

Notons au passage qu'avant la nôtre d'autres époques ont connu une telle hypertrophie du présent. Le plus souvent, elle accompagnait ou suivait des moments de rupture, de doute profond, ou de catastrophe. Au début des années 1920, à l'issue de la Grande Guerre, le dadaïsme (né en 1916) et le surréalisme (annoncé dès 1917 par Apollinaire) mirent en avant le thème du bonheur immédiat et de l'improvisation, *qu'ils opposaient à l'attente du lendemain*. Dans un tout autre contexte, les grandes pestes européennes du début du XIVe siècle, qui s'ajoutaient à plusieurs années de mauvaises récoltes et virent mourir plus d'un tiers de la population du vieux continent, engendrèrent la même dévolution au présent. « La première conséquence de ces catastrophes, note l'historien Michel Rouche, est l'omniprésence de la mort et le recul de l'optimisme et de l'espérance. Les mentalités sont bouleversées et cèdent à un désir de jouir

19. Rapporté par Jacques Gautrand, *L'Empire des écrans*, *op. cit.*, p. 113.

20. Zaki Laïdi, « L'urgence ou la dévalorisation culturelle de l'avenir », *Esprit*, février 1998, p. 18.

21. Friedriech August von Hayek, *La Route de la servitude* (1944), dernière réédition française aux PUF, « Quadrige », 2002.

du moment présent. Le *carpe diem* ou "cueille le jour", réapparaît[22]. » Si l'on remonte un peu plus loin dans l'Histoire, on retrouve des réactions comparables au Bas Empire romain, à la veille de son engloutissement. Tous ces exemples évoquent des épisodes historiques relativement passagers, des périodes de crise.

Aujourd'hui, cette rétractation du passé et de l'avenir au bénéfice du seul présent entraîne déjà une mutation insidieuse du discours quotidien. Il suffit d'ouvrir l'oreille pour se rendre compte que celui-ci se réduit parfois à une mise en avant des arrangements pragmatiques, des arbitrages prudents, des procédures, etc. C'est un discours d'attente, de minoration des perspectives à long terme. C'est un discours sans vision. L'accent est mis sur la vie courante, la précaution, le ludique et la *contemplation* esthétique. Le sociologue néopaïen et nietzschéen Michel Maffesoli se réjouit avec un brin d'ingénuité d'un tel « présentéisme ». « Plutôt que de dominer le monde, écrit-il, plutôt que de vouloir le transformer ou le changer – attitudes toutes trois prométhéennes –, on s'emploie à s'unir à lui par la contemplation[23]. »

On pourrait trouver trace de ce même état d'esprit dans une infinité de courants modernes, de la religiosité *new age* à certaines tendances de l'écologie ou chez un auteur à succès comme le Brésilien Paulo Coelo. Une commune acceptation du *destin* les réunit, un même souci de ne plus « déranger » les équilibres du monde et l'harmonie des choses. L'un des théoriciens de la défense des animaux, le naturaliste suisse Robert Hainard, docteur *honoris causa* de l'université de Genève, professe un panthéisme fusionnel qui se veut à l'opposé de l'anthropocentrisme moderne, jugé destructeur. Auteur d'un ouvrage érudit sur les *Mammifères sauvages d'Europe*, il estime que l'homme devrait se soumettre à la nature plutôt que de la bouleverser. Le point d'arrivée de ces réflexions est toujours le même : le sage est celui qui s'abstient de bousculer l'ordre établi.

---

22. Michel Rouche, « Sexualité, intimité et société », *op. cit.*, p. 85.
23. Michel Maffesoli, *La Transfiguration du politique*, *op. cit.*, p. 143. Voir également du même : *La Contemplation du monde*, Grasset, 1993, réédition en Livre de poche, 1996.

Le mot d'ordre n'est pas seulement la contemplation mais le consentement apaisé et, donc, l'*adaptation*.

C'est avec ce dernier mot, on l'aura compris, que les problèmes commencent.

Une ascèse de l'assentiment

Le sage serait-il donc celui qui *contemple* et qui *s'adapte*, par opposition au fou qui rêve de *transformer*? Mais s'adapter, n'est-ce point *se soumettre*? Et jusqu'où peut aller la soumission? Une chose est frappante à ce propos : la convergence contre nature entre deux traditions de pensée qu'*a priori* tout oppose. L'une vient de Nietzsche, on l'a vu, l'autre procède du stoïcisme gréco-romain. Aujourd'hui, en même temps qu'on assiste à un quatrième retour de Nietzsche, on voit naître une sorte de néostoïcisme. Or ce dernier courant, s'il compte des antinietzschéens convaincus, s'accorde néanmoins avec l'auteur du *Crépuscule des idoles* et avec ses héritiers actuels pour *récuser le concept d'espérance*.

Clément Rosset, par exemple, l'un de nos plus ardents nietzschéens, n'hésite pas à parler du « caractère névrotique de l'espérance », en quoi il voit « une défaillance, une faiblesse »[24]. Dans le camp d'en face, un philosophe très populaire comme André Comte-Sponville a constamment manifesté son hostilité au nietzschéisme. Pourtant, sur cette question centrale, son stoïcisme revendiqué l'amène à dénoncer lui aussi – et dans des termes très voisins – ce qu'il nomme les « pièges de l'espérance ». Le bonheur véritable, affirme-t-il, naît du renoncement à celle-ci. L'attente d'un avenir meilleur mais indisponible, ajoute-t-il, n'est qu'un produit de notre crainte et de notre inappétence pour ce qui est là, à notre portée. Pour le stoïcien Sénèque, qu'il cite souvent, le sage n'était-il pas celui qui s'estimait « satisfait de ce qu'il a » ? La vraie sagesse est donc une ascèse de l'assentiment. Désire ce que tu as… Le titre d'un des livres de Comte-Sponville – au demeurant très beau – résume à lui seul la portée de ce néostoïcisme : *Le Bonheur*

24. Clément Rosset, *La Force majeure*, *op. cit.*, p. 28.

La dissolution de l'idée de progrès

Philosophe italien appartenant comme Jacques Derrida dont il est proche à l'école dite de la « déconstruction », Gianni Vattimo a consacré de nombreuses pages à la sécularisation du « salut » évangélique et à la dissolution subséquente de l'idée de progrès.

« Si le progrès devient *routine*, c'est aussi parce que le développement de la technique a été préparé et accompagné, sur le plan théorique, par la "sécularisation" de la notion même de progrès ; à travers un processus que l'on pourrait décrire comme le déroulement logique d'un raisonnement, l'histoire des idées a conduit à l'évidement du concept de progrès. L'histoire, qui apparaissait dans la vision chrétienne comme l'histoire du salut, est devenue tout d'abord la recherche d'une condition de perfection intramondaine, puis, peu à peu, celle du progrès : mais la valeur finale du progrès étant de réaliser des conditions qui permettront à un nouveau progrès d'être toujours possible, son idéal se révèle vide. Le "ce vers quoi" une fois disparu, la sécularisation devient cette dissolution de l'idée même de progrès qui s'opère très précisément dans la culture des XIXᵉ et XXᵉ siècles. »

Gianni Vattimo, *La Fin de la modernité. Nihilisme et herméneutique dans la culture post-moderne*, traduit de l'italien par Charles Alunni, Seuil, « L'Ordre philosophique », 1987.

désespérément. Sous sa plume, cela ne veut pas dire bonheur à tout prix, bonheur malgré tout, mais bonheur obtenu *grâce précisément à un calme « inespoir »*, pour reprendre un terme qu'employait Albert Camus dans *Le Mythe de Sisyphe*.

Il y a incontestablement quelque chose de séduisant dans cette sagesse qui rejoint le renoncement bouddhiste d'un Schopenhauer. Elle offre un recours consolateur, elle aide à résister aux boulimies et aux stériles agitations contemporaines. Elle apaise. Sous cet angle, le succès qu'elle rencontre n'est pas surprenant. Il faut toutefois observer que sa portée est strictement individuelle, pour ne pas dire individualiste. Elle apparaît comme le canot de sauvetage de l'homme désaffilié. Elle sert de refuge à l'individu en rupture d'appartenances collectives. Le bonheur solitaire qu'elle exalte implique que l'on renonce peu ou prou au social, au politique, à la *praxis*. Il passe non plus par l'engagement, mais par l'esquive. Le stoïcien habite une tour d'ivoire. Loin de vouloir sortir du deuil de l'espérance, il tente au contraire d'en tirer tout le bénéfice. C'est en cela qu'il pose problème.

Pourquoi ? Parce que transposée au niveau collectif, une telle sagesse devient pure soumission. Soumission aux équilibres naturels, certes, mais aussi aux logiques de la domination, aux brutalités nouvelles, à la sottise inhumaine des « processus ». Cette sagesse collective devient alors comme le soupir d'une société fatiguée. Quant au néostoïcisme, si doux et si sage, il se fait le supplétif involontaire de l'ordre établi. La désillusion politique qui en est la source – Comte-Sponville se présente comme un ancien marxiste – débouche *in fine* sur une courtoise *démission*. Le néostoïcisme laisse par conséquent irrésolue *la question politique de l'espérance*. Cette dernière, lorsqu'elle s'incarne dans la cité, implique en effet un « décentrement à l'égard de soi-même » et une rencontre avec l'autre. Par essence, elle n'est pas solitaire. « L'espérance est une force de protestation contre l'état présent des choses. […] Elle est l'imagination d'un autre monde possible, elle réintroduit la dimension collective de la destinée humaine [25]. »

Il n'est donc pas abusif de voir dans ce « sage » inespoir contemporain le choix – par défaut – d'une société fatiguée, le réflexe d'une communauté humaine que l'Histoire a meurtrie. On peut dès lors se demander s'il n'est pas spécifique à l'Europe, vieux continent alourdi par un passé perclus de drames. Le fait est qu'il demeure étranger aux jeunes et impétueuses sociétés du Sud, celles d'Asie ou d'ailleurs, acquises maintenant à la modernité.

Fatiguée de l'Histoire la vieille Europe ? On notera que c'est ce que lui reprochèrent en 2002 et 2003 les intellectuels entourant le président Georges W. Bush, ceux-là mêmes qui contribuèrent à théoriser le nouvel intervention-

---

25. Robert Comte, « Le retour du stoïcisme. Contre toute espérance », *Christus*, n° 196, octobre 2002, p. 448.

nisme américain. Pour (très) contestable que soit l'arrogance qui transparaît dans leurs propos, on doit reconnaître
que leurs remarques n'étaient pas toutes absurdes.

L'un d'entre eux, on s'en souvient, suscita un débat
enflammé en Europe (pour ne pas dire un tollé), peu avant
le déclenchement de l'intervention américaine en Irak. Il
s'agit du très conservateur Robert Kagan, ancien haut fonc-
tionnaire du Département d'État américain et chercheur au
Carnegie Endowment for International Peace à Bruxelles.
Dans un article retentissant intitulé « Puissance et faiblesse », il pointait la faiblesse militaire avérée du vieux
continent et le divorce grandissant entre la vision européenne du monde et celle de l'Amérique[26]. Pour Kagan,
l'attachement de l'Europe au droit international et son rêve
kantien de paix perpétuelle ne sont que les produits indi-
rects de cette faiblesse. Mais il reprochait surtout aux Européens *d'avoir délibérément choisi de se désengager de
l'Histoire véritable*, celle forcément violente et dangereuse
que décrivait Hobbes et que les Américains, eux, acceptent
de prendre en charge. À son avis, l'Europe agit déjà comme
si elle avait atteint le « paradis de la posthistoire », celui où
l'attachement au droit et aux procédures d'arbitrage sert
d'alibi à l'impuissance et – surtout – au renoncement.

Reproche excessif, propos agressifs, sans doute, mais
débat capital. Qu'est-ce donc, à la limite, que cette posthistoire prétendument paradisiaque sinon une « sagesse »
néostoïcienne étendue à l'échelle d'un continent ?

La psalmodie du « changement »

Voilà bien un débat capital, en effet. Agir dans l'Histoire,
prendre en charge l'inachèvement du monde, refuser le
fatum (destin), penser que le « temps mène quelque part »
(Levinas) et que le futur éclaire nécessairement le présent :
on voit à quelle tradition biblique mais aussi philosophique

26. Article d'abord publié dans *Policy Review*, n° 113, juin-juillet
2002, puis en français dans la revue *Commentaire*, n° 99, automne 2002.

s'abreuve l'optimisme américain (ou ce qu'il en reste).
Hier encore, il était partagé par l'Europe. Rien de plus normal : il constitue rien de moins que la tradition occidentale
elle-même. Cette tradition procède originellement du prophétisme juif (« Souviens-toi du futur ! » dit le Talmud) ;
prophétisme repris par l'espérance chrétienne (« Le présent
de l'avenir, c'est l'attente », écrira saint Augustin) ; espérance laïcisée enfin sous le nom de « progrès » par les
Lumières (le fameux *Discours sur les progrès successifs
de l'esprit humain* de Turgot). Ainsi, d'un emboîtement à
l'autre, d'une reformulation à l'autre, c'est cette même idée
(subversive) d'un temps orienté et d'un monde perfectible
qui a cheminé à travers les siècles, depuis les grands prophètes juifs jusqu'à la modernité.

Lorsqu'on rappelle que cette dernière est un phénomène
post-judéo-chrétien, c'est à cette subversion qu'on se réfère
plus précisément : le temps droit, venu remplacer le temps
circulaire des anciens, l'action sur le monde préférée à
la contemplation du réel, le futur à construire choisi en lieu
et place de l'épiphanie grecque du « présent perpétuel ».
La source lointaine de la modernité est là [27]. On comprend
mieux pourquoi, dès lors qu'on remet en question les
concepts d'espérance ou de progrès, *on vise le cœur du système de pensée contemporain*, son moteur principal. Pour
employer des métaphores informatiques, disons qu'on
manipule son « dossier système » au risque de « désacti-
ver » des fonctions essentielles.

Notre vision du monde, mais aussi l'organisation de nos
sociétés dans son ensemble dépendent de cette représentation du temps orienté : nos systèmes de solidarité entre
générations, l'idée que nous nous faisons de l'institution et
de la transmission, notre *credo* démocratique, notre appareil éducatif, notre attachement à ce que Pierre Legendre
appelle le « principe généalogique » et bien d'autres choses
encore. Rompre avec l'espérance historique, lui préférer la
« sage » contemplation ou le paradis hédoniste de la post-
Histoire : si ce choix devenait durablement le nôtre, alors il
ne serait pas sans conséquences. Il entraînerait, de proche

27. J'ai consacré un chapitre à cette question dans *La Refondation du
monde*, *op. cit.*

en proche, des éboulements symboliques, des crispations ou des séismes dont il serait imprudent de sous-estimer la gravité. Le philosophe Georges Steiner n'avait sûrement pas tort de voir dans cette « éclipse du messianique » l'effet d'une étrange lassitude, ni d'ajouter que les conséquences risquaient d'en être désastreuses[28].

La fameuse crise du politique qu'on évoque à tout propos ne trouve-t-elle pas là son origine ? Citons deux symptômes.

Le plus spectaculaire est sans doute cette rhétorique obsessionnelle du « changement », qui, dans le discours contemporain, semble avoir pour fonction principale de masquer l'absence de projet. On change pour changer, un peu comme on boit pour s'enivrer. L'effacement de l'avenir, *l'évanouissement du projet favorisent curieusement, par compensation, une exaltation frénétique du changement.* Au fond, la thématique de la réforme, de la modernisation, de l'adaptation s'apparente à une psalmodie incantatoire. On réclame d'autant plus bruyamment le changement qu'on ne sait plus où l'on va. Il devient une valeur en soi, une plante cultivée hors sol, une prière conjuratoire théâtralement utilisée contre le conservatisme ou la tradition. En réalité, rien n'est plus conservateur que le « bougisme » actuel.

Ce dernier néologisme a été proposé par Pierre-André Taguieff[29]. Il y voit avec raison une dégradation de l'idée de progrès et une mystification d'essence conservatrice. Le bougisme conspire, en fait, à une destitution du citoyen, lequel est insensiblement transformé en consommateur-spectateur-actionnaire. Le rapport au futur s'abîme dans un sautillement perpétuel et d'autant plus paradoxal qu'il n'est pas conscient de sa propre *immobilité*. Rien n'est plus immobile, pourtant, que cette rhétorique dont les intentions électoralistes sont évidentes, sauf à considérer que les sauts de puce d'une élection à l'autre suffisent à définir un projet démocratique. Ce n'est pas le cas. Une dégradation aussi

---

28. Georges Steiner, *Grammaire de la création*, Gallimard, 2001, p. 18.

29. Pierre-André Taguieff, *Résister au bougisme : démocratie forte contre mondialisation technophobe*, Mille et une nuits, 2001.

manifeste de la politique l'amène immanquablement à ne plus être qu'un jeu politicien. On pense à la formule ironique de John Rawls : « Le politicien se préoccupe de la prochaine élection, l'homme d'État s'intéresse à la prochaine génération [30]. »

Le deuxième symptôme est celui du moralisme contemporain. Ni le jugement binaire, ni la protestation moralisatrice, ni le bête manichéisme dénoncé au début de ce livre [31] ne sont sans rapport avec la déchéance du politique. Ils en sont les succédanés. Quand la délibération politique se défait, l'invective moralisatrice reprend le dessus. Lorsque la confrontation pacifique des opinions cesse d'être opératoire, le jugement « moral » se fait plus intolérant, dans un sens comme dans l'autre. Le vide, pourrait-on dire, est aussitôt rempli par un « trop-plein ». Le propre de la politique, en effet, c'est son caractère *aporétique* (du grec *aporêtikos*, de *aporein* « être embarrassé »). Cela signifie qu'à la différence du jugement moral elle est par nature contradictoire, indécidable, négociable à l'infini. Elle ne propose que des vérités provisoires et des compromis prudents. Elle est porteuse d'un projet, assurément, mais n'avance vers lui qu'assortie de circonspection attentive et d'esprit critique. Là est sa faiblesse mais là est aussi sa grandeur.

Lorsqu'on disqualifie l'action citoyenne en l'assimilant à une « téléologie naïve », voire à de la démagogie, lorsqu'on réduit le projet politique à une soumission plus ou moins avouée à des processus immaîtrisés, alors on ouvre la voie au « tout moral » et au « tout répressif » [32]. Le présent, borné de tous côtés et enfermé sur lui-même, n'est plus vraiment l'espace de la sagesse contemplative, mais celui du pugilat sans merci. Les sociétés sans projets deviennent claustrophobes. Conjugué avec l'amnésie et l'inespoir, le « tout tout de suite » rallume la guerre des mots et la chamaillerie procédurale de tous contre tous. Pour ne prendre qu'un seul exemple, songeons à la façon avec laquelle l'aigre conflit de générations (système des retraites, emplois protégés,

30. John Rawls, « Peut-on justifier Hiroshima ? », *op. cit.*, p. 122.
31. Voir plus haut, chap. 2.
32. Je m'inspire là d'une remarque de Myriam Revault d'Allonnes, *Fragile Humanité*, Aubier, « Alto », 2002, p. 215.

etc.) s'exacerbe en lieu et place de l'ancienne solidarité intergénérationnelle qui, elle, s'inscrivait nécessairement dans la durée. Pariant sur l'avenir, elle procédait de l'espérance.

Dès lors que celle-ci s'évanouit, le présent devient un butin dont chacun veut sa part. Ramené à lui-même, il n'est donc pas collectivement habitable. Il réclame l'ouverture d'une issue, mais laquelle ? Aujourd'hui, un mot passe-partout traduit ce besoin d'ouverture vers l'avenir : le mot « croissance ». Sa répétition obsessionnelle fait songer à un tocsin dérisoire. La « croissance » peut-elle suffire à remplacer le projet, la promesse, l'espérance ? Poser la question, c'est y répondre.

Contrefaçon et inversion de l'espérance

L'erreur, à ce stade, serait d'opposer une incantation à une autre. Confronté à une désillusion historique aussi profonde, on ne peut se contenter de répondre par la mélancolie, même véhémente. Regretter les temps messianiques ? Gémir sur l'espérance oubliée ? Ironiser sur le néostoïcisme démobilisateur ? Rien de tout cela ne peut suffire. Si le projet historique a fait naufrage, il reste à comprendre pourquoi. Si le principe espérance a été perverti, il faut définir ce qui a rendu possible cette perversion. Une fois encore un nouveau chemin reste à ouvrir entre une eschatologie possiblement tyrannique et une soumission peureuse au désordre établi.

Petit effort de mémoire : durant le XXe siècle, les deux grands totalitarismes de Staline et de Hitler – que l'historien Pierre Chaunu appelle les « jumeaux hétérozygotes » – ont dévoyé, chacun à sa façon, l'espérance originelle et les valeurs qui s'y attachaient. (Il faut rappeler ici que cette espérance avait été dramatiquement ébranlée par la Grande Guerre, cette *matrice infernale* du système totalitaire tout entier [33].)

Pour ce qui concerne le totalitarisme rouge, on a mille fois décrit comment le marxisme avait instrumentalisé et

33. Voir *La Refondation du monde*, *op. cit.*

déshonoré l'*universalisme* ou l'aspiration à l'*égalité* d'inspiration judéo-chrétienne. Il singeait surtout la « promesse » omniprésente dans les textes bibliques, par exemple dans la seconde Épître de Pierre : « Mais nous attendons, selon sa promesse, de nouveaux cieux et une nouvelle terre, où la justice habitera » (2 P 3,13). À ce titre, le marxisme a pu être présenté comme une hérésie chrétienne ou une sanglante « contrefaçon » du christianisme. Ce dernier terme avait été utilisé par Pie XI dans son encyclique *Divini redemptoris*, en 1937. « La doctrine communiste, écrivait-il, a pour moteur *une contrefaçon de la rédemption des humbles*. » Raymond Aron, de la même façon, avait classé en 1994 ce qu'il nommait « l'eschatologie socialiste » parmi les religions séculières (et donc hérétiques) « qui prennent dans les âmes de nos contemporains la place de la foi évanouie et situent ici-bas, dans le lointain de l'avenir, sous la forme d'un ordre social à créer, le salut de l'humanité [34] ».

Mais on peut prolonger la réflexion. La philosophie hégélienne de l'Histoire dont le communisme procédait, la dialectique léniniste des derniers temps et de la « société communiste idéale » démarquaient directement et laïcisaient la thématique augustinienne de la Cité de Dieu, censée remplacer un jour la Cité terrestre. Une différence s'y trouvait toutefois ajoutée, mais de taille : Lénine faisait de la Cité promise un absolu, un résultat « chimiquement pur », dont l'avènement justifiait les moyens employés pour y parvenir, y compris les pires. La dictature du prolétariat devait permettre que naquit du capitalisme lui-même une cité idéale, débarrassée des contradictions de la société bourgeoise. Chez Augustin, au contraire, les deux cités demeuraient « enchevêtrées jusqu'à la parousie », c'est-à-dire la fin des temps. Si la Cité terrestre « annonce » la Cité céleste, elle reste imparfaite et porteuse du péché. L'hérésie léniniste consistait donc en une absolutisation temporelle conduisant inévitablement au crime. C'est en cela qu'elle fut une *perversa imitatio* (imitation perverse) du christianisme. Le philosophe Éric Voegelin, auteur de plusieurs

---

34. Raymond Aron, « L'avenir des religions séculières », cité par Enzo Traverso, *Le Totalitarisme, op. cit.*, p. 68.

essais sur les « religions politiques » voit dans le phénomène totalitaire lui-même une sorte de Gnose poussée à sa
limite [35].

Le dévoiement de l'eschatologie par le nazisme ne fut
pas moins évident, même s'il prit des formes différentes.
Parmi les analyses et réflexions innombrables qu'a susci-
tées l'abomination hitlérienne, on trouve souvent évoquée
cette perversion de la promesse salvatrice et de la mystique
du salut. Pour caractériser le kérygme (proclamation)
eschatologique du nazisme, l'historien François Bédarida
relève quatre particularités : la nature collective du salut
promis, son athéisme radical (il sera *terrestre*), le caractère
absolu de la transformation annoncée, son imminence temporelle. « Forts de leur promesse de renverser une tyrannie
mondiale satanique – celle du Juif –, écrit-il, les dirigeants
nazis prétendent réaliser le vieux rêve d'un nouvel avènement et instaurer le *millenium* sous la conduite d'une élite
– le peuple des seigneurs – au nom d'une mission salvatrice [36]. »

À l'inverse du léninisme, toutefois, la promesse salvatrice de Hitler prenait la flèche du temps à rebours. Elle
tournait ses regards vers ce qu'on pourrait appeler un passé
reconstruit, celui du paganisme germanique, avec ses
légendes et ses mythologies nordiques. Les quinze siècles
de judéo-christianisme devaient être effacés des mémoires
afin que le Reich renoue avec la vigueur dionysiaque des
origines. En un certain sens, il ne s'agissait pas seulement
de pervertir l'espérance eschatologique, mais de la retourner comme un doigt de gant. L'idéologie hitlérienne, quoiqu'elle se voulût scientiste et technologique, fut une
machine à remonter le temps. Or, quand il parlait d'effacer
l'héritage judéo-chrétien, Hitler incluait dans cet effacement l'idée de perfectibilité du monde. À ses yeux, le
monde dominé par les forts ne pourra jamais être changé.
C'est ce qu'il répétait encore en 1941. « La terre continue
de tourner, disait-il, que ce soit l'homme qui tue le tigre
ou le tigre qui mange l'homme. Le plus fort impose sa

---

35. Éric Vœgelin, *Les Religions politiques*, Cerf, Paris, 1994, p. 26.
36. François Bédarida, « Kérygme nazi et religion séculière », *op. cit.*,
p. 96.

volonté : c'est la loi de la nature. Le monde ne change pas ; ses lois sont éternelles [37]. »

On reconnaît ces accents.

Qu'est-ce qui n'a pas marché ?

Perversion, confiscation, contrefaçon, trahison : le sort malheureux du principe espérance, tout au long du XXᵉ siècle, nous invite aujourd'hui à « chercher l'erreur ». On songe au titre d'un livre récent – et contesté – de l'orientaliste Bernard Lewis, professeur à Princeton : *What went wrong ?* (qu'est-ce qui n'a pas marché ?). C'est au sujet des rapports entre l'islam et la modernité que Lewis s'interrogeait [38]. La même formule pourrait cependant être employée à propos de l'eschatologie judéo-chrétienne. Qu'est-ce qui n'a pas marché au moment de sa laïcisation ? Où s'enracine son dévoiement totalitaire ? La question est aujourd'hui centrale. Elle constitue le préalable obligé à tout effort visant à reconstruire notre rapport au temps.

Or quiconque tente d'y répondre trouve sur son chemin un certain nombre de réflexions fondamentales auxquelles il est plus utile que jamais de se référer. D'Ernst Bloch à Nicolas Berdiaeff, de Jürgen Moltmann à Franz Rosenzweig ou Manès Sperber, de Walter Benjamin à Gershom Scholem : qu'ils soient philosophes, romanciers ou théologiens, ils ont été plus nombreux qu'on ne le croit à se poser frontalement la question et à esquisser des réponses qui allassent au-delà du manichéisme idéologique. La plupart d'entre eux ont d'ailleurs commencé à le faire immédiatement après la Grande Guerre, première étape de l'engloutissement européen.

Le magnifique témoignage – romanesque – de Manès Sperber est sans doute l'un des plus immédiatement compréhensibles. Dans plusieurs de ses livres, il met en scène ces jeunes juifs des ghettos d'Europe de l'Est qui, *au nom*

---

37. Adolf Hitler, *Secret Conversations 1941-1944*, éd. H. Trevor-Roper, p. 83, cité par François Bédarida, *ibid.*

38. Traduction française sous le titre, *Que s'est-il passé ? L'islam, l'Occident et la modernité*, Gallimard, 2001.

du messianisme juif, avaient choisi avec enthousiasme la Révolution, troquant du même coup un livre contre un autre, la Torah contre *Le Capital* de Marx. Ce qu'ils voulaient ? « Appartenir à l'avenir, construire vers lui ce pont messianique qui n'existe pas mais "s'édifie pièce par pièce et se déploie sous les pas de l'homme assez courageux pour poser le pied sur l'abîme", tels sont sans doute les motifs qui relient l'ancienne espérance du Messie à la grande idéologie de l'accomplissement du futur[39]. » Acteurs agissants – et bientôt floués – d'une laïcisation de l'espérance, ils comptèrent parmi les premières victimes du fourvoiement totalitaire. Sperber impute cet échec à une *coupable confusion entre la fin et les moyens*, et donc à un oubli rédhibitoire de l'éthique sans laquelle aucun messianisme n'a de sens. Leur faute est là tout entière, écrit-il : « *Ils n'ont pas résisté à la tentation de devenir comme l'ennemi[40]*. »

Franz Rosenzweig, en se plaçant sur un plan non plus romanesque mais philosophique, en arrive à formuler le même reproche : l'oubli de l'éthique au nom d'une « fin » acceptée, c'est-à-dire *une légitimation anticipée de la violence*. Cette faute initiale, Rosenzweig l'attribue à Hegel lui-même. Prenant au mot la dialectique hégélienne de l'Histoire, avec ses « ruses » nécessaires et sa violence fondatrice, il montre que celle-ci ne pouvait qu'aboutir à la catastrophe que l'on sait : « Le spectacle de l'Europe des États-nations s'écroulant dans le feu et dans le sang confirme tragiquement la justesse des thèses hégéliennes, et cette confirmation *est précisément leur condamnation[41]*. » Mais Rosenzweig s'interroge aussi – et longuement – sur la confusion fatale entre deux sortes de temporalités. Il y a d'abord celle, hégélienne, de l'agitation guerrière et de l'Histoire vécue comme une quantité cumulative, une addition et un perfectionnement continu, où les souffrances passées seront abolies lorsque l'avenir sera accompli. Pour Hegel, comme pour les philosophes du XVIIIe siècle, l'Histoire est perçue comme un

39. Commentaire de Pierre Bouretz, « Le temps brisé de l'espérance. Messianisme et philosophie de l'Histoire dans la trilogie romanesque de Manès Sperber », *Esprit*, août-septembre 1995, p. 191.

40. Manès Sperber, *Et le buisson devint cendre : trilogie romanesque*, Odile Jacob, 1990, p. 731.

41. Stéphane Mosès, *L'Ange de l'histoire, op. cit.*, p. 26-27.

progrès orienté, un processus dialectique – et implacable – grâce auquel l'absolu finit par se réaliser.

À cette temporalité hégélienne s'oppose la temporalité prophétique de la « rédemption », qui est « hors de l'histoire », tout en aspirant à transformer le monde. Le messianisme juif exprime ainsi une exigence d'absolu qu'aucune réalité historique ne pourra jamais satisfaire sans la trahir. Cela signifie qu'il est d'essence tragique, qu'il se vit dans l'inquiétude et l'alerte. « D'où, dans la mystique juive, commente Stéphane Mosès, la mise en garde permanente contre la tentation de l'impatience, de l'intervention prématurée dans le déroulement de l'histoire. D'où également, dans la conscience religieuse juive, une très singulière expérience du temps : celui-ci est vécu, dans sa nature même, sur le mode de l'*attente* ; ni jouissance païenne de l'instant présent, ni évasion spirituelle vers un au-delà du temps, mais aspiration toujours renouvelée au surgissement, au sein même du temps, de l'absolument nouveau [42]. »

Rosenzweig, en somme, réhabilite « le temps de l'aujourd'hui » mais sans jamais le clore dans une immédiateté sans espérance ni dans une lâche soumission qui ne serait plus aiguillonnée par l'*attente*. On pourrait ajouter qu'entre les deux temporalités, celle de Hegel et celle de la Rédemption, c'est la prise en compte de la souffrance humaine qui fait la différence, une souffrance qu'aucune « fin dernière » ne devrait – jamais – permettre de justifier.

Sur un tout autre registre, et avec des accents plutôt dostoïevskiens cette fois, on trouve un distinguo assez comparable chez le philosophe russe orthodoxe Nicolas Alexandrovitch Berdiaeff (1874-1948), exilé en France dans les années 1920. Venu du marxisme, Berdiaeff consacra des pages passionnées à une critique de la « religion du progrès », dans laquelle il voyait une version sécularisée mais aussi une manipulation immorale de la promesse évangélique. Berdiaeff estime lui aussi que l'idée messianique de l'accomplissement des temps se situe en dehors de l'Histoire. Aucune vie humaine, aucune génération vivante ne saurait lui être sacrifiée.

---

42. *Ibid.*, p. 190.

Or, écrit-il, « la religion du progrès [notamment le marxisme] considère toutes les époques humaines non comme des fins en soi, mais comme des instruments servant à la construction de l'avenir ». Il juge criminelle une telle « divinisation de la future génération de bienheureux, seule appelée au banquet messianique », alors même que les générations présentes sont impitoyablement sacrifiées. À ses yeux, c'est là que réside la perversion essentielle de la promesse, qui s'étendait, elle, *à toutes les générations, également appelées à la Résurrection* [43].

Il est assez troublant de constater que, exprimée dans des styles différents, une même idée se retrouve chez Sperber, Rosenzweig ou Berdiaeff. Celle-ci : l'espérance messianique et la volonté d'œuvrer au perfectionnement du monde n'autorisent pas à sacrifier les hommes d'aujourd'hui au nom des générations futures. *Le crime totalitaire commence avec la fétichisation sacrificielle de l'Histoire.* C'est cette idolâtrie dont il faut se déprendre. Pour réemployer la formule de Maurice Bellet, il ne s'agit pas seulement de « tout changer », il faut aussi « tout sauver ». Comment ?

D'une duperie à l'autre...

Reconstruire la foi en l'avenir, refuser la soumission au destin (quel qu'il soit), refonder l'espérance historique, mais sans pour autant sacraliser l'Histoire : voilà le défi un peu mieux circonscrit.

S'agit-il d'un défi impossible ? Sûrement pas. Observons que, voici une quarantaine d'années, il était déjà au centre d'un extraordinaire débat entre le marxiste Ernst Bloch, auteur du livre cité plus haut, *Le Principe espérance*, et le théologien protestant Jürgen Moltmann, auteur d'un maître ouvrage qui lui fait écho : *Théologie de l'espérance* [44]. Ce débat eut lieu le 21 mai 1963 à l'université de Tübingen en Allemagne. À relire aujourd'hui son compte rendu, on

---

43. Nicolas Berdiaeff, *Le Sens de l'histoire*, Aubier, 1950 (épuisé).
44. Jürgen Moltmann, *Théologie de l'espérance. Étude sur les fondements et les conséquences d'une eschatologie chrétienne*, traduit de l'allemand par Françoise et Jean-Pierre Thévenaz, Cerf, 1983.

s'aperçoit que la plupart des questions contemporaines s'y trouvaient posées, et avec une rare lucidité, partagée d'ailleurs par les deux protagonistes qui l'exercent l'un comme l'autre à l'égard de sa propre tradition. Bloch soumet à l'examen la dérive hégélienne du totalitarisme, tandis que Moltmann exerce la même sévérité à l'endroit de ce qu'on pourrait appeler la dérive cléricale ou temporelle du christianisme. Dans les deux cas, et même si ce n'est pas de la même façon, la trahison de l'espérance est avérée.

Pour Bloch, l'erreur (le crime ?) du marxisme révolutionnaire ne tient pas seulement à son indifférence à l'égard des moyens employés et des individus sacrifiés. Elle consiste plus fondamentalement à présenter l'Histoire comme une marche vers l'utopie d'une société achevée, parfaite et, donc, délivrée *in fine* du devenir. Or, une telle société – la « cité communiste idéale » –, qui mettrait fin à l'aliénation et accomplirait la « promesse » séculière, en finirait du même coup avec l'Histoire. Elle serait nécessairement fermée sur elle-même et *apparaîtrait dès lors comme une reproduction décalée du monde clos, une réplication de l'inéluctable destin, un univers à nouveau sans espérance.* Il lui manquerait, écrit-il, « quelque chose qui dispose les cœurs et instruise les esprits, afin que l'on vive à nouveau en gardant disponibilité et orientation ». Elle suffoquerait, en somme, du fait de son propre succès. Elle ferait d'un accomplissement historique de la promesse l'ultime destruction de celle-ci. Dans cette contradiction et cet échec annoncé résiderait la véritable duperie totalitaire.

Pour Moltmann, l'histoire du christianisme porte quant à elle la trace d'une autre sorte de duperie. En devenant « religion », en se substituant à la religion impériale romaine comme mode d'organisation cléricale de la société, « la foi chrétienne a mis à l'écart, hors de la vie, l'espérance d'avenir qui la porte [45] ». Elle a transposé « l'avenir dans un au-delà ou dans l'éternité ». Elle a rejeté la promesse en dehors du monde. En d'autres termes, elle a accepté que l'espérance divorce d'avec la Cité terrestre, s'exile en quelque sorte vers un extérieur inatteignable. Elle encourt du même coup les reproches nietzschéens : diffamation du réel, refus du

45. *Ibid.*, p. 12.

monde, exil mystique dans l'évanescence des fins dernières. Ce divorce a également rendu possible – ou même
inévitable – une désastreuse soumission à la puissance (le
christianisme comme instrument des pouvoirs et comme
« opium des peuples »). L'idée de chrétienté temporelle
impliquait une sorte de capitulation de la foi devant le
« religieux ». Quant à l'espérance agissante, ajoute Moltmann, elle se trouvait du même coup abandonnée « aux
sectes d'enthousiastes et aux groupes révolutionnaires » et
ne pouvait qu'être retournée contre le christianisme lui-
même, comme ce fut le cas au moment des Lumières, puis
du marxisme.

La duperie, dans ce cas, consistait à « oublier » la dangereuse ambivalence du concept d'espérance. « Toute espérance religieuse, rappelle Moltmann, présente cette ambiguïté d'être un baume dans l'attente d'un avenir meilleur
et donc un alibi pour l'abandon angoissé du présent, mais
de pouvoir également abriter une puissance d'espérance
exerçant une action *historique* et incitant à agir[46] », ici et
maintenant. La véritable espérance, à ses yeux, s'applique
– aussi – ici-bas. Elle ne réside donc pas dans ce refus hai-
neux du monde présent dénoncé par Nietzsche ; bien au
contraire, ajoute Moltmann, puisqu'elle « est elle-même le
bonheur du présent » et que « l'attente rend la vie bonne ».
« Si nous y réfléchissons, dit-il encore, cette foi ne peut
rien avoir de commun avec une fuite hors du monde, une
résignation ou une échappatoire. Dans cette espérance,
l'âme ne quitte pas la vallée de larmes pour aller planer
dans un ciel imaginaire des bienheureux, elle ne se sépare
pas de la terre. »

L'espérance n'est pas pour autant une « religion du
consentement », une acceptation passive ou soumise de ce
que Hegel appelle « la croix du présent ». L'essence de
l'être, au rebours de ce qu'avançait Parménide, ne peut pas
s'exprimer dans le seul instant, le *kairos*, le strict « maintenant », qui est « comme l'heure de midi, où le soleil est au
zénith, ou rien ne projette plus d'ombre ni ne reste dans
l'ombre[47] ». Elle ne s'accommode ni de l'enfermement ni

---

46. *Ibid.*, p. 368.
47. *Ibid.*, p. 24.

de l'immobilité. Au contraire, elle « ouvre le temps et met en marche une *histoire* ».

On retrouve ici la trace essentielle et vivante du messianisme juif originel. Le Dieu d'Abraham est celui des peuples nomades et non pas des sédentaires cananéens ; il est le Dieu de l'attente et de la promesse. *Non seulement il participe à la marche mais il est lui-même « en route ».* C'est cette acception non totalitaire et non cléricale du « goût de l'avenir » – *et seulement celle-ci* – qui donne tout son sens au rôle central joué depuis des siècles dans l'imaginaire occidental par le concept d'espérance. Moltmann n'est pas le dernier à rappeler qu'une tradition très ancienne fait de l'absence d'espérance, désigné par le terme *acedia* (acédie en français), le plus mortel de tous les maux. Le moine Évagre le Pontique (346-399), à qui l'on doit la première liste des « huit péchés capitaux » (bientôt ramenés à sept), plaçait d'ailleurs l'acédie au premier rang d'entre eux. On se souviendra aussi que Dante, dans *La Divine Comédie*, fait figurer cette phrase programmatique à l'entrée de l'enfer : *Vous qui entrez ici, quittez toute espérance.*

Le propre de l'homme

Soyons clairs cependant : nous ne sommes plus vraiment au temps de Dante, ni même au temps des théologiens lucides ou des marxistes critiques. L'urgence à laquelle nous sommes confrontés est d'une nature beaucoup plus radicale. Contre la prétendue « fin de l'histoire » et contre la soumission désenchantée aux « processus » technoscientifiques et financiers, *c'est notre rapport au temps qui est à reconstruire.* Il nous faut imaginer une nouvelle dialectique qui nous permette de réenchanter le présent *en y réintroduisant l'avenir.* Nous devons reformuler, en quelque sorte, le principe espérance d'Ernst Bloch dans un langage résolument laïc et démocratique.

À cette fin, il faut préalablement faire un sort à un mot qui retentit à tout propos dans le bavardage quotidien : celui d'*utopie*, mot faussement consolateur. Ce qu'il nous manque, répète l'un, c'est une nouvelle « utopie » ; il nous faut inventer, ajoute l'autre, de « nouvelles utopies », etc. Rien n'est

plus ambigu que cette litanie de bonnes intentions. Rafraî-
chissons les mémoires. Le terme utopie fut inventé par
Thomas More (1478-1535), grand humaniste, écrivain,
homme politique et chancelier d'Angleterre sous le règne
d'Henri VIII. L'expression est forgée avec les mots grecs *ou*
(non) et *topos* (lieu) et signifie littéralement « en aucun lieu ».
En 1516 à Louvain, Thomas More publie un petit livre en
latin : *Libellus vere aureus nec minus salutaris quam festivus
de optimo reipublicae statu, deque nova insula Utopia* (« La
meilleure manière de régir la vie publique – petit livre d'or
véritable destiné autant à l'instruction qu'à l'amusement au
sujet de la nouvelle île d'Utopie »). L'ouvrage sera traduit en
1550 par Guillaume Budé, sous le titre *La Description de
l'île d'Utopie rédigée par Thomas Morus.*

Le mot, au fil des siècles, connaîtra la fortune que l'on
sait. Or cette fortune repose assez largement sur un malentendu. Décrivant des sociétés imaginaires, débarrassées des
turpitudes inhérentes aux sociétés réelles, More ne propose
nullement de s'en inspirer pour construire le présent et
améliorer le monde bien réel, celui où vivent les hommes.
D'un bout à l'autre de son livre, il en reste au stade du merveilleux. « L'*Utopie* ne constitue ni un programme de
réformes ni un apprentissage de l'action révolutionnaire
pour passer d'un état de la société à un autre, qui lui est
point par point opposé. [...] Entre le réel et la fiction, il n'y
a pas de passerelle [48]. » Lorsqu'on utilise aujourd'hui le
terme utopie pour évoquer on ne sait quel programme politique, on commet par conséquent un contresens. Il n'est pas
innocent. Le mot, en effet, devient finalement un succédané
trompeur d'espérance. Il laisse pressentir une sorte de naïveté pardonnable, une douce tricherie avec soi-même, une
illusion entretenue pour de bonnes et édifiantes raisons. Il
détourne l'attention vers un projet impossible à réaliser
mais dont l'évocation aide à supporter le présent. Il est
comme la romance un peu triste que les sociétés humaines
chantonnent pour se distraire de leur finitude. Marx ne
s'y était pas trompé qui affirmait sans ambages : « Toute
construction utopique est réactionnaire. »

48. Claude-Gilbert Dubois, *Le Bel Aujourd'hui de la Renaissance*, *op.
cit.*, p. 178.

Reconstruire le temps, reprendre goût à l'avenir et retrouver la capacité d'en être responsable, ce n'est donc pas réhabiliter cette vague et rêveuse utopie du chancelier More. Notre tâche consiste au contraire à redonner à l'attente, à la dynamique du projet humain leur vraie puissance mobilisatrice. Il faut nous réapproprier, écrit le philosophe Nicolas Grimaldi dans une méditation superbe, « cette subversion continue du présent par l'avenir qu'on peut indifféremment nommer tension, ou effort, ou élan, ou désir, ou volonté [49] ». Apologie du désir de vivre ? Assurément. Au-delà des théologies, des idéologies et des discours paresseux, l'attente n'est pas un « choix » parmi d'autres. Elle est *une dimension de la conscience*. C'est elle qui nous fait ressentir ce que Sartre appelait le caractère originairement déficitaire du présent. Ainsi n'est-il point de conscience ni de perception du temps sans l'*attente*, cette énergie disponible qui nous constitue comme sujet humain.

L'homme ne sait vivre et penser qu'*en avant de lui-même*. Une secrète et précieuse *inquiétude* le déloge sans relâche du présent. C'est ainsi. Là est sa dignité. Sauf à se dissoudre dans la passivité et la capitulation, la conscience humaine prend « l'initiative de hâter ce qu'elle attend, et de le faire advenir à force de travail et de persévérance, s'appliquant sans cesse à changer la matière du présent pour la métamorphoser, et y faisant lentement comparaître, dessiné par nos efforts, le visage de l'avenir [50] ». En dernière analyse, les mots d'attente, de désir, d'inquiétude, d'espérance, et surtout de volonté définissent tous la même chose : notre humanité. Le propre de l'homme est la volonté. L'homme est un animal qui attend et qui *veut*.

Pour lui, écrivait Paul Valéry dans *Monsieur Teste*, ce n'est donc pas vivre que de vivre sans objection.

49. Nicolas Grimaldi, *Ontologie du temps*, *op. cit.*, p. 145. (On s'étonne que ce livre en tout point admirable n'ait point rencontré l'écho qu'il méritait.)
50. *Ibid.*, p. 54.

Deuxième message personnel

Une certaine gaieté

Comme tout le monde, je pense parfois des choses que je n'ose pas exprimer. Elles paraissent trop simples, naïves peut-être ; elles encourent le dédain des importants. Il vient cependant un moment – un âge ? – où elles peuvent être dites. Je le ferai ici en peu de mots. Il me semble qu'au-delà du principe espérance, au-delà d'une volonté de reprendre en main notre histoire, *c'est une certaine gaieté qui nous fait défaut*. Je dis bien « une certaine », car celle que j'évoque ne s'apparente pas aux rigolades convenues, encore moins à la dérision généralisée ou aux sarcasmes malins. On pourrait employer le mot « joie » si ce dernier n'était pas encombré d'une vague grandiloquence.

En dépit de leurs prouesses technologiques, de leurs succès, de leurs richesses, nos sociétés européennes sont envahies par un sentiment obscur qui procède de l'exténuation collective. Nos rires sont tristes. Notre sérieux est navrant. Nos prudences sont moroses. Nos « fêtes » sont sans lendemain. Le jeunisme débridé que nous affectons – et qui suscite les débats que l'on sait – ne mérite en vérité qu'un haussement d'épaules. Il n'est qu'un artifice. Il est le masque cosmétique d'une sécheresse de cœur et d'une stérilité de l'esprit. Les sociétés vieillissantes accueillent ainsi volontiers des fantasmes, des images, des représentations, des images de jeunesse. Ces pétulances publicitaires sont des songes trompeurs et des symptômes de mélancolie. La « jeunesse » au ventre plat et aux sourires cruels qui peuple nos écrans est une invention de marchands. Elle est une vieillesse anticipée, et que guette déjà le renoncement à soi-même ou la disposition au calcul, ce qui revient au même.

La joie véritable, celle que nous avons perdue, c'est celle de l'aube, des printemps, du lilas, des projets. Elle se caractérise par une impatience du lendemain, par des rêves de fondation, par des curiosités ou des colères véritables : celles qui *engagent*. Le Deutéronome des juifs y fait allusion lorsqu'il évoque la terre promise, avec ses villes que l'on n'a pas encore construites, ses maisons que l'on n'a pas remplies, ses puits que l'on n'a pas creusés, ses vignes et ses oliviers que l'on n'a pas encore plantés (Dt 6,10-12). La joie qui nous manque est celle qu'évoquait Bernanos lorsqu'il parlait de « l'espérance violente des matins ». Elle est à l'opposé exact de ce que nous vivons couramment. Nos boulimies, nos excès, nos frénésies affectées trahissent paradoxalement notre inappétence. Nous serions prêts à danser sur le pont du *Titanic* plutôt que de ressaisir la barre du navire.

Ressaisir la barre ? Voilà bien de quoi il s'agit au bout du compte. Le goût de l'avenir passe par la certitude joyeuse que les catastrophes ne sont pas programmées, que le pire n'est jamais sûr, que le futur n'est pas *décidé* et que tout regret est un poison aux effets lents. Il y faut une certaine gaieté, en effet. Disons plutôt que la gaieté ne devrait pas être abandonnée à la contrebande des désenchantés et des malins. Pourrai-je mieux définir la gaieté dont je parle, en disant qu'elle est une autre façon de désigner *l'esprit d'enfance*.

Je crois qu'il n'est pas de vertu plus joyeuse et plus grave…

TABLE

Du même auteur

Les Jours terribles d'Israël
Seuil, « L'Histoire immédiate », 1974

Les Confettis de l'Empire
Seuil, « L'Histoire immédiate », 1976

Les Années orphelines
Seuil, « Intervention », 1978

Un voyage vers l'Asie
Seuil, 1979
et « Point Actuels » n° 37, 1980

Un voyage en Océanie
Seuil, 1980
et « Points Actuels » n° 49, 1982

L'Ancienne comédie
Roman
Seuil, 1984

Le Voyage à Keren
Roman
Arléa, 1988, prix Roger-Nimier

L'Accent du pays
Seuil, 1990

Cabu en Amérique
(avec Cabu et Laurent Joffrin)
Seuil, « L'Histoire immédiate », 1990

Sauve qui peut à l'Est
(avec Cabu)
Seuil, « L'Histoire immédiate », 1991

Le Rendez-vous d'Irkoutsk
Arléa, 1991

Le Goût de l'avenir
Seuil, 2003

La Force de conviction
À quoi pouvons-nous croire ?
Seuil, 2005
et « Points Essais » n° 552, 2006

La psychanalyse peut-elle guérir ?
(avec Armand Abecassis et Juan David Nasio,
Sous la direction d'Alain Houziaux)
Éd. de l'Atelier, 2005

La mémoire, pour quoi faire ?
(avec François Dosse, Alain Finkelkraut,
sous la direction d'Alain Houziaux)
Éditions de l'Atelier, 2006

RÉALISATION : PAO ÉDITIONS DU SEUIL
IMPRESSION : NORMANDIE ROTO IMPRESSION S.A.S. À LONRAI
DÉPÔT LÉGAL : NOVEMBRE 2006. N° 92739 (06-2880)
Imprimé en France